DE BIBLIOTHECARIS

MIKHAIL JELIZAROV

AD VERBUM

DEZE UITGAVE IS MEDE MOGELIJK GEMAAKT DOOR HET
RUSSISCHE INSTITUUT VOOR LITERAIRE VERTALINGEN

DE BIBLIOTHECARIS

Mikhail Jelizarov

Vertaald uit het Russisch door Lidia A. Tsvetkova

Proeflezer: Kevin Custers

Oorspronkelijke titel "Библиотекарь"

Deze uitgave is mede mogelijk gemaakt door het Russische Instituut voor Literaire Vertalingen

De originele Russische uitgave door Ad Marginem, Moskou, 2007

Over de publicatie van het boek werd onderhandeld
via Banke, Goumen & Smirnova Literary Agency (www.bgs-agency.com).

Boekomslag en lay-outinterieur gemaakt door Max Mendor

Uitgevers Maxim Hodak & Max Mendor

© 2007, Mikhail Elizarov

Nederlandse vertaling © 2022, Glagoslav Publications

www.glagoslav.nl

ISBN: 978-1-78422-299-4

Voor het eerst gepubliceerd in het Nederlands
door Glagoslav Publications in maart 2022

DE BIBLIO-THECARIS

MIKHAIL JELIZAROV

VERTAALD UIT HET RUSSISCH DOOR LIDIA A. TSVETKOVA

DEZE UITGAVE IS MEDE MOGELIJK GEMAAKT DOOR HET
RUSSISCHE INSTITUUT VOOR LITERAIRE VERTALINGEN

UITGEVERIJ GLAGOSLAV

INHOUD

Een arbeider moet goed begrijpen
dat je oneindig veel emmers en locomotieven
kunt produceren, maar geen lied of emotie.
Een lied is meer waard dan spullen…

Andrej Platonov

DEEL I: DE BOEKEN

GROMOV

Schrijver Dmitri Aleksandrovitsj Gromov (1910-1981) sleet zijn laatste dagen in absolute vergetelheid. Zijn boeken maakten deel uit van onnodige bergen papier; tegen de tijd dat politieke rampen het Sovjetmoederland hadden verwoest, leek het erop dat niemand zich Gromov nog zou herinneren.

Weinigen lazen de werken van Gromov. Uiteraard wel de redacteuren, wanneer ze de politieke loyaliteit van teksten moesten beoordelen, daarna de critici. Het was onwaarschijnlijk dat titels als 'Proletarskaja' (1951), 'Snel voort, geluk!' (1954), 'Narva' (1965), 'Langs de wegen van de arbeid' (1968), 'Het zilveren rak' (1972), 'Kalme grassen' (1977) enige verdenkingen of interesse konden oproepen.

De bibliografie van Gromov ontwikkelde zich parallel met die van het Sovjetthuisland. Na zeven jaar middelbare school studeerde hij af aan de pedagogisch academie en werkte als uitvoerend secretaris in de redactie van een fabriekskrant. Zuiveringen en repressies gingen aan Gromov voorbij, hij kabelde rustig verder totdat hij in juni '41 zijn oproep kreeg en in de hoedanigheid van een oorlogscorrespondent naar het front werd gestuurd. In de winter van 1943 werden zijn handen beschadigd door vorst. Zijn linkerhand kon gered worden, de rechter werd geamputeerd. Daardoor werden alle Gromov-boeken door een noodgedwongen linkshandige geschreven.

Gromovs gezin was tijdens de oorlog geëvacueerd naar Tasjkent; na de overwinning nam hij hen mee naar het Kolenbekken van Donjetsk en werkte tot aan zijn pensioen in de redactie van de stadskrant.

Gromov nam pas laat de pen ter hand, op de rijpe leeftijd van veertig. Zijn favoriete thema was de totstandkoming van de Sovjet-Unie, hij verheerlijkte het simpel dagelijks leven in provinciesteden, gehuchten en dorpen, schreef over mijnen, fabrieken, eindeloze onontgonnen gronden en het veiligstellen van oogsten. De protagonisten van Gromovs boeken waren meestal 'rode' directeuren of voorzitters van landbouwbedrijven, van de front teruggekeerde soldaten, weduwen die hun liefde en burgermoed niet waren verloren, pioniers en leden van de Komsomol: vastberaden, vrolijk, bereid tot heldhaftige arbeidersdaden. Het goede overwon met pijnlijke standvastigheid: een metallurgisch industrieel complex werd binnen de kortste keren gebouwd, een pas afgestudeerde veranderde na een halfjaar fabrieksstage in een doorgewinterde specialist, de productiehal ging aan diens opdracht voorbij en nam een nieuwe verplichting op zich, in de herfst vloeide het graan in gouden stromen de fabrieksopslagen binnen. Het kwade werd heropgevoed of achter de tralies gezet. Ook liefdesepisodes kwamen voor, maar dan wel in een erg kuise uitvoering. Aan het begin van het boek werd de lezer een zoen beloofd. In lijn met de metafoor van het theatrale geweer werd op de laatste pagina's een losse flodder op de wang gesmakt. Maar goed, we laten die thema's voor wat ze zijn. Alles werd in een melancholieke stijl geschreven, met grammaticaal correcte zinnen die nergens naar smaakten. Zelfs de kaften met tractors, maaidorsers en mijnwerkers waren van goedkoop karton gemaakt.

Het land dat Gromov had voortgebracht kon duizenden auteurs publiceren, van wie er niet één werd gelezen. Hun boeken lagen in de winkels, werden na verloop van tijd tot enkele kopeke afgeprijsd, naar een magazijn gebracht, later overhandigd aan recycling. Vervolgens werden nieuwe boeken uitgegeven waar weer niemand behoefte aan had.

Het laatste boek van Gromov werd in 1977 uitgegeven. De redacteurs die wisten dat Gromovs boeken onschuldige lyrische rommel van een oorlogsveteraan waren, waar het publiek noch een echte behoefte aan, noch per se iets tegen had, werden vervangen. Gromov ontving van alle kanten beleefde afwijzingen. De staat vierde reeds haar aankomende zelfmoord en voedde de woeste literatuur van haar vernietigers.

Eenzame weduwnaar Gromov begreep dat zijn tijd ten einde liep en ging stilletjes dood. De Sovjet-Unie, waarvoor hij had gecreëerd, volgde hem tien jaar later op.

Hoewel er in totaal meer dan een half miljoen van Gromovs boeken waren uitgegeven, waren maar enkele exemplaren op miraculeuze wijze bewaard gebleven in de bibliotheken van clubhuizen in verre gehuchten, in ziekenhuizen, strafkolonies, internaten; andere boeken lagen te rotten in kelders, samengebonden met de notulen van een of ander partijcongres, platgeperst door de volledige werken van Lenin.

En toch waren er mensen die Gromov oprecht waardeerden. Zij speurden het hele land af op zoek naar de overgebleven boeken en hadden er alles voor over om ze in handen te krijgen.

In het gewone leven hadden Gromovs boeken misschien wel grassen en rakken in hun titels. Onder de verzamelaars van zijn werk werden hele andere benamingen gebruikt: het Boek der Kracht, het Boek der Macht, het Boek der Razernij, het Boek der Berusting, het Boek der Vreugde, het Boek der Herinnering, het Boek der Betekenis…

LAGOEDOV

Valerian Mikhajlovitsj Lagoedov is zonder enige twijfel een van de meest invloedrijke figuren in het Gromov-universum.

Lagoedov was geboren in Saratov, in een lerarengezin, en was enig kind. Hij was van kinds af aan zeer begaafd. In '45, op zeventienjarige leeftijd, meldde hij zich als vrijwilliger aan het front, maar kwam nooit aan. In april kreeg hij een longontsteking en bracht een maand door in het hospitaal. In mei was de oorlog voorbij. Dit thema van de soldaat die de oorlog heeft misgelopen lag bij Lagoedov altijd extreem gevoelig.

In '47 begon hij zijn universitaire studie aan de filologische faculteit. Na de succesvolle verdediging van zijn scriptie werkte hij twaalf jaar lang als journalist bij een provinciale krant. In '65 werd hij uitgenodigd bij een literair tijdschrift, waar hij de afdeling recensies aanvoerde.

Lagoedovs voorganger moest afscheid nemen van zijn baan omdat hij een roman van twijfelachtige loyaliteit door de vingers had gezien. De dooi van Chroesjtsjov was voorbij, maar de grenzen van de censuur waren nog steeds behoorlijk vaag. Probeer dan maar te begrijpen of het een tekst in de stijl van de nieuwe tijd is of anti-Sovjet-propaganda. Uiteindelijk kreeg zowel het tijdschrift als de uitgeverij flink de wind van voren, en was Lagoedov daarom altijd erg voorzichtig met alles wat op zijn bureau verscheen. Hij bladerde door Gromovs novelle en besloot het boek in één avond uit te lezen en er nooit meer op terug te komen. In zijn hoofd had zich al een hartelijke recensie gevormd; Lagoedovs geweten stond hem niet toe een voormalig frontsoldaat te bekritiseren. En de tekst over luchtdoelartilleristen die hij had geschreven was dan vanuit het literaire oogpunt misschien matig, maar wel politiek correct. Tegen het einde van de avond had hij het boek uit. Zonder het zich te beseffen had de ijverige Lagoedov voldaan aan de Voorwaarde van Continuïteit. Hij las, steeds waakzaam, de novelle van de eerste tot de laatste zin, zonder ook maar één weemoedige passage met natuurbeschrijvingen of patriottische dialoog over te slaan. Zo voldeed Lagoedov aan de Voorwaarde van Zorgvuldigheid.

Hij had het Boek der Vreugde gelezen, oftewel 'Narva'. Volgens de herinneringen van zijn ex-vrouw maakte Lagoedov een hevige euforische toestand door. Hij kon de hele nacht niet slapen, zei dat hij het bestaan aan een algemene beschouwing had onderworpen en uitstekende ideeën had verkregen waar de mensheid gebaat bij zou zijn, vroeger vond hij het leven verwarrend, maar nu was alles duidelijk, daarbij lachte hij luid. Tegen de ochtend waren zijn emoties bedaard en vertelde hij zijn bezorgde vrouw op een droge toon dat zijn ideeën nog niet klaar waren om geopenbaard te worden. Die dag was hij niet in staat om naar het werk te gaan, zijn humeur was bedrukt en hij opperde geen ingevingen meer omtrent algehele harmonie.

De inhoudelijke kant van Lagoedovs euforie had geen raakpunten met de plot van Gromovs novelle, en Lagoedov legde geen verband tussen de nachtelijke gebeurtenissen en het lezen van het boek. Maar in zijn ziel had zich een soort emotioneel litteken gevormd, waardoor Lagoedov de schrijver met de achternaam Gromov had onthouden.

Achttien jaar later zag Lagoedov een novelle van Gromov in een sjofel stationswinkeltje liggen. Hij kocht het uit nostalgie naar het verre nachtelijke geluk. Daarbij kostte het boek na alle kortingen slechts vijf kopeke en was het niet dik—slechts tweehonderd pagina's—precies genoeg voor de aankomende treinrit.

In de trein maakten de omstandigheden het voor Lagoedov wederom mogelijk om aan beide Voorwaarden te voldoen. In zijn coupé zaten dronken jongens die de overige passagiers lastigvielen. Lagoedov was niet meer de jongste en niet bepaald sterk, dus koos hij ervoor om zich niet met het uit de kluiten gewassen tuig in te laten. Hij voelde mannelijke schaamte omdat hij de schoften niet de baas kon zijn, dus stak hij zijn neus in het boek en deed alsof hij compleet opging in wat hij las.

Lagoedov had dit keer het Boek der Herinnering, 'Kalme grassen', te pakken. Deze bracht hem in een sluimer. Het Boek had Lagoedov het meest levendige droombeeld ingefluisterd, een onbestaande herinnering. Lagoedov werd bevangen door zo'n overweldigende tederheid voor dat droomleven, dat hij in tranende verrukking verstijfde van dat alomvattende gevoel van stralende en pure vertedering.

Na het lezen van het tweede Boek van Gromov nam Lagoedovs levensloop een abrupte wending. Hij nam ontslag, scheidde van zijn vrouw en vertrok met de noorderzon. Drie jaar later dook Lagoedov weer op, met een omvangrijke clan om zich heen—of, zoals ze zichzelf noemden, een bibliotheek. Het was deze benaming die zich in de loop van de tijd onder alle soortgelijke organisaties zou verspreiden.

Lagoedovs bibliotheek bestond in de eerste plaats uit mensen op wie hij het Boek der Herinnering had getest. In het begin was Lagoedov arrogant genoeg om te denken dat het geweldige effect van het Boek verband hield met bepaalde persoonlijke karakteristieken. Ervaring leerde dat, wanneer aan de Voorwaarden werd voldaan, het Boek invloed had op iedereen, zonder voorbehoud. Lagoedovs naaste medestander was Arthur Friesman, een psychiater: de eerste paar maanden twijfelde Lagoedov aan zijn geestelijke gezondheid.

Lagoedov was voorzichtig in zijn selectie, hij koos alleen volgers uit vreedzame, verpauperde beroepen: leerkrachten, ingenieurs, bescheiden medewerkers van culturele instellingen—diegenen die beangstigd en moreel onderdrukt waren door de politieke veranderingen. Hij ging ervan uit dat intellectuelen, vernederd door de nieuwe tijdsgeest, inschikkelijk en betrouwbaar mensenmateriaal zouden zijn, niet in staat tot rebellie en verraad, vooral als ze middels de Boeken (en indirect dus ook Lagoedov) hun eeuwige klassenheimwee naar spiritualiteit zouden vervullen.

In veel opzichten was deze gedachtegang foutief. Gromovs Boeken veranderden de persoonlijkheid van de lezer volledig. Door zijn voorzichtigheid had Lagoedov gewoon geluk met de meeste van zijn nieuwe kameraden. Daarnaast hielp Friesman hem vakkundig: hij aanvaardde lang niet iedereen in hun gelederen.

Nieuwe leden van de bibliotheek voelden meestal diepe respect en loyaliteit voor Lagoedov, wat begrijpelijk was: Valerian Mikhajlovitsj gaf aan veel wanhopige, onder de armoe gebukt gaande mensen hoop, een zin voor het bestaan en een op één universeel idee gestoelde gemeenschap.

De eerste twee jaar schaarde Lagoedov voornamelijk vernederde en gekrenkte intellectuelen onder zijn vaandel. Daarna besloot hij dat de bibliotheek wat meer brute kracht nodig had. Friesman kwam hem te hulp. Door de Afghaanse oorlog getraumatiseerde soldaten kwamen vaak hulp zoeken bij een ontwenningskliniek. Daar werden ze eerst bewerkt door Friesman, vervolgens gaf hij ze door aan Lagoedov. In 1991 werd de bibliotheek aangevuld met oud-militairen die hun eed aan de Sovjet-Unie weigerden te verraden of af te zweren. Deze ex-officieren toverden de intellectuelen om tot een krachtige gevechtsstructuur met een ijzeren discipline, een inlichtingen- en een veiligheidsdienst. De bibliotheek kon op elk moment een honderdtal soldaten inzetten.

Natuurlijk had de selectieprocedure zijn mankementen. Er kwamen lichtzinnige praatjesmakers bij die onnodig over de Boeken zwamden. Een paar keer begonnen kiemen van muiterij door te breken. Het lot van alle onruststokers was even tragisch: zij verdwenen spoorloos.

Er werden ook weleens Boeken gestolen. Lagoedov werd verraden door een gewone lezer, ene Jakimov. Toen het zijn beurt was om het Boek der Herinnering te lezen, nam hij de bewaarder beet en vluchtte. Lagoedov had genoeg Boeken, dus de bibliotheek had geen zwaar verlies geleden, maar de voorval an sich was afgrijselijk en daarbij had de verrader weten te verdwijnen.

In het kielzog van de succesvolle diefstal probeerden andere lezers hetzelfde te doen. Zij werden gevangengenomen. Om Lagoedovs wankele reputatie te herstellen en toekomstige misdadigers af te schrikken werden de boekendieven in het bijzijn van de hele bibliotheek gevierendeeld.

Een jaar na zijn gedurfde misdaad kwam Jakimov toevallig boven water drijven. Hij had zich in Oefa verborgen. Een strafpeloton werd onverwijld daarheen gestuurd met de opdracht om met de dief af te rekenen en het Boek terug te brengen. De soldaten van Lagoedov waren stomverbaasd toen ze erachter kwamen dat Jakimov meteen na zijn aankomst in Oefa een eigen bibliotheek had opgericht.

Lagoedovs klein détachement nam het moedige besluit om niet op versterking te wachten. Ze stelden Jakimov openlijk op de hoogte van de afrekening. Er werden afspraken gemaakt om koude wapens te gebruiken en een afgelegen plek gekozen buiten de stad.

De lezers van Jakimovs bibliotheek waren er overigens ook van overtuigd dat het eerzaam was om in een gevecht te sterven. Die nacht ontglipte de overwinning aan beide partijen. Uitgeput door de bloedige strijd, trokken ze zich terug.

Lagoedov durfde geen nieuwe strafexpeditie te sturen. De boekenopslag moest tegen inheemse vijanden beschermd worden, in plaats van pelotons naar Verweggistan te sturen en loyale lezers de dood in te jagen om ambities waar te maken. De bibliotheek werd reeds omringd door talrijke en agressieve concurrenten.

Een lange tijd dacht Lagoedov dat de informatie over Gromov alleen werd verspreid door verraders uit zijn eigen bibliotheek. Hij geloofde te veel in zijn eigen uitverkorenheid en weigerde zelfs te overwegen dat iemand anders zelfstandig de betekenis van de Boeken had kunnen doorgronden. Iedereen die zijn succes te danken had aan zijn, Lagoedovs, openbaring, werd als een tweederangsburger beschouwd, een onreine bandiet. Zelfs later, toen Lagoedov afstand moest doen van zijn exclusiviteitstheorie en met tegenzin contacten moest leggen met andere bibliotheken, aanvaardde hij alleen de originele, primaire bibliothecarissen als gelijkgerechtigden. Zij, die met hun eigen verstand, zonder hulp, het geheim van de Boeken hadden doorgrond.

Het percentage van ingewijden in de Gromov-wereld via informatielekken was behoorlijk groot en veel nieuwe clans werden door weggelopen lezers opgericht. Daarbij was diefstal niet eens noodzakelijk: eind jaren tachtig was het vrij makkelijk om een Boek der Herinnering te vinden. De belangrijkste rol bij de verspreiding van de informatie speelden echter niet de overlopers of roddels, maar missiewerken van de eerste 'apostelen', wiens namen reeds lang geleden postuum zijn opgenomen in het pantheon van deze wrede en besloten gemeenschap. Het is de moeite waard om er enkele te noemen.

Sjeptsjikhin Pjotr Vladimirovitsj. Hij werkte in een boekdrukkerij en zette het Boek der Herinnering. Door een kaftverwarring nam hij Gromovs Boek mee naar huis in plaats van een detective waar hij zijn oog op had laten vallen. Toevallig zat hij de halve nacht vast in de lift met het Boek en 's ochtends werd een volledig nieuw mens door liftmechanici bevrijd. Sjeptsjikhin was een fijngevoelig persoon en begreep meteen dat niet zijn fysiologie verantwoordelijk was voor de verandering, maar het mysterieuze Boek. Overdonderd door het ontdekte geheim nam hij ontslag en liep door het land als een van de meest verwoede propagandisten van Gromov.

Sjeptsjikhin is overleden, waarschijnlijk uit de weg geruimd door diezelfde bekeerlingen die hij ooit over het Boek had verteld. Zij vonden dat zijn voorlichtingsactiviteiten te veel gevaar opleverden voor de geslotenheid van het Gromov-universum en vermoordden hem.

Dorosjevitsj Julian Olegovitsj. Hij was in dwangverpleging bij een ontwenningskliniek en, om niet gek te worden van met soberheid gepaard gaande verveling, las hij boeken. In bibliotheken van zulke half-gevangenissen bleef allerlei troep hangen, enigszins goede boeken verdwenen immers meteen. Maar dankzij de kliniek leerde Dorosjevitsj Gromov en het Boek der Berusting kennen, 'Het zilveren rak'. Dit boek gaf eenieder die leed een gevoel van grote vertroosting en berusting in het leven. Er werd gezegd dat het ook hielp bij fysieke pijn, met dezelfde werking als algemene anesthesie. Het Boek had blijkbaar alleen echte invloed op verdriet, angst en pijn; alle andere emoties werden bevroren tot complete onverschilligheid. Dorosjevitsjs persoonlijkheid leende zich tot de specifieke selectiviteit van missiewerk. Hij openbaarde de geheimen van het Boek alleen aan de naar zijn mening meest ellendige mensen. De levensloop van Dorosjevitsj werd onder onduidelijke omstandigheden afgekapt. Het is onbekend wie hem heeft vermoord; waarschijnlijk iemand die de zonde van doden veel minder erg vond dan zijn eigen lijden.

Misschien worden de deugden van deze rondtrekkende 'apostelen' enigszins overdreven en wilden zij, net als alle andere bibliothecarissen, hun eigen macht uitbreiden. Waarschijnlijk probeerden ze eigen gemeenschappen op te richten, maar faalden in die missie.

Deze ongewone onbaatzuchtigheid was namelijk enigszins in strijd met het specifieke karakter van het geheim. Alle nieuwe lezers van Gromov begrepen immers dat er niet genoeg Vreugde, Berusting of Herinnering was voor iedereen en dat het beter was om je mond te houden over Gromov. Het was makkelijker om de Boeken in een groep te bewaren en nieuwe te vergaren; daarom zijn er nu geen eenzame zwervende ontdekkers meer. Nieuwe lezers werden door de bibliotheken zelf gekozen. De voorkeur ging uit naar eenzame, alleenstaande, beschadigde mensen en de kandidaat werd eerst een lange tijd in de gaten gehouden: is hij het waard om bij het mirakel te worden betrokken, zal hij het geheim kunnen bewaren en bewaken en, zo nodig, zijn leven ervoor geven?

Kortom, Lagoedov had voldoende concurrenten. Al snel verdwenen zowel de Boeken als bibliografieën van Gromov op mysterieuze wijze uit alle min of meer belangrijke wereldse bibliotheken. De informatie werd zelfs uit de cartotheek van de Staatsbibliotheek gestolen. Bij de digitalisering van de catalogi werden de gegevens van de ontbrekende auteur uiteraard nergens opgeslagen en formeel bestond Gromov niet meer. De rekken werden leeggehaald. Zonder cartotheken was het onmogelijk om zeker te zijn van de werkelijke oplage van de Boeken.

Gromov-verzamelaars hadden tegen begin jaren negentig een lijst van zes geteste Boeken. Er werd ook gezegd dat er een zevende Boek bestond, genaamd het Boek der Betekenis. Wanneer dit Boek gevonden zou worden, zou de ware bedoeling van Gromovs oeuvre worden geopenbaard. Tot nog toe kon niemand met de gevonden Betekenis pronken en sommige sceptici beweerden dat een dergelijk Boek simpelweg niet bestond.

Alle bibliotheken verwachtten dat de verzamelde werken een gigantische bezwering zouden zijn, met een of ander globaal effect.

De theoretici van Lagoedov hadden het over een 'goddelijke staat', die net zo lang zou standhouden als de werking van één Boek. Niemand wist welke voordelen deze staat zou brengen, omdat iedereen er met goed recht van uitging dat in Gods schoenen ook de gedachten bovenmenselijk zullen zijn. Gewone lezers kregen te horen dat Lagoedov voor zijn volgers zou zorgen, zodra hij God was geworden.

Er werd gespeculeerd over het einde van de wereld, 'boekintoxicatie' waaraan de lezer zou sterven en over het wekken van de doden na het lezen van alle boeken in één keer. Maar dit waren alleen maar hypotheses.

Men dacht dat Gromov zelf wel de complete verzameling zou hebben, maar tegen de tijd dat Lagoedov aan zijn zoektocht begon, was Gromov allang overleden en de nieuwe bewoners van zijn flat hadden meteen alle rotzooi weggegooid.

Gromovs enige dochter, Olga Dmitriyevna, woonde met haar gezin in Oekraïne. Een van Lagoedovs mensen bezocht haar en deed zich voor als een journalist, maar kwam er met veel teleurstelling achter dat zij de enige twee Boeken die ze had aan een toevallige bezoeker had geschonken, die zich had voorgesteld als een literatuurwetenschapper die de werken van haar vader bestudeerde. De titels van de boeken had Olga Dmitriyevna ook niet onthouden. Het waren waarschijnlijk Herinnering en Vreugde.

Lagoedov kwam er uiteraard wel achter wie hem voor was geweest, maar veel nut had dat niet. Hij besloot geen gewapend conflict met zijn concurrenten aan te gaan. Tenslotte had niemand hem bedrogen, zijn vijand was gewoon sneller geweest en de enige schuldige hieraan was hijzelf. Lagoedov trok zijn conclusies en verdrievoudigde zijn inspanningen.

Gromov had een broer, Benjamin, aan wie hij ook zijn boeken had opgestuurd. Met de broer had Lagoedov geluk: behalve het reeds in zijn opslag aanwezige Boek der Herinnering en Boek der Vreugde werd bij hem ook een zeldzaam en kostbaar exemplaar van het Boek der Berusting gevonden, 'Het zilveren rak'. Het Boek had hetzelfde effect als morfine en hield alle lijdenden vast in de bibliotheek…

Jaren van systematische zoektochten hadden hun sporen achtergelaten. Volgens de geruchten beschikte Lagoedovs boekenopslag over acht Boeken der Vreugde, drie Boeken der Berusting en minimaal een dozijn Boeken der Herinnering, 'Kalme grassen'. Dat Boek was als laatste uitgegeven en was beter bewaard gebleven dan de rest: in de hele wereld bestonden enkele honderden exemplaren. Het Boek der Herinnering was strategisch belangrijk voor het werven en behouden van lezers die onderhevig waren aan ontroering.

Twee Boeken der Herinnering en een flat in het centrum van Saratov werden geruild voor het gevaarlijke Boek der Razernij, 'Langs de wegen van de arbeid', die zelfs de meest timide persoon in een gevechtstrance kon brengen.

Andere Boeken moesten nog gevonden worden. Lagoedov had goede hoop op verre regio's van het land en het nabije Aziatische buitenland, waar Gromovs Boeken theoretisch gezien bewaard moesten zijn. Aan het begin van de jaren negentig waren alle Boeken die 'aan de oppervlakte' lagen op het grondgebied van Centraal Rusland, Oost-Oekraïne en Wit-Rusland namelijk al opgepikt door de verzamelaars van verschillende bibliotheken.

Hoe moeilijker de zoektocht werd, hoe oneerzamer de middelen. Boekopslagen werden steeds vaker aangevallen en beroofd.

Ongeveer rond dezelfde tijd ontstonden de zogenaamde overschrijvers: lezers die Boeken voor verkoop en persoonlijke verrijking kopieerden. De overschrijvers beweerden dat de werking van de kopie hetzelfde was als die van het origineel.

Manuscripten bevatten bijna altijd fouten of weglatingen en bleken niet te werken. Ook gedrukte kopieën, die alle fouten zouden moeten vermijden, hadden geen effect. Daarom dacht men dat de typografie bepalend was en werden sommige Boeken illegaal heruitgegeven. De kwaliteit van deze herdrukte 'neppers' werd betwist. Alleszins werd het idee dat een kopie nooit aan het origineel zou kunnen tippen steeds vaker bevestigd.

De vervalsingen brachten veel gewapende conflicten teweeg, als gevolg waarvan meerdere schuldige bibliotheken ophielden te bestaan. Overschrijvers waren vogelvrij en werden zowel door hun eigen als door vijandige clans vermoord. Eén ding floreerde door hun werk: er waren vrij veel vervalsingen in de omloop.

In deze tijd begon ook het vandalisme. Originele Boeken met één vakkundig verwijderde pagina, vervangen door een andere van soortgelijk papier, werden verkocht en geruild. Natuurlijk werkte het verminkte Boek niet. Hiervoor was het voldoende een Boek vluchtig door te bladeren, maar na zulke incidenten werden de pagina's geteld en het lettertype en de kwaliteit van het papier zorgvuldig gecheckt.

Tussen de verschillende bibliotheken was nooit veel vertrouwen, niemand wilde de macht van een concurrent vergroten. Uitwisseling en verkoop van Boeken was zeldzaam en alle bedrog resulteerde in een bloederig conflict.

Het gevecht werd op een afgelegen plaats gehouden en plechtstatig ingericht: de vertegenwoordigers van de bibliotheken droegen de aan palen vastgemaakte Boeken als kerkvaandels voor zich uit. Eerst werden de originelen gebruikt, later werden deze vaak vervangen door afgietsels. Schietwapens waren ten strengste verboden. Snijwonden en gebroken botten waren voor de buitenwereld—met zijn mortuaria, ziekenhuizen en rechtshandhavingsinstanties—veel makkelijker te verbloemen als huis-, tuin- en keukenongevallen. Schotwonden, daarentegen, konden op geen enkele andere manier worden geïnterpreteerd. Daarbij waren vuurwapens luidruchtig.

Meestal werd bij een gevecht huisraad gebruikt: messen van slagersgrootte, bijlen, hamers, breekijzers, hooivorken, zeisen, dorsvlegels. In het algemeen bewapenden de troepen zich in de stijl van Jemeljan Poegatsjovs boerenopstand of van Tsjechische hussieten. Het uiterlijk voorkomen van deze mensen deed altijd aan het idioom 'gevecht op leven en dood' denken, omdat de dood door een zeis of een vleesbijl bijzonder voelbaar was…

De laatste jaren zagen alleen Lagoedovs naaste medestanders hem nog. Het gerucht ging dan Valerian Mikhajlovitsj zich had verscholen uit angst voor huurmoordenaars van concurrerende bibliotheken.

SJOELGA

Nikolaj Joerjevitsj Sjoelga werd in 1950 geboren. Als kind was hij angstig en verlegen, hij studeerde goed, maar was erg onzeker. Ten gevolge van een luchtweginfectie had Sjoelga een zenuwtrek in het gezicht ontwikkeld. Hij onderging enkele mislukte operaties die diepe littekens hadden achtergelaten. Sjoelga schaamde zich enorm voor zijn gebrek, die werd verergerd door een grote bril. Hij had bijna geen vrienden. In '68 begon hij aan een lerarenopleiding, maar in het derde jaar haakte hij af en meldde zich aan als vrijwilliger bij een Komsomol-bouw in het noorden. Volgens hem werden mensen daar 'niet om hun uiterlijk, maar om hun arbeidersmoed' geprezen.

Een paar jaar probeerde Sjoelga zijn intellectueel karakter om te vormen als manusje-van-alles bij een proefboring. Het werk bleek zwaar en saai te zijn en hij werd alsnog uitgelachen omdat Sjoelga's verre van heroïsch uiterlijk in tegenspraak was met zijn uitleg dat de zenuwtrek en littekens het gevolg waren van een misgegane berenjacht.

In '72 sloot Sjoelga zich aan bij een groep pelsjagers. Er zaten twee andere jagers bij en een gids uit een plaatselijk dorp. Een sneeuwstorm dreef hen naar een hut en begroef deze een maand lang onder de sneeuw. Na eeuwenlange ervaring met de taiga waren de gevaren van collectieve opsluiting duidelijk. De gids deed een bezwering, opdat de mensen elkaar door de besloten ellende niet zouden doodschieten.

Helaas, de volksmagie mocht niet baten, overrompeld door een veel sterker middel. Het verhaal eindigde in onheil. De vorige bewoner had, behalve gezouten vlees en munitie, een stuk of tien boeken en wat kranten achtergelaten om de kachel mee aan te maken. Uit verveling begon Sjoelga Gromov te lezen. Hij had het Boek der Razernij te pakken, 'Langs de wegen van de arbeid'. Hij had weinig verstand van literatuur en de somberheid van de tekst paste goed bij zijn persoonlijkheid. Sjoelga voldeed aan de twee noodzakelijke Voorwaarden: die van Continuïteit en Zorgvuldigheid.

Na het lezen van het boek daalde de dood neer op het hutje. Om zijn misdaad te verbergen, sneed Sjoelga de lijken in stukken en liet ze achter in de taiga. De stoffelijke resten werden door een opsporingsexpeditie gevonden en geïdentificeerd. Sjoelga werd berecht. Hij ontkende zijn misdrijf niet en toonde oprecht berouw voor wat hij had gedaan. Volgens hem was zijn onmenselijke daad het gevolg van vergiftiging door 'sabelgif', die de jagers bij zich hadden: de beestjes werden hiermee gedood om de bont niet te beschadigen. Hij beweerde dat het gif op de een of andere manier in zijn eten was terechtgekomen.

Sjoelga vertelde hoe hij bij kaarslicht had zitten lezen, en daarna een 'verandering van gesteldheid' ervoer, alsof over zijn hele lichaam kokendheet water was gegoten.

Hoogstwaarschijnlijk zei iemand iets kwetsends tegen Sjoelga. Bijvoorbeeld: 'Houd eens op met kaarsen aan domme zooi te verspillen, lelijke lul.' Door gedwongen opsluiting verbitterde mensen zijn niet bepaald kieskeurig met hun uitspraken en wanneer ze op elkaars lip zitten, is er altijd wel een reden voor lompheid.

Sjoelga voelde een explosie van onmenselijke agressie, greep een bijl vast en hakte de gids en de jagers in de pan. Na enkele uren was zijn woede voorbij en besefte hij wat hij had gedaan.

Tijdens medisch onderzoek werden geen sporen van gif in zijn lichaam gevonden. Met oog op zijn berouw, hulp aan het gerechtelijk onderzoek en de psychologische claustrofobe factor van de misdaad werd de doodsstraf vervangen door vijftien jaar onder strikt regime.

De ernst van zijn misdaad hielp Sjoelga niet in het strafkamp. Omdat hij de fijne kneepjes van het gevangeniswezen niet kende, beantwoorde hij argeloos alle vragen en vermeldde hij ook dat hij 'twee jaar aan de pédé' had gestudeerd. Daarnaast had de lange, magere Sjoelga met zijn bril en dansende wang al in voorarrest de bijnaam Professor gekregen en was hij het ideale object voor spot. Zijn mismoedig en oninteressant uiterlijk had in feite zijn status in het kamp al bepaald: ergens tussen een verloederde 'big' en een 'loopjongen', oftewel een eeuwige schoonmaker.

Sjoelga werd verscheurd door wanhoop en angst. Hij kon zijn situatie op geen enkele manier verbeteren. In een oorlog was het mogelijk om uit de groep lafaards tot een held te worden verheven door een moedige daad te verrichten. Hij kende geen heldendaad of zelfs maar een gewone daad die zijn status in de gevangenis onmiddellijk zou verbeteren, en waarschijnlijk bestond zo'n daad ook niet.

Sjoelga raakte voornamelijk bevriend met dezelfde ellendelingen als hijzelf, 'biggen' en 'misdeelden'. Zijn buren in de woonkazerne, gewone 'mannen', praatten bijna niet met hem. Zij begrepen dat zijn weg langs de hiërarchische ladder alleen maar kon dalen. Als hij binnenkort door pure onbeholpenheid een 'bord met een gat' zou krijgen, oftewel geschonden zou worden, was het beter om deze man zo veel mogelijk te ontwijken.

Sjoelga, die onbekend was met gevangeniskasten en hoopte op een gereduceerde straftermijn en bepaalde privileges, hapte op een voorstel van het gevangenisbestuur en trad bij de afdeling misdaadpreventie in dienst. Later kwam hij erachter dat hij zich nu in de kaste van 'ezels' bevond: zo werden de gevangenen genoemd die met de leiding samenwerkten.

Sjoelga zat bij de 'actieve' dienst. Met een band om zijn arm hield hij de wacht bij de doorlaatpost tussen de woon- en werkgebieden in zijn zone. Met oog op zijn onafgemaakt, maar toch humanitair hoger onderwijs en zijn gezondheid—zijn zenuwtrek was verergerd—werd Sjoelga naar de bibliotheek overgeplaatst. Daar kreeg hij het wat makkelijker.

Hij had vijf jaar van zijn straf erop zitten. In zijn vrije tijd las Sjoelga aan één stuk alles wat hij in handen kon krijgen om zijn brein maar bezig te houden. Zijn angst verminderde. In momenten van geestelijke of nachtelijke rust, dacht hij vaak na over wat van hem, een zachtaardig en verlegen persoon, een moordenaar had gemaakt. Zijn herinneringen kwamen steeds terug op het in het vuur gesneuvelde boek in een groezelige grijze kaft.

In de kampbibliotheek vond Sjoelga Gromovs novelle 'Snel voort, geluk!'. Het was niet hetzelfde boek dat hij had gelezen, maar de achternaam van de schrijver had hij onthouden. Op zondagavond las Sjoelga, met de aan hem eigen ijverheid, het Boek der Macht. Op een bepaald moment voelde hij een innerlijke transformatie, zijn geest vulde zich opeens met een vibrerend gevoel van zijn eigen belangrijkheid. Sjoelga vond dit nieuwe gevoel erg fijn, vooral omdat hij er de oorzaak en reden van begreep.

Sjoelga merkte dat hij dankzij het Boek invloed kon uitoefenen op zijn omgeving en anderen zijn wil kon opleggen. Natuurlijk veranderde niet de wereld om hem heen, maar de persoon die het Boek las: een mysterieuze kracht veranderde tijdelijk zijn mimiek, blik, lichaamshouding en werkte in op de wederpartij door middel van gebaren, stem en woordkeuze. Je zou kunnen zeggen dat het Boek Sjoelga hielp bij het werven van zielen van de gevangenen die in zijn kennissenkring zaten: 'ezels', 'biggen', 'misdeelden', 'reinigers', 'loopjongens', 'haantjes'—de paria's van de criminele wereld.

In de tussentijd werd de oude dievenelite langzaam eruit gewerkt door een nieuwe generatie jonge bandieten. Deze hielden zich niet meer aan de oude ongeschreven wetten, die het verboden om iemand zonder reden te vernederen. Complete wetteloosheid, die zich in de kampen met algemeen regime had ontwikkeld, werd overgenomen door de vroeger vrij gunstige kampen met strikt regime. De laagste kasten hadden het nu vele malen zwaarder te verduren. Mensen werden geschonden voor de lol of uit verveling. Er was maar een kleine reden voor nodig: lieftallig uiterlijk, zwakheid of een overdreven intelligentie.

Op een dag vond in het kamp een nooit eerder geziene voorval plaats. Geschonden Timoer Kovrov legde fysiek contact met een veelbelovende jonge gevangene uit de leidende kaste: Kovrov liep op hem af en begon zijn gezicht te likken. De zware jongen sloeg het 'haantje' halfdood, maar raakte zijn positie voor altijd kwijt. Erger nog, omdat hij nu zelf als 'vernederd' werd gezien, daalde hij af naar de laagste rang. Niet veel later had hij zich verhangen. Kovrov belandde in het ziekenhuis en na ontslag werd zijn straftermijn blijkbaar wegens verminking verkort.

Waarschijnlijk had niemand onthouden dat een paar dagen voor de vreemde aanval Sjoelga in gesprek was gegaan met Kovrov en hem tot de daad had aangezet. Kovrov werd een 'haantje' omdat hij als nieuweling in de maling was genomen en op een 'haantjesstoel' in de bioscoop moest gaan zitten. En al helemaal niemand wist zich nog te herinneren dat dezelfde zware jongen Sjoelga veel eerder openlijk had getart en beloofd 'de bebrilde ezel via de achterdeur wat verstand bij te brengen'.

Zo vond Sjoelga zijn bescherming tegen de criminele wereld: via willoze, vuile, gefolterde wezens, met aparte eetgerei met gaten, afgezonderde slaapplaatsen, wiens lot het was om hun mond te openen en in de pose te gaan staan.

Binnen een maand waren enkele gerespecteerde gevangenen 'gecontacteerd', die Sjoelga ooit hadden gekweld. Na de aanvallen van 'zelfmoordhaantjes' leefden de slachtoffers nooit lang: ze sneden hun polsen door of verhingen zichzelf. Anders zouden ze met geraffineerde wreedheid worden verkracht door hun eigen slachtoffers…

Sjoelga las het Boek regelmatig en ontving elke dag een kunstmatige, maar daarom niet minder effectieve charisma. Zelfs door de wol geverfde criminelen gaven hem zijn zin, zonder enig idee wat er gebeurde.

De geruchten over wie de 'geschondenen' tegen de zware jongens opzette bereikten de bendeleider—zelfs tussen de verschoppelingen waren er genoeg verklikkers. De leider kon niet begrijpen waar die zwakke eikel ineens zo'n geestelijke macht vandaan haalde. Hij voelde aan dat Sjoelga op een onverklaarbare wijze sjoemelde en kwam na veel gepeins tot de juiste conclusie. 's Nachts werd Sjoelga's Boek gestolen. De bendeleider werd er geen wijs uit, maar had in wezen wel gelijk over de oorzaak van de mysterieuze betovering.

's Ochtends kwam Sjoelga achter de diefstal. De barakkenloopjongen informeerde hem dat de bendeleiders de Professor wilden spreken. Sjoelga kon wel raden hoe het gesprek zou eindigen, maar het steeds opnieuw ervaarde gevoel van macht had van hem reeds een bijzonder persoon gemaakt.

De afrekening vond plaats op een houtkapterrein. In februari werd het vroeg donker. De bendeleider verwachtte geen weerstand. Hij had maar één vechter uit zijn entourage meegenomen en een 'stier', die eerst in het huis van bewaring had gewerkt, maar zijn leven had verspeeld en een 'torpedo' was geworden—het was zijn taak om de spring-in-het-veld-Professor te elimineren. De leider verwachtte eigenlijk niet dat het zo ver zou komen. Hij wilde aan Sjoelga voorstellen om zichzelf te verhangen, zodat de 'stier' geen moord op zijn geweten zou nemen. De stroop hing al aan een dragende tak.

Sjoelga zag er zo terneergeslagen uit dat niemand eraan had gedacht om hem op wapens te controleren. Helaas. In de mouw van zijn gewatteerde jas had Sjoelga een stevig stuk stalen pijp verborgen, verzwaard met zand.

De bendeleider zag met voldoening dat de Professor niet meer pulseerde van zelfvertrouwen en verzekerde zich er wederom van dat hij te maken had met een bedrieger, die de boel oplichtte met een soort hypnose.

Toen hij het vonnis had aangehoord, vroeg Sjoelga alleen waar het Boek nu was en beloofde het fantastische geheim te openbaren. De geïntrigeerde bendeleider haalde het Boek tevoorschijn.

Sjoelga schepte een handvol sneeuw op en wachtte even tot het was gesmolten. Vervolgens zwaaide hij met zijn arm zodat de pijp uit zijn mouw gleed en aan zijn natte hand vastvroor. Zijn eerste klap kwam op het hoofd van de 'torpedo' terecht. De dieven grepen naar hun messen, maar het slagwapen bewees zijn voordeel. Sjoelga kreeg zelf ook genoeg te verduren. Hij had nog net voldoende kracht om het Boek op te rapen voordat hij zijn bewustzijn verloor.

Het duel had een geheime getuige: gevangene Saveli Vorontsov. Hij was allang onder Sjoelga's magische invloed en toen hij aanvoelde dat er iets mis was, besloot hij zijn vriend te volgen. Hij was correct. Zijn hulp kwam de doodbloedende bibliothecaris erg van pas. Vorontsov trok de pijp los uit Sjoelga's hand, legde hem bij de dode 'torpedo' neer en sloeg alarm.

Na de mis-en-scène zag de situatie er heel anders uit: de 'stier' had verloren met kaarten en besloot de dievenleider een kopje kleiner te maken. Sjoelga probeerde ertussen te komen en raakte gewond.

De kampleiding geloofde het verhaaltje niet echt, maar accepteerde het als de hoofdverklaring, vooral omdat er maar twee getuigen waren—Vorontsov en de gewonde Sjoelga—en ze vertelden hetzelfde. Na een maand in een hospitaalbed keerde Sjoelga terug naar het kamp.

Een tweede poging tot moord wist Sjoelga te voorkomen. De dief die een nachtelijke aanslag voorbereidde op de Professor werd de dag daarvoor 'gecontacteerd' door de flikker Volkov, die ter plaatse stierf aan snijverwondingen, maar het leven van zijn baas redde.

De zware jongens besloten om Sjoelga voortaan met rust te laten. Ze konden hem niet respecteren, maar wisten ook dat het niet verstandig was om iemand lastig te vallen die met één woord een gerespecteerde dief tot een paria kon laten verworden.

Vanaf dat moment verliep Sjoelgas leven volgens een gezet schema: 's ochtends las hij het Boek, de rest van de dag heerste hij over de vernederden. Het kampbestuur besloot zich niet met de situatie te bemoeien. Sjoelga, in de rol van een sociaal tegenwicht, bracht de rust en orde die de leiding nodig had. Hiervoor kreeg hij onuitgesproken hulp. Zolang Sjoelga in het kamp zat, zorgden de zware jongens ervoor dat de ongeschreven wetten werden nageleefd en alle kasten leefden min of meer vreedzaam samen.

Sjoelga's naaste kameraden in de toekomstige bibliotheek werden de ooit geschonden Timoer Kovrov en de 'biggen' Saveli Vorontsov, Gennadi Frolov en Joeri Ljasjenko. Zij waren enkele jaren voor Sjoelga vrijgekomen. Zelf kwam hij in '86 vrij, na veertien van de vastgestelde vijftien jaar te hebben uitgezeten.

Sjoelga zocht zijn kampvrienden op. Samen met hen begon hij actief Boeken te verzamelen, aangezien het lot zelve van hem een 'bibliothecaris' had gemaakt. In het begin vertelde hij aan niemand het geheim, hij sprak alleen in raadsels en allegorieën. Zelfs de loyale Kovrov kwam pas heel laat achter de volledige waarheid. Toen de eerste Boeken der Herinnering en Boeken der Vreugde waren gevonden was Sjoelga altijd aanwezig bij de lezingen. Hij beweerde dat het effect van de Boeken alleen in zijn bijzijn bereikt kon worden.

Sjoelga omringde zich met de hem bekende menselijke materialen, die hij aan de onderkant van de maatschappij vond, in dievenholen en op vuilnisbelten. Voormalige 'reinigers', 'ezels' en 'fluitisten' werden onder Sjoelga's leiding een gevaarlijke kracht. Gevangenisvernederingen hadden alleen een gevoel van saamhorigheid en onverzoenlijke haat voor de maatschappij bij hen teweeggebracht en een sterke wens om wraak te nemen—op wie dan ook en op iedereen tegelijk. Het was deze bijzondere keuze van lezers waarin de bibliotheek van Sjoelga zo erg verschilde van soortgelijke gemeenschappen.

Waar bijvoorbeeld Lagoedov zijn heil zocht bij intellectuelen, steunde Sjoelga op de paria's. Behalve geschonden criminelen rekruteerden ze ook teleurgestelde sekteleden, zwervers, lege flessenverzamelaars, werkloze alcoholisten van de laagste soort en arbeidsgeschikte invaliden. Het is bekend dat de bibliotheek een heel collectief bedrijf van doofstomme timmerlieden heeft verworven, een stuk of vijftien potige mannen die erg handig waren met bijlen. Tegen het begin van jaren negentig telde de bibliotheek meer dan honderdvijftig lezers.

Voor het financieren van de clan hielden de 'burgers' zich bezig met hun gebruikelijke activiteiten: bedelen, kleine diefstallen, afpersing. De 'infanterie', ingewijde detectives, zochten naar Boeken.

Sjoelga had zich niet vergist in de keuze van zijn sociale omgeving. De grootste misvatting van de maatschappij was te denken dat paria's geestelijk zwak, onbetrouwbaar en laf waren. Integendeel, het lot van een verschoppeling grensde al aan uitverkorenheid. De mensen van Sjoelga, die dagelijks bij het Geheim waren betrokken, waren op hun eigen manier niet minder spiritueel en intelligent dan de ingenieurs van Lagoedov. Gromovs Boeken openden aan hen de weg naar een ander universum: mysterieus, ontzagwekkend, vol met raadsels en opwindende mystiek; ook daar werd gevochten met vele gevaarlijke tegenstanders, bestonden er regels voor het dagelijks leven en wetten voor veldslagen, was er plaats voor dapperheid en edelmoedigheid. Alle conflicten werden beslecht in een eerlijke, face-to-face-strijd, zoals dat in vroeger tijden werd gedaan. Er was ook een spirituele beloning, veel sterker dan een alcoholroes: de hoop en het geloof in het onverkende dat zou worden begiftigd door de nog ongelezen, in de toekomst te vinden Boeken.

Nee, natuurlijk liep niet altijd alles op rolletjes. In '89 werd de bibliotheek opgesplitst op initiatief van Frolov en Ljasjenko. Zij hielden twee Boeken der Macht achter, die tijdens een van de vele zoektochten waren gevonden. Frolov en Ljasjenko waren de leiders van de expeditie en na het verkrijgen van de Boeken uitten ze de wens voor een eigen leiderschapspositie.

Sjoelga wist dat een brute ingreep de situatie alleen zou verergeren. De splitsing was onvermijdelijk en, opdat het niet in bloedvergieten zou eindigen, besloot Sjoelga hem zelf in te leiden. Er werd een algemene vergadering gehouden, waarin de oprichting van twee nieuwe bibliotheken werd bekend gemaakt.

De splitsing verliep vredig. Volgens geruchten nam Frolov veertig mensen mee naar Sverdlovsk. Dertig anderen volgden Ljasjenko naar Sotsji. Sjoelga deed de nieuwe bibliothecarissen niet tekort en gaf ze elk een startkapitaal mee: drie Boeken der Herinnering en drie Boeken der Vreugde, zodat de nieuwe bibliotheken zonder problemen nieuwe lezers konden werven.

Van de oude kampgarde bleven alleen Kovrov en Vorontsov achter. De clan was gehalveerd, maar voorlopig was Sjoelga's alleenheerschappij bewaard gebleven. Kovrov en Vorontsov waren loyaal en zouden er nooit aan denken om zijn plaats in te nemen. Sjoelga's bibliotheek beschikte over zes Boeken der Herinnering, negen Boeken der Vreugde, vier Boeken der Berusting, één Boek der Razernij en één Boek der Macht.

MOKHOVA

Eind jaren tachtig en begin jaren negentig waren gevechten om Boeken tussen clans extreem bloederig en veelvuldig. De wreedheid van de lezers van Elizaveta Makarovna Mokhova's bibliotheek werd berucht. Het is goed om de geschiedenis van deze vrouw verder te belichten, aangezien zij in veel opzichten het lot van alle Gromov-verzamelaars heeft bepaald. Daarbij is over haar veel bekend.

Mokhova groeide op zonder vader, was een teruggetrokken kind, een middelmatige student en had geen boezemvriendinnen. Reeds op de basisschool legde ze een ongezonde eigenliefde aan de dag. Ze studeerde af aan de medisch academie en leefde twee jaar op kosten van haar moeder, terwijl ze ergens als schoonmaakster geregistreerd stond. Daarna deed ze een toelatingsexamen voor de avondopleiding farmacie. Overdag werkte ze bij een apotheek.

Toen ze in '83 haar tweede diploma had ontvangen, ging Mokhova bij een verzorgingstehuis werken.

Ze vond medicijnenbereiding leuk, in het laboratorium was het koel en rustig. Tussen de poeders en reageerbuizen genoot Mokhova van haar geheime macht over de aftandse verpleegden. Ze wist dat haar wens alleen voldoende was om een medicijn om te toveren tot een dodelijk gif, zonder dat ze ooit zou worden verdacht: Mokhova was een ijverige studente en begreep de fijne kneepjes van haar vak erg goed.

Soms mengde Mokhova voor de grap een of andere bijtend zooitje bij de huidcrème voor doorgelegen plekken en stelde zich voor hoe deze of gene oude vrouw ligt te schuren in bed en met haar artritispootje bij de oorzaak van de vlammende jeuk probeert te komen, of uren naar het donkere plafond ligt te staren terwijl ze in slaap probeert te komen na een rustgevend poedertje, voor de helft bestaand uit opwekkende cafeïne.

Met zulke spelletjes werden enkele jaren gevuld. Mokhova was nooit getrouwd. Hiervan gaf ze overigens de schuld aan haar moeder, met wie ze samenwoonde. Of het nu door de verwijten kwam of door innerlijke verdriet, haar moeder stierf. Zonder haar pensioen had Mokhova niet voldoende bestaansmiddelen, dus ging ze aanvullend parttime als zuster op de vrouwenafdeling werken.

In het begin viel het zwaar tegen. In de ziekenzalen hing een zware stank: de bedlegerige oudjes deden ter plekke hun behoefte. Enkele keren per dag meer dan honderd patiëntes wassen bleek onmogelijk en sommige verpleegsters kozen ervoor om de ramen open te houden voor frisse lucht. In het begin gingen de oude vrouwen dood aan verkoudheid, maar diegenen die het overleefden waren gehard en nu had juist het personeel meer last van de koude.

Om de stank bij zijn oorzaak aan te pakken gaven de verpleegsters de meest onzindelijke patiëntes minder te eten. Het enige wat de oude vrouwen nooit tekortkwamen was voedsel voor de geest. Ze kregen altijd kranten, tijdschriften zoals 'Gezondheid' en 'Arbeidster' of boeken uit de bibliotheek.

Mokhova had haar nieuwe taken snel geleerd, daarbij elimineerde ze het geurprobleem veel menslievender dan haar collega's. Haar professie kwam hier goed van pas. Mokhova bereidde een constiperend middeltje die de verpleegsters door het eten van de oude vrouwen mengden. Hierna gingen zelfs de meest verwoede poepers niet vaker dan één keer per week, en dan nog met droge keutels.

De belangrijkste mijlpaal in het leven van Mokhova was de dag dat de tachtigjarige Polina Vasiljevna Horn het zeer zeldzame Boek der Kracht in handen kreeg, in het wereldse leven 'Proletarskaja' genaamd.

Horn was een jaar eerder seniel geworden. Ze had haar spraakvermogen verloren en zei weinig, maar kon nog wel lezen. Ze begreep de woorden niet meer zo goed, maar kon ze nog uit de grafische tekens halen. Aan betekenis had ze geen behoefte. Op een slapeloze nacht las Horn het hele Boek der Kracht in één keer uit, volbracht beide Voorwaarden en stond op als Lazarus. Het Boek gaf haar tijdelijk haar energie en een gedeelte van haar verstand terug.

Mokhova kwam kijken waar het lawaai vandaan kwam en kwam in een wilde scène terecht.

Altijd op bed in een bevuild nachthemd, holde Horn nu tussen de bedden door in een kleine stapjes galop en greep alles vast wat ze zag. Ineens stond ze stil in het midden van de zaal en riep met moeite, alsof een kurk uit haar stomme keel schoot: 'Ilja Ehrenburg!' en bulderde van het lachen.

Daarna vielen de woorden achter elkaar uit haar mond, zoals hagel op een blikken dak: 'Lang geleden! Gelukt! Militair, militair! Dames! Rauw! Dames! Zo zie je maar, vergeten!!!' Ze probeerde de voorwerpen te benoemen die ze tegenkwam, maar het geheugen wilde niet meewerken en in plaats daarvan beschreef Horn hun eigenschappen. Ze trok het kussen onder het hoofd van haar buurvrouw vandaan en gromde: 'Lussen?! Kissen?! Zacht, fijn!!! Slaapje!' Of ze gooide een naaidoos om en riep: 'Vinger, muts! Zodat het niet prikt! Prikker!'

Andere oudjes beginnen wakker te worden en Mokhova besloot Horn vast te binden en een kalmeringsmiddelinjectie te geven.

Toen Horn de spuit met de troebele vloeistof in haar hand zag, ontbrandden haar ogen met vijandigheid. Ze durfde Mokhova echter niet aan te vallen en koos voor de aftocht. Horn huppelde met gemak als een berggeitje over nachtkastjes en bedden. Mokhova, die een halve eeuw jonger was, kon haar simpelweg niet bijhouden. Zich schamend voor haar sloomheid reageerde ze haar woede af op de wakker geworden patiëntes, die allemaal als speelgoedduikelaars rechtop waren gaan zitten en de achtervolging observeerden. Ze deelde links en rechts oorvegen uit omdat ze wist dat de arme demente oudjes het toch niet zouden kunnen navertellen.

Mokhova rende nog lang met de spuit in de hand achter de levendige Horn aan en hoopte het energie-ontnemende medicijn snel te kunnen inspuiten. Uiteindelijk dreef Mokhova Horn in een hoek en gooide haar op een nachtkastje neer. Horn vocht verwoed terug, schopte haar pantoffels uit en krabde haar aanvaller als een dier met alle vier de ledematen tegelijk. Ze reutelde bijna betekenisvol: 'Je bevuilt me! Hoer! Je besmet mij! Slet! Hoe oud ben jij?!' en haar haakvormige nagels, die leken op barnstenen, scheurden Mokhova's doktersjas aan flarden.

Na de nachtelijke injectie lag Horn twee dagen roerloos, daarna leefde ze wat op en pakte tegen de derde avond het boek weer op. Mokhova liet haar met rust, ze kwam alleen af en toe langs de zaal en hoorde onderbroken gemompel: Horn las eentonig het boek.

Rond middernacht kwam er weer lawaai uit de zaal. De geschiedenis herhaalde zich met als enig verschil dat Horn nog sterker was geworden en niet meer wegrende, maar de strijd aanging.

Al snel lag Horn op het bed, vastgebonden met riemen, en rolde wild met haar hoofd, waarop een paarse plek begon op te zwellen.

Mokhova had het niet minder zwaar te verduren gehad dan Lermontovs Mtsyri na zijn gevecht met een luipaard: op haar nek, gezicht, borst en handen zaten diepe bloedende krassen. Mokhova was heel kritisch op haar uiterlijk en de wonden maakten haar razend.

Ze sprong naar het bed en gaf Horn een harde klap in het gezicht. Met haar vuist voelde ze hoe het kunstgebit in tweeën kraakte.

De oude tang duwde de helften met een dikke tong uit haar mond en zei opeens duidelijk: 'Niet slaan, Lizka!'

Mokhova had haar hand al in de lucht voor een tweede klap… Het oudje begon te woelen en voegde er resoluut aan toe, haar zinnen opdelend in grommende woorden: 'Zal. Luisteren. Lees. Boek. Daar. Kracht.'

Horn vertelde Mokhova alles wat ze over het Boek had begrepen. Mokhova geloofde haar woorden niet meteen, maar veegde het bloed van haar gezicht en legde een koud kompres op haar kneuzing. De hele volgende dag dacht Mokhova ergens over na, daarna meldde ze zich ongepland voor een nachtdienst. De hulpverpleegster stuurde ze naar huis.

Mokhova was niet van plan om het Boek zelf te lezen, ze rekende erop dat Horn dat weer zou doen. Zij zou vervolgens de oude vrouw observeren. Maar de hoofdkneuzing had Horns gezondheid ernstig aangetast: toen de werking van het Boek voorbij was, viel Horn niet eens terug in haar gebruikelijke staat van futloze halve krankzinnigheid, ze lag alleen te kreunen in haar slaap.

Mokhova ging bij Horn zitten, dicht genoeg om haar reacties te kunnen observeren, en begon hardop te lezen. Dit bleek niet makkelijk te zijn, haar stem werd langzaam hees en haar concentratie verslapte. Maar Mokhova had zowel aan de academie als aan de universiteit gestudeerd en kon goed stampen.

Tegen het einde van de avond had Mokhova het Boek uitgelezen. De zaal was stil. Mokhova keek Polina Horn aan en schrok. De oude vrouw zat al rechtop. Haar benen, die leken op zwarte takken, hingen van het bed.

'Lizka!' brulde Horn best vredelievend en begon door de zaal te rennen om haar energie kwijt te raken.

Opeens begonnen de andere oudjes op te staan. Mokhova voelde een koude rilling over haar rug. Het Boek had nog geen effect op haar. Hardop lezen, gericht niet op zichzelf maar naar buiten, had de uitwerking vertraagd.

Mokhova glipte uit de zaal, deed de deur op slot en zette er een stoel tegenaan om door het bovenlicht de gebeurtenissen te observeren.

Wat ze zag was zowel beangstigend als vermakelijk. De oudjes maakten extreem stevige en wijde bewegingen met hun armen, waardoor het leek of ze zichzelf probeerden te knuffelen, hun benen schoten naar voren zoals bij de bewakers van Lenins mausoleum. Daarbij trokken ze aan een stuk door de vreemdste gezichten. Soms schoten ze woorden af: 'darmen', 'gezondheid', 'arbeidsverdiensten' of lachten gewoon hysterisch.

Net als Horn tijdens de eerste nacht benoemden ze de hen omringende voorwerpen.

'Potod, loodpot!' riep een vrouwtje met warrig haar die een balpen vasthad, 'Brieven maken!'

'Lampie!' riep een andere, starend naar het plafond.

Een derde dreunde op: 'Keteltje! Met warm watertje!'

Een vierde greep een wekker vast en reutelde geconcentreerd: 'Hoon! Hoon! Telehoon! Weet niet meer!' en gromde van woede: 'Tijd kijken!'

Wanneer de oude vrouwen elkaar tegen het lijf liepen, probeerden ze kennis te maken: 'Wat is je achternaam? Anna Kondratjevna! Ik ben vergeten wat ik wilde! Hoe oud? Ik heet Tarasenko! Achternaam?! Kroepnikova. Het was dus best een mooie jurk! En goed eten! Wat heeft u gegeten? Uw achternaam is Alimova? Galina! Alimola? Ik zei, zie, zag! U heet Galina? Galila. Dalila. Hoe oud bent u? Zes en twee roebels. Nee, en drie roebels!'

Toen ze Mokhova's gezicht tegen het deurglas geplakt zag, riep het oudje met de wekker woest: 'Spiegel!'

Mokhova voelde geen angst meer. Zij voelde de Kracht. Vanaf dat moment dacht Mokhova alleen aan hoe ze de geopenbaarde eigenschappen van het Boek zou toepassen. Ze was zeker niet van plan om een sensationeel artikel in een medisch tijdschrift te plaatsen.

Haar gedachten werden afgebroken door een zware klap op de deur. De oudjes hadden zich tot een levende stormram gevormd in de queeste om hun vrijheid te herwinnen.

Mokhova was niet bang voor de confrontatie. Zij had al geleerd dat de woeste oude tangen konden worden ingetoomd en aan haar wil onderworpen. Horn was hier het levende voorbeeld van. Mokhova had van tevoren een knuppel gemaakt: een stuk hoogspanningskabel met zware tinnen vulling van kabels.

Een nieuwe klap schudde de deur. Wieltjes van de bedden knarsten over het linoleum. Mokhova begreep deze tactiek toen het glas boven de deur eruit barstte en een oude vrouw in het raamkozijn bleef hangen. Het wapeningsnet van een bed had uitstekend als trampoline gefungeerd en de vrouw twee meter omhoog gekatapulteerd. Er bleven scherven glas in het kozijn achter en het oud wijf had haar buik opengehaald. Mekkerend van razernij probeerde ze alsnog verder te kruipen. Haar bloed sijpelde langzaam naar beneden en beschilderde de deur met omgekeerde Himalaya's. Het leek alsof de oude vrouw rode wortels had geschoten.

De lozing van de volgende luchtmilitair was succesvoller. Eerst verscheen in de raamopening een zwabber, waarmee snel de resterende scherven werden verwijderd. Het wapeningsnet piepte, een nieuw oudje vloog door de opening en kroop langs de deur naar beneden.

Mokhova gaf haar geen mogelijkheid om in de hal te komen en sloeg haar buiten westen met de knuppel. Daarna opende ze de deur en sprong een paar meter terug.

De oude wijven holden naar de hal en omcirkelden Mokhova. Horn stond bij de deur en nam geen deel aan het handgemeen.

De oude tangen gingen razend tekeer en huilden als wilde beesten, maar durfden niet aan te vallen. Als eentje haar tanden liet zien, klaar om te springen, zou ze de knuppel krijgen. Uiteindelijk nam een oude vrouw met de achternaam Reznikova het voortouw.

Ze stapte naar voren en ving de klap op met de zwabber. Vervolgens stak ze haar hand op. Het werd stil. Mokhova had geen haast en liet haar uitpraten. De klanken leken bijna op spraak: 'Nu, ten eerste, eerste stap! Wij moeten doen! Net als jullie, vorige keer! Vandaag deed ik, hoe heet het, vergeten! Ik deed vandaag heel slecht!'

Dit geraaskal bracht de rest van de bende in oproer van instemming, alleen Polina Horn vroeg honend: 'Reznikova, ben je getrouwd?'

'Vier jaar al!' beet zij terug, draaide zich fel om naar Mokhova en viel uit met de zwabber.

De zware kabel floot door de lucht en een straal vuilrode zooi uit Reznikova's mond besprenkelde de muur. Mokhova haalde een tweede keer uit en de oude vrouwen, jankend van onvrede, strompelden terug naar de zaal.

De pacificatie had maar weinig slachtoffers geëist: Reznikova's kaak was gebroken; de oude vrouw die op de scherven in het raamkozijn had vastgezeten had diepe snijwonden op haar buik. Ze werden naar hun bedden gebracht en Mokhova verleende eerste hulp aan de gewonden.

Al snel was het effect van het Boek uitgewerkt en de oude vrouwen vielen als mechanische opwindpoppen neer waar ze stonden.

Mokhova sleepte de lichamen naar de zaal en legde ze terug in hun bedden, waste het bloed van de deur en veegde het glas bij elkaar.

De tweede collectieve lezing bracht geen agressie-uitbarstingen tegen Mokhova meer mee. De oudjes waren volledig in haar macht en in veel opzichten was dat de verdienste van Horn, die op haar buurvrouwen inwerkte met overredingen of met de knuppel. Deze had Mokhova persoonlijk aan haar overhandigd als symbool van plaatselijke macht.

Polina Horn was niet meer praatgraag, in plaats daarvan werd haar geest rationeel en haar gedachten bondig.

Op advies van Horn las Mokhova het Boek in de loop van een week voor aan nieuwe zalen. Om mogelijke oproeren de kop in te drukken, waren Horn en een dozijn getemde oudjes bij elke lezing aanwezig.

Met elke dienst van Mokhova groeide de groep strijders. Het Boek had een heilzame invloed op de afgetakelde lichamen. In hun normale toestand hadden de oude vrouwen natuurlijk niet eens een honderdste van de kracht die het Boek hen gaf, maar hun geesten bleven min of meer helder.

Het miraculeuze effect van het Boek werd gedeeltelijk aan Mokhova toegeschreven. De vrouwen waren oud, eenzaam, vergeten door hun eigen kinderen en in hun harten flikkerde nog een lichtje van ongebruikte moederliefde. Niet gillerig of eisend, maar opofferingsgezind.

Horn voelde deze emotie aan bij de vrouwen. De eerstvolgende nacht werd Mokhova 'dochtertje' genoemd en de oudjes 'moeders'. Horn had het adoptieritueel goed doordacht. Hij was niet bepaald prettig of hygiënisch vanuit het oogpunt van Mokhova, maar Horn overtuigde haar om even vol te houden.

Elke vrouw smeerde wat van haar vaginale uitscheidingen op Mokhova's gezicht; dit symboliseerde dat Mokhova uit elk van hun baarmoeders ter wereld was gekomen. Ze zweerden hun 'dochtertje' tot aan hun graf te beschermen.

Zestig oude vrouwen deden mee aan het ritueel. Twintig nieuwe rekruten waren hiervan woeste en brullende getuigen. Ondertussen werden ze getemperd door opzichters, die hen met klappen op het achterhoofd duidelijk maakten dat zo snel mogelijk 'moeders' worden hun grootste geluk zou betekenen.

Diezelfde avond zei Horn tegen Mokhova: 'Personeel! Weg!' en trok met haar hand een lijn onder haar keel in imitatie van een slagersmes.

Het werd tijd voor resolute actie. Iemand had de directeur over de nachtelijke onrusten, kapotte ruiten en blauwe plekken verteld. Het was duidelijk dat deze voorvallen zich tijdens Mokhova's diensten voordeden en de gevolgen konden voor haar zeer ernstig zijn. Voor de operatie beschikte Mokhova over de loyale Horn en een wacht van ongeveer tachtig oude vrouwen.

Mokhova vertelde directeur Avanesov dat ze in het weekend een vermakende boekenlezing wilde houden op de vrouwenafdeling; volgens haar was dat belangrijk voor de gezondheid van de oude patiëntes. Avanesov had er niets op tegen.

Om elf uur 's ochtends kwam de vrouwelijke helft van het verzorgingstehuis in beweging. In de hallen weerklonk het constante gepiep van rollende ziekenhuisbedden. Lopende patiëntes brachten hun bedlegerige vriendinnen naar de verzamelplaats.

Mokhova had al ervaring opgedaan met verstaanbaar snellezen en was binnen een recordtijd klaar. Vanaf de mannenafdeling op de bovenverdieping kwamen af en toe nieuwgierige zusters kijken. Zij kregen te horen dat alles met de leiding was besproken. Linksom en rechtsom had Mokhova drie uur uitgewonnen. En wanneer de zuster van dienst de directeur belde om te vertellen over de door Mokhova verzamelde menigte, was het al te laat.

Avanesov kwam tegen de laatste pagina's aan. Hij beval kortaf om de patiëntes naar hun zalen terug te brengen. Mokhova sprak luider. Avanesov herhaalde zijn bevel en kreeg wederom geen antwoord. Hij dreigde Mokhova met ontslag wegens willekeur. Zusters en verpleegsters kwamen op zijn geschreeuw af. Ze grepen de ruggen van de bedden vast om de oudjes naar hun zalen te brengen. Toen hij merkte dat Mokhova niet op hem reageerde, liep de directeur op haar af. Ineens riep Mokhova: 'Einde!' en klapte het Boek dicht.

Op datzelfde moment trok de oude Stepanida Fetisova het infuus uit de arm van haar buurvrouw Irina Sjostak en gooide deze geïmproviseerde strop behendig om de nek van Avanesov. Zonder de constante toevoer van haar medicatie raakte Sjostak in coma, waar ze een minuut later weer uitkwam, toen het Boek begon te werken.

Het was onmogelijk de opstandelingen te bedwingen. Een slachting was begonnen en de met het infuus gewurgde Avanesov was nog maar het eerste slachtoffer.

Mokhova's leger kreeg ter plekke zijn vuurdoop. De vrouwen rekenden af met vier zusters, vijf verpleegsters, drie kokkinnen, twee afwassters-uitdeel-sters, de huishouder, de gecombineerde portier-elektricien-en-loodgieter en alle mannelijke patiënten, bijna vijftig stuks in totaal.

De oude vrouwen waren van tevoren opgedeeld. Aan het hoofd van elk tiental stond 'moeder-voorvrouw' die op haar beurt de bevelen van Mokhova of Horn opvolgde.

Twee détachementen werden meteen naar buiten gestuurd om de poort en de schutting te bewaken: niemand mocht ontsnappen.

De wegen naar het bureau van de directeur en de wachtkamer werden geblokkeerd om de mogelijkheid van een uitgaand telefoontje uit te sluiten. Uit de werkkast van portier Tsjizjov, waar hij voor de laatste keer in zijn leven wodka had zitten drinken, haalden ze een kloofbijl, een timmer-manshamer, een kleine voorhamer, een schroevendraaier met een lange steel, een breekijzer, een bats en een sneeuwschep.

De oude tangen drongen de keuken binnen. Daar vonden ze een half dozijn messen en een vleesbijl, waarmee ze meteen twee kokkinnen en af-wassters meedogenloos afmaakten. De derde kokkin, met de achternaam Ankoedinova, was een gigantische vrouw. Zij gooide de oude vrouwen met een paar krachtige armslagen van zich af, wist bij de uitgang te komen en verborg zich ergens op dezelfde verdieping. Zij werd voorlopig niet ach-tervolgd.

De sterkste oudjes, die het in hun vorige dorpsleven gewend waren om dieren en vogels te slachten, kregen de snijwapens. De voorhamer kwam in handen van een groot proletarisch exemplaar, voormalig monteuse.

De doodseskaders verspreidden zich over de verdiepingen. De zusters sloten zichzelf tevergeefs op in zalen. De voorhamer sloeg de deur van zijn hengsels en de oude krengen duwden grommend hun weg door de bres. Ze gooiden de vrouwen op de grond en, bij gebrek aan koude wapens, ver-scheurden ze met hun handen, beten met hun kunstgebitten het vlees kapot of verwijderden de rubberen bescherming van een kruk en sloegen hen met de houten poot in het gezicht, de borst en de buik.

Drie verpleegsters klommen op het dak en sloten het luik achter zich. Ze probeerden via de brandtrap beneden te komen. De oude wijven, bereid om te sterven maar niet om ontsnappingen toe te laten, sprongen uit de dichtstbijzijnde ramen en grepen zich muurvast aan de witte jassen van de vluchtelingen. De verpleegsters, verzwaard met dood gewicht, schoten gillend los en braken hun botten bij de val.

Op de mannenafdeling renden een stuk of tien vrouwen met kussens van bed naar bed en smoorden de verlamden. De lopende patiënten werden op Horns bevel samengedreven en doodgestoken. De oude mannen liepen gehoorzaam mee als een stel bokken, zonder een poging tot zelfredding te ondernemen.

Eentje wist te ontsnappen: oorlogsveteraan, gepensioneerde kolonel Nikolaj Kaledin. Ondanks zijn ouderdom waren zijn denk- en gevechtsvaardigheden intact.

Kaledin, kokkin Ankoedinova, verpleegsters Basova en Sjoebina en huishouder Protasov verdedigden zich moedig. Zij wisten naar de brandkast door te breken en bemachtigden twee breekijzers en een brandhaak.

Met de moed van Oudrussische sprookjeshelden brak de kleine groep meerdere keren door de oudewijvenformatie, maar ze konden nergens heen. Als eerste stierf Sjoebina, daarna de huishouder. Kokkin Ankoedinova, verpleegster Basova en de kolonel waren naar een muur gedreven en van een afstand vastgehouden door krukkenuitvallen in afwachting van de oudjes met messen en bijlen.

De bedden werden met lijken verzwaard. Met deze extra slagkracht stormden ze als vrachtwagens op hun doel af. De kolonel, Ankoedinova en Basova werden in de muur geramd. Toen Kaledin viel, werd hij meteen afgemaakt. Mokhova beval om de moedige kokkin en verpleegster in leven te laten.

De vrouwen waren niet jong, maar hadden een buitengewone fysieke kracht en vechtvermogen: dit vertelde Horn aan Mokhova en stelde voor om Ankoedinova en Basova naar hun zijde te lokken.

Uiteindelijk was het Tehuis binnen een uur ingenomen. Mokhova's leger was maar zes 'moeders' kwijtgeraakt. Een stuk of tien waren lichtgewond.

Maandag kwam de nieuwe ploeg naar het werk: vrouwelijke arts, hoofdzuster, verpleegsters. Deze werden gewoon gevangengenomen, bang gemaakt en onderworpen aan de nieuwe orde. Nieuwe slachtoffers waren onnodig, de oude vrouwen hadden reeds de kracht gevoeld.

Vreemd genoeg kwam niemand iets te weten over de bloederige overname. Het gebouw stond aan de rand van de stad. De patiënten werden weinig bezocht. De laatste controle werd een maand voor de overname gehouden en de commissie zou pas in het nieuwe jaar terugkomen. Het land kreeg te maken met woelige tijden en de overheid had geen tijd voor ouderen.

Mokhova bestudeerde aandachtig de persoonlijke dossiers van alle vermoordde medewerkers van het Tehuis. Geen van hen had een gezin.

Directeur Avanesov was op leeftijd en woonde alleen. In zijn appartement werd een besje geplaatst die zich voordeed als zijn zus. Om mogelijke gasten te ontvangen en controles te ondergaan hadden ze de gebroken arts en hoofdzuster. Mokhova ging naar de vergaderingen in de sociale dienst, gewapend met een valse brief met Avanesovs stempel.

De verpleegsters waren ideaal: zij kwamen twintig jaar geleden uit verre dorpen naar de stad, volledig opgegeven door hun families. Hun leven was mislukt, ze werkten hard, waren nooit getrouwd, leefden in diepe armoede in gedeelde woningen. De huisbazen van deze woningen kregen brieven van Mokhova: die en die had eindelijk een appartement gekregen.

Portier Tsjizjov, twee alleenstaande zusters en de afwassters woonden tijdelijk in een huisje op het terrein, dus zij waren geen probleem. Het salaris van de doden werd nog jaren genoteerd, hun toekomstige ontslagpapieren lagen al klaar.

Uit naam van huishouder Protasov werd een document opgesteld, waarin hij verklaarde nieuw werk te hebben gevonden in Oeral. De gestorven kokkinnen werden volgens valse documenten naar een of ander gat gestuurd. De huisgenoot van een van de zusters kreeg een neppe brief, waarin 'zij' schreef dat ze met haar minnaar naar het Verre Oosten was afgereisd. De tweede zuster was gescheiden en had alleen haar moeder en zoon bij zich wonen. Deze werden met koolmonoxide vergast door een zelfmoord-oudje.

Er bleven alleen nog de vele dode mannelijke patiënten over en de begrafenisproblemen die zij met zich meebrachten. Zelfs door het Boek versterkte oude vrouwen konden gezamenlijk niet zoveel mensen begraven. Mokhova huurde simpelweg een graafmachine in en verklaarde dat er een put moest komen voor de nieuwe wasserij.

De graver groef binnen een dag het gat en alle lijken werden erin gedumpt. De oude mannen hadden geen bekende naasten en als er ineens toch iemand voor ze zou komen, dan lag er voor elke patiënt een doodsakte klaar.

Het ingenomen Tehuis werd Mokhova's burcht: in burgerlijke zin was het bijna niet in te nemen, met een drie meter hoge schutting en een stevige poort. In de portiek zat altijd een slapeloze conciërge, de schutting werd door een bewapend détachement gepatrouilleerd.

Het leger has een ijzeren discipline en perfecte gehoorzaamheid. Mokhova had een goed tegenwicht gevonden voor zowel de uitverkoren intellectuelen van Lagoedov als het lompenproletariaat van Sjoelga: het principe van collectief moederschap bleek een betrouwbaar ideologisch platform te zijn.

Voormalig docent aan de vakgroep marxisme-leninisme Polina Vasiljevna Horn had veel kennis in huis. Ze wist bijvoorbeeld dat geen enkele organisatie zonder een algemeen toekomstperspectief een lang leven was beschoren. 'Beloof ze het eeuwige leven. Dan zien we wel weer,' adviseerde ze Mokhova.

Mokhova verzamelde haar leger op het erf en vertelde over de Boeken en het Grote Doel. Haar verhaal kwam erop neer dat iedereen die tot het einde aan Mokhova's zijde bleef, zou worden beloond met het eeuwige leven. De oude vrouwen, die deze twijfelachtige boodschap hadden aangehoord, vulden de binnenplaats met jubelend gebrul. Zij hadden nu een Grote Wens.

DE DREIGING VAN MOKHOVA

Gromovs boeken moesten natuurlijk nog gevonden worden en in deze onderneming was Mokhova uitermate succesvol. Zij begon veel later dan haar concurrenten, maar haalde hen vrij snel in. Het duurde niet lang totdat haar verzameling die van de leidende bibliotheken had overtroffen.

De oude vrouwen, net als in het lied over 'stalen vogel'-vliegeskaders, kwamen op plaatsen waar geen pantsertrein doorheen kon scheuren, geen norse tank heen kon kruipen en geen opsporingstroepen van vijandige clans konden komen.

De oudevrouwenwereld was een apart universum, omvangrijk en welvoorzien van mogelijkheden en connecties. De relaties van de oude vrouwen strekten zich uit als een web over het hele land. 'Moeders' schreven brieven, hingen aan de telefoon en stuurden telegrammen aan hun kennissen. Vaak brachten simpele praatjes op een bankje voor de portiek meer voordeel dan maandenlange razzia's van verkenners van een Sjoelga of een Lagoedov. Er was overal een Marja Ivanovna te vinden die toegang had tot informatie-opslagen: eenvoudige schoonmaaksters en conciërges van bibliotheken en archieven die naast hun zielig pensioentje moesten bijverdienen om rond te kunnen komen. Deze overal binnendringende vrouwen werden door Mokhova's rivalen met veel hatelijkheid 'zwabbers' genoemd.

De oudjes hadden het Gromov-universum met een spionnenweb omwikkeld. Zij onderschepten met gemak vijandige verkenners wanneer zij, zich van geen kwaad bewust, met hun vangst thuiskwamen. Ze werden in treinen volgegoten met alcohol tot de dood erop volgde of 's nachts bij tussenstations, in zwarte portieken of in verlaten straten opgewacht. De Boeken vloeiden richting Mokhova.

Als de andere bibliotheken geen tegenmaatregelen hadden getroffen, zou Mokhova waarschijnlijk de volledige verzameling van Gromov in handen hebben gekregen. Geruchten gaan dat juist haar mensen de volledige lijst van Gromovs werken uit de Staatsbibliotheek hadden gestolen, maar hij kwam nooit bij Mokhova aan. Dit was te danken aan de reeds opgedoekte clan van Stepan Goerjev, voormalig gouddelver.

Zijn bibliotheek bevond zich in Altaj, naast de goudmijnen Bagrjanyi en Severnyi. De mijnen waren allang verlaten en de 'lezers' ontgonnen ze verder om hun levens en de zoektocht naar de Boeken te kunnen bekostigen. De mensen in Goerjevs bibliotheek waren doorgewinterd. Op een bepaald moment toonde een groep overgewaaide Tsjetsjenen interesse in de goudmijnen. De arrogante immigranten uit de Kaukasus werden in een barak gelokt en levend verbrand...

Goerjevs mensen namen de koerier gevangen. De oude vrouw legde uitzonderlijke zelfopoffering aan de dag en had alle kartonnen plaatjes opgegeten. De cipiers openden haar maag in de hoop de kaartjes op de een of andere manier te kunnen reconstrueren, maar vonden alleen volledig uitgekauwde en onleesbare flarden. De hoeveelheid plaatjes deed echter vermoeden dat er in totaal zeven Boeken bestonden.

De zoektochten vereisten niet alleen geduld, maar ook geld. Mokhova had er tijdig voor gezorgd dat een van haar mensen hoofdboekhoudster was geworden bij de sociale dienst. De snuggere dame had ervoor gezorgd dat het Tehuis als het ware uit het zicht van de officiële overheid verdween, maar nog vele jaren overheidsfinanciering zou ontvangen.

Het Tehuis bood plaats aan vierhonderd 'moeders'. De aanwas van oude mensen stopte nooit: de mannen werden naar oud gebruik meteen vermoord, de vrouwen bewapend.

Binnen twee jaar had Mokhova het meest veeltallige en machtigste leger van alle clans gevormd. De gemiddelde leeftijd van de 'moeders' was ook enigszins gezakt. Uit het voorbeeld van Ankoedinova en Basova had Mokhova begrepen dat het leger ook jongere rekruten nodig had. De stokoude vrouwen waren uitstekende soldaten, maar alleen zolang het Boek op hen inwerkte. De rest van de tijd was maar een derde van de strijdkrachten beschikbaar. Nog geen week na de overname van het Tehuis werden nieuwe leden geworven.

De droom van een eeuwig leven in eigen lichaam had veel overeenkomsten met de ideologie van Jehova's Getuigen. Misschien was het daarom dat Mokhova de gelederen vaak aanvulde met sekteleden van middelbare leeftijd: zij kwamen graag aan haar zijde, de voorkeur gevend aan mes en bijl over het verspreiden van domme boekjes.

De oudjes betrokken ook hun bejaarde, maar nog sterke dochters. Aan de drank, gescheiden, gewoonweg eenzaam, boos op de hele wereld, bleven zij voor altijd in het Tehuis en kozen de strijd voor onsterfelijkheid.

Niemand leerde vechten. Horn besloot dat het verstandig was om oude reflexen in stand te houden. De vrouwen kregen de wapens in handen waar ze hun hele leven al mee bekend waren. Dorpsvrouwen konden even goed overweg met een bijl, mes, zeis en dorsvlegel. Voormalig werksters in depots, fabrieken, bouwputten, wegwerksters kregen vertrouwde oranje bodywarmers, breekijzers, voorhamers, scheppen en houwelen.

Het moet gezegd worden, het geloof in vrouwelijke zwakte was altijd een serieuze misvatting. Na jaren zware arbeid zal elk lichaam enorme spierkracht ontwikkelen. De vrouwen takelden mentaal af en vergaten dat ze vroeger in de bouw zonder ophouden met breekijzers en bijlen zwaaiden, bij spoorwerken met bielzen en stukken spoorstaven sleepten, en emmers en kruiwagens vol met niet te tillen mortel rondbrachten.

Niemand was ook maar enigszins verbaasd dat een Chinese meester in de krijgskunsten, een broos opaatje, tien jonge tegenstaanders kan verslaan. Vrouwen die hun leven lang hard hadden gewerkt, beschikten ook over enorme fysieke mogelijkheden. Het Boek hielp ze alleen het afgestompte gevoel van Kracht te herinneren.

De infanterie van wegwerksters en kolchozenboerinnen, wiens lichamen leken te bestaan uit lood, verpletterde de clans van Sjoelga's voormalige medestanders, Frolov en Ljasjenko. Tijdens de bloederige veldtochten had één vrouw zich bijzonder onderscheiden, de vijftigjarige kraanmachiniste Dankevitsj Olga Petrovna. Zij was zodanig aangesterkt dat ze als wapen een haak van een hijskraan had gekozen die aan een drie meter lange kabel vastzat. Eén klap van deze strijdvlegel zou een neushoorn vellen. Tientallen lezers en zelfs bibliothecarissen hadden aan het uiteinde van haar monsterlijke haak de dood gevonden.

Toen met Goerjevs clan was afgerekend—Mokhova's wraak voor de opengereten darmen van haar koerier was wreed—werd de boven ieders hoofd hangende dreiging duidelijk. Vanaf dat moment werd een oudere vrouw voor een lange tijd symbool voor gevaar en als synoniem gebruikt voor wrede list.

In '95 verenigden de bibliotheken zich tegen de tirannie van Mokhova. Daarnaast had de coalitie een belangrijke taak: het Boek der Kracht weghalen dat Mokhova tot haar beschikking had. Er gingen geruchten dat alle gevonden Boeken der Kracht werden vernietigd en dat dit sowieso extreem schaarse Boek misschien wel het laatste exemplaar was. Hoe de bibliotheken het Boek daarna wilden verdelen is niet duidelijk.

Er werd gesteld dat het Boek der Kracht moest worden verbrand, of dat het gemeenschappelijk zou worden, maar niemand maakte aanstalten om te verklaren hoe dat precies in zijn werk zou gaan. Deze vraag werd ontweken om geen onnodige chaos te veroorzaken. In ieder geval was iedereen het eens over een ding: de heerschappij van Mokhova moest ten einde komen.

De coalitietroepen omvatten zestien bibliotheken en telden ongeveer tweeduizend leden uit verschillende steden: Saratov, Tomsk, Perm, Kostroma, Oefa, Krasnojarsk, Khabarovsk, Lipetsk, Sverdlovsk, Penza, Belgorod, Vladimir, Rjazan, Vorkoeta, Kazan, Tsjeljabinsk. Deze werden aangevuld met zeshonderd gewapende vrijwilligers uit leeszalen.

Mokhova gooide bijna drieduizend 'moeders' in de strijd. Zelf nam ze wijselijk geen deel aan het gevecht. Polina Horn voerde het bevel over de strijdmachten.

BIBLIOTHEKEN EN LEESZALEN

Een leeszaal was een kleine groepering rond één exemplaar van het Boek der Vreugde, Boek der Herinnering, of, minder vaak, het Boek der Berusting.

Het hele Gromov-universum begon met zulke kleine groepjes. Een enkeling ontdekte het geheim van een Boek. Om hem heen vormde zich een leeszaal: vrienden die hij inwijdde. Als iemand met een gezin zich bij een leeszaal voegde, volgden zijn naasten vrij snel, wat werd gedoogd. Maar elk touwtje heeft een einde en op een bepaald moment werden er geen nieuwe leden meer toegelaten.

De leeszaal was ook het fundament waarop na verloop van tijd een bibliotheek kon worden gevormd. Ook het tegenovergestelde kon gebeuren: als gevolg van een afrekening kon een kleine clan tot een leeszaal krimpen.

Het leespubliek was verschillend, van alle leeftijden en beroepen. Elke lezer was moreel en, wat niet onbelangrijk was, financieel onafhankelijk. Hierin lag het voordeel van een leeszaal ten opzichte van een bibliotheek, waar de lezers een deel van hun salaris moesten inleveren als zogenaamde contributie voor het bekostigen van de zoektocht naar de Boeken en de ondersteuning van organisatorische structuren.

Net als bij een bibliotheek was één persoon de leider van een leeszaal: hij werd de bibliothecaris genoemd. Dit was de eigenaar van het Boek of diegene die door de leeszaal als Boekbewaarder was aangewezen. De leeszalen hadden geen interesse in het verzamelen van Boeken. Mensen namen genoegen met wat ze hadden en hielden zich aan een eerlijke volgorde van lezingen.

In het begin hadden bibliotheken en leeszalen niets met elkaar te maken, ook al wisten ze van elkaars bestaan af. Maar wanneer de bibliotheken macht en Boeken hadden verzameld, strookte het bestaan van concurrenten niet meer met hun totalitaire plannen.

De leeszalen werden gechanteerd en bang gemaakt. Ze kregen het voorstel om hun Boek vrijwillig in te leveren voor een lidmaatschap bij een bibliotheek. Soms werden hen hun Boeken ontnomen. Deze openlijke diefstal kreeg een officiële uitleg: de leeszaal werd ervan beschuldigd een broedplaats voor overschrijvers te zijn. De leiders van grote bibliotheken moesten de vervalsingen op elke mogelijke wijze tegengaan.

Uit het niets doken brandstichters op: hellegebroed, ontsproten aan de wil van de grote clans. De brandstichters vielen leeszalen aan, stolen hun Boeken en verbrandden ze. De bibliotheken konden deze verliezen makkelijk aan, zij hadden voldoende reserve-exemplaren in hun opslag. De berooide lezers, daarentegen, konden na het verlies van hun enige Boek maar één kant op: naar een bibliotheek.

Het was tegen de achtergrond van deze paradoxale situatie dat de ster van Mokhova boven de Gromov-horizon had gerezen. Na enkele mislukte aanvallen op de opslagen van autoritaire bibliotheken door haar oude tangen werd het duidelijk dat een groot gevecht niet zou uitblijven. In de noordelijke zone van Rusland werd een geschikt veld gevonden, naast het verlaten dorp Neverbino.

Toen richtten de vertegenwoordigers van enkele clans, onder andere van Lagoedov en Sjoelga, zich tot de leeszalen. Zij zouden volledige immuniteit krijgen in ruil voor hun hulp in de strijd tegen Mokhova. Daarom meldden zich zo veel vrijwilligers bij Neverbino. Zij kwamen uit alle hoeken van het land om met wapens ter hand voor hun leeszalen en Boeken te vechten.

DE SLAG BIJ NEVERBINO

De coalitietroepen waren primitief georganiseerd, naar het voorbeeld van de Russische troepen bij de Slag op het Koelikovo-veld. De stafofficieren hadden geen verstand van moderne oorlogstactieken, maar zoals later zou blijken waren het wel behoorlijk praktische mensen.

Aan de voorhoede stonden de wacht- en frontregimenten die uit leeszalen bestonden. Daarachter bevond zich het grote regiment uit legers van zes bibliotheken, aan de flanken werden ze beschermd door de regimenten van de Linker- en de Rechterhand, elk uit vier geconsolideerde détachementen. Achter het grote regiment had Sjoelga's clan zich verscholen, onder de naam van reserveregiment. Lagoedovs détachement had zich in het nabije bosje opgesteld, bij wijze van een hinderlaagregiment. Ook deze troepen waren maar van bedenkelijke slagkracht.

Uit geheime bewaarplaatsen kwamen exemplaren van het Boek der Berusting tevoorschijn. Speciale voorlezers verzamelden groepen van vijftig mensen om zich heen en lazen de Boeken totdat ze hees werden. De lichamen van de strijders werden op deze manier onvatbaar voor pijn.

De parallellen met Koelikovo werden versterkt door een niet-plaatsgevonden duel. De kraanmachiniste Dankevitsj, met de verschrikkelijke haak boven haar hoofd zwaaiend, daagde de vechters uit, maar geen enkele bibliotheek had een moedige Peresvet meegenomen.

De slag begon rond twee uur 's nachts. Volgepompt met kracht vielen de 'moeders' de wacht- en frontregimenten aan. Na zware verliezen trokken de vrijwilligers zich terug.

Op een heuveltje, omringd door haar garde, gaf Horn bevelen. Toen ze zag dat de frontale aanval zichzelf had uitgeput en een lange en nadelige slag dreigde te worden, creëerde Horn numeriek overgewicht door zeshonderd op het regiment van de Linkerhand af te sturen. Deze hield binnen vijftien minuten op te bestaan, platgewalst door de hamers van spoorwegwerksters.

Sjoelga's reserveregiment, wiens taak het was om een omtrekking van de flanken te voorkomen, liet de Linkerhand aan hun lot over, liep om de Rechterhand heen en trok richting de verhoging met Horns hoofdkwartier.

De détachementen onder leiding van de krachtige Dankevitsj vielen de achterhoede van de coalitie aan en dreigden de troepen te omsingelen. De doorgebroken 'moeders' werden op hun beurt in de rug aangevallen door het hinderlaagregiment van Lagoedovs troepen. De plotselinge verschijning van verse troepen veranderde de situatie weinig. De coalitietroepen hadden hun redding enkel aan tijd te danken. Het effect van het Boek der Kracht was gedeeltelijk uitgewerkt: het Boek was van tevoren gelezen om de oude vrouwen van voldoende kracht te voorzien voor de geforceerde mars vanaf het treinstation.

In een verwoede slag kwamen Horns lijfwachten om het leven. Een oudje dat erg op Horn leek werd door Sjoelga's soldaten teruggedreven. Zij vocht hen onverschrokken van zich af totdat Sjoelga, opgehitst door het Boek der Razernij, de schedel van zijn plotseling verzwakte tegenstandster in tweeën spleet.

De dood van hun aanvoerster gaf aan Mokhova's troepen het signaal om zich massaal terug te trekken. De al lopend zwakker wordende oudjes werden net als Mamai naar het treinstation gedreven. Maar enkele tientallen ontsprongen de dood.

Er gingen geruchten dat Horn het had overleefd. Haar dubbelganger was vermoord, maar Horn zelf had, samen met een stuk of twintig van haar nog energieke naaste medestrijdsters, weten te ontkomen. Enkele dagen later kwamen ze veilig aan bij hun citadel: het verzorgingstehuis. Deze informatie werd echter niet bekendgemaakt.

Veel stemmen gingen op om Mokhova in haar hol af te maken en het Tehuis te bestormen, anders zou de hydra nieuwe grijze hoofden groeien. Dit voorstel werd afgewezen met de redenering dat Mokhova verleden tijd was, dat haar 'tanden waren uitgetrokken': op de plaats van Horns hoofdkwartier werd een verkoold Boek der Kracht gevonden. Het idee was dat Horn, de nederlaag aanvoelend, het unieke en waarschijnlijk enige exemplaar van het Boek had vernietigd.

De overwinning had een hoge tol geëist. De coalitie verloor ongeveer duizend mensen in de strijd. Honderden waren gewond of verminkt. Het behoeft geen betoog dat de leeszalen de meeste leden hadden verloren.

De lichamen van de overledenen werden naar een diep ravijn gebracht, bedolven onder bijtende meststoffen om de ontbinding te versnellen en bedekt met aarde, zodat er geen gat meer overbleef. In de aarde werden zaden van kleefkruiden en andere snelgroeiende onkruid gegooid. In de lente bloeiden boven het ravijn gigantische klissen, die de lichamen van de Neverbino-doden voor altijd zouden verbergen.

Tijdens de thuisreis mopperden de vrijwilligers en de leiders van de ernstig gehavende bibliotheken met zachte stemmen dat de slachterij bij Neverbino expres door de analytici van Mokhova, Lagoedov en Sjoelga was gepland om het buitensporige aantal mensen die bekend waren met Gromov terug te dringen. Het gevecht had hun wereld tot driekwart gereduceerd.

Ongeveer rond deze tijd werd ook een nieuw machts- en bestuursorgaan gevormd: de Raad van Bibliotheken. Lagoedov had het gevecht met minimale verliezen voor zijn clan overleefd en was invloedrijker dan ooit tevoren. Hij stelde voor dat het voorzitterschap alleen voorbehouden mocht zijn aan de 'originele bibliothecarissen,' oftewel aan hen die zelfstandig het geheim van de Boeken hadden doorgrond. Hiervan waren er na de slag bij Neverbino officieel nog maar twee: Lagoedov en Sjoelga. Bibliothecaris Smolitsj uit Krasnojarsk, Nilin uit Rjazan en Avilova uit Lipetsk waren overleden.

De Raad bekrachtigde het verdict waarin aan leeszalen immuniteit werd verstrekt. Er kwam een zorgvuldige census. De leeszalen werden meestal vernoemd naar de woonplaats van de lezers, soms was de benaming een afgeleide van de achternaam van de bibliothecaris of oprichter.

Alle leeszalen, behalve de veteranen van Neverbino, verplichtten zich ertoe om een tiende van hun opbrengst aan de Raad af te dragen. Uiteraard werden de inkomsten bewust laag gehouden en gaven de lezers valse informatie op. Daarom maakte de Raad de regels strenger en verving de genadige tien procent voor een jaarlijkse belasting: per Boek moest een bepaald bedrag worden bepaald.

Vooruitkijkend moet ook worden gezegd dat de Raad zich zelf niet tot deze maatregelen zou beperken en uiteindelijk alle vrijheden volledig zou afschaffen. De leeszalen werden verplicht om een abonnement te nemen. Van nu af aan behoorde het boek alleen in naam aan de leeszaal. De feitelijke eigenaar was de Raad, die het boek aan de leeszaal in bruikleen gaf.

Er werden ook strafwetten opgesteld. Een leeszaal die twee ernstige overtredingen was begaan, werd uit naam van de Raad ontbonden en hun Boek werd ingenomen. Insubordinatie werd zeer streng bestraft.

Als overtreding werd bijvoorbeeld gezien een overschrijver als lid hebben of onnodige openbaarmakingen door een lezer aan de buitenwereld, diefstal, verheimelijking van een nieuwgevonden Boek; kortom, elke daad die het samenzweringskarakter van het Gromov-universum in gevaar zou kunnen brengen.

Helaas werd het immuniteitsverdict geregeld overtreden, al was het omdat veel bibliotheken die bijvoorbeeld geen deel hadden genomen aan de slag bij Neverbino het niet hadden geratificeerd. Deze clans, die ook geen lid waren van de Raad, handelden grof en wreed, zoals alle veroveraars dat doen. Zelfs als het was gelukt om tijdens een gevecht hun Boek te beschermen, viel de ernstig verzwakte leeszaal al snel en gemakkelijk ten prooi aan plunderaars of rovende clans.

Er vonden ook kunstig opgezette provocaties plaats. Het was voldoende om een ongewenste leeszaal tweemaal te compromitteren en de Raad bracht onmiddellijk een besluit tot ontbinding uit. In zulke gevallen waren enkele sociale rehabilitatieprogramma's beschikbaar. Het werd als groot geluk beschouwd wanneer alle lezers samen bij de dichtstbijzijnde bibliotheek konden worden ingeschreven. Daarbij was het begrip 'dichtstbijzijnd' erg relatief. Het Boek bevond zich vaak honderden kilometers bij de lezers vandaan. De contributies en reiskosten waren maar al te goed voelbaar in de portemonnee.

Veel vaker waren de gevolgen van de ontbinding echter tragischer. De plaatselijke of regionale bibliotheek weigerden alle vreemdelingen tegelijk op te nemen, omdat ze 'overvol' waren. De voorkeur ging uit naar leden met een enigszins acceptabel inkomen, op basis waarvan vervolgens de contributie werd berekend. Lezers met kleine salarissen werden naar andere bibliotheken met vrije plaatsen gestuurd. Je kunt je wel voorstellen wat het betekende voor een inwoner van Omsk om in Irkoetsk of Krasnojarsk te worden geplaatst. Velen weigerden te verhuizen en werden gegadigden, 'lijders'. Deze gebroken mensen raakten meestal aan lager wal en verbitterden. Juist zij werden door de Raad tot brandstichters gekozen. De huurlingen waren voor alle vuile klusjes te vinden, want de beloning voor hun werk was een Boek.

Voor de lezers die zich niet aan de wil van de Raad schikten zat er niets anders op dan het gevecht aan te gaan en de vijand face-to-face aan te pakken, die in grote numerieke meerderheid op hen afkwam. Het zal duidelijk zijn wat de uitkomst was van deze gevechten. Twintig moedige beschermers van de leeszaal tegen honderden keurtroepen van de Raad…

In deze woelige tijden werd ik bibliothecaris. Mijn leeszaal beschikte over een Boek der Herinnering en werd door zeventien lezers bezocht.

DEEL II: DE SJIRONIN-LEESZAAL

HET BOEK DER HERINNERING

Zelf had ik het boek pas een maand na het aanvaarden van mijn functie gelezen. En ik zal eerlijk zijn, ik heb het daarna niet vaak herlezen. De opgeroepen 'herinnering' was altijd dezelfde en soms dacht ik dat zij, als een broek, na veel herhalingen zou slijten.

Eigenlijk is het bijna onmogelijk om de beleving een herinnering of memorie te noemen. Droom, visie, hallucinatie, al deze woorden zijn ook geen juiste weergave van de complexe staat waarin het Boek de lezer onderdompelde. Ikzelf werd gepresenteerd met een volledig fictieve kindertijd. Deze was zo hartelijk en vreugdevol dat ik er meteen in geloofde, mede omdat ik er het gevoel bij kreeg dat ik de visioenen ook daadwerkelijk had beleefd. Vergeleken hiermee waren mijn echte herinneringen slechts een bloedeloze schaduw. Bovendien was de waarneming van deze driedimensionale fantoom kleurrijker en intenser dan het leven zelf en bestond zij alleen uit kristallen van geluk en goedaardig verdriet die de in elkaar overvloeiende gebeurtenissen belichtten.

De 'herinnering' had ook een muzikale ondergrond, waarin vele melodieën en stemmen werden verweven. Ik ontwaarde 'Het prachtige verweg' en 'De gevleugelde schommel', de witte berin zong een slaapliedje voor Oemka, met zijn fluwelen bariton bezong de Troubadour 'de gouden zonnestraal', een schattige meisjesstem vroeg een hert om haar mee te nemen naar het magische hertenland 'waar dennen tot aan de hemel reiken, daar wonen wezens uit sprookjesrijken'. En samen met deze dennen reikte mijn hart naar de hemel en vloog weg, als een vogel die uit warme handen wordt vrijgelaten.

Tegen de achtergrond van deze met verrukte tranen bedekte potpourri zag ik rondedansen om de kerstboom, vrolijkheid, cadeautjes, sleeritjes, luid blaffende puppy met hangoren, voorjaarsdooien, beekjes, meifeesten met spandoeken en onvoorstelbare vlieghoogten op de schouders van mijn vader. Een veld met mistige paardenbloemen strekte zich uit zo ver als het oog reikte, katoenen wolkjes zeilden door de lucht, een pittoresk meertje, doorgestoken met riet, beefde in de wind. In het warme, ondiepe water schoten zilverkleurige jonge visjes heen en weer, in het door de zon licht vergeelde gras tjirpten krekels, paarse libellen hingen onbeweeglijk in de lucht en bewogen hun hoofdjes vol edele pailletjes.

Ik 'herinnerde' mij mijn schooltijd. Een nieuwe rugzak, gekleurde potloden en een schoonschrijfschrift op de schoolbank, geopend op de pagina met de onhandig, maar nauwgezet geschreven woorden, voor altijd in mijn hart: 'moederland' en 'Moskou'. Eerste schooljuf Maria Viktorovna Latynina opende mijn agenda en zette er een rode tien voor schoonschrijven in. Een geweldig ruikend nieuw wiskundeboek, waarin konijnen werden opgeteld en appels werden afgetrokken, en een schoolboek over de kennis der natuur, geurig als een bos.

De lessen werden onopgemerkt volwassener: algebra, geografie, maar al deze kennis werd makkelijk en vrolijk vergaard. Kerstvakantie spreidde zich uit over de bevroren gladheid van een schaatsbaan of een sneeuwballengevecht brak uit, daarna kwam de lente met tsjirpende spreeuwen, mijn hand schreef een grappig liefdesbriefje die twee banken verder werd doorgegeven aan het meisje met schattige blonde vlechtjes.

Feestdagen stegen op met ballonnen, vrolijkgekleurde bloemenperken sprongen in het oog en de zon schitterde in alle ramen. Dan kwam de zomer, boven de aarde snelde de onmogelijk blauwe julihemel, viel neer en veranderde in de Zwarte Zee, met wolkachtige schuim op zijn golven. Door de zuidelijke heiigheid kwam het korenbloemblauwe rotsblok Karadag uit de grond geschoten, de lucht ritselde met cipressen en geurde naar jeneverbomen. Elk teder zuchtje wind trok het gekalkte pionierskampgebouw van twee verdiepingen hoog uit het omringende gebladerte tevoorschijn. Van zijn granieten voetstuk rees een witte, als van suiker gemaakte Lenin. Vrolijkgekleurde bloemenstralen verspreidden zich vanaf het standbeeld, op de ranke vlaggenmast trilde geluk, rood en helder als een bel...

Het klinkt natuurlijk niet echt indrukwekkend. Maar die avond, toen de werking van het Boek was uitgeput, keek ik een lange tijd naar een leverzwarte onweerswolk die door de donkere lucht voortkroop. Toen begreep ik dat ik zou vechten voor Gromovs Boek en voor mijn ingebeelde jeugd.

Het is ongelooflijk hoe snel mijn geheugen zich bij de discriminatie had neergelegd. Het Boekenfantoom maakte geen aanspraken op bloedverwantschap. Het was tenslotte maar een glanzend hoopje oude foto's, gekraak van een huishoudelijke filmprojector en een lyrisch Sovjetlied.

En toch verplaatste mijn echte jeugd zich meteen naar de achtergrond: een lange trein, een verkilde karavaan van banale gebeurtenissen waar ik niets om gaf.

Maar dit alles gebeurde veel later. Gedurende de eerste weken bij de Sjironin-leeszaal vervloekte ik mijn erfenis: wijlen oom Maxim had mij per ongeluk een enorme steek geleverd. Samen met zijn flat erfde ik de functie van bibliothecaris en het Boek der Herinnering.

OOM MAXIM

Oom Maxims beroep was arts. In het begin had hij een geweldig leven. Hij studeerde af met een zilveren medaille en begon zijn studie aan de medische faculteit. Na een tweejarige stage in Siberië ging hij in Arctica werken.

Ik herinner mij oom Maxim nog toen hij jong was. Hij kwam bij ons op bezoek en bracht altijd spullen mee waar een tekort aan was, of kleding die niet in gewone winkels te krijgen was: geïmporteerde jassen, truien, schoenen. Ooit gaf hij ons een dubbele cassettespeler van Panasonic die een lange tijd veel van onze kennissen jaloers maakte.

Wij zaten aan de eettafel: papa, mama, ik en zus Peter… Eigenlijk heette ze Natasja, Peter werd ze thuis genoemd. Toen ik twee was, werd Natasja geboren en nam vader mij mee naar de kraamkliniek. Hij had me een echt Lilliputtertje beloofd. In de gang riep ik al: 'Mama, waar is Lilliputtertje?' De hardhorende, als een sint-bernard goedaardige zuster die de trap stond te vegen, herhaalde steeds met een glimlach: 'Rustig maar, kleintje, jullie krijgen zo wel jullie Petertje te zien'.…

Wij zaten aan tafel en oom Maxim vertelde allerlei wonderbaarlijke, bijna sprookjesachtige verhaaltjes over het hoge Noorden: 'In een van de dorpen had een hertenfokker zich een kogel door het hoofd geschoten. Hij werd begraven en de volgende dag begonnen de herten dood te gaan. Een oude sjamaan zei dat de zelfmoordenaar verkeerd was begraven en een demon geworden was die het vee vermoordde. Het lijk werd uit de aarde gehaald, bedreigd met een walrustand en ondersteboven begraven. Vreemd genoeg is sindsdien geen hert meer gestorven…'

In tegenstelling tot de angstige Peter vond ik deze enge verhalen leuk. Vader zei dat oom Maxim onze moeder leuk vond en in zijn verhalen overdreef om indruk op haar te maken. Ik wil ook best geloven dat vader jaloers was op oom Maxim omdat zijn leven zo kleurrijk was.

Toen bezocht oom Maxim ons niet meer. Ik hoorde van mijn ouders dat hij niet meer aan expedities deelnam en de romantische toendra had ingeruild voor de saaie Russische provincie. Maar nog lang bleef oom Maxim mijn held-avonturier, een Siberische Natty Bumppo.

Met de jaren verbleekte zijn aureool behoorlijk. 'Aan lager wal geraakt,' 'schande van de familie,' zei mijn vader over oom Maxim. Blijkbaar had oom Maxim de smaak van alcohol te pakken, of het nu was omdat hij in een koud klimaat had geleefd, of omdat artsen nu eenmaal constant omringd zijn door ethanol. Mogelijk dronken zijn vrienden ook.

Toen zijn contract afliep, werd oom Maxim als afdelingshoofd in een ziekenhuis aangesteld en probeerde hij een doctoraat te schrijven. Een eigen gezin had oom Maxim nooit gesticht. Wodka maakte een eind aan al zijn plannen. Eerst werd hij gedegradeerd naar huisarts, daarna ontslagen wegens dronkenschap. Een paar jaar werkte hij als verpleger bij de ambulance, maar ook daar werd hij weggebonjourd.

In de laatste vijftien jaar kwam oom Maxim maar twee keer naar ons toe. De eerste keer kwam hij met het vliegtuig voor de begrafenis van opa, dronk zich klem tijdens de wake en vocht met mijn vader. De tweede keer kwam hij toen oma was overleden. Oom Maxim miste de begrafenis omdat hij het weer aan het zuipen had gezet. Daarbij waren de vliegtuigverbindingen niet meer zo goed als in de Sovjet-Unie en moest hij met de trein komen. Oom Maxim ging naar de begraafplaats, bleef een paar dagen bij ons, maakte ruzie met mijn vader en vertrok weer.

Na de dood van opa en oma zei vader bitter: 'Maxim heeft ze de kist ingejaagd!' Gedeeltelijk klopte dit wel: hun ouders hadden zich ernstige zorgen gemaakt om het losbandige leven van hun jongste zoon.

Oom Maxim belde ons soms, altijd met dezelfde vraag: of wij geld naar hem konden overmaken. Vader wist uit bittere ervaring wel beter en zei altijd nee. Op een dag noemde oom Maxim zijn oudste broer een jied en stopte met bellen.

Later belde hij weer regelmatig, maar vroeg niet meer om geld, alleen hoe het met ons ging. Wij hoorden van zijn oud-collega, een arts, dat hij al vijf jaar geen druppel had aangeraakt. Hij kwam bij ons langs om de tweehonderd dollar terug te geven die oom Maxim ooit van vader had geleend. Deze oud-collega vertelde dat Maxim Danilovitsj was gestopt met drinken, maar de verdenking viel op een andere verslaving: een of andere religieuze organisatie, misschien wel Baptisten of Jehova's Getuigen.

Oom Maxim zelf vertelde niets, zijn stem klonk altijd vrolijk aan de telefoon en als antwoord op vaders verwijten: 'Maxim, ben je de overblijfselen van je verstand in de fles verloren? Waarom kun je niet eerlijk zijn tegen je eigen broer?' lachte hij alleen en deed de groeten aan moeder, Peter en mij.

JONGENSJAREN, ADOLESCENTIE, JEUGD

Ooit had ik de wens om medicijnen te gaan studeren om, net als oom Maxim, het land rond te reizen op zoek naar avonturen. Daarbij dacht ik er niet eens aan dat het beroep van arts stationair is en dat medisch personeel meestal niet rondreist.

In het laatste jaar van de middelbare school waren mijn plannen veranderd. Alles werd verknald door een theatergroep die op school was georganiseerd. Die werd helaas geleid door iemand zonder talent, maar met een teveel aan enthousiasme. Binnen een jaar werden ons alle mogelijke tekortkomingen van de toneelwetenschap ingestampt, maar wat nog erger was, ieder van ons geloofde nu heilig in zijn eigen genialiteit. In plaats van onze toekomstige levens voor te bereiden en een beroep te kiezen die wij aankonden, met een waardig en stabiel salaris, droomden wij allen van een kunstleven.

Tijdens zijn korte bestaan had ons toneelgezelschap geen enkel toneelstuk gespeeld, het enige wat we deden was repeteren. Het toneelstuk van Schwartz, 'Een simpel mirakel', dat wij arrogant besloten op te zetten, kwam niet verder dan de eerste akte, maar wij meenden onszelf al artiesten.

Ik herinner me hoe erg geschrokken vader en moeder waren toen ik zei dat ik had besloten om naar—uitgerekend—Moskou te gaan om daar aan de theaterfaculteit te studeren en acteur te worden.

Ik moet het mijn ouders nageven, ze hebben hun best gedaan om hun zoon voor een toekomstige ramp te behoeden. De enige die mijn eerzuchtige dromen steunde was Peter, maar alleen totdat haar werd uitgelegd dat haar broertje Aljosjka niet bij het Moskouse academisch kunsttheater zou terechtkomen, maar rechtstreeks bij het leger. Op deze manier tot rede gebracht hield mijn zus verder haar mond en raakte ik mijn loyale medestander kwijt. Onze ouders begonnen meteen aan een nieuwe opvoedcampagne. Om mijn eigenliefde te ontzien vertelden ze mij nu dat in zulke organisaties vriendjespolitiek belangrijk was: 'Zonder een kruiwagen kom je niet binnen.'

Ik raakte in de war en zij verleidden mij kunstig met een nieuw perspectief. Vader zei dat hij mijn dromen niet wilde kapotmaken, maar zou het niet beter zijn om eerst een 'vast' vak te leren aan de technische universiteit? Als ik na de opleiding nog steeds niet zonder kunst zou kunnen leven, kon ik na die vijf jaar (volwassener en met een duidelijker toekomstperspectief) voor regisseur gaan studeren, wat op zich al veel degelijker klinkt dan acteur. Ik dacht erover na en ging akkoord om aan de polytechnische school een 'harde professie' te leren.

Deze woordcombinatie doet mij nog steeds denken aan iets kubisch en zwaars dat tegelijkertijd op een silicaatbaksteen en een pijler van gewapend beton lijkt. Ik koos de meest 'harde' richting: 'Machines en technologieën in de gieterij'. Tijdens de toelatingsexamens wiskunde en natuurkunde maakte ik een hoop fouten en kneep hem behoorlijk, maar kreeg alsnog een acht van de examinatoren. Na het laatste, compleet fictieve examen—opstel— begon mijn eerste jaar.

Ik vond de studie niet interessant, geen enkel vak lag mij. Ik miste echter geen enkel college en schreef ijverig bergen spiekbriefjes voor de examens. Die werden bij ons niet geconfisqueerd.

Na de kerstexamens vielen veel studenten af, maar niet op de faculteit van werktuigkunde en metallurgie. Wij werden zo goed en kwaad als het kon door onze examens heen gejast en ik deed ook wel mijn best. Ik vond het lastig om constructietekeningen te maken, maar een groot probleem was dat niet: studenten die als hoofdvak beschrijvende meetkunde hadden deden dat graag voor een kleine beloning. Mijn studiefinanciering was net voldoende om de gemeenste werkstukken voor de theorie van machines en mechanismen, TMM, te kunnen bekostigen. Dit vak werd altijd al 'tering moeilijke meuk' genoemd. Ik woonde bij mijn ouders en had het niet zo zwaar als studenten uit andere steden.

Het was begin 1991 en de afscheidskrabbel van de Sovjettijd op mijn cijferlijst was het examen Geschiedenis van de Communistische partij, waar ik een acht voor had gekregen, en een voldoende voor wetenschappelijk atheïsme.

Ik vergat natuurlijk niet wat mijn roeping was en waarom ik hier was: een 'harde professie' leren, een aflaat voor mijzelf en mijn ouders, om vervolgens met een diploma van ingenieur-mecanicien op zak zonder angst en verwijten de wereld van kunst binnen te stappen.

Op de universiteit vormde zich een improvisatiegroep en ik was er als de kippen bij. Tijdens mijn eerste uitstapjes naar het toneel bleek al dat ik

'niet grappig' was. Daarmee was iedereen het eens. Ik verklaarde mijn ac-
teerfiasco met mijn edele, absoluut niet clownesk karakter en talent voor het
dramatische. In mijn teleurstelling zei ik tegen mezelf dat ik van nature geen
grappenmaker voor een amateurgezelschap was, maar een serieuze artiest.

Ik verzon met moeite twee grappen: 'Nieuwe wodka voor apen uit Oekraïne: "Gorillka"' en 'Als je op je laatste benen loopt, kun je beter gaan
zitten. Schuifel op je reet maar verder!' De tweede grap werd na wat gelach
afgewezen. Ik heb ook een parodie gemaakt op het liedje 'Het prachtige
verweg': 'Ik zweer, ik zal me wassen en me sche-eren…'

Mijn triomfantelijke moment kwam toen onze universiteitsgroep besloot deel te nemen aan een stadsconcours. Drie dagen voor de kwartfinale
bleek ineens dat de onderdelen 'Groet' en 'Huiswerk' niet klaar waren. Het
improvisatieschip ging samen met de kapitein ten onder. Ze verlegden de
papiertjes met grappen alsof ze een spelletje patience deden, maar kwamen
maar niet tot één geheel. Het perspectief was triest: afscheid nemen van het
concours.

De voorzitter van de studentenclub, Dima Galoganov, oud-student en
nu kleine ambtenaar, kwam bij ons kijken. Galoganov zwoer somber dat hij
de groep zou ontbinden als we faalden.

Tijdens zijn tirade bladerde ik door het archief met wat bezinksel van
minder goede grappen. Opeens vormde de volledige uitvoering zich in
mijn hoofd.

Ik veegde alle papiertjes en het schrift bij elkaar en verklaarde dat ik tegen de volgende dag alle onderdelen zou uitschrijven. Na een nacht werken
had ik van banale lapjes een kleurrijke en best originele uitvoering samen-
gesteld. Vooral de rode draad met liederen was goed gelukt: overal kwam
wel één 'gek' in voor. 'Zijn mooie veldbloes, zij maakt mij gek', 'Word ik gek
of word ik gekker?', 'Zelfs de postbode word gek in de zoektocht naar ons',
'Ik ben gek op jou'. Zodra de zanger bij dat 'gek worden' aankwam, begon hij
ineens achterlijke gezichten te trekken, te lachen, kirren en kwijlen. Tijdens
het laatste nummer ging de zaal helemaal kapot toen wij met zijn allen
als debielen gingen kraaien. Onze groep ging triomfantelijk door naar de
halve finale en de hoofdstedelijke ster in de jury zei dat ons optreden van
het hoogste niveau was.

De rector feliciteerde de voorzitter van de studentenclub Galoganov,
die mij niet was vergeten. Binnen drie dagen werd ik het belangrijkste lid

van de groep. Ik werd gepromoveerd van een gewone grappenmaker tot een wazige functie, binnen de contouren van welke zich echter wel de rol van een regisseur aftekende. Niemand was trouwens tegen mijn promotie, iedereen feliciteerde en bedankte mij luidkeels.

Ik deelde mijn succes meteen met mijn familie, die zelfvoldaan knikten: 'wat hebben wij gezegd?', 'zo zie je maar, pas in zijn tweede jaar, en nu al regisseur' en sluw knipoogden, alsof ze wilden zeggen: 'dit is nog maar het begin'.

De nieuwe aanstelling ontnam mij uiteindelijk mijn 'harde professie'. Vanaf het tweede jaar studeerde ik bijna niet meer en was alleen nog bezig met de improvisatiekring. De meeste tentamens en examens kreeg ik cadeau dankzij de prorector voor cultuur.

Mijn compilatiegave, die eerder al bleek bij het maken van samenvattingen, kwam goed van pas in mijn nieuwe functie. Ik stelde makkelijk de programma's voor alle parodieopvoeringen en jubileumfeesten van de universiteit samen en werd een onvervangbare assistent voor de clubleider.

Onder mijn regie werd een halfuurlange film over de universiteit opgenomen. Het presentatiemoment was ideaal gekozen: zowel de rector als de universiteit werden dat jaar zestig. Wij brachten het aan als een klein cadeautje van de studentenclub.

De film heette 'Onze lieve Polytechnicum. Gisteren. Vandaag. Morgen.' en was pompeus en lovend. De komende paar jaar werd het vleierige filmpje steeds vertoond bij bezoeken van ministerie-ambtenaren.

De rector was erg onder de indruk van het cadeau en de club kreeg financiering. Galoganov, die van deze subsidies een nieuwe tv, videospeler en stereo-set had gekocht, was helemaal gek op mij.

Kleine universitaire ambtenaren nodigden mij uit voor hun feestjes. Galoganov, die een promotie voelde aankomen, verklaarde mij in zijn dronken vrijgevigheid zijn gedoodverfde opvolger als voorzitter van de studentenclub en raakte echt gekwetst omdat ik niet van enthousiasme omviel.

Toen kon ik nog niet begrijpen dat het leven mij een behoorlijk tolerabele carrière aanreikte, een rustig moerassig haventje. Ik wees deze geschenken van het lot vol verontwaardiging af. In plaats van mijn vriendschap met Galoganov en de prorector voor cultuur te versterken, vertelde ik mijn weldoeners keer op keer met een hooghartige glimlach dat ik mij serieus met kunst wilde bezighouden en dat de toekomst van een kleine universiteitsfunctionaris mij aan mijn reet zou roesten.

Mijn ouders probeerden mij natuurlijk om te praten, maar ik antwoordde scherp dat ik ze een 'harde professie' had beloofd, niet een leven van dodelijke verveling.

Peter hield haar mond omdat ze zich moreel schuldig had gemaakt. Zij zat toen in haar tweede jaar en ik kan met niet meer herinneren wat eerst kwam: meloenronde buik of gesprekken over een gezwinde bruiloft. Kortom, Peter kwam niet met slimme ideeën aan, maar bedelde ijverig om tentamens en examens bij haar docenten om niet een jaar achter te raken. Op onze beurt probeerden wij van Peters bruidegom Slavik te gaan houden, die in haar jaar zat. Dit bleek niet moeilijk te zijn, bij de eerste kennismaking had de ontheiliger ons al gunstig gestemd met zijn zachtaardig en inschikkelijk karakter. Zo te zien hield hij echt van Peter. Ze trouwden snel en gingen in de lege flat van onze grootouders wonen. In juli beviel Peter van een jongetje dat Ivan werd genoemd.

Binnen twee jaar was ik volledig verblind door hoogmoed. Ik kwam regelmatig over de vloer bij de prorector en had een eigen bureau in de kamer van de voorzitter van de studentenclub. Ik schreef niet eens een thesis. Op verzoek van Galoganov werd een oude thesis 'Verloren was-methode' uit het archief gehaald, waarvan slechts het titelblad werd vervangen.

Wat gebeurde er nog meer? In de zomer, aan het einde van mijn vierde jaar, trouwde ik. Rond die tijd waren studentenhuwelijken een soort epidemie geworden. Mijn vrouw heette Marina. Zij had een prettig uiterlijk met een correct gevormd gezicht dat er echter zo algemeen uitzag dat ze veel weg had van een gemiddeld-statistische 'knappe jongedame'-maquette. Op deze manier werden op propagandistische plakkaten rijen marcherende Komsomol-dames voorgesteld die met zijn allen één prettig uiterlijk deelden. Na onze eerste kennismaking zou ik haar niet op straat hebben herkend. Het enige wat Marina onderscheidde was haar lach. Hij was bijzonder melodieus en helder en ze lachte meestal wanneer ik met mijn scherpzinnigheid te koop liep. Uiteindelijk viel mijn aandacht op haar.

In al mijn polytechnische jaren had ik geen gebrek aan vriendinnen. Ik was een vrij bekend persoon. Toch had deze Marina behoorlijk snel alle concurrentie uit de weg geruimd. Ik dacht hier licht over: vrouwelijke jacht naar een echtgenoot amuseerde mij.

Marina liet er geen gras over groeien en een halfjaar later kwam ik er met verbazing achter dat wij als een bijna getrouwd stel werden beschouwd. Vreemd genoeg had ik er geen behoefte aan om dit duidelijke misverstand de wereld uit te helpen. Zelfs de prorector feliciteerde mij in voorbijgaan met de aankomende bruiloft.

Mijn ouders waren er ook volledig voor. Zij dachten namelijk dat ik na de trouwerij zou bedaren, mijn gekke dromen zou vergeten en mij zou storten op familiegeluk.

Het gedeelte van mijn ziel dat door het heersende huwelijksvirus was aangestoken stelde mij huichelachtig gerust: een vrouw zal niet in de weg staan van mijn toekomstige regisseurscarrière. Mijn baas Galoganov gaf de finale doorslag: 'Waar ben je bang voor? Als het niets is, kan je altijd nog scheiden.'

Juist deze mogelijkheid van een toekomstige scheiding stelde mij gerust en ik deed Marina een aanzoek. In juni waren wij getrouwd. De bruiloft werd in gezinskring gevierd: Peter was acht maanden zwanger en vertederde iedereen met haar enorme buik. Mijn schoonouders begiftigden ons met een flat, die echter op Marina's naam werd geregistreerd.

Ons huwelijk hield iets meer dan een jaar stand. Tijdens deze relatief korte periode kwam ik erachter dat, in tegenstelling tot haar lach, het gehuil van mijn echtgenote erg onprettig was.

Met mijn ingenieursdiploma op zak begon ik mij serieus op de regisseursopleiding voor te bereiden. Ik ging op onderzoek uit in Moskou, waar ik werd geconfronteerd met een harde waarheid. Het was niet eens bij mij opgekomen dat ik een buitenlandse burger was en dat ik voor mijn opleiding zou moeten betalen.

Dit tragische feit maakte een eind aan alle mogelijkheden voor een opleiding in Rusland. Toen ik terugkwam, kon ik mijn kennissen zonder schaamte aankijken: Moskou werd niets vanwege geld alleen. Ik verweet het mijn ouders: ik had toen moeten gaan, vijf jaar geleden, toen de Sovjet-Unie nog bestond.

Om mijn dromen waar te maken was er in mijn eigen stad een Instituut voor Cultuur, een pot waarin alle gevilde muzen gezamenlijk kookten. Tussen muziekfaculteiten, waar meesters van toegepaste kunst, bewakers van academische en volkskoren, curators van dombra- en balalaika-orkesten en geleiders van choreografische gezelschappen werden gedrild, bevond zich ook een toneelfaculteit. Deze omvatte de afdelingen acteerkunst, dramaregie en regie van toneeloptredens en feestelijkheden.

Ik was volwassener geworden en schatte mijn mogelijkheden beter in. Samen met mijn jeugd ging ook mijn zelfzekerheid verloren. Een week voor het toelatingsexamen 'drama' kwam ik erachter dat er veel aanmeldingen waren: acht personen per plek, wat ongewoon was voor het gat waar ik woonde.

Er waren minder aanmeldingen voor acteren, maar ik schaamde mij ineens voor mijn leeftijd: op mijn tweeëntwintigste voelde ik mij een te oude Lomonosov, stinkend naar een vissersboot, te midden van een horde zeventienjarige groentjes.

Het enige wat overbleef was toneel- en feestenregie met een haalbare verhouding van drie personen per plek. Ik had daarvoor ook nog een verklaring nodig van werk bij een gezelschap. Deze flanste Galoganovs secretaresse in vijf minuten in elkaar en de prorector voegde een positieve beoordeling toe.

Toen ik mijn familie om raad vroeg, zeiden onze ouders en Peter als één: 'Neem geen risico, het belangrijkste is om daar binnen te komen. Daarna kan je altijd nog van opleiding veranderen.'

Voor de zoveelste keer liet ik me door lafheid leiden en leverde mijn papieren in bij 'toneelstukken en feestelijkheden'.

En toch was ik dezelfde zomer onuitsprekelijk gelukkig. Hoe bekoorlijk waren de jongedames die voor actrice gingen studeren! Zij hadden hun hoogste hakken uit de kast gehaald en henzelf maar net met het dunste, doorschijnendste chiffon bedekt die rilde van het kleinste zuchtje wind. Ze hadden hun jonge bevalligheden ontbloot door de hitte van juli en voor de mannelijke ogen in de toelatingscommissie.

Toen ze hoorden dat ik voor regisseur ging studeren (ik vertelde er wijselijk niet bij in welke richting) vroegen de nimfen mij om aan ze te denken. Ze lachten en zeiden: 'Geef maar een gilletje, jonge regisseur, en wij vliegen meteen naar je toe. Je zult zien hoe teder wij je zullen bedanken voor een rol, o regisseur,' beloofden ze, stralend, lieflijk…

In deze zomerse extase, met de bereidheid om zo snel mogelijk een gil te geven aan jonge actrices, kwam ik thuis en vertelde aan mijn Marina, die me de keel uithing, dat ik wilde scheiden.

Mijn vrouw antwoordde met sirenegeloei dat gelukkig net zo snel voorbijraasde als een ambulance. Een week later was ik alweer vrijgezel en vol hoop. Mijn ouders treurden even en kwamen weer tot bedaren. De aardige Peter zei dat ze Marina nooit aardig had gevonden.

De herinnering aan de volgende vijf jaar voelt me wrang in de mond. 'Regie van volksvermaken' was dezelfde metallurgie, maar in een kunstzinnige omslag. De studenten waren oud en onbevallig: lompe dames, opdringerige dertigjarige mannetjes uit afgelegen gehuchten, directeuren van kleinstedelijke clubs die gewoon een papiertje nodig hadden waar 'diploma' op stond.

Acteren kwam niet verder dan het oefenen van uitspraak, dus het eerste halfjaar 'schaatsten zeven schotse scheve schaatsers scheef'. Docent toneelkunst leerde ons luide oorvegen geven en buigingen maken. Lessen acrobatiek zouden elk sanatorium trots maken: koprol voorwaarts, koprol achterwaarts, half spagaat, armen uit. Lessen regie kwamen neer op toneeloefeningen met 'gerechtvaardigde stilte'. Conflicten tussen duikers, spionnen in een hinderlaag, een koppel die ruzie had, oftewel logisch zwijgende personages, kwamen altijd weer neer op verzonnen doofstomme gezichtentrekkerij.

Ik studeerde voor de tweede keer sociologie, filosofie, psychologie en het eeuwig onbekende Engels. Nieuwe vakken waren onbegrijpelijke pedagogie, culturologie en literatuurwetenschap.

Na de eerste examens kwam ik er via het faculteitsbestuur achter dat het zonder collegegeldenbetaling niet mogelijk zou zijn om tussentijds naar dramaregie om te schakelen. Dit nieuws gaf mij zo'n shock dat ik mij de volgende drie jaar zonder protest liet ombouwen tot een feestgangmaker met een emmer op zijn hoofd en een wortelneus.

In plaats van eerlijk en luidkeels mijn droom op te geven en uit dat rottende nest te vluchten, begon ik ineens verschrikkelijk tegen iedereen en mijzelf te liegen dat ik heel tevreden was over mijn opleiding.

Ik beoefende zelfbedrog. Peter en Slavik waren eindelijk afgestudeerd aan de universiteit. Kleine Ivan ging naar de kleuterschool. Al snel kreeg Slavik een goede job bij een bedrijf dat bureaumeubels verkocht. Peter werd weer zwanger en maakte ons allen blij met een tweede baby, Ilja. Zij, Slavik en onze ouders hadden er blije zorgen bijgekregen.

In het vierde jaar zag ik eindelijk het licht en stelde een laat reddingsplan op: de dagopleiding voor de avondopleiding verruilen en zo snel mogelijk lid worden van een studentenclub. Ik snelde naar mijn bespotte alma mater voor een plek, maar kwam te laat. Niemand herinnerde zich nog de regisseur van 'Onze lieve Polytechnicum'. De rector was met pensioen, Dima Galoganov was ontslagen wegens verkwisting en de functie van de bestuurder van de studentenclub was allang ingenomen door een waardig persoon.

In mijn zesentwintigjarige paniek ging ik over op de avondopleiding en liep de deuren van alle cultuurcentra in de stad plat op zoek naar werk. Ik werd met dedain afgewezen door zowel de 'bouwvakkers' als de 'spoorwerkers'. Het plaatselijke tv-station bood mij als enige onderdak. Daar moest ik onleesbare conceptteksten omtoveren tot scenario's. Later vond ik ook nog werk bij een korte golf radiostation, waar ik een smadelijk humoristisch programma moest redigeren.

Op zevenentwintigjarige leeftijd kreeg ik mijn tweede diploma. In september nam ik deel aan een volksvermakelijk geknoei genaamd 'Dag van de stad'. De artistiek leider bleek een langvingerige gladjanus te zijn. Wij hadden bij het stadscomité een imposante begroting ingeleverd voor volkskostuums, traditionele ronde broden, geborduurde handdoeken en honoraria voor de deelnemende gezelschappen. Uiteindelijk moesten wij het met veel minder doen en de rest werd binnen het gezelschap verdeeld.

De tv- en radiostations betaalden schandalig weinig. Ik kwam geld tekort. Eind december werd ik gevraagd om Kerstman te spelen. Tegen die tijd was ik alle schaamte verloren, dus zette ik een baard en wenkbrauwen van watten op, gooide een zak met cadeautjes over mijn schouder en ging alle kleuterscholen af. Ons zielige trio van Kerstman, Sneeuwmeisje en accordeonspeler verzamelde de kleintjes om ons heen en leerden ze gauw 'O dennenboom' en 'Komt allen tezamen'. Diegenen die het luidst 'meezongen' kregen snoepjes. Na de ochtendvoorstellingen gaf ik de accordeonspeler zijn salaris en bleef de rest van de dag dronken in bed met het Sneeuwmeisje. Zij was niet de mooiste, maar erg inschikkelijk.

Dankzij mijn universitaire kennissen kreeg ik een rol in een Nieuwjaarsmysterie dat in het voormalige Huis van Pioniers werd gehouden. Gekleed in een broek met wijde pijpen, een roze overhemd en een das schreeuwde ik hees door een gat in een wolfsmasker van papier-maché 'O!' elke keer als ik de Haas, of, liever gezegd, Vrouwtjeshaas zag. Ik rende lomp achter haar aan op het toneel: 'Wacht ma-a-a-ar!' met mijn benen wijd, struikelde en viel mijn knieën kneuzend als een boom neer.

Volgens het plot verzonnen wij samen met de oude heks allerlei valstrikken voor de protagonisten. Wij stalen een kistje met sprookjes, werden gepakt, zeiden dat het ons speet, werden vergeven en dansten samen met kinderen met plakkerige handen om de mooie kerstboom.

De vernedering eindigde met een klein buffet. Vervolgens sleepte de liefderijke Vrouwtjeshaas mij voor de nacht mee naar haar holletje.

ERFENIS

Met Kerst hoorden wij dat oom Maxim was overleden. Volgens het proces-verbaal was Vjazintsev M.D. met meerdere kneuzingen en messteken op zijn lichaam dood gevonden. Op het bijgevoegde reçu stond de sectie en rij van oom Maxims graf op de tweede Stedelijke begraafplaats. De brief kwam in ons buitenland met een grote vertraging aan, een maand na oom Maxims begrafenis.

Wij waren erg ontdaan door dit nieuws. Papa drukte zijn vuist tegen zijn lippen en fluisterde: 'O, Maxim, Maxim!' Mama huilde een beetje: ze had altijd medelijden met onze losbandige oom gehad. Ik weet nog dat ze hem zeven jaar eerder voor Peters bruiloft wilde uitnodigen, maar vader raadde het af: 'Maxim wordt weer dronken en maakt een scène.' Uiteindelijk hebben wij hem niet uitgenodigd. En nu was hij dood.

Uit wat we hadden begrepen bleek dat niemand de moordenaar had gevonden en waarschijnlijk niet eens probeerde te vinden. Oom Maxims vroegere reputatie wees erop dat hij het slachtoffer was geworden van zijn asociale kennissen. Wat vreemd was, omdat hij volgens de verhalen al enkele jaren niet meer dronk. Hoe dan ook werd hij bij de politie gewoonweg afgeschreven en gecremeerd. Papa wilde zijn graf gaan bezoeken, maar verder dan woorden kwam het niet.

Hoe schandevol het ook is om toe te geven, vrij snel ging het verlies van oom Maxim van droefheid over in de sleur van erfenisverkrijging. Het belangrijkste onderdeel daarvan was zijn tweekamerflat. Oom Maxim had geen eigen gezin en wij waren zijn enige bloedverwanten. Dit moest geregeld worden. De hoop dat ik voldoende zou verdienen voor een eigen flat was namelijk allang vervlogen.

Toen ik trouwde, dacht iedereen dat mijn woonsituatie was opgelost. De flat van onze wijlen grootouders was meteen op naam van Peter en haar man gezet. Ooit hadden mijn ouders een stukje grond buiten de stad gekocht, met een klein hutje. Vader probeerde deze stulp om te bouwen tot een volwaardig huis, maar dat was nog steeds niet gelukt. Na een jaar was ik gescheiden en kwam terug naar het ouderlijk nest. Van mei tot oktober gingen moeder en vader naar het buitenhuis, maar de winter brachten wij samen door, en het huis was te klein…

En nu kreeg ik ineens hoop op een eigen woninkje. Het enige probleem was dat oom Maxim geen testament had opgesteld. Dit leidde tot een hoop papieren rompslomp.

Volgens de wet zou de flat aan de stad vervallen als ze niet binnen een halfjaar na het overlijden werd geclaimd. Daarna zouden we een verzoek moeten indienen bij de rechtbank.

Wij vonden het adres van het notariële kantoor in oom Maxims woonstad en stuurden een brief naar het Russische consulaat. Ze hadden geen redenen om ons verzoek af te wijzen. In maart kregen we een document waaruit bleek dat vader als bloedverwant vanaf één juni de boedeleigenaar werd. We hoefden alleen nog een of andere heffing of belasting te betalen.

Bij familieraad werd besloten dat ik de zaken zou gaan regelen. Het was geen simpele taak die ik op mij nam: ik moest oom Maxims flat verkopen. We spraken af dat, als een potentiële koper zich zou melden, vader naar mij toe zou komen om alles te checken en oplichting te voorkomen.

Wij bespraken ook serieus hoe we het geld over de grens zouden transporteren. Een van de opties was om het in de urn met oom Maxims as te verstoppen. Mama stemde meteen tegen deze heiligschennis en zei dat zij maar samen met vader naar mij toe moest komen. Met z'n drieën zouden wij het geld in één wagon veilig vervoeren. Hoe dan ook wilde vader de urn bij de graven van oma en opa zetten.

Wij regelden een volmacht waarmee ik alle juridische zaken kon beslechten en ik maakte mij klaar voor de reis. Ik hoopte binnen een paar weken de flat te verkopen en te beginnen mijn mislukte leven weer op te bouwen.

De reis duurde iets minder dan drie saaie dagen. Ik had een vrij goedkoop kaartje gekocht voor een derdeklas slaapwagen. Een oudere vrouw die op een aardige lerares leek vroeg bedeesd of ik van plaats wilde ruilen. Ik gaf haar het onderste bed en de dankbare 'lerares' propte mij de hele weg vol met zelfgemaakte aardappelpasteitjes.

Tegenover ons zat een jongedame met rode wangen die eruitzag alsof ze bij een landbouwbedrijf werkte. Zij had een grote geruite hutkoffer bij zich die niet onder het bed paste. Overdag waakte ze erover, 's nachts legde ze er voor extra zekerheid haar stevige beschoeide voet op.

Boven haar zat een behendig mannetje met een scherpe muizenneus en een triplexkoffertje. Het mannetje dronk thee en vertelde de jonge meid over zijn moeilijk lot, steeds herhalend: 'Wat moet je anders als een arme man?' Met deze zin had hij de conductrice al week weten te maken en een gratis matras te bemachtigen. Zelf ging hij steeds heet water halen, want hij had zijn eigen zetsel meegenomen.

Ik probeerde zwijgzaam te blijven en op de vraag van de 'aardige lerares' 'Waar ga je heen?' antwoordde ik kort: 'Op bezoek bij mijn oom,' stak mijn neus in een boek en ontweek een verder gesprek.

Tijdens de eerste nacht staken we de grens over. In het rijtuig lagen een stuk of tien mensen te snurken, ik sliep slecht. Ik drukte mijn kussen op mijn hoofd, maar dat hielp niet echt.

's Ochtends stond de trein vast bij een klein station Zjelybino. Tegenover ons raam hing een gedenkplaat aan de afgebladderde stationsmuur: 'Op deze plek zijn gestorven sergeant Goesjev Stepan Jakovlevitsj, korporaal Oesikov Ivan Matvejevitsj, soldaten Khazifov Khamir Khafoenovitsj, Fjodorov Pavel Koezmitsj en Alikperov Khoesein Izmailovitsj.' Toen ik na een uur alle namen van buiten had geleerd, begon de trein eindelijk te rijden. Tegen het middaguur waren we Moskou voorbij.

Het was heet in het rijtuig. Ik keek een lange tijd naar het landschap dat als een carrousel langs het raam voorbijvloog. De felblauwe lucht brandde de ogen, lichtvlekjes glinsterden op pondjes. Een vogel vloog uit een boom en dook naar het gras. De wind pikte haar op en sleurde haar als een blaadje papier mee. Grindheuveltjes doemden op, werden vervangen door een groen dun begroeid bosje, waarin een weide met paardenbloemen gaapte. Achter een tevoorschijn gesprongen naaldbos strekten zich rosse moerassen uit, het water doorgestoken met rotte berkenstammen. Hierop volgde een sparrenbos, die in een brug eindigde. Op de andere oever van de rivier stond een modern ogende nederzetting met drie verdiepingen hoge prefabwoningen, omringd door populieren. Daarachter lag een met onkruid begroeid veldje met roestige voetbalgoals. Aan een daarvan was een gevlekte geit vastgebonden.

Ik keek naar deze oude goals en stelde mij een ongeluk voor: kinderen speelden een potje voetbal, de bal stuiterde op de rails en een kind zag de trein niet aankomen. In harmonie met deze sombere gedachten verscheen een begraafplaats en een beschilderd kerkje.

Op landingsbanen lijkende treinstations vlogen zo snel voorbij dat ik de plaatsnamen niet kon lezen. Achter elkaar kwamen districtshoofdsteden voorbij met lieve, simpele namen: Pozyrev, Lytsjevets. De stationnetjes daar hadden vaak alleen maar één dubbel spoor. Zolang we stil stonden, liepen plaatselijke verkopers door de wagons met kranten en tijdschriften, bier en simpele snacks: zonnebloempitten, deegballen met gehakt, gedroogde vis.

Op de derde dag was ik de reis behoorlijk zat en was blij toen we eindelijk Kolontajsk gepasseerd waren. Een paar uur later spreidde het grijze water van het Oermoet-stuwmeer zich achter het raam uit. Daarachter rezen rokende ovenmonden van de kerncentrale als schaaktorens uit de grond. Eindeloze barakken van technisch-industriële complexen strekten zich uit, pronkend met roetaanslag op hun glas-in-loodwanden.

Het oude stationsgebouw leek op een kathedraal met een hoge koepel. Binnenin weerspiegelden vervaalde Sovjetfresco's de gelukkige socialistische dagen van weleer.

De uitgestapte passagiers werden op het stationsplein omringd door een horde taxichauffeurs, die zo volhardend als zigeuners hun diensten aanboden. Ik vroeg aan de minst gierig ogende chauffeur hoe ik bij de Tsjkalovstraat moest komen. Hij bewoog zijn lippen terwijl hij nadacht over de winst. Vervolgens noemde hij een prijs die ik toch niet kon plaatsen: ik raakte steeds in de war door de wisselkoers tussen roebels en Oekraïense grivna. In roebels klonk het duurder.

Ik verontschuldigde mij en zei dat ik niet veel geld had. Ik vroeg of hij mij misschien kon vertellen hoe ik daar met het openbaar vervoer kon komen. De taxichauffeur weifelde even, maar kreeg toch medelijden met mij, vertelde mij de route en zwaaide in de richting van de neon 'M' boven een McDonald's-restaurant.

Toen ik om de huizen was heengelopen, zag ik een pleintje met trolleybussen en geparkeerde lijntaxi's. Voor de zekerheid vroeg ik aan een intelligent oudje hoe ik bij Centrale markt moest komen. Zij bevestigde de woorden van de taxichauffeur: 'vijf haltes'. Vervolgens vroeg ze aan mij of ik me kon herinneren welke boom dit jaar eerder had gebloeid: els of berk. Ze legde uit: 'Als het berk was, dan zal de zomer warm zijn. Maar als de els eerder uitliep, dan wordt het regenachtig en koud.'

Ik begon de stad al leuk te vinden daar de zon feestelijk scheen en zelfs door de geopende ramen van de trolleybus werd ik bedwelmd door de bloeiende sering. De huizen waren voornamelijk voor de Revolutie gebouwd: ze hadden grote ramen, zwierige, licht vervallen pleisterwerk en brede ingangen. Deze prettige bouwwerken van middelstandshandelaren van vroeger werden verpest door vele kioskjes met smakeloze opschriften: 'Pasteitjes', 'IJs' of 'BV Irina'. Ik werd helemaal blij van de meervoud-uitgang 'y' in de winkelnamen: 'Prodoekty', 'Soki. Vody', 'Sigarety'. Waar ik vandaan kwam hield al negen jaar lang de 'onafhankelijkheid' huis en was deze letter volledig uitgewist.

Het stadscentrum was groen en ruim. Op de kruising van de Gagarin-boulevard en de boulevard van het 50-jarig jubileum van de Komsomol zat een klein pleintje met een drie meter hoge bronzen Lenin. Rechts van het standbeeld stond een pantserwagen uit de tijd van de Burgeroorlog, links een T-70-tank. Het leek erop dat Lenin de kans kreeg om moderne techniek te omarmen, maar hij begreep de hint niet en stak koppig zijn arm uit in de poging een buitenlandse auto op de boulevard te stoppen.

Daarnaast bevond zich een gezellig plantsoentje. Boven de bloemenperken stak een Houwitser uit op een granieten voetstuk. Onder de gouden datum '1941-1945' lagen kransen en bloemen, overgebleven van de viering van de Dag van de Overwinning op 9 mei. Achter het plantsoen rees een kathedraal met koperen koepels en een klokkentorenspits, bedekt met vale mosgroene patina.

De trolleybus stopte bij een oeroud bakstenen muurtje, begroeid met onkruid, die om de kathedraal heen liep. Ik liep naar beneden over een klein straatje, volledig geflankeerd door linden, en kwam uit bij het metalen hek van de markt. Daar begonnen de visrijen en rook het naar rivierschimmel.

Ik vroeg aan twee vrouwen met volle tassen waar de halte van bus 18 was. Zij antwoordden dat die aan de andere kant van de markt stopte, maar raadden mij af die bus te nemen: 'hij rijdt onregelmatig.' In plaats daarvan kon ik beter op de lijnbus wachten, die ook aan de Tsjkalovstraat stopte.

Het notariële kantoor 'Vertrouwen' vond ik in het souterrain van een goed verzorgd betegeld gebouw met negen verdiepingen, tussen een delicatessenwinkel en een haarsalon.

De wachtkamer was in Europese stijl afgewerkt. Zwarte neplederen meubels, witte jaloezieën en kruipplanten in potten wekten vertrouwen.

Voor mij was maar één oude vrouw, maar ik had te vroeg gejuicht: zij bleef tot de lunchpauze op het kantoor zitten, en dus moest ik nog een uur lang door de plaatselijke kranten bladeren.

Toen alle stempels waren gezet, ik de rij naar de kassa had overleefd, de nodige heffingen had betaald en het bewijs van betaling bij de notaris had afgegeven, was het al bijna avond.

Ik kocht een fles 'Absolut wodka' en een grote cadeaudoos chocoladebonbons in de delicatessen. Ik wist namelijk niet het geslacht van het bureaucratisch wezen dat ik in oom Maxims woningbeheerkantoor zou aantreffen. De geschenken moesten mijn onwetendheid indekken.

De Komintern-woonwijk bleek helemaal aan de rand van de stad te liggen, een achterbuurt met vijf verdiepingen hoge prefabwoningen. Woonkantoor nr. 27 was nergens te bekennen. Ik was geïrriteerd en moe en vroeg de inheemse bewoners steeds om hulp, maar niemand wist waar hij zat. Uiteindelijk wees een vrouw met een vuilnisemmer mij de weg.

Of de duivel ermee speelde zat de metalen deur van woningbeheer op slot. Behalve een scheef opgeplakt papier met het schema van waterafsluitingen in juni hing nergens een aanmoedigend 'Zo terug' briefje.

De vrouw bestudeerde het schema en haar ogen vulden zich meteen met weemoed. Ze keek mij verwijtend aan, alsof de aankomende afsluiting mijn persoonlijke schuld was en liep hoofdschuddend weg. De emmer in haar hand piepte zielig.

Op dat moment begreep ik dat ik of een goedkoop hotel moest gaan zoeken, of op straat moest slapen. In machteloze wanhoop begon ik op de deur te bonzen die gonsde als theatrale donder.

Een oud mannetje stak zijn hoofd uit het dichtstbijzijnde raam op de eerste verdieping. Hij droeg een uitgerekt mouwloos hemd, had een tattoo op zijn magere schouder en grijze krullen op zijn borst. Hij schold mij vriendelijk uit, zodat ik niet terug zou schelden, maar een gesprek met hem zou aangaan.

Ik vertelde hem dat ik uit een andere stad was gekomen en dat ik de sleutels van de flat nodig had, anders zou ik waarschijnlijk op straat moeten slapen. En natuurlijk lagen de sleutels in het woonkantoor.

Het mannetje dacht even na en verdween in de kamer. Toen ik had besloten dat hij gewoon zijn nieuwsgierigheid had bevredigd, kwam het oud mannetje uit de portiek. Hij stopte al lopend zijn hemdje in zijn sportbroek met biezen.

'Wacht hier,' zei hij en liep kwiek naar het volgende flatgebouw op klapperende sloffen. Tien minuten later kwam hij terug met gezelschap. Achter hem sjokte een volslanke vrouw van ongeveer veertig in een jurk met stippen, met een zwartgelakte riem om haar middel. Haar stevige kuiten zaten volledig onder de muggenbeten, daarom stopte ze af en toe en krabde verwoed aan haar benen. Ze glimlachte flirterig naar mij en ontblootte haar gouden maïstanden: 'Ik ben een zoete vrouw, daarom vinden muggen mij zo lekker...' Haar naam was Antonina Petrovna.

Achter de stalen deur zaten tailles van het gevangenistype, daarachter was een klein halletje zichtbaar, bedekt met versleten linoleum. Er stond een roestig vat met de opschrift 'Zand'. Op de muur naast de ingang hing een brandblusser en een oude poster van Valeri Leontjev, die met zijn lange haren op een cockerspaniel leek.

Het oude mannetje spuugde licht op de poster en zei bedenkelijk: 'Hij beschikt over alle positieve eigenschappen van de mens, behalve zijn gebreken.'

Ik legde mijn paspoort, een stapel documenten en de volmacht op het bureau en hoopte dat mijn ongeschoren gezicht geen verdenkingen zou oproepen. Ik verklaarde er voor de zekerheid bij: 'Ik kom net van de trein. Het was een reis van drie dagen.'

Antonina Petrovna bladerde de documenten en mijn paspoort vluchtig door: tenslotte had ik dezelfde achternaam als mijn oom. Zij opende de kluis, grabbelde wat rond en haalde een sleutelbos tevoorschijn.

Ik zei: 'Voor uw moeite' en gaf de doos bonbons aan Antonina Petrovna. De wodka gaf ik aan het mannetje. Met de woorden: 'Dat was helemaal niet nodig' stak hij de fles in de zak van zijn joggingbroek, die meteen afzakte onder het gewicht van de halve liter.

Antonina Petrovna vertelde mij verder dat niemand de dood van de vorige bewoner had doorgegeven aan de telefooncentrale. Zij adviseerde mij om me daar zo snel mogelijk te melden en de achterstand te betalen om het nummer te behouden.

De flat waar oom Maxim had gewoond zat in een afgeschilferd gebouw in de Sjironingardestraat. Het zat helemaal aan de rand, precies naast een oude bouwput vol water en begroeid met zegge. Ware het niet voor een populierenaanplant, zou het gebouw ongetwijfeld binnen een paar jaar van de helling afglijden. Ik stelde mij teleurgesteld voor hoeveel ik voor een flat op zo'n onverzorgde plaats kon krijgen.

Antonina Petrovna leidde me over een paadje voorbij twee mensen in gesprek: een man en een vrouw, allebei van middelbare leeftijd. Ik hoorde in het voorbijgaan: 'Ik zou die klootzak Jeltsin zelf aan stukken scheuren.' De vrouw beaamde: 'En niet alleen hem.'

De man was rijzig, met een vlezige en melkwitte complexie en een agressief kalend hoofd. Hij gebaarde strijdlustig met een lange in papier gewikkelde bundel. De vrouw had een of ander tuingereedschap in haar hand, de metalen punt gewikkeld in een stuk stof. De vrouw was gekleed alsof ze net terug was van haar buitenhuis: in een verschoten windjack en een hoofddoekje. Bij haar voeten stond een tas waar een plastic fles uitstak.

De portiek toonde zielig zijn rottende tanden in de vorm van twee oude vrouwen aan weerszijden. Om hun nieuwsgierige vragen voor te zijn, zei Antonina Petrovna: 'Dit is het neefje van wijlen Vjazintsev.'

Ik had het gevoel dat het pratende koppel ons ook had opgemerkt. De vrouw keek om en de man was al onze kant op gekeerd. Hij hield even zijn mond en begon daarna nog feller met zijn pakje te zwaaien. Waarschijnlijk plande hij nog meer martelingen voor de voormalige president.

Wij gingen naar de vierde en bovenste verdieping. Antonina Petrovna scheurde een wassen zegel met een draadje open. Ik zette mijn handtekening op het bewijs van ontvangst. Antonina Petrovna wenste mij succes en stampte zwaarlijvig de trap af.

Eerst sloot ik mijzelf op in de wc en deed de daagse behoefte. Toen ik de wc doortrok dacht ik dat ik de flat als een dier had gemerkt. Daarna bekeek ik mijn tweekamerareaal.

De telefoon werkte niet. De ramen waren nog voor de winter dichtgeplakt. Ik scheurde het papier er meteen af en opende de balkondeur in de woonkamer wijd om de muffe geur te verdrijven.

De horizon kleurde roze, de lage zon leek op langzaam zakkend eigeel. De sterke wind gaf mij een gevoel van vlucht dat werd versterkt door de verre wolkenkrabbers voorbij de bouwput en snelweg. Het leek net alsof mijn vierde verdieping op dezelfde hoogte zat als hun daken. Over de lengte van het balkon waren twee waslijnen gespannen, waar houten knijpers als haringen op hingen. De van de droogte gebarsten balustrade was omwikkeld met wilde druiven.

In het algemeen beviel oom Maxims woning mij goed. De hal was beplakt met vroeger erg modieus 'baksteen'-behang. De woonkamer stond vol met een uitschuifbare bedbank, twee stoelen, een staande lamp met een messing voet, een koffietafel en een kersenhouten buffet met servies, kristal, boeken en een radiogrammofoon in een diepe glazen nis.

Ik doorzocht de lades voor 'schatten' en vond een hoop kwitanties, een doos met vergulde theelepeltjes, een stethoscoop, een bloeddrukmeter en een berg gekreukte verpakkingen met medicijnen.

In de slaapkamer stonden behalve het bed ook een schrijfbureau, een etagère met boeken en een notenhouten kledingkast. Tussen de kleding vond ik tot mijn grote verbazing een motorhelm, een enorme hamer en brede lappen rubber van de buitenband van een gigantische vrachtwagen. Ik had eerlijk gezegd geen idee wat de bedoeling was van deze netjes afgewerkte stukken rubber.

Op een andere plank, tussen beddenlakens en handdoeken, had oom Maxim twee pornotijdschriften verstopt, allebei in een onleesbare Europese taal: misschien Nederlands of Zweeds. Ik dacht met verdriet na over hoe eenzaam oom Maxim was.

De badkamer maakte een nog zwaardere indruk op mij. Onder de spiegel lag op de wasbak, naast de tandenborstel en tandpasta, een krabbertje met opgedroogde stoppels op het lemmet. Dit was alles wat van oom Maxim was overgebleven…

De keuken was klein, er was net genoeg plaats voor een kookfornuis, koelkast 'Sever', tafel, krukjes en een hangkastje boven de wasbak. Op de vensterbank stond een kleine draagbare tv.

Hoewel de flat er niet slecht uitzag, was een opknapbeurt zeker nodig. Na een afweging van mijn eigen kracht en mogelijkheden kwam ik tot de conclusie dat ik het behang en de hier en daar missende tegels niet zelf zou kunnen vervangen. Ik zou dus werklui moeten laten komen om de flat verkoopbaar te maken.

Ik poetste de badkuip grondig met schoonmaaksoda en waste mij met een stukje roze zeep dat ik van de wasbak had afgepeuterd. Tussen oom Maxims keukenvoorraad vond ik macaroni, makreel en erwtjes in blik. Ik verzachtte mijn avondmaal met de zoveelste aflevering van 'De eeuwige lokroep'.

Ik sliep op de uitschuifbank in de woonkamer. Hoewel ik uitgeput was, kon ik lange tijd niet in slaap komen. Ik maakte mij zorgen om de afgesloten telefoon die er waarschijnlijk voor zou zorgen dat de kostprijs van de flat daalde. Ik hoopte ook dat ik snel een vrijgevige koper zou vinden die meteen zesduizend dollar zou bieden. Daarna stelde ik me een slechte koper voor, gierig en sluw, die niet meer dan drieduizend zou geven en mij zou proberen op te lichten. Ik woelde en tandenknarste.

's Ochtends dronk ik thee en ging naar het postkantoor dat ik de dag ervoor al tijdens mijn omzwervingen door de wijk had opgemerkt. In de belwinkel legde ik aan mijn vader verantwoording af voor de reeds voltooide werkzaamheden.

Ik vroeg aan de bediende waar ik de plaatselijke telefooncentrale kon vinden. Ik had mezelf blijkbaar om niets gek gemaakt. Ik kreeg meteen een kwitantie die ik bij de algemene kassa moest betalen. Het bedrag was, zelfs met de boete erbij, niet hoog. Er werd mij beloofd dat de telefoon binnen een week weer zou worden aangesloten. Ik genoot er even van hoe makkelijk alles was opgelost en reed meteen door naar de begraafplaats.

In de crematieafdeling waren geen graven, alleen betonnen muren waarin de urnen werden vastgemetseld. Oom Maxims urne zat dicht bij de grond. Ik moest op mijn hurken gaan zitten om de gravure op de messing plaat te kunnen lezen: 'Vjazintsev Maxim Danilovitsj 1952-1999'. Iets kleiner stond eronder: 'Eeuwig in onze herinnering'.

Ik besloot het gesprek met het begraafplaatsbestuur over het vervoer van de urn pas te hebben wanneer de flat was verkocht.

KOPER

Thuis wachtte een verrassing op mij. In de deur stak een briefje—een in vieren gevouwen blaadje uit een schrift. Ik werd door ene Kolesov Vadim Leonidovitsj aangesproken. Hij schreef dat in het woonkantoor nr. 27 hij, Kolesov, van afdelingshoofd Moekhina te weten was gekomen dat ik de flat wilde verkopen. Aangezien hij zeer geïnteresseerd was, zou hij mij graag willen ontmoeten. Zijn pensioengerechtigde ouders woonden niet ver hiervandaan, dus een woning op deze plek verkrijgen zou ideaal zijn. Hij vroeg toestemming om 's avonds rond tien uur langs te komen.

De beleefde toon van de brief veronderstelde een delicaat iemand. Ik bedacht me trouwens even dat ik Antonina Petrovna niets speciaals had verteld. Maar het was makkelijker om mezelf te overtuigen dat ik zo moe was dat ik een in deze situatie normale vraag 'Wat bent u van plan met de flat?' automatisch had beantwoord zonder het zelf te merken.

Natuurlijk leek alles iets te mooi, maar na een rits fiasco's in mijn leven was een kleine tegemoetkoming gerechtvaardigd.

Een snelle verkoop kwam perfect overeen met mijn plannen om zo spoedig mogelijk terug te gaan naar huis. Ik herlas de brief opgewonden, stak het papiertje in mijn zak en beloofde mijzelf om in geval van een afgeronde transactie Antonina Petrovna iets substantiëlers te geven dan een doos bonbons.

Ik had nog een halve dag te gaan en ging even liggen rusten. Daarna ruimde ik op, dweilde de vloeren en ging naar de supermarkt. Voor het huis zag ik weer het pratende koppel van gisteren: de kalende man met het pakketje en de buitenhuisbewoonster in een hoofddoekje. Toen ik na een halfuur terugkwam, hadden zich nog twee mensen bij hen gevoegd. De een was een man met een snor, zo te zien ook een tuinier: met zijn pezige handen leunde hij op het handvat van een spade. De andere was een gekuifde jongeman in een wat versleten monteurspak, met een gereedschapskist. De jongen maakte domme grapjes aan het adres van de vrouw en de pezige man met de schop lachte luid.

Op het bankje bij de portiek zat een oudere vrouw in een hoornen bril. Toen ik aan kwam lopen, legde ze haar breiwerk opzij en vroeg streng: 'Jongeman, wie komt u bezoeken?'

Ik zei beleefd: 'Mezelf. Ik ben het neefje van wijlen Vjazintsev.' De strenge vrouw, tevreden met het antwoord, pakte weer haar breiwerk op.

Voor de komst van Kolesov vermaakte ik mij met oom Maxims voorraden. In de wandkastjes vond ik, behalve conserven en bouwzooi, een vergrotingsapparaat, een elektrisch scheerapparaat 'Kharkov' in de doos, een diaprojector en een hele stapel oude tijdschriften 'Horizon' met bijgesloten lichtblauwe flexidiscs. Deze had ik al in geen vijftien jaar meer gezien. Ik wilde zelfs iets opzetten, maar in de luidsprekers van de radiogrammofoon zat een kabeltje los. Tegen de tijd dat ik achter de kast was geklommen om de kabels eruit te trekken, werd er aangebeld.

Eerlijk gezegd leek Kolesov helemaal niet op mijn ideale droomkoper: een verlegen vader van een klein gezin, met een vrouw en een dochtertje van een jaar of vijf. Vadim Leonidovitsj was knokig, slungelig, met pikzwart gladgekamd haar en grote kale inhammen à la Micky Mouse. Hij glimlachte en gebaarde constant en zag er zeer gehaaid uit. Normaal gezien zou een gehaaid persoon geen interesse moeten hebben in mijn flat.

In plaats van een vrouw en een dochtertje met blonde krullen had Kolesov een vriend meegenomen die Alik heette. Vadim Leonidovitsj stelde hem voor en ratelde meteen een rits verontschuldigingen af, zo van: hij kwam niet alleen zelf onverwachts, maar bracht ook nog eens een collega mee. Blijkbaar had deze Alik, een individu met een rood gezicht als ware het ernstig verbrand in de zon, Vadim Leonidovitsj heel aardig een lift gegeven in zijn auto. Alik stond met zijn handen in de zakken van zijn leren jasje op één plek en schommelde heen en weer, van de hiel naar de tenen, als een schommelstoel. De enige keer dat hij zijn mond open deed, vroeg hij om wat water.

Vadim Leonidovitsj liep vlug als een spin de woonkamer rond, keek eventjes in de keuken, en al snel kwam zijn verheugde stem uit de slaapkamer: 'Alik, Alik, kom hier, snel!'

'Wat heb je daar?' antwoordde Alik knorrig, maar liep er toch heen.

Kolesov stond voor de etagère enthousiast door één of ander boek te bladeren: 'Raar, hè?' Zijn blik ontmoette die van Alik en de andere man kuchte. '"Kalme grassen"! Heeft u 'm gelezen?' Kolesovs ogen lieten mij niet los.

'Nee,' zei ik droog. Dat geren en onnodig gegil van Kolesov begonnen op mijn zenuwen te werken. 'Zou ik dat moeten doen?'

'Ik denk het niet,' glimlachte hij. 'Het boekje stelt niet voor. Maar bij mij is er een erg romantische herinnering aan verbonden, niet te beschrijven. Krym, zee... Alik kent het wel. Als u wilt, kan ik u erover vertellen...'

Ik pakte het boek en bekeek hem kort. Uitgave van eind jaren zeventig. Het dunne ruggetje was bijna onleesbaar: geen idee hoe Kolesov zijn 'romantische herinnering' op oom Maxims etagère had gevonden.

'Luister!' riep hij ineens. 'U heeft het boekje niet nodig. Wilt u 'm aan me verkopen?'

Ik zei terughoudend dat hij deze prul gratis mocht hebben als we een prijs overeenkwamen voor de flat.

Vadim Leonidovitsj antwoordde gehaast: 'Heb ik 't niet gezegd, ik vind alles prima, en ik wil er... Eh... Achtduizend groene flappen voor geven. Wat vindt u ervan?' Hij keek mij gespannen aan.

Dat was tweeduizend meer dan mijn wildste verwachtingen. Ik jubelde innerlijk, maar zweeg voor de schijn diepzinnig, alsof ik de voor- en nadelen tegen elkaar afwoog. Daarna knikte ik instemmend.

Vadim Leonidovitsj sloeg mijn aanbod van thee af en deed mij een genoegen toen hij een rolmaat uit zijn zak haalde en de muren opmat. Zijn conclusie was: 'Alsof het voor mijn meubilair is gemaakt.' Om de ernst van zijn intenties te bevestigen, zei Kolesov dat hij de volgende dag al alle papieren in orde wilde gaan maken. Ik herinnerde hem eraan dat op zaterdag alles gesloten zou zijn. Hij klikte teleurgesteld met zijn tong, verplaatste onze afspraak naar maandag en noemde zijn thuis- en werknummers op.

Ik verzekerde hem dat de problemen met mijn telefoon het gevolg waren van een te late betaling en dat ik alles had geregeld. Hij zou volgende week weer moeten werken.

Vadim Leonidovitsj bietste 'Kalme grassen' alsnog van mij. 'Ach, kom op, we hebben toch afgesproken,' jengelde hij grappend en ik besloot geen kleingeestigheid aan de dag te leggen.

Vadim Leonidovitsj drukte het boek tegen zijn borst en zei dat juist deze 'gelukkige vondst' alles had bepaald, het was een goed teken voor de flat. Toen herinnerde hij zich plots dat er een vriend op hen in de auto zat te wachten en dat het erg onbeleefd was om hem zo lang alleen te laten. Vadim Leonidovitsj had het eerder niet over een derde persoon gehad...

Nu begrijp ik dat mijn inschikkelijkheid mijn redding was. Wie weet wat er was gebeurd als ik Kolesov het boek had geweigerd cadeau te geven.

Het gebeurde eigenlijk vanzelf, waarschijnlijk vanwege het voortdurende gesprek, maar ik liep de visite achterna naar buiten. Terwijl we naar beneden liepen, lachte Kolesov en zei gelukkig dat hij lang naar 'Kalme grassen' had gezocht en hoe toevallig het was dat hij het nu had gevonden.

Tussen mijn terugkomst uit de winkel en de ontvangst van Kolesov was het volledig donker geworden. Het erf was verlaten. De vrouw met het breiwerk bij de portiek, de praatgrage tuiniers, de kalende man met zijn bundel en de monteur waren allemaal naar huis gegaan.

In de auto, een model zes Lada, zaten twee mensen: chauffeur en bijrijder. Toen wij naar buiten kwamen, stapten zij uit. Vadim Leonidovitsj zwaaide met het boek naar hen. De chauffeur leunde ontspannen op de cabine en de bijrijder liep naar ons toe.

Ik bedacht me nog net dat mijn gasten niet met z'n drieën, maar met z'n vieren waren...

HINDERLAAG

Daarna kwam een reeks snelle en bloederige acties, die mijn nieuwe leven inleidden. Binnen een paar seconden was alles voorbij.

De naar ons toe lopende man schokte ineens en viel met zijn hand op zijn slaap neer op zijn knieën. Naast hem plofte een kort breekijzer op de grond die iemand uit het donker had gegooid. Achter de chauffeur stond al de recentelijke Jeltsin-hater, de grote kalende vent met zijn papieren wikkel. Hij maakte een stekende beweging en het pakketje verzonk in één keer in de buik van zijn tegenstander. Het papier kreukelde bij zijn vuist. Toen hij zijn hand hard terugtrok, zag ik een lang recht lemmet. De kale stak het wapen opnieuw in de zij van de chauffeur, die levenloos op de grond ineen zakte. De moordenaar veegde het lemmet snel met het gekreukte papier schoon.

Kolesov was een paar meter verder gerend, maar werd ingehaald door de neppe tuiniers. Ik hoorde het geruis van een gevecht.

Alik probeerde iets te zeggen, maar in plaats van woorden kwam er een lading bloed uit zijn mond. Uit zijn keel stak het punt van een breinaald. Achter hem stond de oudere vrouw die op het bankje had zitten breien. Aliks lichaam schokte en een tweede naald doorboorde zijn adamsappel bedekkende hand.

De monteur verscheen, pikte het breekijzer op en maakte de stervende man af met een scherpe klap op het achterhoofd. Daarna zei hij tegen de oudere vrouw, die roodgezicht Alik met haar breinaalden had gedood: 'Deze is klaar, Margarita Tikhonovna.'

Hij knipoogde samenzweerderig naar mij, zei: 'Mond dicht!' en stak het breekijzer achter zijn riem.

Een donkergekleurd RAF-busje zonder lichten kwam aangereden. Twee mensen sprongen eruit en begonnen de lijken energiek in de cabine te gooien. Zij werkten snel en gecoördineerd.

De bebrilde Margarita Tikhonovna keek mij zo nu en dan onrustig aan en fluisterde: 'Stil maar, alles gaat goed, blijf vooral stil…'

De vrouw in het hoofddoekje rende naar haar toe. Het tuingereedschap bleek een korte piek te zijn. De vrouw gaf het afgepakte boek aan mijn compagnon en riep zachtjes: 'Pal Palytsj, schiet op!'

De man met de snor sleepte de vastgebonden en geknevelde Kolesov mee en gooide hem ruw in het busje.

De kale zei tegen Margarita Tikhonovna: 'Ik rijd met Palytsj in hun auto achter jullie aan.'

'Nee, Igor Valerjevitsj, komt u maar met ons mee, Pal Palytsj kan het alleen aan.' Zij legde het boek voorzichtig achter de lapel van haar jasje en beval: 'Tijd om te gaan!'

De kale duwde mij zachtjes richting het busje, zette mij op een zijstoel achterin en ging naast mij zitten. De monteur en de vrouwen stapten ook in, de deur klapte dicht en wij reden het donker in.

Ik moet erbij zeggen dat ik, terwijl het gevecht plaatsvond, volledig verstijfde en als aan de grond genageld stond. Zelfs als ik had willen gillen, was het mij niet gelukt—de shock kneep mijn keel volledig dicht.

In mijn hoofd speelden zich nieuwsrolletjes af over bendes die via een diefjesmaat achter woningoverdrachten komen. Ware het niet dat Kolesov zich ook in een rottige situatie bevond, zou ik gedacht hebben dat hij alles had geregeld. Maar we hadden geen papieren getekend, dus zo'n zet leek niet logisch.

Verschrikkelijke vragen zoemden als een zwerm krankzinnig geworden bijen in mijn hoofd rond: 'Hebben de bandieten zich vergist, zijn ze te snel te werk gegaan? Wat gebeurt er met mij? Ik ben in leven gehouden en ze hebben mij niet eens aangeraakt. Maar waarom of, beter gezegd, voor hoe lang? Totdat ze erachter komen dat er geen geld is uitgewisseld en de transactie nog niet is doorgegaan?'

De vastgebonden Kolesov lag bovenop de lijken op de schokkende vloer van de RAF te woelen. Ik bedacht mij dat hij alle redenen had om te denken dat ik hem een steek had geleverd, maar dat leek onzinnig: niemand neemt geld mee wanneer ze een woning gaan bekijken.

Van de mensen om mij heen leek alleen de monteur op een echte overvaller: hij had een heel brutaal gezicht. De kale vent die op een marktslager leek maakte ook een onheilspellende indruk. Maar toen ik Margarita Tikhonovna en de andere vrouw bekeek, was het moeilijk te geloven dat deze intellectueel ogende vrouwen koelbloedige moordenaressen waren.

De oudere vrouw foeterde de monteur meteen uit: 'Sasja, waar denk jij mee? Weet je hoeveel lawaai er was geweest als het breekijzer op het asfalt was gevallen?'

De jongeman verontschuldigde zich: 'Margarita Tikhonovna, echt, ik wilde eerst de houten hamer gooien, maar durfde niet: die vent was zo groot.' De monteur schopte de dode. 'Stel je voor dat hij niet buiten westen raakte…'

'Laat hem toch,' kwam de andere vrouw op voor Sasja, 'volgens mij ging alles prima.'

'Klopt,' beaamde de chauffeur, 'van een leien dakje.'

'Tanetsjka, ik weet waar ik het over heb,' ging Margarita Tikhonovna er tegenin. 'En ten tweede, jongens, ik heb toch gevraagd om tijdens de missie geen namen te noemen! Jullie zijn net kinderen, "Margarita Tikhonovna, Pal Palytsj…"' aapte ze hen na. 'Wat is dat?'

Hoofddoekje en de monteur glimlachten schuldig.

'Ach kom, Margarita Tikhonovna,' kwam de kale tussenbeide, 'ze fluisterden… Trouwens, u heeft mij ook bij naam en toenaam genoemd. Nog net niet met mijn achternaam erbij,' grijnsde hij.

'Het spijt me, Igor Valerjevitsj. Dan moet ik ook afgeschreven worden,' zei Margarita Tikhonovna terneergeslagen. 'Hoe dan ook, jongelui, volgende keer moeten jullie voorzichtiger zijn.'

De monteur, die zijn hoofd had laten hangen, hield op met berouw te veinzen en gaf mij ineens een hand: 'Soekharev, Aleksandr.'

'Vjazintsev, Aleksej,' perste ik eruit.

'Leuk je te ontmoeten,' glimlachte de monteur. Hij zag eruit alsof hij even oud was als ik, misschien iets jonger. 'En, hoe gaat het? Je broek zit zeker helemaal vol?' vroeg hij op vertrouwelijke toon.

Terwijl ik een antwoord bedacht op deze familiaire uitspraak, zette Margarita Tikhonovna de monteur al op zijn plaats: 'Houd op, Sasja!' Ze zuchtte diep en zei bijzonder plechtstatig: 'Aleksej… Geachte Aleksej Vladimirovitsj. Ik kan me amper voorstellen welke mening u zich moet hebben gevormd over wat u zojuist aanschouwde. Maar u moet weten dat u in ons gezelschap absoluut veilig bent. Alleen maar omdat wij allen,'—bij deze woorden begonnen de monteur, hoofddoekje, kale Igor Valerjevitsj, de chauffeur en zijn bijrijder synchroon te knikken, — 'van uw oom, Maxim Danilovitsj Vjazintsev, hielden en hem respecteerden… Ik zweer bij zijn zaliger nagedachtenis, wij wilden u niet bang maken, maar konden u helaas ook niet waarschuwen. We zouden u te veel moeten uitleggen in een te korte tijd, u zou ons misschien niet geloven en de misdadigers zouden ongestraft zijn gevlucht. Ik hoop dat u binnenkort zelf alles zult begrijpen en ons niet te streng voor deze afrekening zult veroordelen. Een halfjaar geleden hebben deze… onmensen,' haar stem sloeg over, 'Maxim Danilovitsj opgewacht en wreed vermoord…'

De kale draaide Aliks levenloze lichaam om (de breinaald stak nog steeds uit zijn keel en hield de volledig doorgestoken hand op zijn plaats), opende de lapel van zijn leren jasje en haalde een zeer lange en naalddunne priem tevoorschijn, die tot aan het handvat in een smal plastic buis zat verstopt.

'Kijk maar,' zei hij tegen mij, 'dan twijfelt u niet meer aan de bedoelingen van deze individuen. Goed spul. Ze harden het speciaal in schellak, de stift wordt zo hard als een diamant en komt overal doorheen.'

'O, klootzakken!' Monteur Sasja Soekharev greep Kolesov bij zijn kraag vast, schudde hem een paar keer door elkaar en gooide hem met een zware afscheidsklap in de nieren weer op de lijken neer. Kolesov kreunde.

Margarita Tikhonovna sloeg deze scène zonder een greintje medelijden gade. Daarna zwaaide ze jennend met het afgepakte boek voor Kolesovs neus: 'En? Hoe heet u? Vadim Leonidovitsj? Hoe kunt u toch zo onvoorzichtig zijn geweest?'

De vastgebonden Kolesov begon weer te woelen, zijn betraande ogen glinsterden met pijn en angst.

'Luister goed. Jullie diefjesmaat Shapiro zit vast. Daarom hoop ik dat u tijdens de ondervraging de nodige praatgraagheid zult tonen… Trouwens, ik kan niet beloven dat u er met uw leven vanaf komt. Maar zelfs in het slechtste geval haalt u het wel tot zaterdag. U wilt iets zeggen?'

Monteur Soekharev tilde Kolesov een beetje op, trok de tape van zijn mond en haalde de met bloed doorweekte knevel eruit. Kolesov zei gorgelend: 'Ik heb niemand vermoord. Ik heb er niets mee te maken… Martsjenko gaf de bevelen.' De knevel ging er weer in.

'Dus u bent bereid om mee te werken?' vroeg Margarita Tikhonovna streng. 'Of… bent u bij de aanhouding omgekomen? In principe hebben we aan Shapiro genoeg. Toch, Igor Valerjevitsj?'

De kale zette de geconfisqueerde priem tegen Kolesovs zij en de arme Vadim Leonidovitsj schudde instemmend met zijn hoofd. Wat kon hij anders doen? Op zijn plaats zou ik ook alle voorwaarden accepteren.

De monteur doorzocht de zakken van de doden. De neppe tuinierster Tanja keek mij vertederd aan. Ineens zei ze: 'Aleksej Vladimirovitsj, u heeft zich uitstekend staande gehouden. En u lijkt echt heel erg op Maxim Danilovitsj…'

'Klopt,' de chauffeur draaide zich even om. 'Dat is mij ook opgevallen. Twee druppels water.'

'Ongelofelijk,' zei de bijrijder. 'Lijkt precies op zijn oom.'

'Aleksej Vladimirovitsj,' Margarita Tikhonovna raakte voorzichtig mijn knie aan, 'ik begrijp dat u angstig en geschokt bent. Als u uw gedachten in stilte op een rij wilt zetten, dan kunt u nu even uitrusten.'

Ik had juist een hoop vragen: 'Waarom is oom Maxim vermoord?,' 'Wie zijn deze mensen, deze vermeende moordenaars?' En tenslotte het allerbelangrijkste: 'Wat gaat er met mij gebeuren?' Maar ik volgde de nadrukkelijke aanwijzing van Margarita Tikhonovna op en keek de rest van de weg uit het donkere raam, waarachter een onrustig hartfilmpje van straatlampen zich afspeelde.

Onderweg werd besproken waar ik heen zou worden gebracht. Margarita Tikhonovna stelde haar woning voor, maar de kale Igor Valerjevitsj stond erop dat zijn woning beter was omdat Margarita Tikhonovna's adres waarschijnlijk aan de kwaadwilligen bekend was. Dat argument gaf de doorslag. Het RAF-busje veerde van de verlichtte weg af en zigzagde tussen anonieme prefabwoningen. Het bleek dat Igor Valerjevitsj ergens in de buurt woonde.

Bij de portiek splitste het gezelschap zich op. De chauffeur en bijrijder kregen het bevel om Kolesov te bewaken en reden meteen samen met hun dode lading weg.

EERSTE NACHT. EERSTE DAG.

Achteraf gezien kan ik niet zeggen dat het de engste nacht van mijn leven was. Het kan beter de eerste in een reeks enge nachten genoemd worden.

Wij gingen naar boven. Igor Valerjevitsj opende de deur en nodigde mij gastvrij uit om 'te doen alsof ik thuis was'. De anderen hadden geen behoefte aan een uitnodiging. Tanja ging in de keuken rommelen. Soekharev sloot zich fluitend op in de wc. Margarita Tikhonovna leidde mij naar de woonkamer en Igor Valerjevitsj wees naar de aangrenzende kamer: 'Aleksej, de slaapkamer is de komende nacht helemaal van u.'

Ik sloeg het aanbod van thee beleefd af: stel dat ze wat in mijn kopje hadden gedaan. Mijn angst was gaan liggen, mijn benen voelden niet meer slap, maar mijn maag brandde nog steeds van adrenaline. Ik probeerde me waardig te gedragen, maar mijn stem verraadde mijn toestand, dus koos ik ervoor om te zwijgen. Op vragen antwoordde ik enkel door te knikken of 'nee' te schudden.

Margarita Tikhonovna herhaalde steeds: 'Aleksej Vladimirovitsj, vergeet vooral niet dat wij uw vrienden zijn en u hier absoluut veilig bent.' Ik geloofde haar niet echt.

Margarita Tikhonovna glimlachte nog toen ze begon te telefoneren. De woorden die uit de hoorn kwamen verbrijzelden haar rustige toestand.

'Hoe bedoel je, weggelopen? Wanneer?!' riep Margarita Tikhonovna zielig. 'Rustig maar, Timofej Stepanovitsj! Niemand geeft u de schuld!... Hoe gaat het met de anderen? O, nu zitten we echt in de nesten... Ik weet niet wat te zeggen... Goed, laat ze maar zoeken... Ja, kom meteen hierheen. Wij zijn bij Igor Valerjevitsj!'

Ze legde de hoorn neer en zei met een gedwongen rustige stem: 'Jongens, laten we vooral rustig blijven. We hebben een groot probleem. Shapiro is ontsnapt. Vadik Provotorov is gewond...'

Er volgde een gespannen stilte. Vervolgens schudde een zware vuistslag van Igor Valerjevitsj de tafel. Kopjes vlogen rinkelend alle kanten op. Tanja zei: 'Ah!' Soekharev rende vloekend heen en weer door de kamer.

'Genoeg emoties!' beval Margarita Tikhonovna. 'Wat is dit voor gedrag? Schamen jullie je niet voor Aleksej Vladimirovitsj?'

Soekharev hield meteen zijn mond en plofte luid snuivend in de zetel neer.

Igor Valerjevitsj zei wrang: 'Zo zie je maar, je moet de dag niet prijzen voordat het avond is...'

'Misschien kunnen ze hem nog te pakken krijgen?' vroeg Tanja voorzichtig.

'Ik betwijfel het,' Margarita Tikhonovna zuchtte. 'Shapiro heeft zich al gedrukt en, wat nog erger is, hij heeft Martsjenko gewaarschuwd.'

Igor Valerjevitsj zette een schoteltje terug op tafel: 'Dan moet u zo snel mogelijk contact leggen met Teresjnikov, of wie daar nu de hoofdverantwoordelijke is en-'

'Igor Valerjevitsj-'

'Anders zal Martsjenko dat als eerste doen. Als hij dat nog niet heeft gedaan.' Hij voelde Margarita Tikhonovna's weifeling en voegde eraan toe: 'Martsjenko kende Shapiro's plannen en het sabotageteam werkte ook onder zijn bevel. Een dag later zou hij zelf alarm slaan.'

Margarita Tikhonovna keek mij sympathiserend aan: 'Aleksej Vladimirovitsj, ik wil u zo graag alles vertellen zodat u eindelijk gerustgesteld bent... Maar dat is een lang en moeilijk gesprek. Laten we hem nog even uitstellen. U heeft waarschijnlijk begrepen dat wij op onvoorziene moeilijkheden zijn gestuit...'

Het volgende kwartier belde Margarita Tikhonovna de nodige mensen. Ik ving elk woord op om te proberen mijn eigen lot te ontrafelen.

'Goedenavond, meneer Teresjnikov. Dit is Selivanova, van de Sjironin-leeszaal. Het spijt me dat ik u stoor. Wij hebben een noodgeval... We willen morgen graag een bijeenkomst organiseren... Twintig nul-nul, zoals altijd. Er is spoed bij geboden, begrijpt u wel!... Als ze vandaag nog naar het station gaan, zijn ze er morgenavond... We kunnen niet wachten... Ik geef u een hint, wij hebben hier iets wat kan bederven... Ja, drie stuks... De vierde leeft nog en is bereid om over de Gorelov-leeszaal te vertellen... Wat bent u scherpzinnig... Ja, u mag Lagoedov en Sjoelga op de hoogte stellen... En u hoeft niet met de Raad van Bibliotheken te dreigen... Al gaat het naar de Federatieraad! Waag het niet om mij op zo'n toon aan te spreken! Ik ben geen meisje! Ik ben gelukkig al drieënzestig!

Ja!... Fijne dag!... Wat een klootzak!' dat laatste zei ze nadat ze de hoorn hardhandig had neergelegd.

De andere mensen sprak Margarita Tikhonovna op een veel vriendelijkere toon toe.

'Meneer Boerkin, goedenavond!... Ik heb net Teresjnikov gesproken. Zaterdag is een bijeenkomst gepland. Steunt u ons? Heel erg bedankt... Vasili Andrejevitsj, dit kan ik niet even kort vertellen... Kortom, we gaan de Gorelovs eens goed ondervragen... Op heterdaad betrapt... Ja... Drie vierden zijn vernietigd, een vierde en zijn kapotgeslagen smoel is vastgebonden en wordt bewaakt... Verder geen goed nieuws! Shapiro is ontsnapt... Daar proberen we achter te komen... Nee, ik ben er ook niet blij mee... Ja, dank u wel...'

'Zjannotsjka Grigorjevna... Goedenavond... Hoe is de gezondheid?... Wij kunnen morgen niet zonder u... Bijeenkomst... De Gorelovs zijn op heterdaad betrapt... Vandaag... Drie zijn geliquideerd. Het is helaas te vroeg om ons te feliciteren. De hoofdgetuige, alias de verdachte, is ontsnapt... Ja, die beruchte Shapiro... Wat denk ik? Ik denk dat het zondag warm wordt... Ja... Zjannotsjka Grigorjevna, ik wist dat ik op u kan rekenen... Dank u wel, lieverd, voor deze aardige woorden...'

'Meneer Latokhin, goedenavond. Dit is Selivanova. Zaterdag wordt een bijeenkomst gehouden... Lieverd, ik snap dat dat uit het niets komt... Ik heb Teresjnikov gebeld... Morgen zetten we alle puntjes op de i... Op ons initiatief.... We hebben een vossenjacht gehouden... Met wisselend succes... We hebben de belangrijkste getuige laten ontsnappen. Op het allerlaatste moment... Piliptsjoek was verantwoordelijk, Timofej Stepanovitsj... Hij geeft zichzelf natuurlijk de schuld... Straks krijgt hij een hartaanval... En ik? Ik, meneer Latokhin, zit iedereen als Moeder Hen te troosten... Ja... Teresjnikov? Zit ons zoals altijd met de Raad van Bibliotheken bang te maken... Dank u wel, meneer Latokhin, ik twijfelde niet aan u...'

De essentie had ik begrepen. De ontsnapping van ene Shapiro had bergen roet in het eten van mijn ontvoerders gegooid. Nu zorgde de misdadige aanval op Kolesov en zijn vrienden voor grote problemen. Margarita Tikhonovna gebruikte vaak de woorden 'bibliotheek', 'leeszaal', 'raad', maar ik dacht dat de betekenis van deze woorden in de huidige context enigszins afweek.

'Ik heb alles gedaan wat ik kon doen. Boerkin, Simonjan en Latokhin staan aan onze zijde. Daar twijfelde ik niet eens aan,' vatte Margarita Tikhonovna de situatie samen.

De deurbel ging, luid en dwingend. Daarna werd en geklopt.

'Dat zal Timofej Stepanovitsj wel zijn,' schrok Margarita Tikhonovna op. 'Tenminste, dat hoop ik...'

Igor Valerjevitsj pakte zijn mes en liep naar de deur. Een paar seconden later kwam de kuchende stem van de nieuwkomer uit de hal: 'We zijn hem kwijtgeraakt! Hij heeft ons beetgenomen! Die klootzak, die eikel! Het spijt me zo verschrikkelijk, jongens!'

Een oude man rende de kamer binnen, dreunend met beslagen laarzen. Hij had lange warrige haren en brede schouders. Hij was gekleed als de voorzitter van een landbouwbedrijf, maar dan eentje die al een jaar lang bij het verzet zat. Zijn op de knieën uitgerekte en met aarde besmeurde broek was in zijn laarzen gestopt, op zijn gedragen bruine jasje zat hier en daar dennenloof en boomhars.

'Ik ben schuldig!' De oude man trok een pluk grijs haar krachtig uit zijn hoofd. 'Ik heb Shapiroe laten gaan! En ik zal de gevolgen hiervan dragen!'

'Timofej Stepanovitsj, kalmeer uzelf onmiddellijk!' zei Margarita Tikhonovna zacht, maar bevelend. 'Hoe is het met Provotorov? Leeft hij nog?'

'We hebben Vadjka naar het ziekenhuis gebracht...' De oude man bekeek de haren in zijn vuist. 'De artsen zeiden dat er niets ergs aan de hand was... Shapiroe heeft 'm knock-out geslagen en is uit het raam gesprongen...' Hij opende zijn hand en de uitgetrokken grijze pluk viel op het tapijt.

'Timofej Stepanovitsj, lieverd, hoe heeft dit toch kunnen gebeuren?' vroeg Tanja verdrietig. 'Waar was u zelf?'

'Op de plee...' Timofej Stepanovitsj barstte nog net niet in tranen uit. 'Provotorov en Loetsis bleven bij Shapiroe... U zei laatst nog tegen mij: "Shapiroe is een verrader," maar Maxim Danilovitsj heeft hem zelf bij de leeszaal gebracht! Ik kon niet geloven dat hij... Ik dacht, we verdenken een vriend en we zullen ons later schamen. We zullen ons later moeten verontschuldigen!...' Timofej Stepanovitsj hield ineens op met praten. 'Wie is dat?' vroeg hij. Zijn waanzinnig uitpuilende ogen lieten mij niet los.

'Neefje van Maxim Danilovitsj,' antwoordde Margarita Tikhonovna. 'Aleksej Vladimirovitsj Vjazintsev. Ik heb het u toch verteld...'

'Ik zweer het u...' riep Timofej Stepanovitsj schor en snelde op mij af.

Ik verstopte mij met enige gêne achter Margarita Tikhonovna.

'Aleksej Vladimirytsj, ik zweer het u, ik zal het goedmaken…' Timofej Stepanovitsj klopte hard met zijn vuist op zijn borst. 'Ik ruk Shapiroe's hart uit zijn borst…'

'Timofej Stepanovitsj, lieve schat…' vroeg Margarita Tikhonovna vermoeid, 'kunt u alstublieft uw heldhaftig temperament bedwingen? Aleksej Vladimirovitsj heeft genoeg geleden en voldoende indrukken opgedaan vandaag. Vertel mij liever waar Ogloblin en Larionov zijn?'

'Zij bewaken de gevangene,' Timofej Stepanovitsj stapte met tegenzin terug. 'In de schuur van Vozgljakovs.'

'En de rest?'

'Zij zoeken Shapiroe…' De oude man zwaaide wanhopig met zijn hand. 'Ze hebben zich opgesplitst. Dezjnjov en Iëvlev hebben de leiding.'

'Hier is waar ik bang voor ben…' kwam Igor Valerjevitsj tussenbeide. 'Als Kolesov erachter komt dat Shapiro is gevlogen, zal hij vast weigeren om een getuigenis af te leggen. Morgen zullen we hem hoe dan ook aan de waarnemers moeten overdragen. Hij zal tijd hebben om Martsjenko te spreken…'

'Jongens,' Tanja wees naar mij, 'wij hebben Aleksej Vladimirovitsj! Hij is ook een getuige!'

Ik voelde koud zweet opkomen door een slecht voorgevoel.

'Waarom ook niet?' Soekharev keek iets levendiger. 'Hij was erbij en heeft alles gezien. Ja toch, Aleksej?'

'Ik ben tegen,' zei Margarita Tikhonovna na een korte overpeinzing. 'Ik wil Aleksej Vladimirovitsj er niet bij betrekken…'

'Misschien als een stok achter de deur?' stelde Igor Valerjevitsj voorzichtig voor. Hij ging naast mij zitten: 'Natuurlijk heeft u daar nu waarschijnlijk niet veel zin in… Maar wat gebeurde er toen Kolesov bij Maxim Danilovitsj—ik bedoel, bij u thuis kwam? In detail, graag.'

Zo goed en zo kwaad als het ging verhaalde ik de voorbije gebeurtenissen: het briefje tussen de deur, vreemde visite, het boek op de etagère waar Kolesov om had gezeurd.

'In principe zou Teresjnikov dit als bewijs moeten aanhoren,' zei Margarita Tikhonovna. 'Zelfs als Kolesov vals gaat spelen en zijn verhaal wijzigt, hebben we die brief als een soort bewijsstuk… Waar is die brief trouwens, Aleksej Vladimirovitsj?'

'Ik ga er wel achteraan,' zei Soekharev. 'Als Aleksej zegt waar-'

'Hier,' ik haalde het gekreukelde papiertje uit mijn zak in de hoop dat die mij gedeeltelijk zou vrijkopen.

'Aleksej Vladimirovitsj! Schatje!' riep Margarita Tikhonovna. 'Wat geweldig dat u 'm heeft meegenomen!'

Ze stopte de brief in haar tas en sprak de volgende woorden, waardoor de vloer onder mijn voeten opeens veranderde in een schommelend schipdek.

'Aleksej Vladimirovitsj, ik wil u echt niet bezwaren, maar ik denk dat we morgen uw hulp nodig zullen hebben. Zou u tijdens de bijeenkomst alles kunnen herhalen wat u ons zojuist hebt verteld?'

Ik durfde geen 'nee' te antwoorden. Ik wist nog heel goed hoe dit gezelschap omging met 'medewerkingsproblemen'. De geconfisqueerde, in schellak geharde priem zat nog steeds achter Soekharevs riem en de kale Igor Valerjevitsj had zijn verschrikkelijk hakmes nog steeds op tafel liggen.

Margarita Tikhonovna bedankte mij, de oude Timofej Stepanovitsj probeerde steeds mijn hand te schudden, Tanja glimlachte, Soekharev klopte mij op de schouder, Igor Valerjevitsj zei dat mijn instemming om te helpen een eerbetuiging was aan oom Maxims herinnering. Ik besefte in horror wat een verschrikkelijk moeras de gebeurtenissen van de dag waren gebleken.

Tenslotte zei Margarita Tikhonovna: 'Igor Valerjevitsj, wij laten onze gast aan u over. Laat hem rusten. Morgenavond komen wij jullie ophalen.'

Zij gingen weg. Ik ging gedwee naar de kamer, maar was uiteraard niet van plan om te gaan slapen. Mijn bewaker blijkbaar ook niet. Ik hoorde zware voetstappen, daarna kraakten de veren van de fauteuil onder zijn gewicht. Onder de deur kwam een streep licht door. Ik hoorde de ritseling van een krant en het gerinkel van een roerend theelepeltje.

Tegen middernacht ging het licht uit. Toen ik gelijkmatig gesnurk hoorde, probeerde ik geruisloos de kamer uit te sluipen. De verraderlijke deur kraakte niet eens, maar hinnikte als een paard. Het gesnurk stopte meteen. Igor Valerjevitsj tilde zijn hoofd van het kussen, streek met één hand de dunne warrige haren om zijn kruin glad en zette met de andere de lamp aan.

'Aleksej, de wc is naast de voordeur, maar de bak doet het niet goed,' zei hij, zijn ogen tegen het felle licht samenknijpend. 'Sasja, die klojo, heeft 's avonds de hendel weer kapotgemaakt. Er staat een groen emmertje, doe er wat water in en spoel door. Ik zal de bak 's ochtends repareren...' Igor Valerjevitsj had een joggingbroek en een mouwloos hemd aan, die zijn stierlijke vlezigheid nog meer benadrukte. Het mes lag naast hem op het nachtkastje. 'Moeilijk slapen op een nieuwe plek?'

'Sorry, ik wilde u niet wakker maken.'

'Ach, geen probleem, ik lag maar wat te doezelen… Als u wat nodig hebt, maakt u geen zorgen, u kunt me gewoon wekken…'

Toen ik uit de wc kwam, zag ik op de deur een ovaal plaatje met het bas-reliëf van een in een nachtpotje plassend jongetje. Twintig jaar geleden hing er ook zo eentje bij ons thuis, daarna verdween het weer. Vreemd genoeg stelde dat vredige geplas, dat decennialang in de meest uiteenlopende woningen voortduurde, mij opeens gerust. Of de angst was er gewoon vanzelf uitgelopen en doorgespoeld met het water uit het groene emmertje.

Ik voelde mij ineens ontzettend moe. Mijn achterhoofd zeurde, alsof iemand er peuken op uit stond te drukken. Ik deed mijn ogen dicht en droomde over hoofdpijn.

's Ochtends zoemde Igor Valerjevitsj irritant met een elektrisch scheerapparaat en kookte luid ontbijt: bestek rinkelde in de wasbak en een koekenpan siste.

'Hoe heeft u geslapen, Aleksej?!' riep hij toen hij hoorde dat ik was opgestaan en liep de keuken uit met een stuk brood op een vork. 'Was uw gezicht even, we gaan zo ontbijten. Houdt u van toast? Met worst en kaas…'

Igor Valerjevitsjs achternaam was Kroetsjina, een poëtisch woord voor verdriet. Dit strookte helemaal niet met zijn zonnig karakter. Hij gedroeg zich alsof we elkaar al lang kenden en praatte op de montere toon van een radiopresentator van 'Ochtendgymnastiek'. Ik ontweek zijn ogen, maar hij wachtte mij elke keer op met een brede glimlach: 'Ga uw gang, Aleksej, pak maar, ik bak er nog meer! Goed zo! Wilt u er misschien een slaatje bij?'

Ik wees het voorstel snel af omdat ik het aanblik van Igor Valerjevitsj met een mes niet aankon, al was het slechts een keukenmes.

'Heeft u zin in thee met citroen? Lekker? Goed zo!' en hij begon meteen een vrolijk motiefje te neuriën.

Deze overdreven vriendelijkheid putte mij in een halve dag volledig uit. Ik vertrouwde hem niet en verwachtte elk moment een bruuske theatrale finale. Dan zou de geraffineerde vriendelijkheid van Igor Valerjevitsj zijn ware woeste gezicht tonen.

Hij ondervroeg mij op zijn beurt enthousiast over mijn leven. Toen hij erachter kwam dat ik metaalkunde had gestudeerd, begon hij zowat te stralen: 'Aleksej! Wij zijn collega's. Ik ben zelf ook ingenieur-gieter!'

Ik luisterde naar zijn verhalen en keek zo nu en dan onrustig naar zijn nachtkastje, waar het wapen van gisteren lag. Het was een bajonet met een extra lang lemmet.

Igor Valerjevitsj merkte mijn interesse op, maar interpreteerde het op zijn eigen manier: 'Mooi, hè? Antiek. Uit de tijd van de Eerste Wereldoorlog. Hoe hij hier is gekomen, geen idee, waarschijnlijk is dat nog tijdens de Burgeroorlog gebeurd...' Hij reikte naar het nachtkastje en mijn hart trok pijnlijk samen.

Uiteindelijk gebeurde er niets ergs. Igor Valerjevitsj legde de bajonet voorzichtig in mijn handen. Ik streek over het gegraveerde opschrift op het zware lemmet: 'Modello Argentino 1909' en 'Zolingen', bekeek de gladde houten plaatjes op het handvat en scheerde langs de snede met mijn vingertop.

'Scherp,' beaamde Igor Valerjevitsj vol trots. 'Hoe kan het ook anders? Het is een schoonheid, hè?' Het was duidelijk dat hij van zijn wapen hield en het erg waardeerde.

Daarna bracht Igor Valerjevitsj een album met foto's en ik bladerde hem uit beleefdheid helemaal door.

'Vader en moeder... wijlen,' verklaarde Igor Valerjevitsj, 'broer Nikita, hij woont nu in Arkhangelsk... Dat ben ik in het leger, ik heb in Transkarpatië gediend... Universiteit... Ik deed de avondopleiding en werkte er uiteraard naast. Vierentwintig jaar bij de gieterij... Hier is mijn ex. Onze persoonlijkheden botsten... Hier krijg ik een medaille.... Geloof het of niet, ik zou de titel van Held van Socialistische Arbeid hebben gekregen als de Sovjet-Unie niet uit elkaar was gevallen. Alle documenten waren al in orde, en toen— bam, de productie werd stilgelegd, gelukkig bleef de fabriek nog open...'

Op de laatste pagina's stonden groepsfoto's: Igor Valerjevitsj omringd door mensen, waaronder de ontvoerders van gisteren en oom Maxim.

'Onze leeszaal. Naast mij staat Fedja Ogloblin, die gisteren achter het stuur zat, naast hem Sasja Larionov, ze zijn omgekeerde naamgenoten: de een is Fjodor Aleksandrovitsj, de ander Aleksandr Fjodorovitsj... Pal Palytsj zonder snor, die heeft hij speciaal voor de missie laten groeien... Sashka Soekharev en Tanetsjka Mirosjnikova, Margarita Tikhonovna... U gaat de rest vandaag nog ontmoeten, hoor… De Vozgljakovs: Maria Antonovna en haar dochters, Anna, Svetlana en Veronika. Denis Loetsis… Dezjnjov Marat Andrejevitsj, onze huisarts. Geweldige man… Vadjka Provotorov, Grisja Vyrin… En hier,' hij tikte met zijn vinger op een kaalgeschoren gigantopithecus achterin, die met zijn gigantisch lange armen bijna het gehele panorama had omarmd, 'Iëvlev Nikolaj Tarasovitsj. Ongelooflijk sterke man. Met hem hoef je nooit ergens bang voor te zijn… Links van Margarita Tikhonovna staat Pasjka Jegorov… Hij is er niet meer, onze Pasjka. Net als Maxim Danilovitsj… En hier, naast Sveta Vozgljakova,' hij wees naar een figuur in een zonnebril die zich als een zeepok aan de rand van de foto had vastgeplakt, 'een heel slecht persoon, die Boris Arkadjevitsj Shapiro. Mja… Met hem begon zo'n beetje alle ellende,' Igor Valerjevitsj werd somber.

'Wat stelt die bijeenkomst voor en wie zal er zijn?' durfde ik ineens te vragen.

'Verschillende mensen. Vrienden, vijanden… Lang verhaal,' Igor Valerjevitsj glimlachte schuldig. 'Margarita Tikhonovna vroeg mij om u niet met onnodige informatie op te zadelen…'

Igor Valerjevitsj bedacht zich ineens dat ik 's avonds moest 'optreden' en liet mij met rust.

Voordat Margarita Tikhonovna kwam, zat ik op de bank en deed alsof ik mij op mijn toespraak voorbereidde. In plaats daarvan krabbelde ik maar wat zenuwachtig op de blaadjes die Igor Valerjevitsj aan mij had gegeven.

BIJEENKOMST

Het RAF-busje remde voor een hoge metalen poort. Boven het betonnen hek krulde een spiraal van prikkeldraad. Onze chauffeur toeterde kort en de poort ging open. Ik kreeg het gevoel dat we een of ander fabrieksterrein opreden: uit de vaag verlichtte schemering stak een rij identieke fabrieksbarakken als koestallen uit.

'Komt u maar, Aleksej Vladimirovitsj…' Margarita Tikhonovna had zich voor de bijeenkomst in een streng donkerblauw mantelpak uitgedost met een grote malachietbroche op de revers, haar haar hoog gekapt, haar lippen gestift, en mascara en rouge opgedaan. Alleen haar schoenen waren dezelfde als gisteren: zwart, met gerimpelde strikjes. 'We gaan…'

Ik werd weer overspoeld door angst en zelfs het fijngevoelige 'Aleksej Vladimirovitsj' stelde mij niet meer gerust. Nee, ik was niet bang voor een afrekening. Het was het voorgevoel van de onherroepelijkheid van de gebeurtenissen dat mij beangstigde. Ik kwam nu bij de Rubicon aan, een grens: als ik die overstak, zou ik nooit meer naar mijn oude leven kunnen terugkeren.

Margarita Tikhonovna herhaalde haar aanroep, maar ik bleef onbewogen, als verdoofd zitten. Toen pakten Sasja Soekharev en Tanja mij voorzichtig onder de armen en droegen mij zowat uit de auto.

Wij werden meteen omsingeld.

'Ik heet de geweldige Sjironin-leeszaal van harte welkom,' glimlachte een grijsharige man met een plechtstatig maarschalksgezicht. Hij was echter helemaal niet krijgshaftig gekleed in een broek van zeildoek en een gebreid vest over zijn overhemd.

'Het is ook erg goed u te zien, meneer Boerkin.'

'Hoe voelt u zich, Margarita Tikhonovna? Heeft u het al gezien? Lagoedovs militie…' hij wees naar een groep mensen die apart naast een oude Volga met overgeschilderde taxiblokjes stond. 'Verdomde waarnemers… O, daar komt Simonjan… Goedendag, Zjanna Grigorjevna!'

Een oudere vrouw die eruitzag als een behuilde Armeense oma kwam naar ons toe.

'Margarita Tikhonovna, heeft meneer Boerkin het u verteld? De jongens uit Kolontajsk zijn gekomen. Allemaal. En allemaal staan ze aan jullie zijde… O!' riep ze ineens. 'Is dat… het zoontje van Maxim Danilovitsj?'

'Nee, Zjannotsjka Grigorjevna. Zijn neefje. Vjazintsev Aleksej Vladimirovitsj.'

'Zeg maar Aleksej,' ik geneerde mij omdat Margarita Tikhonovna mij als een blinde leidde.

'Dit is pas zijn tweede dag,' zei ze, 'en hij weet nog niets. Ik ben voorlopig leidinggevende in zijn plaats. Wij hadden zelfs geen tijd om hem te waarschuwen, hij kwam van de pan in het vuur.'

Simonjan klapte haar handen samen: 'Ik snap het… Arm jongetje.'

'Wat nou jongetje?' kwam Boerkin overdreven opgewekt tussenbeide. 'Hij is een vechter! Een jongen van stavast!'

'Dat is waar,' beaamde Margarita Tikhonovna. 'Hij heeft zich erg heroïsch gedragen. Wat verwacht je ook, het zijn Vjazintsevs!'

Buiten toeterde een auto. De poort knarste open en een logge vrachtwagen reed het erf binnen. Uit de met zeil bedekte cabine, als uit de buik van het paard van Troje, kwamen een voor een mensen met een soldatenbehendigheid tevoorschijn gesprongen.

'De Gorelovs,' fluisterde Simonjan.

Ik zag hoe Larionov en Pal Palytsj de gevangene Kolesov aan de waarnemers overleverden. Toen hij eenmaal door de waarnemers werd omringd, zakte hij meteen ineen, alsof iemand zijn benen onder hem vandaan had geschoten, en hing aan de mouwen van zijn omstanders, terwijl hij daarvoor behoorlijk zelfstandig had gelopen.

De mensenmassa liep de fabriekshal binnen. Iemand vroeg of het licht aankon. Op een ijzeren balk onder het plafond zoemden matte plafonnières tot leven. Gestript en ontdaan van machines leek de hal op een gymzaal. Bij de muur bleef alleen een stationaire zwarte transportband over, waar veel binnenkomende mensen meteen op gingen zitten.

Totaal hadden zich ongeveer honderd mensen in de fabriekshal verzameld. Het détachement dat in de vrachtwagen was gekomen—'de Gorelovs'—stonden in gesloten gelid. Zij maakten een vreemde indruk, alsof vertegenwoordigers van de intellectuele klasse ineens waren gedegradeerd tot fabrieksgespuis.

Naast Margarita Tikhonovna hadden zich de al aan mij bekende Tanja, Sasja Soekharev, besnorde Pal Palytsj, Igor Valerjevitsj Kroetsjina en de oude Timofej Stepanovitsj verzameld. Al snel kwamen de chauffeur van de RAF Ogloblin en zijn bijrijder Larionov erbij: Fjodor Aleksandrovitsj en Aleksandr Fjodorovitsj, spiegel-naamgenoten.

De familie Vozgljakovs voegde zich bij ons: moeder Maria Antonovna en haar drie dochters— Anna, Svetlana en Veronika. Deze vier kolossale vrouwen maakten een erg imposante indruk. Zij hadden allen rode wangen en blonde haren en identieke dopneusjes. Naast deze machtige zwaargebouwde dames voelde ik mij klein en armetierig.

Een jongeman baande zich een weg naar mij.

'Denis Loetsis,' stelde hij zich voor. In tegenstelling tot Sasja, die ook van mijn leeftijd was, zag deze man eruit als een promovendus met de beste cijfers van zijn klas. Hij was mager en hoekig, droeg een bril en zag er nog zieliger uit dan ik in tegenstelling tot de stevige familie Vozgljakovs. 'Prettig kennis te maken.'

'Aleksej,' zei ik voor de zoveelste keer die avond en schudde zijn broze hand.

'Denis!' riep Margarita Tikhonovna. 'Waar zijn Grisja, Marat Andrejevitsj en Nikolaj Tarasovitsj?'

'Ze konden niet komen, Margarita Tikhonovna,' fluisterde Loetsis. 'Dezjnjov moet dienst draaien bij de kliniek en hij kon niet afzeggen, Grisja en Nikolaj Tarasovitsj zijn bij Vadik Provotorov.'

Boven het wegebbende geroezemoes kwam een eenzame mannelijke stem uit:

'Stilte! Ik wil stilte, ik kan niet schreeuwen!' Hij wachtte een paar seconden: 'Dames en heren, op de agenda van de dag, of, liever gezegd, avond, staan twee vorderingen...'

'Dat is Teresjnikov,' fluisterde Loetsis in mijn oor. 'Waarnemer van de regio, een soort rechter...'

Margarita Tikhonovna keek ons streng aan en Denis zweeg.

'De eerste vordering werd door de Sjironin-leeszaal ingediend. Waarnemend bibliothecaris, mevrouw Selivanova, als u naar het midden wilt komen... Gelijktijdige vordering van de Gorelov leeszaal, bibliothecaris meneer Martsjenko... Komt u maar,' Teresjnikov wuifde hun over. Een man met het gezicht van een opvliegend afdelingshoofd maakte zich los uit het gelid. Op zijn wang zat of een verse blauwe plek of een paarse moedervlek.

'Nou, ik zou 'm geen "meneer" noemen, hoor!' riep een onzichtbare grapjas. Veel mensen lachten, maar Teresjnikov trok een vies gezicht: 'Wij hebben hier natuurlijk geen echte rechtbank, maar ook geen circus. Iets serieuzer, graag. We hebben te maken met drie lijken, ziet u...'

'Vijf,' verbeterde Margarita Tikhonovna luid. 'Doe er nog twee bij.'

'Mevrouw Selivanova,' zei Teresjnikov, 'voor zover ik uit uw rapport heb opgemaakt, beschuldigt u de Gorelov-leeszaal van een poging tot gewelddadig ontnemen van het Boek der Herinnering...'

'En van de moord op onze bibliothecaris Vjazintsev en lezer Jegorov.'

Teresjnikov deed zijn gezicht in de plooi van gematigd verdriet: 'Een halfjaar geleden hebben we hier om meneer Vjazintsev gerouwd... U weet dat de Raad een aanvullend onderzoek heeft gedaan. Vjazintsev werd het slachtoffer van straathooligans. En jullie lezer Jegorov, als ik het me goed herinner, werd door een of andere dronken klootzak doodgereden, die vervolgens lafhartig het plaats delict verliet. Deze dramatische gebeurtenissen zijn ongetwijfeld het gevolg van een compleet gebrek aan spiritualiteit in onze maatschappij en de grote criminaliteit in het hele land...' Teresjnikovs stem werd strenger. 'Maar gisteren verloor de Gorelov-leeszaal drie lezers! Ik hoop van harte dat u voldoende bewijzen kunt aanvoeren om deze gebeurtenis te rechtvaardigen.'

De aanwezigen bespraken rumoerig wat ze zojuist hadden gehoord. De norse Martsjenko knikte instemmend bij Teresjnikovs woorden.

'Ongetwijfeld,' Margarita Tikhonovna keek Martsjenko dreigend aan. 'Alle bewijzen worden vandaag aan de bijeenkomst getoond!'

'Goed,' verklaarde Teresjnikov. 'Wie wil als eerste optreden? Mevrouw Selivanova?'

'Laat hem maar!'

'Ik cedeer het woord aan mijn collega.' Martsjenko had zijn antwoord al klaar.

Teresjnikov fronste: 'We zijn niet op school. Genoeg met dat gekibbel... Goed, we zullen eerst Selivanova horen!'

Margarita Tikhonovna kuchte eventjes en begon haar verhaal: 'Huidige gebeurtenissen hebben hun oorsprong bij een incident dat twee jaar geleden plaatsvond. Toen werd onze lezer Pavel Jegorov onder vreemde omstandigheden doodgereden door een losgeslagen vrachtwagen. Dat was, gezien zijn verwondingen, de conclusie van het medisch rapport. Ik zal niet meteen mijn eigen conclusies trekken wat betreft vrachtwagens en zeg er meteen bij: het feit dat de Gorelov leeszaal juist van dit type transportmiddel gebruik maakt is voor ons geen bewijs van hun schuld...'

Martsjenko bromde: 'Goh, wat fijn...'

Een nieuw gemurmel vulde de hal, maar het was niet duidelijk of het eens of oneens was met zijn opmerking.

'Stilte!' zei Teresjnikov streng en knikte naar Margarita Tikhonovna: 'Gaat u verder.'

'Inderdaad, er zijn voldoende vrachtwagens in Rusland te vinden, net als dronken bestuurders. Een van hen heeft onze vriend Pavel Jegorov gedood. Een ongeval. En een maand later heeft meneer Martsjenko hier, in deze zaal, aan Maxim Danilovitsj voorgesteld om een waardig persoon in onze leeszaal op te nemen, ene Boris Arkadjevitsj Shapiro, oorspronkelijk uit de Severodvinsk-leeszaal.'

'Wacht eens even!' riep Martsjenko. 'Dat was geen voorstel. Ik heb enkel de situatie belicht. Behalve mij waren er ook de vertegenwoordigers uit Smolensk en Belgorod en bibliothecarissen uit onze eigen regio: meneer Boerkin en Latokhin en mevrouw Simonjan. Zij kunnen het bevestigen. Jullie Vjazintsev heeft Shapiro zelf aangenomen, zogezegd omdat de Sjironin leeszaal onlangs een lezer was verloren!'

'Natuurlijk, natuurlijk,' glimlachte Margarita Tikhonovna kwaadaardig. 'Maar waarom probeert u uzelf ineens te verantwoorden, meneer Martsjenko? Volgens mij heb ik u er nog niet van beschuldigd iets met die Shapiro te maken te hebben gehad. Misschien voelt u al nattigheid?'

'Ik weet van niets, behalve dat gisteren drie van mijn mensen monsterlijk zijn vermoord en een vierde zware verwondingen heeft opgelopen!' siste Martsjenko woedend. 'Ik en mijn leeszaal worden schandalig en valselijk beschuldigd!'

'Sti-ilte!' riep Teresjnikov opnieuw tegen de lawaaierige aanwezigen. 'Meneer Martsjenko, u krijgt straks de tijd om uw mening te uiten. Laat mevrouw Selivanova uitpraten!'

Margarita Tikhonovna wachtte een paar tellen en ging daarna verder: 'De aanwezigen zullen zich vast nog de tragische gebeurtenissen van toen herinneren. De Severodvinsk-leeszaal werd betrapt op vervalsingen en door de Raad ontbonden. Zij weigerden hun Boek af te geven en iedereen die probeerde tegen te stribbelen stierf tijdens een gevecht met de Raad...'

'Maar dat was een officieel vonnis!' pareerde Teresjnikov. 'Zoals de wet voorschrijft!'

'Daar twijfel ik ook niet aan, meneer Teresjnikov, ik vertel alleen hoe het is gegaan. De enige Severodvinsk lezer die het heeft overleefd was Shapiro. Het mocht duidelijk zijn dat onze regio veel medelijden had met de lezers uit Severodvinsk… Vooral omdat het met die vervalsingen toch wel erg vreemd was gegaan…'

'Mevrouw Selivanova! Alstublieft!…'

'Mijn excuses, dat is enkel mijn eigen mening… Kortom, Shapiro kwam bij ons. Op het eerste gezicht was hij de ideale lezer. Hij aanbad Maxim Danilovitsj, hielp waar hij kon, was enthousiast. Hij maakte graag grapjes. Wij raakten aan hem gewend… Dus… En in november kreeg ik een vervelend ongeluk, ik gleed uit en brak mijn been. Ik lag thuis in het gips. In overeenstemming met het leesschema bracht Vjazintsev het Boek naar mij toe. Ik was er eigenlijk op tegen, omdat ik niet wilde dat het Boek de leeszaal zou verlaten… Maxim Danilovitsj werd altijd vergezeld door bewakers. Shapiro kende de planning. Wat hij niet wist was dat Maxim Danilovitsj het Boek bij mij had achtergelaten en alleen, zonder begeleiders, naar huis was gegaan… Ik zou er nog het volgende aan willen toevoegen: als Maxim Danilovitsj het Boek bij zich had gehad en zijn aanvallers geen gewone hooligans waren geweest, zou onze leeszaal zijn opgehouden te bestaan.' Margarita Tikhonovna zweeg.

In de neonlampen onder het plafond gonsde en ronkte de stroom hoorbaar.

'Uit wat u heeft verteld,' onderbrak Teresjnikov de pauze, 'volgt niet dat Shapiro verbonden is aan de Gorelov-leeszaal en hun bevelen opvolgde.'

'Eén moment geduld, alstublieft. Alles zal zo duidelijk worden… Ik zal u niet vervelen met de lange uiteenzetting van hoe mijn verdenkingen zich vormden. Laten we het gewoon vrouwelijke intuïtie noemen. Misschien was het omdat op die noodlottige avond vele van onze lezers bij mij thuis waren, maar niet Shapiro. Hij wist dus niet dat Vjazintsev het Boek niet bij zich had, gaf het signaal aan de juiste mensen…' Margarita Tikhonovna zuchtte. 'Kortom, Jegorovs ongeval, het verschijnen van Shapiro in onze leeszaal en de dood van Maxim Danilovitsj leken met elkaar te zijn verbonden. Tot het voorjaar hield ik mijn verdenkingen voor mijzelf, daarna vertelde ik de anderen erover. Zij gingen ermee akkoord om Shapiro te testen. Toen deed

Maxim Danilovitsjs familie hun erfrecht gelden. Twee weken geleden had ik een vergadering van de leeszaal bijeengeroepen waar ik verklaarde dat in de verzegelde flat van Maxim Danilovitsj zich een tweede Boek der Herinnering bevond. Het was zogezegd een geheim en hij had mij gevraagd om het aan niemand te vertellen. Maar nu de erfgenamen van Maxim Danilovitsj hun rechten op de flat lieten gelden, moest het Boek worden weggehaald. Ik weet nog dat Shapiro erg opgewonden raakte en zei dat een illegaal Boek heel veel geld zou kunnen opleveren. Hij stelde zijn connecties voor... Twee dagen geleden zag ik Shapiro en waarschuwde hem dat we vrijdag weer bijeen zouden komen. Er kwam iets tussen: het neefje van Maxim Danilovitsj was hierheen gekomen. Ik plande het weghalen van het Boek voor de komende maandag. Voor de geloofwaardigheid legden wij ons Boek in de flat neer, zodat de visite iets zou hebben om te stelen. Als Shapiro samen met hen was gegaan, zou hij het Boek herkennen en het plan ruïneren, maar zoals verwacht kwam hij naar de vergadering en werd in hechtenis genomen. Bij de flat werd een hinderlaag opgezet...'

Ik voelde mij ellendig. Het vaak gebruikte woord 'leeszaal' deed mij alleen aan een aula denken. Blijkbaar was oom Maxim een bibliothecaris, de mensen die om mij heen stonden maakten onderdeel uit van de leeszaal waar hij de leiding over had, en de rel was het gevolg van dat boekje dat Kolesov op oom Maxims etagère had gevonden.

Elke keer dat Margarita Tikhonovna mijn en oom Maxims achternaam noemde, werd mijn gezicht warm, mijn handen begonnen te zweten en mijn maag trok pijnlijk samen. Maar toen het gesprek rechtstreeks over mij begon te gaan, vulde mijn mond zich met zuur speeksel. Ik wilde niet optreden.

'Aleksej Vjazintsev kreeg visite van mensen die zich voordeden als kopers, nadat ze deze brief hadden achtergelaten...' Margarita Tikhonovna haalde het blaadje uit een dossiermap en gaf het aan Teresjnikov. 'U kunt dit bij het proces-verbaal voegen... En hier is de schuldverklaring van Kolesov, waar hij in veel detail vertelt over de connecties van de Gorelov leeszaal, over de verrader Shapiro en de geplande moord op Maxim Danilovitsj...'

Martsjenko verraste mij. Hoewel alles tegen hem leek te zijn en de reactie van de menigte duidelijk geen sympathie voor de Gorelov-groep vertoonde, bleef hij rustig en glimlachte zelfs terwijl hij geruststellend naar de zijnen gebaarde.

Teresjnikov vergeleek Kolesovs getuigenis met de brief.

'Ja, het handschrift is hetzelfde…' beaamde hij. Hij zag er verward uit. 'Gaat u maar verder, Margarita Tikhonovna. Het is erg interessant…'

'Op vrijdag, rond zeven uur 's avonds, vertrokken de bewakers van de flat ostentatief "naar de vergadering", oftewel: wij wekten de schijn dat het Boek niet werd bewaakt. Uiteraard hebben wij ons alleen maar verplaatst en bleven we het huis observeren. Het werd donker en de tijdig door Shapiro gewaarschuwde gasten verschenen op het toneel. Ze waren met z'n vieren, twee daarvan gingen naar boven. Een halfuur later kwamen ze weer naar beneden, een van hen had het Boek der Herinnering in zijn hand. Het neefje van Maxim Danilovitsj was bij hen. Wij konden noch zijn leven, noch het Boek riskeren… Het resultaat is bekend: drie spionnen zijn geliquideerd, één gevangengenomen. Voorlopig heb ik hier niets meer aan toe te voegen…'

'Uw positie is duidelijk,' zei Teresjnikov. 'Nu gaan wij meneer Martsjenko horen. Hij zal ons veel moeten uitleggen.'

Martsjenko keek brutaal om zich heen: 'Goed… Mevrouw Selivanova heeft een vurig betoog gehouden… Ik weet niet hoe ik uw interesse nu nog kan wekken. U zult vast niets eens willen luisteren. Hoezo dan, er zijn toch schriftelijke bewijzen? Jullie verwachten zeker dat ik nu op mijn knieën zal neervallen: vergeef mij, lieve mensen, ik geef het toe, ik heb bevolen dat één van de besten werd vermoord—bibliothecaris Vjazintsev! Beoordeel mij maar zo streng als u kan! Ik, de klootzak, heb mijn monsters naar de Sjironin-leeszaal gestuurd! Ik, de gewetenloze eikel, heb lezer Jegorov met de vrachtwagen overreden!'

'Moeten we dit als een bekentenis beschouwen?' vroeg Margarita Tikhonovna smalend.

De fabriekshal vulde zich met uitroepen. Aan het adres van Martsjenko werd al gevloekt. 'Hufter! Klootzak!' riepen onze buren. De ogen van Margarita Tikhonovna lichtten op in verwoed triomf.

'Meneer Martsjenko, doe niet zo dwaas,' bromde Teresjnikov ontevreden, 'vertel nou maar gewoon waar het op staat.'

'Goed,' zei Martsjenko bitter, 'ik zal zo beginnen… Maar mijn verhaal heeft een voorwoord, als u wilt. Een levend voorwoord…' hij gebaarde.

Twee waarnemers leidden Kolesov naar voren, gewikkeld in een laken. Hij liep moeizaam, zijn opgezette blauwe oog kon niet meer open, zijn gekneusde mond was gezwollen, zijn bleke martelaarsvoorhoofd werd doorkruist met een zwarte haarlok, als met een zwaluwstaart. Toen hij Margarita Tikhonovna zag, deinsde Kolesov terug, kreunde en bedekte zijn gezicht met zijn handen, weerloos als een kind.

Martsjenko kwam naar hem toe.

'Vadim Leonidovitsj,' zei hij klaaglijk, 'houd even vol, mijn beste...' Hij haalde voorzichtig het laken van de mans schouders, hield het als de jas van een stiervechter voor zich en stapte terug. Alleen het gekneusde gezicht van Kolesov en zijn onderbenen waren zichtbaar.

'Dit is hoe de Sjironin-leeszaal zijn gevangenen ondervraagt!' Martsjenko haalde het laken met de zwierigheid van een goochelaar weg.

Kolesovs lichaam was bedekt met veelvuldige bloedrode sneeën, op zijn buik en borst preken walgelijke purperen brandwonden die de vorm van een strijkijzer aannamen.

Martsjenko keek woedend om zich heen: 'Zelfs in de concentratiekampen werden mensen zo niet gekweld! Vadim Leonidovitsj, laat je rug zien!'

Kolesov draaide zich langzaam om en Martsjenko bevestigde was wij zagen: 'Sjironin-leeszaal heeft een oeroude marteling terug in het leven geroepen: riemen snijden!'

Margarita Tikhonovna werd rood.

'Vrienden, je moet ze niet geloven...' Zij keek hulpeloos om zich heen.

Martsjenko, die duidelijk van de algemene verwarring genoot, begon te krijsen: 'Iedereen zou na zulke martelingen zelfs de moord op Toetanchamon bekennen! De verklaring die die Sjironin-sadisten hebben verkregen is bloederige bluf. Vadim Leonidovitsj, vertel het ze zelf...'

'Het s-spijt me, iedereen...' stotterde Kolesov. 'Ik... ik...' Tot mijn volledige verbazing begon hij te liegen: 'Wij... wij kwamen aan, Selivanova vroeg: "Waar is het geld?" Ik gaf haar het pakketje, A-alik vroeg o-om het boek, Shapiro gaf het aan haar en zij pakte het in. Alik begon hem uit te pakken, Selivanova zegt: "Jullie vertrouwen ons niet." Ik zeg: "Jawel, maar je wil toch altijd zeker zijn." Zij dreigde het Boek af te pakken, dus ik zeg: "Geef dan ons geld terug of wij zullen bij de Raad klagen." En Selivanova: "Jullie zullen nergens klagen" en stak een priem in Aliks nek...' Kolesov begon te huilen. 'Ik neem mijn getuigenis terug! Vuile fascisten! Beesten!'

Hij wees onze groep beschuldigend aan. 'Ik neem het allemaal terug! Fascisten! Klootzakken!'

'Dat is een provocatie!' riep Loetsis luid. 'Kijk dan, zijn wonden zijn helemaal vers! De Gorelovs hebben hem net zelf bewerkt!' maar zijn woorden gingen verloren in het geroezemoes.

Het was duidelijk dat Martsjenko zijn achterstand in één zet had ingehaald: 'Onze lezer Kolesov heeft na verschrikkelijke martelingen de schuld op zich genomen. Ik verzoek om zijn schriftelijke verklaringen ongeldig te verklaren!'

'Ik zweer het u!' Margarita Tikhonovna probeerde met haar hand op de borst de omstanders te overtuigen. 'Misschien hebben we hem een paar keer geslagen om 'm bang te maken, maar niemand heeft hem gemarteld!'

'Ik ben geschokt!' zei Teresjnikov. 'Ik weet niet wat ik moet zeggen… In ieder geval totdat ik het verhaal van meneer Martsjenko heb gehoord.'

'Geachte gelijkgezinden!' begon Martsjenko toen het lawaai een beetje was bedaard. 'Gisteren zijn wij drie van onze vrienden kwijtgeraakt en eentje is verminkt. De goede naam van onze leeszaal is besmeurd… En het begon allemaal toen bibliothecaris Vjazintsev mij het voorstel deed om een niet door de Raad van Bibliotheken gelegaliseerd Boek der Herinnering te kopen.'

'U bent een schaamteloze leugenaar!' riep Margarita Tikhonovna.

'Selivanova, laat hem praten,' kwam Teresjnikov weer tussenbeide. 'Wij hebben aandachtig naar u geluisterd. Gaat u verder, meneer Martsjenko.'

'De bemiddeling tussen ons werd door de lezer Boris Arkadjevitsj Shapiro verzorgd. Sommigen hier hebben geprobeerd om hem af te schilderen als de boosdoener van de Sjironin-leeszaal, maar ik heb hier een andere mening over… Vjazintsev heeft een lage prijs bedongen: tienduizend dollar. Onze leeszaal groeide snel, één Boek was niet genoeg. Vjazintsev verklaarde zijn handelingen op de volgende manier: zijn leeszaal had geen geld om het boek door de Raad te laten legaliseren. Als voorschot heeft Vjazintsev vijfduizend van ons gekregen. Helaas hebben wij hier geen papieren bewijzen van en die zijn er nooit geweest. Wij geloofden hen op hun woord…'

'Kl-lootzak!'

'Wie? Vjazintsev? O, u moet hem niet berispen,' zei Martsjenko met een walgelijk glimlachje. 'Over de doden niets dan –'

'U! U bent een klootzak!' Margarita Tikhonovna kookte zowat. 'Smerige Januskop! Eerst heeft u Vjazintsev vermoord en nu probeert u hem ook nog eens te belasteren!'

'Genoeg!' Teresjnikov werd ineens boos. 'Laatste waarschuwing!'

'Dank u wel, meneer Teresjnikov.' Martsjenko maakte een sarcastische buiging en ging verder: 'Het Boek hebben we natuurlijk nooit gekregen. Shapiro zei dat op de dag van zijn dood Vjazintsev geld bij zich had, ons voorschot dat vervolgens verdween. Toen we de Sjironins vroegen om de transactie af te handelen, antwoordden zij iets vaags over rouw en vroegen om uitstel. Maand na maand werden ons via Shapiro excuses gevoerd en zij weigerden het voorschot terug te betalen. Wij konden alleen wachten en hopen op de eerlijkheid van de Sjironin-leeszaal. Een lange tijd weigerden wij aan onszelf toe te geven dat we gewoon zijn beetgenomen. Wij durfden de Raad niet op de hoogte te stellen: toen wij hadden afgesproken het Boek te kopen, overtraden wij zelf de wet. We hadden geen bewijzen van betaling en de Sjironins konden alles simpelweg ontkennen. Kortom, wij zaten vast... Een week geleden kregen wij opeens bericht van Shapiro dat de Sjironin-leeszaal het Boek toch wilde verkopen, maar de prijs was nu twaalfduizend dollar. Wij hadden geen keus, het voorschot was al betaald en wij stemden in met de hogere prijs. Ik stuurde vier van onze lezers naar de ontmoetingsplek. Wat vervolgens met hen is gebeurd, weet u inmiddels. Drie zijn dood, één verminkt, het geld—zevenduizend—gestolen. Dit was een geplande financiële oplichterij. Meneer Kolesov zal meer details verschaffen...'

De kale plek en het gezicht van Igor Valerjevitsj Kroetsjina werden knalrood. Timofej Stepanovitsj trok boos aan zijn kraag. De zussen Vozgljakov begonnen ergens over te fluisteren en hun moeder, Maria Antonovna, zuchtte en fronste. Tanja's lippen werden wit. Ogloblin, Larionov en Pal Palytsj wisselden blikken uit.

'Wat heeft hij dat mooi verdraaid...' bewonderde Soekharev hem kwaadaardig.

Loetsis wreef over zijn slaap: 'Ik wist vanaf het begin al dat het zo zou eindigen...'

'Meneer Martsjenko,' wierp Teresjnikov zenuwachtig tegen. 'Wacht eventjes! Lezer Kolesov kan nog niet als volwaardige getuige optreden. Ik vind de getuigenis van Shapiro veel interessanter. Mevrouw Selivanova, breng hem hierheen, het wordt tijd om hier een einde aan te maken!'

'Jaja,' Martsjenko ontblootte zijn tanden. 'Ze gaan hem brengen, ammehoela!'

Margarita Tikhonovna was haar verwarring alweer de baas: 'Wij kunnen Shapiro helaas niet uitnodigen.'

'O nee?!' Teresjnikovs wenkbrauwen vlogen omhoog in verbazing. 'Waarom niet?'

'Hij is in de wind. Weggelopen. Gisteren nog. En heeft natuurlijk meteen zijn baasjes op de hoogte gebracht. Nu kan meneer Martsjenko naar hartenlust lasteren.'

'Ik protesteer!' antwoordde Martsjenko energiek. 'Mevrouw Selivanova is diegene die lastert! Ik spreek niets anders dan de waarheid!'

'Het ontbreekt in uw laaghartige onzin volledig aan logica. De meeste aanwezigen kenden Maxim Danilovitsj goed. Hij zou een Boek nooit achterhouden en al helemaal niet verkopen.'

'Ik weet bijvoorbeeld niet wat jullie wijlen bibliothecaris wel of niet kon doen,' pareerde Martsjenko.

'Goed. Maar waarom denkt u dat, als wij een tweede Boek der Herinnering hadden, wij hem niet zelf zouden legaliseren?'

'De kosten van legalisatie zijn behoorlijk hoog, jullie leeszaal is klein, één exemplaar is voldoende. Waarom zouden jullie hem dan niet aan rijkere collega's verkopen? Laat hen maar lekker die heffingen betalen. Laten wij er geen doekjes omheen binden: veel leeszalen doen dit. De Raad ziet dat soort trucjes door de vingers. Maar deze keer gaat het niet over een maas in de wet,' Martsjenko werd somber. 'Natuurlijk zouden wij de vordering voldoen en een boete betalen voor koop en legalisatie... Maar wij hebben het Boek niet, het geld is gestolen, drie lezers zijn dood en een vierde verminkt... Ik eis gerechtigheid!'

'Leugens! Leugens van a tot z!'

'Het spijt me, mevrouw Selivanova,' zei Teresjnikov droog na een korte pauze. 'Het is mijn taak om objectief te zijn. Begrijpt u mij niet verkeerd... Ik heb het recht niet om de versie van meneer Martsjenko te discrimineren... En dan is er nog jullie val met het enige echte Boek dat zogezegd een andere was. Helaas, zonder de verklaring van Shapiro ziet die patstelling er voor jullie niet goed uit.'

'Ik verzoek u om onze getuige, Aleksej Vladimirovitsj Vjazintsev, te horen.'

Mijn hart zonk in mijn hielen, maar Teresjnikov wuifde haar weg.

'Mevrouw Selivanova! De weggelopen Shapiro is de enige die kan bewijzen dat jullie de waarheid spreken. Een bloedverwant van Vjazintsev is een geïnteresseerde partij. Ik twijfel er niet aan dat hij een mooi verhaaltje zal vertellen… Ik spreek nu tegen beide leeszalen: is het mogelijk om deze bijeenkomst vredig af te sluiten? Meneer Martsjenko? Kunnen de Sjironins op de een of andere manier de dood van uw lezers afkopen? Bijvoorbeeld door de reeds genoemde som van twaalfduizend dollar te betalen?'

'Leuk bedacht!' riep Margarita Tikhonovna sarcastisch. 'Kijk nu toch, onze vrijstelling na Neverbino zit de Raad niet lekker! Zij mogen volgens de wet geen belasting van ons heffen! Zij kunnen ons geen abonnement aansmeren! Maar ze willen wel winst maken. Goedschiks of kwaadschiks. Alleen hebben wij onze status met onze levens bekocht!'

'Ik begrijp u niet, mevrouw Selivanova.' Teresjnikov ging rechter zitten en keek haar geconcentreerd aan.

'Uw toneelspelletjes zijn walgelijk! Ieder mens met gezond verstand kijkt er zo doorheen! Gorelov leeszaal is het kindje van Sjoelga! Martsjenko heeft geen compensatie nodig—hij is maar een gehoorzaam poppetje—Sjoelga wil het hebben, oftewel de Raad!'

'Margarita Tikhonovna!' riep Teresjnikov. 'U vergeet uzelf!... Ik was o-ook,' hij schudde met zijn vinger die op een zachtgekookt worstje leek, 'bij Neverbino, weet u wel!...'

Margarita Tikhonovna had zich al gekalmeerd: 'Waar halen we dat geld vandaan? Uit mijn pensioen misschien? Of dat van Timofej Stepanovitsj? Mirosjnikova Tatjana uit haar lerarensalaris? Of Igor Valerjevitsj? Het is algemeen bekend dat onze gieters geheime miljonairs zijn!'

'Doe niet zo zielig, mevrouw Selivanova,' zei Teresjnikov, 'het hele land heeft het zwaar! Wijlen Vjazintsev had een woning. Verkoop die maar…'

Ik kreeg het wilde idee dat die hele farce met een stuk of honderd acteurs alleen werd gespeeld om mijn flat te krijgen.

'Denis,' fluisterde ik in Loetsis' oor, 'zeg tegen Margarita Tikhonovna dat ze hem mogen hebben!'

'Aleksej!' hij keek mij verbaasd aan. 'Waar heb je het over?'

'Wij willen geen geld!' wees Martsjenko met waardigheid het voorstel af. 'Het enige wat ons kan wreken is de ontbinding van de Sjironin-leeszaal. En als compensatie voor de dood van onze lezers eisen we het Boek der Herinnering.'

'Hiero, klootzak!' Timofej Stepanovitsj stak zijn middelvinger op en spuugde erop. 'Je grootje!'

'Ik had het niet beter kunnen zeggen,' knikte Margarita Tikhonovna voldaan. 'Uw grootje, meneer Martsjenko!'

'Heeft iedereen dit gehoord?!' vroeg Martsjenko woedend. 'We laten het er niet bij! Meneer Teresjnikov, onze leeszaal eist vergelding!'

'En dat gaat u ook zeker krijgen!' antwoordde Margarita Tikhonovna.

De waarnemers van Lagoedov stonden tegelijk op en liepen naar buiten.

Teresjnikov kuchte: 'Ik houd niet van bloedige oplossingen, maar als er geen andere mogelijkheid overblijft… Ik heb hier tenslotte niet veel te doen… Dank u wel voor uw aandacht en deelname, de bijeenkomst is gesloten. De tijd en plaats van de vergelding zal vooraf worden besproken. Standaardlimiet: veertig personen aan elke zijde. De verliezende leeszaal wordt ontbonden, hun Boek vervalt aan de Raad van Bibliotheken. Ik weet dat de meningen in de regio verdeeld zijn. Diegenen die de leeszalen in deze kwestie willen steunen, graag uw verzoeken tegen morgen voorbereiden en inleveren. Alle deelnemers worden door onze secondanten geïnformeerd… Ik heb de handtekeningen van de bibliothecarissen nodig… Margarita Tikhonovna, neemt u nog steeds waar? Of is de jongeman naast u al bevoegd? Hoe heet het, overerving, ja? Jongere Vjazintsev is nu jullie bibliothecaris?'

'Nog niet, maar ik denk dat hij dat wel binnenkort zal worden.'

'Vul zijn formulieren in en stuur ze naar ons op, ze zijn daar nu heel streng op…' Teresjnikov boog licht en liep naar Martsjenko.

Onze buren kwamen naar ons toe.

'En, Sjironins?' vroeg Boerkin. 'Zal het lukken?'

'Tsja, wat moeten wij anders, Vasili Andrejevitsj?' antwoordde Loetsis vrolijk. 'Wij zijn een vechtlustige leeszaal!'

'Niet de eerste keer!' voegde Timofej Stepanovitsj eraan toe.

'Wij zullen doen wat wij kunnen,' zei Simonjan. 'We hebben al vijf vrijwilligers. En dat is nog niet alles. Goed nieuws: Garsjenin komt ook.'

'Dank u wel, Zjannotsjka Grigorjevna, dank u wel, lieverd, wij twijfelden nooit aan uw solidariteit.' Margarita Tikhonovna omarmde haar dankbaar. 'Elke soldaat is geld waard. En Dmitri Olegovitsj is al helemaal een Oudrussische sprookjesheld! Hij legt met twee slagen iedereen neer!'

Boerkins maarschalksgezicht straalde: 'Garsjenin? Hoe gaat het met hem?'

'Uitstekend. Zijn botbreuk is genezen en zijn hand weer de oude. Hij zegt dat hij nu zelfs beter is geworden…'

Boerkin wees naar mij: 'En hij?'

'Ik denk dat hij met ons meekomt,' antwoordde Margarita Tikhonovna. 'Toch, Aleksej? U komt met ons?'

Ik stelde mij ineens voor dat ik als een object aan iemand anders kon worden overgedragen, bijvoorbeeld aan deze Boerkin.

'Met jullie, Margarita Tikhonovna,' zei ik voorzichtig.

Boerkin zuchtte: 'Margarita Tikhonovna, vergeet niet dat Martsjenko veertig echte bandieten zal inzetten… Aleksej heeft nog helemaal geen ervaring, hij heeft nog maar net het Boek gelezen…'

'Aleksej heeft het Boek nog niet gelezen. Hij weet nog helemaal niets,' zei Margarita Tikhonovna zacht.

Boerkin was verbluft: 'Wacht eens even… Waarom heeft u hem dan in hemelnaam hierheen gebracht?!'

Hij leidde Margarita Tikhonovna een eindje weg en begon iets vurig aan haar uit te leggen.

Wij hoorden flarden van het gesprek. '… Dat zal hij niet willen en dat is begrijpelijk…' zei Boerkin. Margarita Tikhonovna wierp tegen: '… Ik heb vertrouwen in hem…'

Boerkin verhief zijn stem: 'En ik zal u vertellen wat er gaat gebeuren! Wanneer het conflict is opgelost—en zelfs als u succesvol bent—'

'Wel, dank u zeer, Vasili Andrejevitsj! Dank u zeer! Voor uw morele steun!' vloog Margarita Tikhonovna uit. 'Zeer tijdig, dit! Waarom helpt u ons dan, als u niet zeker bent van succes?'

'Ten eerste ben ik uw vriend, daarom help ik… Maar ik ben ook een realist! Laten we hopen dat aan jullie kant weinig bloed wordt vergoten! Let op mijn woorden, u krijgt een "A"-vordering voor de verdwenen Shapiro, de Raad zal gedolven inkomsten berekenen wegens verheimelijking, daarna zal uw Vjazintsev…' hij keek mij aan. 'Vergeef mij, ik bedoel het goed… Vjazintsev, als ieder normaal burger, zal naar de politie gaan, dat wordt een tweede "A", om het er nog maar even in te wrijven! En hop, weg is de leeszaal!'

'O zo-o-o,' zei Margarita Tikhonovna schertsend. 'Met alle respect, Vasili Andrejevitsj, u bent een geweldige bibliothecaris, maar een waardeloze psycholoog…'

'Snapt u dan zelf niet wat u heeft gedaan?! Dit is verkeerd, oneerlijk. Tegen zijn wil! U heeft een complete vreemdeling erbij betrokken… Hoe gaat u dit nu oplossen?'

'Hij is geen vreemdeling,' zei Margarita Tikhonovna bezield. 'Hij is het neefje van Maxim Danilovitsj…'

'Ik geef het op,' capituleerde Boerkin bitter, 'de tijd zal het uitwijzen…' Hij keek op zijn horloge. 'En daar hebben we nog iets meer dan vierentwintig uur van. Wij bellen u nog, Margarita Tikhonovna.'

'Tot binnenkort, Vasili Andrejevitsj.'

De fabriekshal liep langzaam leeg. Een van de waarnemers vroeg Pal Palytsj om de sleutels van Kolesovs Lada.

'Teresjnikov heeft besloten dat een auto-ongeluk voor die drie wordt gesimuleerd. Honderd kilometer van hier, voorbij Oermoet,' legde Pal Palytsj uit.

Simonjan nam afscheid en beloofde nogmaals de hulp van haar geprezen sprookjesheld Garsjenin.

Een gedrongen en manke man met de achternaam Latokhin, bibliothecaris van de Kolontajsk-leeszaal, kwam even naar ons toe. Hij zei dat hij minimaal tien strijders zou sturen. Blijkbaar had deze gunst een officieel karakter: Margarita Tikhonovna tekende een of ander document.

'Komt u zelf niet?' vroeg Loetsis.

'Helaas,' antwoordde Latokhin en klopte op zijn slechte been. 'Mijn gezondheid staat het niet meer toe. Mijn vechtdagen zijn voorbij, meneer Loetsis,' hij legde het document in een rode plastic map, nam afscheid en mankte samen met zijn mensen weg.

De eerste die een conclusie trok was Igor Valerjevitsj Kroetsjina: 'Wel, jongens, het ziet er allemaal niet zo slecht uit. Wij zijn met z'n achttienen, plus tien uit Kolontajsk, Simonjan geeft ons er zes en waarschijnlijk krijgen we er net zo veel van Boerkin. We zullen leven, Margarita Tikhonovna!' Hij sloeg met zijn grote vuist op zijn hand.

Het licht in de hal ging uit, iemand riep: 'Sjironins, de bijeenkomst is afgelopen. Schiet op, we doen de deur dicht! Praat buiten maar verder!' De stalen deur knarste en bedekte de halve opening en de halve hal met duister. Een werkman schoof een massieve spanjolet in de betonnen vloer.

Wij liepen naar buiten. Larionov en Ogloblin bedachten zich ineens dat de auto sinds gisteren niet was gewassen en haalden doeken en emmers. Tanja, Sasja Soekharev, Pal Palytsj, Loetsis en Igor Valerjevitsj voegden zich een moment later bij hen.

Timofej Stepanovitsj en de vier Vozgljakovs zeiden dat ze hun trein nog moesten halen en namen afscheid tot de volgende dag.

Ik bleef alleen met Margarita Tikhonovna. Wij keken een paar minuten lang naar de drukke bezigheden bij het RAF-busje: Loetsis had zijn mouwen opgestroopt en wrong een vod uit in een emmer, Pal Palytsj maakte de cabine schoon, Tanja en Sasja wasten de rubberen matjes, Igor Valerjevitsj vroeg aan de werkman of hij wat brandspiritus mocht hebben.

Margarita Tikhonovna zei opeens: 'Boerkin heeft natuurlijk in veel opzichten gelijk. Ik vraag u mij te vergeven voor alles wat u in de afgelopen twee dagen hebt meegemaakt…'

Mijn ogen brandden met zelfmedelijden. Ik smeekte fluisterend: 'Margarita Tikhonovna, ik zal niemand iets vertellen, ik zweer het, laat mij alstublieft gaan! Ik zal niet naar de politie gaan! U mag de flat hebben, ik wil alleen naar huis. Alstublieft! Mijn vader is erg ziek, en moeder is ook ziek, ze zijn allebei gepensioneerd… Ik… eh… ben enig kind,' loog ik wanhopig en dom.

Margarita Tikhonovna gnuifde: 'Wat vreemd… Hoe kan zo'n grote en sterke jongeman zo bang zijn? Als ik nu grom, valt u vast flauw. Arme schat… Eigenlijk wil niemand u betrekken…' Zij zweeg even: 'U heeft zich in feite uitstekend gehouden, geen hysterische scènes gemaakt… En u lijkt qua uiterlijk echt heel erg op Maxim Danilovitsj, en de jongens, wel… Ze houden al van u, denk ik, en geloven dat u een goed teken bent. Natuurlijk zal ik u laten gaan…'

'Dank u wel, dank u wel!' fluisterde ik dankbaar.

'Maar ik heb twee verzoeken… Aleksej, morgen wordt een hele zware dag voor ons en uw aanwezigheid zal de jongens moreel ondersteunen… Als een soort banier. Daarna mag u gaan en staan waar u wilt. Goed?'

'Uiteraard, Margarita Tikhonovna,' zei ik bereidwillig.

Zij dacht even na en vroeg ineens: 'Aleksej, bent u gelovig? Maar ik wil graag een eerlijk antwoord, zonder pathos en leugens.'

'Ik denk het wel,' antwoordde ik.

'Gaat u naar de kerk?' vroeg Margarita Tikhonovna door. 'Belijdt u, biecht u?'

Ik begreep niet wat ze probeerde te bereiken en antwoordde voorzichtig, zodat ze haar toestemming voor vlucht niet zou intrekken: 'Nee, ik ga niet naar de kerk. In principe geloof ik wel ergens in, maar ik weet niet zeker wat het is.'

'Duidelijk verhaal,' glimlachte Margarita Tikhonovna 'U leidt een zwaar leven, Aleksej. "Geen godsfiguur en geen élan." Alleen angst. Hoe bent u nog niet gek geworden?... Maar ik heb iets dat alle door u meegemaakte horrors zal goedmaken. Ik zal u God teruggeven… Nee, wees niet bang, ik heb het niet over sektespelletjes. Niemand zal u hersenspoelen. Waar u straks getuige van wordt is waarschijnlijk een van de bewijzen van Zijn bestaan. Sommige mensen geloven al in God als ze een zonsondergang in de bergen of de oceaan zien. U zult het Boek hebben. Terwijl ze de auto schoonmaken, vertel ik u een beetje over Gromov. U weet nog steeds helemaal niets…'

BOEK

Hoewel ik een goed geheugen heb voor woorden en details, heb ik van de eerste vijftien minuten weinig onthouden: ik was tot aan mijn nek in ijzige angst gewikkeld.

Ik kon niet geloven dat een vergeten, dode schrijver magische boeken had geschreven. Dit is wat ik wel begreep: ik was in de handen gevallen van zieke, manische, enthousiaste en monsterlijk wrede mensen.

Ik luisterde naar Margarita Tikhonovna zonder haar te onderbreken en straalde met mijn hele wezen een rustige aandachtigheid uit. Het laatste wat ik nu nodig had was haar en die andere krankzinnigen bij de auto boos maken.

De geschiedenis van de Sjironin-leeszaal onthield ik beter dan de rest vanwege de onverwachte en schaamteloze details waar Margarita Tikhonovna het verhaal van had voorzien. Het was deze ziekelijk, ouwelijke erotiek die mij volledig de schrik op het lijf jaagde.

De leeszaal werd opgericht door typiste Svetlana Aleksandrovna Koltsova. Het leven van deze vrouw was rechtstreeks aan Gromov verbonden. Het leek erop dat het lot zelf er alles aan had gedaan om deze toevallige typiste een van de uitverkorenen te maken. Zij had het geluk om Gromovs manuscript voor het Boek der Vreugde 'Narva' uit te typen. De gepubliceerde novelle kreeg Koltsova uiteraard cadeau.

Vele jaren bracht Koltsova door in de Russische provincie. De vergeten Gromov stond vijftien jaar rustig op de plank tussen Druon en Simenon. Op een dag besloot Koltsova uit verveling het boek te lezen waar zij zelf ooit aan had gewerkt.

Koltsova kende de inhoud van de manuscripten niet, omdat ze nooit de tekst probeerde te begrijpen—dit vertraagde haar werk te veel. Koltsova opende Gromovs Boek uit sentimentele overwegingen. Op die lang voorbije avonden had zij een vurige affaire met de man van een collega. Haar minnaar kwam naar haar huis, dronk thee en wachtte terwijl Koltsova, al lang vochtig van begeerte, voor de schijn een paar paragrafen uittypte. Vervolgens gaf ze zichzelf over aan het bureau. De minnaar nam haar altijd van achteren. Koltsova steunde met haar handen op het bureau en keek toe hoe het onverstaanbare papier in de typmachine trilde van de doordringende bewegingen. Op het moment van culminatie sloeg zij in het wild op de toetsen en liet een lettercode van haar orgasme achter op het papier. Haar minnaar kuste haar teder op het achterhoofd. Het blad dat door begeerte was verpest moest worden overgetypt.

Twintig jaar later besloot ze het zo emotioneel getinte Boek van Gromov te lezen. Zij las, en de episoden van haar vroeger bestaan kwamen tot leven. De werking van het Boek uitte zich als extreme extase. Koltsova zag al snel het verband tussen het lezen en het plezier. Daarna vertelde ze haar beste vriendin hierover. Het was logisch dat zich na een bepaalde tijd een leeszaal om Koltsova heen had gevormd, waar ook oom Maxim lid van werd: Koltsova kreeg medelijden met een intellectueel die door zijn alcoholisme niet meer boven het niveau van een sjouwer uitkwam. Daarbij leek hij erg op haar ex.

Koltsova werd vermoord tijdens een aanval van Mokhova's oude krengen en het Boek was gestolen. Dit gebeurde allemaal vlak voor de slag bij Neverbino. De leeszaal nam deel aan het gevecht, waarin oom Maxim zich uiterst heldhaftig had gedragen. Het was tevens oom Maxim die er bij de Raad op stond dat alle leeszalen die het slachtoffer waren geworden van Mokhova's intriges een vervangend Boek zouden krijgen.

In plaats van het gestolen Boek der Vreugde kreeg de Sjironin-leeszaal dankzij oom Maxim het Boek der Herinnering. Daarbij werden ze vrijgesteld van heffingen als gevolg van het Neverbino-verdict. Formeel behoorde het Boek toe aan oom Maxim en blijkbaar had ik als bloedverwant de functie van bibliothecaris geërfd…

'Aleksej! Margarita Tikhonovna!' riep Denis. 'We kunnen gaan!'

'Dank je wel, wij komen zo,' antwoordde Margarita Tikhonovna. Zij bekeek mij aandachtig en licht ironisch: 'Waarom zeg je niets, Aljosja? Geloof je het niet?'

Dit klonk niet als de natuurlijke, lichtelijk lompe familiariteit van Soekharev of de leeftijdsgelijkheid van Denis Loetsis, die zijn leeftijdsgenoot vriendelijk tutoyeert. Hier zat iets anders achter. Er werd nadrukkelijk geprobeerd om mij ergens tot in te wijden. Ik kon elk moment tegen mijn wil met een ritueel zwaard op de schouder worden getikt om vervolgens conform hun regels als een gelijke te worden beoordeeld. Ik moest zeer voorzichtig blijven en mijn schouder niet per ongeluk onder het zwaard steken.

'Het is moeilijk om dit meteen te geloven,' begon ik beredeneerd. 'De informatie is erg ongewoon en… Maar ik geloof u wel, ja…'

Margarita Tikhonovna zuchtte: 'Je geeft me alleen uit angst mijn zin. Je bent zeker bang dat het gekke wijf kwaad wordt en een breinaald in je nek steekt?'

Bij deze woorden voelde ik zweet opkomen, plakkerig als stroop.

Margarita Tikhonovna ging verder: 'Vergeef mij mijn familiariteit, Aljosja, maar niemand hoort ons nu. Ik denkt dat het zo makkelijker is, vertrouwelijker… Heb jij je nooit afgevraagd waarom de apostelen eerst de Leraar hadden verraden, om vervolgens zonder angst een marteldood te sterven? Eerst móesten ze geloven en konden ze dat niet. Na Zijn wederopstanding geloofden ze niet meer, maar wisten ze het zeker. Daar zit een groot verschil. En ik vraag je niet om mij te geloven. Vrij snel zul jij het, als je wilt, ook weten, zoals Denis, Tanja, Sasja, Pal Palytsj en Igor Valerjevitsj het weten… Voel je hoe ik je steeds dichter bij mijn tweede gunst leid? Aleksej, ik heb beloofd dat niemand iets tegen je wil zal doen. Wij houden ons woord. Wij hebben van jou niets nodig, wij hielden gewoon van Maxim Danilovitsj, onze vriend en bibliothecaris. Wij zouden willen dat je je eindbesluit pas neemt als je het Boek hebt gelezen. Dat is mijn tweede verzoek…'

Ik ging meteen akkoord.

'Genoeg gepraat?' vroeg Tanja vriendelijk.

'Ja,' zei Margarita Tikhonovna, 'ik heb even een alfabetiseringscampagne gehouden. Aleksej moest over veel dingen worden ingelicht.'

'Hij is een slimme jongen,' complimenteerde Igor Valerjevitsj mij, 'hij zal het snel begrijpen.'

Mijn angst liep tegen die tijd op zijn laatste benen. Ik was overal murw voor. Ik had geen interesse in de grapjes van Soekharev, noch Tanja's lieve blik, noch het verhaal dat Ogloblin vertelde over hoe hij dertig jaar geleden in Kazachstan, toen hij nog in een weeshuis zat, karpers in de rivier ving. 'Zij kwamen in het ondiepe, staken hun hoofden uit om van het jonge gras te snoepen—net biggetjes. En ik sloeg ze met een stok dood…'

We kwamen aan bij oom Maxims flat. Margarita Tikhonovna wenste ons welterusten en vroeg om het niet te laat te maken, de volgende dag zouden we onze krachten immers hard nodig hebben.

Ik had natuurlijk gehoopt dat ik bij terugkomst met rust zou worden gelaten. Maar helaas. Soekharev, Loetsis en Kroetsjina kwamen met mij mee naar boven: bewaken of bewaren. Gelukkig was iedereen attent en beleefd. Het was duidelijk dat deze mensen zich in de flat van oom Maxim thuis voelden. Terwijl Sasja snel het avondeten klaarmaakte—een omelet van een dozijn eieren—spraken Denis en Igor Valerjevitsj over onbegrijpelijke dingen.

'Er zit zeker een luchtje aan de Gorelovs,' zei Igor Valerjevitsj. 'De leeszaal bestaat al twee jaar en ze betalen nog steeds maar tien procent! Geen abonnement, niet eens een jaarlijkse heffing, maar tien procent! Dat geloof je toch niet?!'

'De Raad heeft duidelijk een nieuw plannetje,' Loetsis sneed energiek zijn omelet. 'Heel logisch. Een conflict wordt geprovoceerd, vervolgens opgeblazen bij een regiobijeenkomst. Of er volgt een compensatie, of een vergelding…'

'En als de beschuldigde partij verliest,' concludeerde Igor Valerjevitsj, 'vervalt het Boek volgens de wet aan de winnaar. Officieel is dat de Gorelov-leeszaal, maar eigenlijk dus aan de moederbibliotheek. Geniaal en simpel!'

'Maar je hoeft niet bang te zijn, Aleksej,' knipoogde Soekharev, 'zo ver komt het niet.'

's Ochtends kwamen Margarita Tikhonovna, Pal Palytsj, Ogloblin en Larionov en nog drie mij onbekende Sjironins: Vadik Provotorov, Grisja Vyrin en Marat Andrejevitsj Dezjnjov. Deze escorte van zeven personen bracht het Boek der Herinnering mee dat vervolgens ceremonieel aan mij werd overhandigd om gelezen te worden.

De nieuwkomers en Loetsis bleven achter, de rest vertrok. Ware het niet voor de bijlen en een schouderriem met twee veldschoppen in de gang, zou je kunnen zeggen dat het gezelschap behoorlijk vredelievend was. Marat Andrejevitsj Dezjnjov was een arts-traumatoloog, een lange man met zwart haar van een jaar of vijftig. Hij verontschuldigde zich meteen, zei dat hij moe was na een nachtdienst en ging in de slaapkamer uitslapen. Hij legde

een Russische sabel in een versleten schede naast zich, die met een vierde
was ingekort en die hij, naar het bleek, in zijn broekspijp verborg.

Vadik Provotorov was klein en potig, met de figuur van een bokser en
een scheve neus. Zijn beroep was architect, maar hij werkte als bewaker in
een speelhal. Hij vroeg om een schroevendraaier en een hamer en kieperde
vervolgens een dertigtal metalen plaatjes met gaten langs de randen en een
hoop kleine schroefjes en klinknagels op de eettafel. Daarna haalde hij uit
zijn geruite Turkse tas een breed en dik stuk grof leer en begon de plaatjes
behendig hieraan vast te zetten. Shapiro's aanval van twee dagen geleden
leek geen grote weerslag op zijn gezondheid te hebben gehad.

Grisja Vyrin, afgestudeerd als elektronisch ingenieur, werkte bij een pri-
vébedrijf dat zich specialiseerde in de verkoop van huishoudapparaten. Qua
uiterlijk leek Grisja meer op een provinciale rockmuzikant, in versleten
jeans, uitgerekte trui en met lang blond haar in een wat vette staart. Hij liep
voorovergebogen en leek erg mager, maar toen hij aan tafel ging zitten en de
mouwen van zijn oude trui een beetje opstroopte, zag ik stevige en pezige
onderarmen die op die van een zeeman leken.

Provotorov, Loetsis en Vyrin bleven in de keuken, ik ging naar de woonkamer om het Boek te lezen.

Ik had geen succes met Gromov. Misschien lag het aan de mentale over-
spanning van de afgelopen dag en de twee slapeloze nachten. De novelle zelf
was vrij kort. Normaal gesproken zou ik een boek van dit formaat in een
keer uitlezen, maar nu was ik al drie uur bezig en nog niet eens op de helft.

Dit was het plot. Het hoofdpersonage, Mitrokhin, was een veertig jaar
oude correspondent van een Moskouse krant, bezwaard met huwelijks-
en creatieve perikelen. Hij gaat op een verre dienstreis om informatie te
verzamelen over landbouwbedrijven in de Oeralregio. Mitrokhin verblijft
een maand lang in het huis van de sovchoz-directeur Fomitsjov. De correspondent loopt met zijn notitieboekje in de hand alle uithoekjes van de
sovchoz ijverig af: boerderijen, koestallen, proefstations, de nieuwe school.
Hij maakt kennis met fantastische mensen, enthousiast over hun werk, zoals
bijvoorbeeld leraar Nikodimov, die een landbouwmachineconstructieclubje
op de machine-tractorbasis heeft opgericht. Het clubje heeft niet voldoende
middelen om een gezamenlijke uitvinding van Nikodimov en de leerlingen
te realiseren.

'[…] "We moeten voor het transport van het graan gewoon speciale machines bouwen," herhaalde Nikodimov koppig terwijl hij de grote stappen van de directeur nog maar net bijhield. "Of, liever gezegd, geen machines, maar geheel metalen bunkers. Die installeer je op het loopwerk van een Kamaz of een ZIL-vrachtwagen. De graantransporteur zal het graan van de maaidorser naar de silo vervoeren zonder dat er tussentijds moet worden gesorteerd. De bunker is hermetisch afgesloten, waardoor de veiligheid van het graan niet afhankelijk is van de wind, de staat van het wegdek of de lengte van de reis."

Fomitsjov dacht na: "En hoe zit het met onweer? Het graan op de kap en de dorsvloer wordt dan vaak vochtig. Jouw graan zal gaan broeien. Heb ik gelijk, meneer Mitrokhin?"

De correspondent hield zijn mond en Fomitsjov interpreteerde de stilte op zijn eigen manier: "Zie je? De pers is het ook met mij eens."

"In onze graantransporteur zal dit niet gebeuren," Nikodimov gaf zich niet gewonnen. "De bunker is in twee gelijke compartimenten verdeeld. Als het graan vochtig is, wordt het in één compartiment opgeslagen en tijdens de rit wordt het in het andere, lege compartiment overgeschept. Daarbij wordt het graan gedroogd door de warme luchtstroom, het kaf en vuil wordt ondertussen afgescheiden…"

"Joeri Viktorovitsj, wat heb jij?" vroeg Fomitsjov sarcastisch en antwoordde zelf: "Juist, een constructieclubje en een werkstation voor jonge technici. Houd je met hen maar bezig. Jouw wonderlijke graantransporteur is maar een droom!"

Nikodimov stopte met lopen, Genka en Andrjoekha verstijfden in de verte. Pavel Drimtriyevitsj keek naar de achteropgeraakte Nikodimov, knipoogde jongensachtig naar de verdrietige jongens en rende achter Fomitsjov aan: "U zou het voorstel van Nikodimov moeten aannemen. Ik heb het prototype zelf gezien, hij werkt prima. Waarom zou u het niet proberen? En dan schrijf ik daar een groot artikel over. Als het lukt, wordt uw sovchoz in het hele land bekend. Is dat zo slecht?"

In de ogen van de directeur ontbrandden vrolijke lichtjes, waar Mitrokhin goed mee was bekend: "Goed, probeer het maar! Ik ben zeker dat alles gaat lukken, zeer zeker!…"'

Ik probeerde consciëntieus te lezen, maar faalde. Mijn ogen gleden van de eerste zin af en ik viel razendsnel van de top van de pagina naar de bodem, alsof ik van een dak kukelde. Paragrafen flitsten voor mijn ogen als verdiepingen en alleen de fundering was leesbaar: 'Mitrokhin hield van de volharding en het doorzettingsvermogen van de leraar. Een ander had het allang opgegeven en het idee afgeschreven als triviaal. Maar Nikodimov bleef zoeken, uitvinden en—het allerbelangrijkst—geloven in zijn succes.'

Ik legde het ongelezen boek weg en keek de hal in. Vanachter de half-open keukendeur met alsem matglas hoorde ik een driestemmig gesprek. Traumatoloog Dezjnjov snurkte af en toe in de slaapkamer.

Voor de zekerheid pakte ik de hoorn van de telefoon op—geen kiestoon. Maar zelfs als er een kiestoon was geweest, waar zou ik dan naartoe kunnen bellen? De politie? Deze mensen zouden me al hebben afgemaakt voordat de hulp zou zijn gearriveerd.

Ik liep naar het balkon. Mijn verbeelding schilderde meteen het volgende tafereel af: ik grijp me vast aan de woeste druivenlianen, die lijken op verwilderde touwen. Derde verdieping, tweede, eerste—ik spring naar beneden, ren naar de weg, stop een taxi—heel snel, en meteen door naar het treinstation. Daar pak ik de eerste trein…

Bij de bovenste verdieping vormden de twijgjes een groen en zwak net van haarvaatjes, dat mijn gewicht nooit zou kunnen dragen. Ik zou op het balkon van de buren kunnen kruipen, maar als zij begonnen te gillen, zouden oom Maxims lezers er eerder zijn dan de politie.

'Aleksej, ben je klaar?' klonk Loetsis' stem ineens achter mij. 'Heb je het Boek uit?'

Ik vertelde hem de waarheid: 'Nog niet. Ik heb hoofdpijn.'

'Dat mag niet, we hebben je toch gewaarschuwd over de twee Voorwaarden. Anders werkt het niet! Nou ja, nu kan je weer opnieuw beginnen,' zei Loetsis verdrietig.

Ik wilde hem niet vertellen dat ik me minder zorgen maakte om het Boek dan om de vergelding waar ik beloofd had bij te zijn.

Loetsis ging naar de keuken, ik liep terug naar de woonkamer en begon het Boek opnieuw te lezen…

Ware het niet voor de onzekerheid over de toekomst, was het me vast gelukt om 'Kalme grassen' uit te lezen. Maar de verontrusting, opdringerig als kiespijn, boorde in mijn ziel en gaf mij geen kans om me te concentreren. Elk moment vervloog mijn aandacht weer, mijn gedachten kropen als domme insecten van de pagina naar het raam, sloegen hun vleugels open en verdwenen in het grijze hemelgewelf.

Mijn zenuwen vonden meteen hun weerslag op mijn maag en telkens als ik mezelf opsloot in de wc, was ik bang dat het angstgeschal van mijn darmen hoorbaar zou zijn in de keuken. Ik nam het Boek op die momenten niet mee. Wie weet of de lezers, wanneer ze mij met het Boek uit de wc zagen komen, dat als heiligschennis zouden beschouwen. Hoe dan ook moest ik de novelle steeds opnieuw beginnen. Ik ging op de bank liggen en las daar het Boek totdat kolenzwarte slaap mij overmeesterde.

Ik werd gewekt door een gefluisterd gesprek in de gang. De vibratostem van Margarita Tikhonovna stak uit: haar poging om zachtjes te praten mislukte.

'Denis, hoe is het met Aleksej? Heeft hij het Boek gelezen?' vroeg zij. 'Slaapt hij?'

'Volgens mij slaapt hij,' antwoordde Denis zacht. 'Ik ben niet binnen geweest, ik dacht, laat hem maar slapen. De eerste keer lukte niet, hij moest het een tweede keer proberen. Hij maakte zich zorgen...'

'Goed, het wordt toch tijd om hem wakker te maken,' zei Margarita Tikhonovna stellig. 'Wij gaan nu onze vrienden uit Kolontajsk ophalen. Maken jullie je ook maar vast klaar. Afspraak is precies om middernacht bij de afslag naar Kamysjevo...'

De stemmen liepen nog een paar minuten heen en weer en dreunden vervolgens de trap af.

De lucht buiten het raam was donkerpaars. Ik keek op de tafelklok. De fosfordruppels op de wijzers brandden als dwaallichtjes in het donker: eentje bijna bovenaan, de andere beneden—half elf.

'Maken jullie maar koffie, ik wek hem wel,' de deur ging een beetje open en Tanja verscheen in de gele lichtstreep.

Ik deed alsof ik sliep. Ze ging zachtjes naast mij zitten. De veren van de bank kraakten licht. Ik ademde luid in en draaide mij op mijn zij.

Tanja raakte mijn arm aan: 'Aleksej Vladimirovitsj...'

Ik draaide mijn hoofd naar haar toe, knipperde zogezegd mijn slaperige verbazing weg: 'Hè? Wat is er aan de hand?'

'Tijd om op te staan,' fluisterde Tanja. 'We vertrekken om elf uur...'

'Duidelijk...' Ik wreef krachtig in mijn ogen.

Tanja stond op: 'Ik zet de tafellamp aan, alleen zal ik de kap naar de muur draaien, zodat het licht niet te scherp is...'

Deze ontroerende inspanningen om mijn ontwaking zo pijnloos mogelijk te maken eindigden met de luide verschijning van Loetsis.

'Ben je wakker? Goed zo!' Hij klikte met de lichtknop en het scherpe licht drukte mijn ogen dicht.

'Aleksej, kom naar de keuken,' kwam Dezjnjov even kijken, 'de koffie is klaar. U kunt ook iets eten, maar dat zou ik afraden. U kunt beter honderd gram cognac drinken, maar niet meer dan dat, want dan wordt u slap in plaats van wakker... Of wilt u actieve kool? Het zal alle gevolgen van zenuwen wegnemen.'

'Hoeft niet,' ik voelde mezelf blozen. Blijkbaar was ik niet alleen in de keuken hoorbaar.

Vadik Provotorov was bezig in de gang. Hij had zich in een camouflagepak gekleed. De voordeur was open. Ik zag Grisja Vyrin. De schouderriem met de twee veldschoppen zat al op zijn rug. Hij zei hallo, pakte twee tassen en liep naar beneden.

Loetsis kwam uit de slaapkamer. Hij had een soort klein stalen juwelenkistje of een koffertje in zijn handen waar een ketting aan vast zat. In een van de helften lag het Boek op donker fluweel als een viool in zijn kist. Loetsis sloot de deksel en het binnenslot klikte dicht.

'Ben je klaar?' vroeg hij plechtig.

'Bijna, ik moet nog mijn gezicht wassen, koffiedrinken...'

'Koffie kan wachten. Dit is veel belangrijker...' Loetsis reikte mij het kistje aan. Het was iets groter dan het Boek en behoorlijk zwaar. De stevige stalen ketting liep door een ring die aan het kistje was vastgelast, opdat het Boek als een reliekhouder om de nek gedragen kon worden.

'Doe maar om,' bevestigde Loetsis mijn gedachten. 'Dit is jouw privilege als bibliothecaris en dus ook je onderscheiding...'

Ik vroeg of ik het voorlopig in mijn hand kon dragen. Denis antwoordde verwijtend dat het geen handtas was. Ik boog gedwee mijn hoofd en hij deed het Boek, zo zwaar als boeteketenen, om mijn nek.

BANG

Van koffie werd ik meteen misselijk. Ik nam een teug cognac uit de fles driesterren 'Witte ooievaar' op tafel, maar voelde mij er niet veel moediger door. In de gang vroeg ik Marat Andrejevitsj stiekem om de kooltabletten en at in de badkamer gretig de hele verpakking leeg. Ik spoelde de pillen weg met kraanwater. De kist om mijn nek zat in de weg en stootte steeds tegen de wasbak.

De bedrijvigheid en spanning werden erger. Denis vroeg al lopend nog een keer of iedereen klaar was, daarna zei hij: 'Wel, we gaan met God…' Mijn hart klopte dof tegen mijn ribben, als een steen die tegen een muur werd gegooid.

Beneden stond de bekende RAF. Provotorov en Vyrin wachtten buiten tot ik in de cabine zat. Igor Valerjevitsj, Marat Andrejevitsj, Pal Palytsj en Tanja zaten al. Achter het stuur zat Ogloblin, met Larionov naast hem. Ik schoof wat op om plaats te maken voor Loetsis. De vloer stond vol met ammunitietassen. Vyrin en Provotorov klommen als laatsten naar binnen.

Wij reden als enigen over een uitgestorven ringweg. Een paar kilometer verder knipperden onze koplampen over en weer met een motor met een zijspan. Deze kwam meteen tot leven en ratelde achter ons aan. Ik herkende de zussen Vozgljakov.

Bij een vork in de weg met de wegwijzer 'Kamysjevo' stonden we even stil. Een paar minuten later kwam een antiek model GAZ in zicht met een geribbelde, uitgerekte vrachtwagensnuit. Ik zag Margarita Tikhonovna, ze zwaaide naar ons en wij reden achter de bus aan.

Al snel maakte het asfalt plaats voor betonnen platen, daarna voor grind. Nog verder werden we door elkaar geschud op een onverharde weg met een eeuwenoud wielenspoor dat leek op spoorrails, binnenstebuiten gekeerd in de versteende aarde. Rondom lagen verlaten velden. De elektriciteitspalen hadden iets weg van door infectie afgekloven bomen, met op de kruisbalken de porseleinen geleiders als aangegroeide zwammen. Ergens ver weg, kilometers hiervandaan, knipperden minuscule rode lichtjes van beschaving.

De auto stopte en wij stapten snel uit. Behalve de onzen stapten meer dan twintig mensen uit de bus. Dit waren de beloofde helpers van de Kolontajsk-leeszaal en de vrijwilligers van Simonjan en Boerkin.

Mensen maakten zich in volledige stilte klaar voor de vergelding. Margarita Tikhonovna, de oudste Vozgljakova, Timofej Stepanovitsj, Sasja Soekharev kwamen naar ons toe, samen met de mij onbekende lezer Nikolaj Tarasovitsj Iëvlev—een echte reus van twee meter lang met brede schouders en een boomstronk van een nek. Iëvlev was kaalgeschoren, over zijn voorhoofd en wang liep een diep litteken met een witte bodem, als een bakkersinsnijding op een stokbrood.

Timofej Stepanovitsj keurde de kist met het Boek met zijn blik goed en boog zich over een tas. De oude man haalde er een muts met oorkleppen uit, die aan de buitenkant was versterkt met metalen plaatjes, en zette hem op zijn hoofd. Hij trok een lange winterjas aan waarop schakels van een ankerketting dicht opeen waren genaaid en stak een priem in zijn ceintuur. Vervolgens haalde hij een gietijzeren, van een sporthalter afgezaagde bal uit een tas—het gegraveerde cijfer '10' was duidelijk zichtbaar—legde hem in een zak van zeildoek en bond die strak dicht met een touw. Daarna toonde hij zijn behendigheid door deze geïmproviseerde goedendag gemakkelijk op te gooien, boven zijn hoofd te draaien en vervolgens op de grond te laten neerstorten. De bal liet een indrukwekkende krater achter.

Tanja verborg haar gezicht achter een schermmasker. De Vozgljakovs en Margarita Tikhonovna deden dikke hoofddoeken om en zetten simpele bouwhelmen op. Ogloblin, Vyrin, Pal Palytsj en Soekharev zetten motorhelmen op. Daarbij hadden zowel Vyrin als Ogloblin in de plaats van de plastic vizier eentje van staal gemonteerd, met oogspleten. Igor Valerjevitsj Kroetsjina deed een antieke koperen brandweerhelm op. De machtige Iëvlev, waarschijnlijk om de vijand extra angst aan te jagen, had een Duitse oorlogshelm gekozen. Provotorov droeg een Sovjethelm en Loetsis een vliegeniershelm, waar hij zijn bril voor afzette. Bijrijder Larionov zette een leren tankbestuurdershelm op met een schuimrubberen plaat op het achterhoofd. De traumatoloog Marat Andrejevitsj had zijn hoofd helemaal niet bedekt, vertrouwend op zijn eigen behendigheid.

Ook de harnassen waren zeer uiteenlopend. Loetsis had over de hele lengte van zijn kleding kleine zakjes vastgenaaid met beschermende platen. De Vozgljakovs hadden stalen stroken in de naden van hun gewatteerde broeken en bodywarmers genaaid. Igor Valerjevitsj trok een echt kuras aan, die hem op een samowar deed lijken. De leren jas van Vyrin was bedekt met schubben van Sovjetroebels—zo op het oog zaten er minimaal vijfhonderd munten op. Toen hij mijn geïnteresseerde blik opmerkte, legde Grisja uit: 'Ik heb vanaf mijn tiende voor een motor gespaard, toen is de Unie uit elkaar gevallen en verloor al het geld zijn waarde. Nu heb ik er tenminste wat aan…'

De uitrusting van Pal Palytsj bestond uit vakkundig aan elkaar vastgemaakte stroken parket; ik kon niet zien of hij er ijzerdraad of koorden voor had gebruikt. Marat Andrejevitsj had van dik linoleum een lang, tot op de knieën rijkend harnas gemaakt. De gigantische Iëvlev droeg een constructie van hard geworden dik leer, die een beetje op een musketierscape leek. Soekharev had een werkjas van zeildoek aangetrokken met dicht opeengenaaide militaire gespen met sterren. Larionov had zijn wollige mantel versterkt met grove laarzenzolen. Ogloblin werkte in het wereldse leven als politiehondentrainer en droeg daarom een speciale beschermende overall: zelfs een krokodil zou niet door de gewatteerde mouwen en broekspijpen kunnen bijten. Tanja droeg een wollen jas, vervilt tot valenki-hardheid. Margarita Tikhonovna had een korte jas van schapenvacht aan die voor de stevigheid met dik henneptouw was beplakt.

De lezers uit Kolontajsk hadden allemaal dezelfde praktische hockeypakken aan, met handschoenen, kniebeschermers en platen op de heupen en schenen. Ze droegen elk een doelmanhelm met witte plastic gezichtsmarkers.

Naast de mensen uit Kolontajsk leken de gevechtskleden van de Sjironins op de chaotische uitrusting van Diedeldom en Diedeldie, met als enig verschil dat dit tafereel er allesbehalve vermakelijk uitzag.

De geprezen Garsjenin kwam naar ons toe. Hij zag er helemaal niet sterk uit: hij had een grote neus, was mager en lang en leek nog het meest op een haan. De overeenkomst werd versterkt door lange vogelbekstekels die aan de voor- en achterkant van zijn laarzen zaten. Sommige van zijn vechters hadden hetzelfde besnavelde schoeisel aan. De vrijwilligers waren bewapend met zeisen, hooivorken met lange schachten en brandhaken die tot jachtsperen met lange punten en haken waren omgetoverd. Velen beschikten ook over kleine houten of gevlochten rieten schilden.

Ik keek met gedoemde interesse naar al deze voorbereidingen wanneer Margarita Tikhonovna mij aansprak: 'Aleksej, waarom bent u nog niet aangekleed? We treden zo aan!'

Oom Maxims motorhelm en lappen rubber—nu snapte ik eindelijk hun bedoeling—lagen nog in de kast.

'Jongens, ik weet niet wat ik moet zeggen... Denis, jij hebt Aleksej toch klaargemaakt?'

'Ik vroeg of hij klaar was, hij zei ja, en ik dacht...'

'Dat is een probleempje...' Margarita Tikhonovna schudde haar hoofd. 'Wij kunnen Aleksej zo niet laten gaan...'

Ik schrok op van de opkomende hoop: 'Zal ik anders hier op jullie wachten?' Mijn adem stokte.

Verbazing flikkerde over de gezichten van de mij omringende lezers.

'Aleksej, maak je geen zorgen,' zei Loetsis schuldbewust, 'je mag mijn spullen hebben...'

'Wacht even, Denis,' brak Igor Valerjevitsj hem af. 'Jouw harnas past Aleksej niet. Te klein.'

'Och, jongens, het is altijd wat met jullie. We verzinnen wel wat.' Margarita Tikhonovna liep naar onze buren toe. 'Lieve vrienden, sorry, maar wij hebben een probleem. Aleksej Vjazintsev heeft geen wapens of beschermende kledij bij zich. Help ons...'

Ik hoorde de 'hockeyspelers' uit Kolontajsk mopperen: het zijn toch geen spelletjes, hoe kun je nu je belangrijkste spullen vergeten, dit is toch niet de eerste keer, en Margarita Tikhonovna antwoordde mak: 'Inderdaad, het is zijn eerste keer.'

Onze vrienden uit Kolontajsk vonden een stoffen bouwhelm met zuur ruikende voering en twee linnen tassen waar kleine bakplaten in zaten. De tassen hadden behoorlijk lange handvaten om deze als simpel pantser om de nek te dragen.

Toen Vyrin de bakplaten zag, trok hij resoluut zijn met roebels beslagen jas uit: 'Pak maar, Aleksej, het is zo goed als jouw maat.'

Ik weigerde in de hoop dat mijn lafheid enigszins leek op edelmoedigheid: 'Grisja, en jij dan? Jij hebt hem harder nodig!'

Maar de onvermurwbare Vyrin dwong mij bijna fysiek om zijn zware harnas aan te trekken en zei steeds: 'Ik zal het er zonder ook prima van afbrengen.'

In de schouders zat de jas een beetje strak en de strakgetrokken mouwen bedekten mijn polsen amper, maar in principe zat hij goed. Timofej Stepanovitsj offerde zijn muts op. Loetsis gaf mij kniebeschermers en plastic heupbeschermers, en Maria Antonovna Vozgljakova haar grove leren handschoenen. Iëvlev maakte een armbeschermer van een halve stalen pijp aan mijn linkeronderarm vast.

Als wapen kreeg ik een knuppel, verzwaard met een gekarteld opzetstuk. Volgens mij was het een onderdeel van een machine, waarschijnlijk een extra groot tandwiel.

'Geweldig!' Loetsis werd blij van mijn kostuum. 'Net Bohdan Khmelnitski met zijn strijdknots.'

Ik spande mijn kaken aan. In ontspannen toestand begonnen mijn tanden namelijk plotseling een ivoren muziekje te roffelen.

'Margarita Tikhonovna,' vroeg ik voorzichtig, mijn angstdroge lippen likkend, 'hoe weet u dat onze tegenstaanders geen geweren bij zich hebben?!'

'Uitgesloten. Dat is ten strengste verboden.'

'Wie heeft dat verboden? Teresjnikov?'

'Nee, lang voor hem… Het is een regel, ongeschreven wet.'

'En als ze ons bedriegen?'

'Er zullen waarnemers zijn, secondanten, die zorgen ervoor dat alles eerlijk verloopt,' kwam Loetsis tussenbeide. 'Maak je geen zorgen.'

'Denk nou zelf,' klonk Iëvlevs basstem, 'jij hebt een pistool, ik heb een automatisch geweer. Is dat vergelding?'

'Dat is een schiettent!' grapte Ogloblin.

'Maar er zijn altijd listen mogelijk,' concludeerde Soekharev. 'Bijvoorbeeld dit,' hij toonde een kogellager zo groot als een tennisbal. 'Hij weegt meer dan een kilo, als dat op je hoofd terechtkomt, ben je echt niet blij.'

'Zal ik anders hier op jullie wachten?' mompelde ik zachtjes met mijn ogen naar de grond gericht. 'Alstublieft?…'

Er is inmiddels zo veel tijd voorbijgegaan sinds dat moment en ik voel nog steeds brandende schaamte voor die laffe onsamenhangende woorden…

De Sjironins stonden in een dichte kring om mij heen. Ik zag in hun sympathieke, hartelijke blikken geen greintje hoon of afkeuring. Vroeger keken alleen mijn ouders mij zo aan wanneer ik thuis of op school iets verkeerd had gedaan. Dan stond ik voor hen, zonder berouw te tonen, omdat ik besefte dat al mijn schuldgevoel in het niets viel bij de liefde en de vergiffenis die deze mensen voor mij voelden.

'Het is tijd… Aleksej, geef het bevel!' zei Margarita Tikhonovna.

'Wat moet ik zeggen?' vroeg ik hulpeloos.

'Maakt niet uit… "Volg mij!" of "Vooruit, mars!"'

Ik wierp een korte blik over de colonne van mijn mensen. De zussen Vozgljakov hadden schoppen vast, die opvielen door de extreme lengte van de aangepunte spades. Maria Antonovna leunde op de schacht van een dikke dorsvlegel met een pompoenvormig opzetstuk met metalen punten.

Tanja had een zelfgemaakt rapier vast: een dikke stalen spijl met een glanzende punt en een vastgelast messing gevest. Provotorov, Pal Palytsj, Larionov en Ogloblin droegen lange lansen op hun schouders. Ik dacht meteen aan de feestelijke stilering die een wapen handig camoufleerde als een kunstig bewerkt uiteinde van een vlaggenstok, met een snede van een ster of hamer en sikkel in een stalen veer.

Vyrin trok zijn veldschoppen recht, Iëvlev rustte zijn handen op het handvat van een enorme smidshamer. Timofej Stepanovitsj had zijn zak-goedendag op zijn schouder gegooid en leek op een pelgrim. Kroetsjina checkte of zijn bajonet makkelijk in de schede bewoog. Soekharev speelde met een dikke ketting, die om zijn vuist was gewikkeld. Aan de schakels zaten drie zware hangsloten vast.

'Kom op, Aleksej,' fluisterde Margarita Tikhonovna opnieuw. 'Iedereen wacht op uw bevel.'

Ik schraapte mijn keel, raapte de moed bij elkaar en zei: 'Vrienden, laten we gaan …'

Ineens kreeg ik het gevoel dat ik van een klif was afgestapt. Mijn keel sloot zich om een koude leegte en de vallende, om mijn oren fluitende wereld draaide rond. Of misschien begon in mijn hoofd de zwarte vogel der paniek met haar vleugels te slaan.

Ik kende de weg niet en werd geleid door Loetsis en Margarita Tikhonovna. Ons détachement van vijfendertig mensen volgde. Wij liepen door bosjes en een dichte populierenaanplant. Daarachter spreidden zich eindeloze wilde velden en de paarse horizon uit. Tussen de populieren sprong mijn angst nog heen en weer als een krankzinnig geworden eekhoorn, van tak naar tak, van slecht voorgevoel naar verschrikkelijk inzicht. Op de grasvlakte vloog hij op en vond geen steun meer.

Toen hoorde ik mijn stappen en zag de mensen om mij heen in een ander licht. Mijn hart stopte met kloppen—of ik vergat hoe het te horen en voelen. Ik meende opeens dat ik al vaker deze verschrikkelijke rust heb gevoeld, maar in de plaats van de wegebbende angst werd ik toen overspoeld door een gevoel van trots voor de mensen die met mij meeliepen, voor hun toekomstige militaire heldendaad…

Al snel voelde ik een steile helling en wij daalden af naar de bodem van een ondiepe put, een half voetbalveld groot. Ons détachement verdween simpelweg onder de grond. Een paar meter hoge wanden en het hoge onkruid verborgen ons uitstekend.

Op de hellingen zaten toeschouwers, een stuk of tweehonderd mensen. Een tiental waarnemers zaten apart. Ik herkende Teresjnikov. Hij werd geflankeerd door bewakers.

De tegenstaander stond al in de damopstelling klaar. De meeste Gorelovs droegen enorme slaghouten die verschilden van honkbalknuppels door hun ingedraaide metalen pinnen. Een paar hadden identieke gezwarte machetes aan hun riem hangen. Lansen met platte mespunten staken boven de troepen uit. Elke soldaat droeg een antiek militair kogelvrijvest en een helm. De Gorelovs leken op deze manier op Poesjkins zeereuzen, die 'gelijk waren, de een beter dan de ander.'

Zodra wij waren afgedaald, stelden boven en rondom de put zich mensen op met peddels in hun handen. Het was echter duidelijk aan de stalen bladen met een scherpe glimmende rand dat de sportuitrusting handig was omgetoverd tot een wapen. Alsof hij mijn vermoedens wilde bevestigen, maakte een van die mensen een paar oefenslagen in de lucht. Ik kon wel raden wat er zou gebeuren met iemand die een klap van zo'n roeiriem kreeg…

'Weet je nog, in het oude Rome hadden ze lictoren,' fluisterde Loetsis in mijn oor. 'Alleen hadden zij bijlen, geen peddels…'

'Lictoren?' vroeg ik angstig, alsof het wat betekende.

'Of secondanten. Zij, met de peddels, zorgen ook voor orde. Ze grijpen in als het gevecht niet meer volgens de regels verloopt.'

Ons détachement spreidde zich in een dubbele rij uit, verdeeld in drie groepen. In het midden stond de Sjironin-leeszaal, in de rechterflank tien soldaten uit Kolontajsk, links de mensen van Boerkin en Simonjan. Wat mij het meeste tegenviel was dat ik in de eerste rij stond. Het leek of alle blikken aan de kist met het Boek waren genageld.

'En wat nu?' vroeg ik zenuwachtig aan Loetsis. 'Gaat het zo beginnen?'

'Wanneer iedereen denkt klaar te zijn,' hij keek als in trance strak voor zich uit.

'Ben je bang?' vroeg Pal Palytsj ineens van de andere kant. 'Dat komt omdat je het Boek nog niet hebt gelezen. Je leven heeft nog geen betekenis. En zonder betekenis is het altijd eng...'

Ik hoorde een soortgelijke gedachte niet zo lang geleden van Margarita Tikhonovna. Nu herhaalde ook Pal Palytsj deze op zijn eigen manier.

'Je hoeft niet bang te zijn. De Gorelov-leeszaal...' hij dacht even na over de karakteristieken van onze vijand, 'stelt niets voor! Het zijn huurlingen, en daarmee is alles gezegd. Wat je moet begrijpen is dat er geen speciale gevechtsstrategieën zijn of slimme trucjes... Wel, ze zijn er wel, maar dat is niet wat telt. Wat belangrijk is, is wat er aan de binnenkant zit, in je ziel, in je hart...'

'Jouw wijlen oom was een held uit duizenden,' zei Timofej Stepanovitsj. Hij had de zak van zijn schouder afgegooid. De met stof omspannen bal lag nu naast zijn laars. 'Dus ben jij ook een held. Bloed kruipt waar het niet gaan kan. Snap je?'

Iemand met een Boek in de hand klom op een grastribune. Hij schraapte zijn keel en las luid: 'Het zilveren rak.'

'O, zo menslievend deze keer,' hoorde ik de sarcastische stem van Margarita Tikhonovna. 'Blijkbaar speciaal voor de Gorelovs. Een cadeautje van Sjoelga.'

'De kampbewoner is bang,' merkte Loetsis ontspannen op. 'Misschien is hij niet zeker van de zijnen...' hij keek mij aan. 'Ga maar zitten, Aleksej, nu hebben we ongeveer drie uur vrij, minimaal. We gaan luisteren...'

'Godzijdank,' Marat Andrejevitsj maakte een kruisteken, 'het gaat al beter.' Hij knipoogde bemoedigend. 'Het Boek der Berusting. Het komt goed, Aleksej.'

'Wat voor Boek, waarom?' vroeg ik opgelucht.

'Het moet...' Timofej Stepanovitsj draaide zijn oor richting de tribune en zette zijn hand eraan ter versterking.

De lezer ging als een dolle aan de slag en ratelde monotoon af: 'April kwam met wervelwinden en vorsten. En opeens gaf de winter zich over. Een paar dagen geleden zag je nog geen stukje grond in een veld, alleen bosjes staken uit licht ontdooide sneeuwbergen. Ineens waren aan de zuidhelling de najaarsploegen zichtbaar, waar roeken overheen wandelden. Wanneer zijn die aangekomen?'

Ik luisterde onaandachtig, meer verzonken in mijn eigen angstige gedachten. De voortsnellende monotone stem van de lezer irriteerde mij eerst, daarna werd het sussend, als het geratel van treinwielen.

'Het zilveren rak' was een onduidelijk lyrisch verhaal. Door de tekst heen bewogen zich twee slaapwandelende figuren van voorjaar naar herfst: een boswachter, verliefd op de natuur, en zijn kleine zoontje, voor wiens ogen zich langzaam de poëtische schoonheden van zijn thuisland openbaarden. Op weg van vader en zoon kwamen verschillende mensen voorbij, simpele Sovjetwerklui, en elk van hen had een verhaal voor de jongen. Het hoogtepunt van de novelle was een lange en saaie scène, waarin kinderen hun ouders hielpen te mijten. Er werd verteld hoe de hooimijten werden aangevoerd, gestuwd, bedekt, rechtgetrokken met harken en met staken aangedrukt...

De lezer sloot het Boek en ik zag ineens dat de nacht licht was geworden, met een melkachtige maan en witte sterren die op littekens leken.

Onze leden stonden op. Timofej Stepanovitsj stak de priem stiekem in zijn dunne pols en knikte voldaan terwijl hij het druppeltje bloed weglikte.

Margarita Tikhonovna trok aan mijn mouw: 'Aleksej... Wanneer iedereen naar voren rent, blijft u staan. Wij denken aan u, en als er wat gebeurt, snelt iemand u te hulp. Hier,' ze keek evaluerend om zich heen, 'Annoesjka zal u bewaken, met haar is het niet zo eng...' Ze gebaarde naar de jonge vrouw. 'Anjoeta, zorg jij voor Aleksej? Goed?'

Anna Vozgljakova bedekte mij met haar machtige schouder en ik voelde mij iets zekerder.

Margarita Tikhonovna hield ondertussen beraad met Simonjans Garsjenin in de linkerflank. Hij knikte terwijl hij over een met ijzeren stroken beslagen zeisboom streek.

'Aleksej,' fluisterde traumatoloog Dezjnjov in mijn oor, 'het klopt wel wat Margarita Tikhonovna zegt...' hij stopte even. 'Maar mocht de situatie zich anders voordoen, blijf dan alstublieft niet als een stenen idool staan. Beweeg, wijk uit... Als u slaat, let dan niet op het doel. Of u nu wel of niet iemand raakt, maakt niet uit, als u maar constant in beweging blijft...' hij haalde zijn sabel uit de schede. 'Ik zal op u proberen te letten.'

Anna, met haar grove dikke vingers om het handvat van een spade, sprak mij ineens aan: 'Ik wilde vragen,' haar stem bleek heel diep en stroperig te zijn, 'u heeft aan de universiteit gestudeerd, toch? Had u zo'n vak, psychologie? Ja? O! Kunt u dan een situatie voor mij verklaren. Heel lang geleden, toen ik nog op basisschool zat, heb ik in de schooltuin een berkenboompje geplant. Een jongetje had een twijg nodig, misschien om paardje te spelen.

Dus, hij begon een tak van mijn berkje te scheuren en dat berkje was zelf nog zo dun als een twijgje, dus heeft hij bijna die hele boom uit elkaar getrokken. Ik schreeuw naar hem: "Afblijven!" en hij zegt: "Wat maakt het, het is maar één takje, er gebeurt je berk niets." Ik antwoord: "En als iedereen nu een takje gaat afbreken, wat dan?" Die jongen begon ineens te huilen en rende weg...' Anna fronste haar voorhoofd en greep de spade steviger vast. 'Waarom huilde hij nou? Ik heb hem toch niet uitgescholden of geslagen? Misschien weet u dat?' Ze staarde mij aandachtig aan terwijl ze haar hoofddoek rechttrok.

In mijn vorig leven had ik waarschijnlijk om haar simpelheid gelachen en iets gemeens en neerbuigends gezegd, bijvoorbeeld: 'Had ik jouw problemen maar, schatje...'

Ik begreep namelijk wel waarom Anna het verhaal over het kapotte berkje vertelde. Zij werd op haar eigen manier door het Boek der Berusting met zijn eindeloze natuurbeschrijvingen beïnvloed. Anna wilde over het verhevene praten en niets was meer verheven dan Gromov. Het verhaal over het berkje leek haar een waardig toegangsbewijs tot de hogere sferen, waar slimme jongens zoals ik waarschijnlijk filosofeerden over het nobele en het verhevene.

Terwijl ik de tactvolle woorden 'Ik lette nooit zo goed op bij psychologie' bedacht, begon het gevecht.

VERGELDING

De afstand tussen ons en de Gorelov-leeszaal werd gestaag kleiner. Als de vijanden een of andere strijdkreet zouden roepen, zou de scène er niet zo eng hebben uitgezien. In plaats daarvan renden zij met dreunende laarzen in hijgende stilte. Loetsis, Soekharev, Vyrin, Larionov, Ogloblin en Provotorov gooiden zware kogellagers naar de aanvallers. De stalen ballen raakten hun doel. Sommige Gorelov-strijders vielen neer, alsof ze op een natte vloer waren uitgegleden, omvergegooid door een directe inslag.

Onze zijde stormde naar voren. Ik bleef verstandig alleen achter en verwijderde mij snel achteruitlopend van de slag.

De troepen sloegen ineen. Garsjenins groep rende iedereen voorbij en reeg het aanhollende gelid aan hun zeisen en drietanden. Een paar mensen liepen meteen tegen de wapens aan. Ik zag een lange waaier bloed uit een doorboorde keel spuiten. De Sjironins onderschepten de frontaanval van de Gorelovs. Aan de flanken werden ze opgewacht door Boerkins vrijwilligers en de Kolontajsk-lezers, gewapend met mijnwerkershouwelen. De verschrikkelijke stalen snavels vlogen boven de menigte uit en boorden zich in menselijk gesteente.

De mensenmassa kolkte en vermengde zich. Het leek wel alsof een horde dansers na een uitnodiging allemaal op zoek gingen naar een partner om aan een gecompliceerde werveling deel te nemen. Diegenen die geen partner konden vinden begonnen uit woede andermans paren op te breken.

Maria Antonovna Vozgljakova nagelde een door een kogellager geraakte en op zijn knieën voortkruipende Gorelov met één slag van haar verschrikkelijke vlegel aan de grond, alsof ze niet doorhad dat de volledige lengte van een smal mes door haar gewatteerde jas werd gestoken.

Igor Valerjevitsj kromde zijn lichaam in een snelle uitval, mikkend op de onbeschermde onderbuik van zijn tegenstander. De spade van Veronika Vozgljakova doorkliefde het gezicht van een aanvallende Gorelov.

Timofej Stepanovitsj, ondanks zijn leeftijd, was de aanval van drie vijanden tegelijk zeer succesvol aan het afslaan. Hij hurkte neer en vermorzelde de knie van een tegenstaander met zijn halter-goedendag. Ondertussen snelden Loetsis en Larionov hem te hulp.

Sasja Soekharev kwam uit de massa gezet, achternagezeten door een woeste Gorelov. Soekharevs rechterpols leek op een slappe vod. Hij rende een paar stappen, haalde een kogellager uit, gooide hem met zijn linkerhand naar zijn opponent, miste en haalde de lange priem uit zijn riem. De rivalen raakten verstrengeld en vielen op de grond…

Een honkbalknuppel landde met droog gekraak in de onbeschermde rug van Grisja Vyrin, maar de sabel van Marat Andrejevitsj maakte korte metten met zijn stiekem naderbij geslopen aanvaller.

Vadik Provotorov rende met een bijl in de aanslag op een Gorelov met een machete af. Heen en weer deinende ruggen haalden hen uit het zicht.

Pal Palytsj werd geveld met een vernietigende slag in het gezicht. Larionov raapte een veldshop op en hakte een verslagen vijand enthousiast in de pan, totdat een mes tot aan het handvat in zijn rug verdween.

De gonzende hamer van Iëvlev gooide stukken helm en roze klompen in de lucht, die op overgare bieten leken.

Een vrijwilliger van Boerkin ging op het gras zitten en begon de stomp van zijn arm bedrijvig af te binden, terwijl de ledemaat als een onthoofde kip bloed spoot.

Garsjenin trok opgejaagd aan zijn zeisboom, maar het lange gezwarte lemmet zat te diep in een lijk. Garsjenin schopte het lijk met zijn laars, de scherpe spoor zakte weg in het vlees en werkte tegen. Iemand bracht een honkbalknuppel neer op zijn handen en brak zowel zijn botten als de zeisboom. Svetlana Vozgljakova sloeg de Gorelov met een precieze bajonetslag onder de kraag neer.

Een hockeyspeler uit Kolontajsk verliet het slagveld en liep wankelend naar me toe, alsof hij om hulp wilde vragen. Hij stortte op zijn knieën neer en het houweel viel uit zijn handen. Dikke, slome bloedstroom kwam uit de ooggaten van zijn doelmanmasker. Een aangerende Gorelov-soldaat stak de reeds dode man neer, draaide zich om en werd met Tanja Mirosjnikova's snelle rapier doorboord.

Loetsis maakte zijn gevallen tegenstander af, keek op op zoek naar een nieuwe en miste de aanval: een knuppel sloeg hard tegen het plastic van zijn helm. Al vallend zwaaide Denis succesvol met zijn bijl in de richting van de aanvaller en doorkliefde zijn kaak. Ogloblin nam een aanloop en spiesde hem aan een hooivork. Hij bleef vooruit marcheren, terwijl de doorboorde vijand, als in een dans, nog net zijn voeten kon verzetten…

Als iemand mij zou hebben verteld dat het gevecht niet meer dan drie minuten duurde, had ik hem niet geloofd.

Ineens zag ik de bibliothecaris van de Gorelovs, Martsjenko. Ik herkende hem aan zijn kneuzing-paarse moedervlek. Het ergste was dat Martsjenko recht op mij afrende. Hij had geen helm op en zijn doorkliefde bovenlip sprong op en neer in de maat van zijn galop.

De onzen merkten Martsjenko te laat op. Anna, die was aangewezen als mijn bewaakster, duwde een aanvallende Gorelov opzij met het handvat van haar spade, maar een halve dode greep haar bij haar enkel en Anna viel met een smak op het vertrapte gras. Marat Andrejevitsj baande zich met scherpe, geselende slagen van zijn sabel een weg door het gehalveerde lijk van een Gorelov, maar het was duidelijk dat hij te laat zou komen.

Ik rende naar de helling. Toen ik mij even omdraaide, zag ik hoe Timofej Stepanovitsj zijn zak gooide. Het projectiel raakte Martsjenko als een komeet in de rug en sloeg hem tegen de grond. Martsjenko gromde en kroop ver- der terwijl hij zich langzaam ontvouwde—in antropologische handboeken werd op deze manier in verschillende fasen de evolutie van aap tot rechtop lopende sapiens uitgebeeld.

Ik klom de helling op, struikelde, liet mijn strijdknots vallen en hoorde een duidelijke gil van Loetsis: 'Aleksej, terug!' Boven mijn hoofd gonsde als een propeller de peddel van een secondant voorbij.

Ik rolde naar beneden, kwam terecht op mijn knieën, en haalde de ketting met het Boek van mijn nek. Mijn eerste gedachte was om dit onhandige ding weg te gooien om Martsjenko af te leiden. Maar toen ik zijn bloeddoorlopen ogen en zijn wapperende buldoglip zag, begreep ik: er zou geen genade zijn.

En de ketting lag zo prettig in mijn hand. Toen kwam een tweede gedach- te bij me op. Ik zwaaide het Boek rond als een slinger en bracht het neer op Martsjenko's hoofd. De stalen houder boorde zich in de basis van zijn nek. Een gebroken wervel kraakte onprettig. Martsjenko kroop niet meer, maar viel op zijn zij en peddelde met zijn benen, alsof hij op een onzichtbare fiets zat.

'De vergelding is voorbij!' zei een man luid en autoritair. Hij zag er een jaar of veertig uit, was klein en dun en had een verschrikkelijk verminkt gezicht.

Margarita Tikhonovna trok de helm van haar hoofd. Een van haar brilglazen was kapot en haar wang zat onder het bloed. Met een ademloze stem zei ze: 'Meneer Kovrov, laat de rechtvaardigheid haar gang gaan!'

Waar zij stond, ongeveer vijftig meter bij mij vandaan, werden in de strijd de laatste puntjes op de i gezet. De lezers uit Kolontajsk omsingelden een eenzame Gorelov. De Vozgljakovs gooiden ritmisch hun spades op en staken ze in nog bewegende lichamen. Timofej Stepanovitsj kroop tussen de halfdoden en maakte ze af met zijn priem. Ogloblin en Dezjnjov joegen een eenzame tegenstaander de helling op. De vluchteling sloeg hun aanvallen af en liep acteruit totdat hij op een peddel werd gejaagd. Hij zakte ineen en hing levenloos aan het wapen.

Kovrov draaide zich naar de sombere Teresjnikov. Hij haalde zijn schouders op en zei luid: 'In de naam van de Raad, het gevecht is voorbij!'

Tanja gooide haar verkreukelde masker op de grond. Op haar jukbeen prijkte een enorme bloeduitstorting. Loetsis schudde als een hond met zijn hoofd in de hoop de contusie eruit te krijgen. Iëvlev drukte met zijn hand een wonde dicht op zijn rechteronderarm. Marat Andrejevitsj maakte het lemmet van zijn Russische sabel schoon met een blad van het kleefkruid. Margarita Tikhonovna lachte breed naar me en knipperde met haar doorkliefde ooglid het bloed weg dat zich onder het kapotte brilglas had opgehoopt…

Toen gaf ik gal over op het gras, het braaksel bijtend als zuur.

De gewezen toeschouwers waren de helling afgelopen en hielpen de verminkte lijken te sorteren.

Ogloblin en Timofej Stepanovitsj legden de dode Pal Palytsj neer op het gras. Zijn gezicht was vergruisd, alsof de rupsbanden van een tank eroverheen waren gereden. Igor Valerjevitsj sleepte de dode Larionov met een mes in zijn rug naar ons toe. Ook Vadik Provotorov was overleden. Ik had niet eens gezien wanneer dit was gebeurd. Zijn keel was opengesneden en paarse ademhalingsorganen staken naar buiten. Maria Antonovna Vozgljakova was overleden aan snijwonden. Grisja Vyrin was buiten bewustzijn. Marat Andrejevitsj bekeek hem en zei dat zijn ruggengraat waarschijnlijk niet was beschadigd. Ik begreep dat ik gedeeltelijk verantwoordelijk was voor wat er met Vyrin was gebeurd. Ware het niet voor mij, zouden de betrouwbare Sovjetroebels Grisja's rug hebben beschermd.

Onze medestaanders hadden ook zware verliezen geleden. De Kolontajsk-leeszaal was drie mensen kwijtgeraakt, van de zes vrijwilligers van Simonjan bleven er twee over en van Boerkin had maar eentje de slag overleefd.

De Gorelov-leeszaal bestond nu nog maar uit vijf mensen. Deze overlevenden stonden in een bloederig hoopje bijeen. De rest—meer dan dertig, inclusief bibliothecaris Martsjenko—hadden op de plaats van vergelding hun dood gevonden.

TERUGKEER

Eerst veegde ik lang en afkerig de hoek van het metalen kistje af aan het gras. Mijn angst was verdwenen, in plaats daarvan voelde ik een bevroren en onnatuurlijke rust, grenzend aan extreme vermoeidheid. Boven het veld hing de zware teergeur van het Visjnevski-smeermiddel—Marat Andrejevitsj en Tanja verleenden eerste hulp.

Terwijl Margarita Tikhonovna's kapotte oog voorzichtig werd uitgespoeld en de glasscherven uit haar wenkbrauw werden gehaald, zei ze vurig tegen mij: 'Aleksej, ik ben trots op u, u bent een echte held!' Het bloed mengde zich met peroxide en bubbelde op haar wang. 'Nu moet iedereen wel geloven in een hogere rechtvaardigheid! Dat juist u Martsjenko hebt verslagen is een teken, en ik ben zo gelukkig dat ik gelijk had!' Deze woorden daalden neer in mijn brein als een koude, zwierige tekening van rijp.

Soekharevs gebroken pols werd verbonden en met parketstroken van het harnas van de overleden Pal Palytsj verstevigd. Sasja riep tijdens de procedure meerdere keren: 'Ik voel de pijn helemaal niet!,' maar ik dacht dat hij gewoon in shock was.

Het is waar dat ik geen enkele kreun had gehoord, of enig geluid dat met fysieke pijn verband hield. Marat Andrejevitsj zei alleen dat je onder de werking van het Boek der Berusting een blindedarmoperatie kon houden en maakte snelle hechtingen.

Timofej Stepanovitsj smeerde jodium op ondiepe sneeën bij onze vrienden. Nikolaj Tarasovitsj Iëvlev zoog nors het bloed uit zijn opengesneden arm en legde er een blad weegbree op.

De zussen Vozgljakov—Svetlana en Veronika—stonden met droge ogen over het lichaam van hun moeder gebogen. De oudste, Anna, naaide met een versteend gezicht een diepe rafelige wond op Garsjenins schouder dicht. Verder weg stond een lezer uit Kolontajsk op zijn beurt te wachten, een vod tegen een druipende wond drukkend.

Vier waarnemers en de verminkte Kovrov kwamen naar ons toe. Hij was mank aan beide benen, maar liep zonder krukken. Het gesprek werd met Margarita Tikhonovna gevoerd. Aan de binnenkant van het schone witte verband op haar oog zat alweer vers bloed. De stem van Margarita Tikhonovna trilde een beetje, maar was vervuld van waardigheid. Uit de korte opmerkingen van Kovrov maakte ik op dat onze schuld bij de Gorelov-leeszaal werd geannuleerd.

Daarna bespraken de waarnemers de berging. De kern van de procedure, zoals Loetsis mij later vertelde, zat in het volgende. De winnaars mochten voor hun eigen slachtoffers de imitatie van een om het even welke dagdagelijkse dood kiezen: auto-ongeluk, ongeval in een bouwput, brand, zelfmoord. Het mocht alleen geen redenen tot verdenking oproepen bij artsen en politie. Dit had als voordeel dat de gevallen kameraden een normale uitvaart konden krijgen.

De lijken van de verliezende partij moesten of spoorloos verdwijnen, of tot volledige ontbinding blijven liggen, totdat alle afschuwelijke tekenen van de veldslag zouden verdwijnen. Daarna kon het stoffelijk overschot naar wens van de nabestaanden—als zij onderdeel uitmaakten van het Gromov-universum—na een tip aan de officiële instanties worden gevonden. Tot die tijd werden de lezers als vermist beschouwd.

Sjoelga's bibliotheek nam de lastige verplichtingen met betrekking tot de berging op zich. Uiteraard deden ze dit niet gratis, maar in ruil voor het Boek van de Gorelov-leeszaal.

'Wel, nogmaals gefeliciteerd met jullie overwinning,' zei Kovrov.

'We zijn een oude garde, Timoer Gennadjevitsj,' zei Timofej Stepanovitsj verdrietig. 'We krijgen weinig nieuw bloed binnen, we lopen al sinds Neverbino in de tredmolen.'

'Ja, Martsjenko was onervaren, hij had er niet aan gedacht dat het een slecht idee is om jullie in de weg te lopen,' erkende Kovrov. 'Jullie vechten goed...' Hij geeuwde met krakende kaken. 'Nu, wat betreft die hinderlaag voor de vermoedelijke moordenaren van bibliothecaris Vjazintsev en de verdwenen lezer Shapiro... Afhankelijk van de gevolgen zal de Raad een aparte regeling uitbrengen en dan wordt ook de letter van de boete bepaald. Dat zal wel een tijdje duren, denk ik, dus doe jullie ding en jullie krijgen vanzelf wel bericht.'

Kovrov hinkte plechtstatig weg. Maar na enkele stappen draaide hij zich om, keek mij aan, dreigde schertsend met zijn vinger en zei: 'Niet meer weglopen!'

Natuurlijk vond ik dat gebaar en zijn spottende toon niet leuk, maar de echte betekenis van dit alles begreep ik pas een paar uur later, onderweg naar huis in onze RAF.

De volgende gebeurtenissen heb ik slecht onthouden, alsof ik ze door een plastic zak bekeek. De waarnemers namen onze dode vrienden mee. Wij legden de liggende gewonden in de bus—de rest liep er zelf naartoe—en brachten ze naar verschillende ziekenhuizen, vergezeld van de noodzakelijke mythen die al deze botbreuken, sneeën, kneuzingen, gebroken neuzen en ontbrekende tanden moesten verklaren.

Boerkins vrijwilliger, één vechter uit Kolontajsk en Grisja Vyrin kwamen meteen op de operatietafel terecht. Twee van hen hadden ernstige hoofdtrauma's, Vyrin had een beschadigde ruggengraat. Loetsis kwam er zo te zien vanaf met een lichte hersenschudding. Op dezelfde trauma-afdeling bleef Soekharev achter met een vrij gecompliceerde handbreuk en Anna Vozgljakova met een haarscheur in haar sleutelbeen.

Margarita Tikhonovna weigerde een arts te zien. Ze zei dat haar wond er misschien slecht uitzag, maar in feite niets voorstelde. Het leek onmogelijk om hier tegenin te gaan.

Ik vroeg hoe de families van Pal Palytsj, Larionov en Provotorov over hun dood zouden worden verteld. Margarita Tikhonovna's antwoord maakte de samenstelling van de leeszalen duidelijk: mensen met gezinnen waren eerder een uitzondering dan de regel. Pal Palytsj en Larionov waren vrijgezellen. Provotorov was zonder ouders opgegroeid en zijn grootmoeder, die hem had grootgebracht, was allang overleden. Het kwam erop neer dat niemand om de doden zou rouwen, behalve de eigen lezers.

Onze vrienden uit Kolontajsk wilden naar huis, dus gingen wij in ons RAF-busje verder en bedankten hen nogmaals voor de hulp. Margarita Tikhonovna voerde het woord en wij knikten. De oudste van Kolontajsk zei somber: 'De ene dienst is de andere waard.'

De gezichten van Veronika en Svetlana waren rustig en, ik zou zelfs zeggen, bezield. Ik wilde ze troosten, maar kon de juiste woorden niet vinden. De Vozgljakovs namen afscheid en reden meteen na de Kolontajsk-bus weg in hun motor.

De neuzige Garsjenin bleef opgewekt en herhaalde terwijl hij naar zijn verse gipshandschoenen keek: 'Onkruid vergaat niet.'

Hij zou tijdelijk in de flat van Margarita Tikhonovna verblijven. Daarna brachten we Ièvlev en Kroetsjina naar huis en gingen met zijn zessen terug naar mijn flat.

Het gesprek werd vervolgd. Marat Andrejevitsj beweerde: 'Mogelijkerwijs hebben we een paar van Sjoelga's beste jongens vermoord.'

'Vast wel!' beaamde Timofej Stepanovitsj. 'Er zaten een paar koppige jongens tussen, ze vochten goed. Kovrov heeft de vergelding waarschijnlijk alleen afgebroken omdat er behalve zijn eigen mensen niemand meer overbleef.'

'En dat betekent maar één ding,' concludeerde Marat Andrejevitsj, 'wij hebben serieuze vijanden gemaakt...'

Ik maakte mij zorgen dat de Sjironins mij indirect de schuld gaven van Vyrins verwonding. De vurige woorden van Margarita Tikhonovna toonden aan dat ik het bij het verkeerde eind had: 'Aleksej, denk er niet eens aan! Hoe kunt u zoiets zeggen?'

Ik werd lang door iedereen geprezen, ook al denk ik dat ze wisten dat mijn 'heldendaad' niet was ingegeven door moed, maar door puur geluk.

'Ik was zo bang voor u,' zei Margarita Tikhonovna zenuwachtig, 'toen ik zag dat die Martsjenko op u afkwam... Mijn hart stokte, ik zou het niet overleven als u iets was gebeurd!'

'Nog even!' antwoordde Ogloblin haar. 'Aleksej is een held! Kijk maar hoe hij hem met het Boek heeft gemept!'

'Ja, echt goed gedaan,' prees ook Tanja mij.

'Ik zei het toch van bloed!' riep Timofej Stepanovitsj blij.

'Gelukkig liep alles goed af en raakte u niet in paniek,' knikte Marat Andrejevitsj.

Toen het enthousiasme een beetje was weggeëbd, reden we in stilte verder. Een druilerige maandag was begonnen, een miezerregentje maakte de voorruit nat en de piepende ruitenwissers, die op een dubbele metronoom leken, smeerden de druppels uit.

En op dat moment herinnerende ik me de vinger van waarnemer Kovrov op een heel andere manier. Met opkomende wanhoop begreep ik dat die ritmisch op en neer gaande vinger-metronoom het ergste was wat met mij in de afgelopen dagen was gebeurd. Hiermee begon het ritme van de nieuwe wereld, waaruit de enige uitweg naar alle waarschijnlijkheid het hiernamaals was, en dan nog via behoorlijk pijnlijke doorgangen. In één nacht veranderde ik van getuige in een gelijkwaardige soldaat. Ik was met bloed gebonden. En voor dat bloed zou ik te zijner tijd de rekening krijgen. 'Je kan niet weglopen,' dat is waar die vinger mij voor waarschuwde.

Achter mijn rug begon Tanja Mirosjnikova opeens zachtjes te huilen. Timofej Stepanovitsj blies luidruchtig zijn neus. Chauffeur Fjodor Ogloblin, die zijn vriend en naamgenoot 'andersom' Larionov was kwijtgeraakt, zuchtte diep. Margarita Tikhonovna veegde stiekem haar goede oog af met een zakdoek.

Marat Andrejevitsj wreef over zijn slapen, waarvan zijn haar overeind ging staan.

'De werking van Berusting is voorbij,' verklaarde hij met een bittere glimlach. 'Tijd voor menselijke emoties. Niets aan te doen, we moeten rouwen…'

Gelukkig wist niemand dat ik rouwde om mezelf en niet om de overledenen.

THUIS

's Avonds voerde ik wederom een onprettig gesprek met Margarita Tikhonovna. Aan het eind had ik mezelf opgewerkt tot schreeuwend gefluister. Mijn zenuwen waren na de afgelopen vierentwintig uur helemaal kapot. Een halve dag lang rolde ik de voorbije gebeurtenissen steeds opnieuw door mijn brein, totdat ik ze tot een perfect bol gevoel van horror had gepolijst. De hele verschrikkelijke en vijandige wereld weerspiegelde zich alleen in dit convexe, verwrongen perspectief.

Ik smeekte steeds om te worden vrijgelaten, Margarita Tikhonovna herinnerde mij geduldig aan onze afspraak, waarvan ik de helft niet was nagekomen: het Boek der Herinnering bleef ongelezen.

Ik probeerde te bewijzen dat geen enkel Boek mijn besluit kon veranderen. Margarita Tikhonovna glimlachte zachtmoedig en verzekerde mij dat het lot mij als bibliothecaris heeft aangewezen.

'Margarita Tikhonovna, ik ben er helemaal niet klaar voor om oom Maxim voor jullie te vervangen. Ik ben een gewoon mens, zonder speciale kracht of moed. Jullie groep is volledig gevormd, kies zelf maar een nieuwe bibliothecaris…' Ik riep logica aan, vleide haar: 'Waarom zou u, Margarita Tikhonovna, de Sjironin-leeszaal niet in eigen handen nemen? U bent een uitstekende leider, u wordt gerespecteerd. U bent de beste kandidaat voor oom Maxims functie,' probeerde ik haar onsamenhangend over te halen, terwijl ik in mijn plakkerige handen wreef. 'Als oom Maxim zijn mening kon uiten, zou hij ongetwijfeld voor u kiezen.'

'Dat zal niet lukken, mijn jongen. Ik ga binnenkort dood…' nam Margarita Tikhonovna mijn laatste hoop weg. 'Borstkanker, en je hoeft geen medelijdend gezicht te trekken, dat lukt je niet zo goed. Ik heb een half jaar te gaan, maximaal een jaar. Dat is de meest optimistische prognose…'

Ik wilde zeggen: laat haar maar een half jaar lang de bibliothecaris zijn, daarna kunnen de Sjironins zelf een andere kiezen, de gieter Kroetsjina of traumatoloog Dezjnjov, maar ik bedacht me ineens dat dat te cynisch zou klinken. Ik zweeg en keek weemoedig uit het raam naar een lange witte vliegtuigkras, als door een klauw in de hemel achtergelaten.

'De Sjironin-leeszaal is mijn pijnlijke plek,' ging Margarita Tikhonovna verder. 'Zolang Maxim Danilovitsj leefde, was er geen probleem. Ook mijn lot was duidelijk, ik zou tot het einde de leeszaal dienen en wanneer mijn tijd was gekomen, zou ik vertrekken… Ik wilde heel graag een waardige vervanger vinden. Ik voel dat jij een echt goede bibliothecaris zal zijn, net als je oom. Lees nou eerst maar het Boek…'

We draaiden er een beetje omheen en kwamen toen weer uit bij het begin. Margarita Tikhonovna maakte een eind aan mijn gezeur toen ze zei dat de reis naar Oekraïne op dit moment te gevaarlijk was. Veel mensen waren geïnteresseerd in het wreken van de Gorelov Martsjenko en het zou beter zijn als ik hier, onder de bewaking van onze lezers, zou blijven.

Zij kende mijn zere plekken precies. Ik hield meteen mijn mond toen ik me herinnerde dat zij niet zomaar een mythische bibliothecaris was, maar ook een moordenares.

'Ik zou u sowieso niet aanraden om de flat te verlaten,' eindigde Margarita Tikhonovna meedogenloos met 'u', luid genoeg uitgesproken om door iedereen gehoord te worden.

Lezers kwamen uit de keuken naar de woonkamer: Tanja, Fjodor Ogloblin, Marat Andrejevitsj en Timofej Stepanovitsj.

'Ik mag ook niet naar de winkel?' vroeg ik voorzichtig.

'Natuurlijk niet,' beaamde Margarita Tikhonovna. 'Daarbij is onze leeszaal verzwakt. Dus het zal voor ons veel makkelijker en rustiger zijn als u met het Boek thuisblijft.'

'En hoelang zal dit duren?'

Margarita Tikhonovna haalde haar schouders op: 'Drie weken. Misschien een maand. Er zal rond de klok iemand bij u zijn, maar voor uitstappen naar buiten is één bewaker niet genoeg. Idealiter moet u dan minimaal drie begeleiders hebben.'

'Aleksej Vladimirovitsj, ik snap niet waarom u moet weggaan?' vroeg Tanja opeens. 'Wij kopen zelf al het nodige, ik zal voor u koken… Ik ben een goede kok. En ik maak uw flat schoon!'

'Maakt u zich geen zorgen over geld!' voegde Margarita Tikhonovna eraan toe. 'Wij nemen uw financiële problemen op ons.'

Deze woorden kregen bijstand.

'Natuurlijk,' zei Timofej Stepanovitsj, 'maakt niet uit hoe en wat, maar onze eigen bibliothecaris zal niet verhongeren! Daar hoef je je, Aleksej, geen zorgen over te maken!'

'Zwarte kaviaar elke dag kunnen we niet beloven, maar het eten zal niet slecht zijn,' verzekerde Ogloblin.

Margarita Tikhonovna was tevreden over het algemene enthousiasme: 'Echt waar, Aleksej, het zal voor u makkelijker zijn. En onze meisjes zullen wanneer nodig langskomen, koken en opruimen.'

Blijkbaar was ik onder volpension huisarrest voor onbepaalde tijd.

In de gang pakte ik op goed geluk de hoorn op en hoorde opeens de langverwachte kiestoon. Mijn hart klopte harder, maar het was te laat om de politie te bellen.

'Hebben ze hem aangesloten?' vroeg Margarita Tikhonovna. 'Gelukkig! Ik dacht al dat we met de hele horde hier moeten blijven om u te bewaken, maar nu de telefoon weer werkt, is Timofej Stepanovitsj voor vandaag voldoende. De deur is stevig hier, een kanonskogel komt er nog niet doorheen. Ik verwacht geen stormaanval, maar je kunt niet voorzichtig genoeg zijn. Ik schrijf onze nummers even voor u op. Als er wat is, staan wij binnen tien minuten bij u voor de deur,' zij grijnsde, 'we verslaan alle vijanden wel…'

Ik zag dat de Sjironins, ondanks hun eigen rouw, mij keer op keer probeerden op te fleuren.

'Wel, Margarita Tikhonovna… u verzint weer wat,' zei Timofej Stepanovitsj langgerekt. 'Aleksej heeft zijn kunnen reeds bewezen. Samen rammen wij wie dan ook in elkaar, zonder hulp. Toch, Aleksej?! Zeg ik het goed? Maken we ze in? Geef eens antwoord!'

'Ja, Timofej Stepanovitsj,' beaamde ik deze bravoure met tegenzin.

Iedereen maakte zich klaar om te vertrekken. De hartelijkheid waarmee de Sjironins afscheid van mij namen schokte en beangstigde mij enorm, ook al probeerde ik hier geen blijk van te geven. Het was duidelijk: deze mensen hadden mij echt nodig.

TIMOFEJ STEPANOVITSJ

We bleven met zijn tweeën achter. Een tijdlang zaten we in de keuken thee te drinken. De oude man stelde vragen over mijn leven, maar onhandig, zodat het gesprek na een of twee woorden uitgeput raakte. Tijdens de kwellende pauzes knikte hij goedkeurend met zijn grote en ruigharige hoofd, als dat van een Kaukasische herder.

'Leerde je goed op school?'

'Gemiddeld...'

'En op de universiteit?'

'Ook gemiddeld.'

'Je hebt voor ingenieur gestudeerd?'

'Ja...'

'Goed vak... Hield je van je oom?'

'Ja, ik hield van hem...'

De dikke grijze krullen van Timofej Stepanovitsj raakten bezweet en plakten samen. Zijn voorhoofd glom van de transpiratie, net als zijn paars dooraderde neus, groot en poreus. Op zijn ongeschoren wangen stonden zoutkristalletjes van grijze stekels overeind.

Timofej Stepanovitsj zag er nog sterk uit, maar bij zijn schouders scheen al knokige ouderlijke schraalte door. Tijdens momenten van overpeinzing joeg hij met zijn tong zij kunstgebit in het rond en duwde het vervolgens met zijn onderlip op de plaats.

Toen zijn thee op was, zette Timofej Stepanovitsj zijn kopje opzij en sloeg zijn pezige handen met kaaskorstgele nagels ineen. Hij keek recht voor zich uit met ogen vol kleurloze diepte.

Ik had begrepen dat mijn eerste specialisatie van ingenieur hem beviel en de tweede, van regisseur, hem eerder in de war had gemaakt. Dit compenseerde hij snel door mijn moed in het gevecht met de Gorelov-bibliothecaris weer te loven.

'Was je bang?' vroeg hij opeens. 'Ik kan me nog heel goed mijn eerste echte angst herinneren. In april van '44, ik was toen net zeventien geworden, de eerste week aan het front...'

Ik maakte mijn borst nat voor een belerend oorlogsverhaal, maar Timofej Stepanovitsj hield ineens een minuut of vijf zijn mond, alsof hij samen
met zijn verhaal onder water was verdwenen. Opeens dook hij weer op met
de woorden: 'En na de oorlog werkte ik als mecanicien in een loods, trouwde
en voedde twee zoons op. Ze wonen allebei ver weg, ik heb al lang niets van
ze gehoord. Ze zijn allebei bijna vijftig, waarschijnlijk worden ze binnenkort
zelf opa. Mijn vrouw stierf vijftien jaar geleden. Ze had slechte nieren…'

Hij zuchtte en kauwde een of andere gedachte met zijn lippen, die zo
schraal waren dat het leek of er blaren op zaten: 'Ik heb het een beetje zwaar,
Aleksej. Geef mij het Boek, wil je, dan ga ik even lezen…'

Het Boek der Herinnering, ontdaan van zijn kist, lag op oom Maxims
bureau en Timofej Stepanovitsj kon het gewoon pakken, maar blijkbaar
begonnen hier mijn taken als bibliothecaris. Ik ging naar de kamer en bracht
het Boek mee. De oude man pakte het met ontzag aan, boog lichtelijk, alsof
hij tegelijk afscheid nam en mij bedankte, ging naar oom Maxims slaapkamer en sloot de deur achter zich. Als snel bereikte zijn gedempte gemompel
mijn oren.

Net als de meeste lezers, behalve de familie Vozgljakov, woonde Timofej Stepanovitsj alleen. Hij kwam oorspronkelijk uit Sverdlovsk. Acht jaar geleden
belandde hij via een kennis in het Gromov-universum. De man die hem
aandroeg was een oud-collega van de loods en zelf een lezer. De oude man
paste volledig in de groep: weduwnaar, oorlogsheld, een moedig en simpel
persoon. Zijn eerste leeszaal viel vlak voor de slag bij Neverbino uiteen
door de roof van hun Boek, waarbij bijna alle lezers waren overleden. Zelf
maakte Timofej Stepanovitsj ook onderdeel uit van die gedenkwaardige
slag, hij zat bij de vrijwilligers. Toen de leden van oude leeszalen in nieuwe
groepen werden onderverdeeld, werd Timofej Stepanovitsj door de Sjironins geadopteerd…

De oude man las het Boek en ik was aan mezelf overgeleverd. Toen dacht
ik nog dat ik de engste momenten van mijn leven meemaakte. Ik kon de flat
niet meer aanzien, alles om mij heen belichaamde melancholie, vrijheidsberoving en angst. Ik walgde van de gobelin met de Olympische beer; de
kersenhouten buffetkast met de gespiegelde, glazen en borden vermenigvuldigende binnenkant was weerzinwekkend, ik haatte de platenspeler en
de platen. Ik kon nergens heenrennen en ik kon niemand om hulp vragen.

Ik liep naar het balkon. Van één blik op het huishoudelijke bederf—prehistorische glazen potten en wasdoeken, een uit elkaar gevallen kruk, een kastje zonder deuren—wilde ik mijn hoofd krijsend met de as en versteende peuken uit de doorgebrande asbak bestrooien. Uit mijn opsluiting keek ik uit op het door de regen mistroostige en vale landschap: verre natgeregende wolkenkrabbers en een rij vuilnisbakken.

Ik maakte de fles cognac op, maar raakte niet in een roes. Ik zette de tv in de keuken zachtjes aan om Timofej Stepanovitsj niet te storen. Ze toonden 'Ballade van een soldaat' en de zwart-witte beelden maakten mij helemáál depressief.

Toen het donker was geworden, veranderde het gemompel in de slaapkamer in langgerekt gesmoord gereutel. Mijn eerste gedachte was dat de oude man doodging. Hij lag half op het bed met het kussen onder zijn rug en zijn hoofd op zijn schouder. Zijn gezicht was zacht en leek geen botten te hebben, alsof het een beetje was gesmolten. Zijn onderkaak hing slap. Zijn scherpe, zware, schokkende ademhaling veroorzaakte die enge sterfgeluiden. Onder zijn oogleden schoten zijn ogen heen en weer, alsof Timofej Stepanovitsj er wild mee draaide. Ik wilde al een ambulance bellen, maar toen zag ik zijn kunstgebit naast het Boek liggen. Deze kleine, gelige prothese met speeksel erop stelde mij vreemd genoeg gerust. Timofej Stepanovitsj had hem uit voorzorg uit zijn mond gehaald. Het leek er toch op dat de oude man geen hartaanval kreeg. Langzaam werd het gereutel zachter en zijn ademhaling werd weer normaal. Ook zijn ogen stonden stil en een paar bleke traantjes kwamen onder zijn oogleden vandaan gesijpeld. Timofej Stepanovitsj ademde in via zijn neus en begon te woelen. Om hem niet te generen, verliet ik snel de kamer.

Na zijn lezing waste Timofej Stepanovitsj een lange tijd zijn gezicht, en kwam daarna pas weer de woonkamer binnen. Het is moeilijk om de verandering in hem te beschrijven. Een vreemde emotie straalde van zijn gezicht af, die helemaal niet leek op geluk of voldoening. In deze mimische glans zat een mengeling van zachte heldere blijdschap en trotse hoop. De gezichtsuitdrukking leek op die van oude Sovjetacteurs wanneer ze in de industriële verte staarden.

'Betekenis bestaat, Aleksej!' zijn pupillen schoten vuur. 'En we zijn niet bang voor de dood!'

Zijn woorden schenen mij krankzinnig toe.

'Zou u niet gaan liggen, Timofej Stepanovitsj?' vroeg ik.

'Nee hoor!' hij wreef opgewonden in zijn handen, 'Nu zal ik de hele nacht niet kunnen slapen. Jij moet uitrusten! Krachten opdoen...'

Hij deed inderdaad tot de ochtend geen oog dicht, opende de waterkraan in de keuken, rinkelde met kopjes, liep door de gang en zong: 'Wij kennen geen hinder, ter zee of ter land, wij zijn niet bang voor gletsjers en stormen...'

Mijn ochtendlijke halfslaap verdraaide de woorden en ik begreep niet waarom er een 'vuur in de zielendons' in het lied zat, dat ik vervolgens machteloos rijmde met 'buur met een pillendoos', en drukte het kussen over mijn hoofd.

'Het vuur in onze ziel', zong Timofej Stepanovitsj, 'de vlag van ons land zullen wij dragen door wereld en tijd...'

's Ochtends werd aan de deur gebeld. Het waren Tanja en Marat Andrejevitsj. Ze hadden hun belofte van gisteren gehouden en boodschappen gedaan. Tanja haalde de boodschappen snel uit. Marat Andrejevitsj zei iets op gedempte toon en de oude man groette alle producten opgewekt bij naam wanneer ze op tafel kwamen: 'kipje', 'worst', 'ui', 'aardappels', 'augurkjes', 'zure room', zodat ik zonder op te staan kennis had gemaakt met de inhoud van de koelkast. Timofej Stepanovitsj keurde luid al het eten goed en nam afscheid. Hij droeg mij over aan Tanja Mirosjnikova. Marat Andrejevitsj was maar eventjes binnengekomen om met de tassen te helpen. Daarna moest hij weer naar de kliniek.

Op het balkon tsjirpten de mussen luid. Tussen de gordijnen schenen blauwe stukjes hemel door. Ik had vroeger al opgemerkt dat het zonlicht mij hielp helen. De avonddepressie werd nu aan fotosynthese onderworpen en verdween gedeeltelijk. Bij een van de buren gooide de radio een vrolijke bariton naar buiten: 'A-alweer heb ik de laatste trein gemist, en ik loop over de sporen, over de spo-oren alwe-er...'

Ik stond op van de bank en kreeg na de derde poging mijn broek aan. In de keuken zat Marat Andrejevitsj aan de eettafel 'Argumenten en feiten' door te bladeren. Tanja had de bloedeloze kip al op een houten schavot gegooid en kwam met een mes op het karkas af.

'U bent wakker, Aleksej Vladimirovitsj!' Tanja deed haar best om te glimlachen. Ze zag er gemarteld en verouderd uit. Op haar wang tekende zich een sterk bepoederde paarse zwelling af.

'Ik hoop dat wij u niet hebben gewekt,' Marat Andrejevitsj legde zijn krant weg. 'Hoe voelt u zich, Aleksej?'

'Ik kan dat van eergisteren nog steeds niet geloven,' zei ik somber.

Tanja verstijfde even, haar schouders schokten, ze snikte en bracht haar hand snel naar haar ogen om de aanstromende tranen tegen te houden. Een seconde lang dacht Tanja dat ze haar emoties onder controle had. Ze boog zich weer over de snijplank, maar schudde toen haar hoofd, verontschuldigde zich en liep snel de keuken uit. De kraan in de badkamer ging aan.

Ik schaamde mij een beetje dat mijn kleinhartige gewoonte om iedereen over mijn problemen te vertellen Tanja verdrietig had gemaakt. Tenslotte had zij en de andere Sjironins vier naasten verloren.

Tanja kwam terug. Haar gewassen ogen waren roze van de tranen. De poeder was weggespoeld en de kneuzing op haar jukbeen kleurde purperblauw.

Ik wist nog niet hoe ik mijn fout kon rechtzetten en zei, om de stilte te doorbreken: 'Tanja, u hoeft mij niet bij mijn volledige naam te noemen. Of "u" te zeggen. Gewoon Aleksej of Ljosja…'

'Daar ben ik het niet met u over eens,' mengde Marat Andrejevitsj zich tactvol in het gesprek. 'Subordinatie beschermt verhoudingen erg goed en heeft geen invloed op de kwaliteit van de vriendschap. "U" zeggen creëert geen afstand, maar getuigt van een zorgzame behandeling van de gesprekspartner. Het zijn als u wilt rubberen handschoenen—om geen infectie in de vriendschap te brengen… Bent u het niet met mij eens?'

'U heeft een hele filosofie bedacht, Marat Andrejevitsj,' Tanja vergat haar tranen en fronste schertsend. 'Een beetje van beide werelden dan maar. Aleksej… Hoe vindt u de kip lekkerder: gebraden of…'

'Tanja, weet u, ik haat kip.'

Dit raakte haar duidelijk: 'U houdt niet van kip?' Ze keek Marat Andrejevitsj hulpeloos aan, alsof hij haar steun kon verlenen. 'Waarom niet? Het is zo lekker…'

'Ik word misselijk van de geur alleen…'

Tanja smeekte klagerig: 'Ik zal het zo klaarmaken dat u geen kip kunt ruiken. Ik zal hem in knoflook marineren!'

'Aleksej, stelt u voor dat het geen kip is, maar bijvoorbeeld het hoofd van een giraffe,' hielp Marat Andrejevitsj Tanja. 'Exotisch rundvlees uit Afrika. Kijk, hier zitten de hoorntjes, de mond… Het lijkt precies…'

Tanja lachte en ik glimlachte samen met Marat Andrejevitsj voor het eerst in drie dagen.

Een paar maanden later al had ik die schattige herinneringen met Loetsis gedeeld. Ik zei tegen hem dat mijn situatie van toen mij deed denken aan de Tezcatlipoca-cultus, waarbij het slachtoffer, uitgekozen door de priesters als de aardse incarnatie van hun god, werd omringd met koninklijke eerbetuigingen om vervolgens te worden geslacht.

Denis nam deze verklaring serieus en was zelfs een beetje beledigd voor hemzelf en de Sjironins: 'Misschien leek onze behandeling van jou wel een beetje op de mysteries van de Indianen, maar dan wel met het verschil dat de priesters uiteindelijk zichzelf zouden opofferen en niet hun geïncarneerde god.'

TANJA

Van kinds af aan stelde ik mij het mensenleven voor als een jaarlijkse kring-loop die ik in maanden onderverdeelde. Januari was de luierwitte zuigeling-tijd, februari de vroege kindertijd met zijn bevroren-langzame tijdsverloop. School duurde van maart tot april, universiteitsstudie ongeveer de eenen-dertig dagen van mei. Op mijn zevenentwintigste merkte ik opeens met bittere verbazing dat de juni van mijn leven ten einde liep…

Ik had met niemand zo veel medelijden als met 'augustusvrouwen'. Om hun wegstervende middaghitte, om hun nog smakelijke beursheid, om dat vakantiegevoel dat ten einde loopt. De treintickets liggen al klaar. Nog een, twee dagen en het wordt tijd om de parasol in te klappen, zich aan te kleden en het strand der volwassenheid te verlaten; om te vertrekken naar september der vijftigjarigen, vandaar naar pensioenoktober en verder in een rechte lijn naar de eindeloze winter, de lijkwade en het graf van december, die iedereen in zijn 'tachtig-plus'-groep opneemt…

Tanja Mirosjnikova was een typische 'augustusvrouw'. Die dinsdag zag ik haar in een heel ander licht, niet in haar buitenhuiscamouflage of haar gevechtsuitrusting. Zij had een perzikkleurige jurk aangetrokken; geel met oranje—warme augustuskleuren. Ze was een elegante, slanke vrouw met prachtige ogen: blauw in fel licht, grijs bij bewolkt weer. Tanja zag er heel mooi uit met haar haren los, en als ze een staartje maakte, werd een schattig aapachtig trekje op haar gezicht zichtbaar. Hoe oud zou ze zijn? Waarschijn-lijk veertig… Op haar uitstekend voorhoofd hadden zich al twee parallelle rimpels afgetekend, smal en diep als levenslijnen. De ketting van grote valse parels zag er vertederend uit op haar licht verwelkte nek.

Tanja was een lerares en gaf gymnastiekles op school. Zij was afgestu-deerd aan de pedagogische faculteit. Tanja's sportcarrière had zich beperkt tot eerste rang in schermen, maar deze kunde bleek voor de Sjironin-lees-zaal extreem nuttig.

Ongeveer vijftien jaar geleden heeft Tanja een mislukte abortus gehad. Hierna werd ze niet meer zwanger. Artsen en medicijnen hielpen niet en op een dag ging haar man bij haar weg. Een vriendin van haar wijlen moeder introduceerde Tanja bij een leeszaal. Tanja stond aan de rand van zelfmoord, wat de empathische vrouw gelukkig op tijd zag. Zij gaf Tanja een nieuw leven en een groot gezin.

Ik ben er zeker van dat mijn snelle gewenning op de nieuwe plek direct verband hield met de wonderbare vrouwelijke charme van Tanja Mirosjnikova. Zij was een prettig persoon: goedlachs, ongelofelijk innemend en een goede luisteraar. Ze prees en steunde me altijd en hield van me zoals ik was: teergevoelig, zenuwachtig, verre van moedig, vandaar ook de naam—'bibliothecaris'…

Ik weet nog dat Tanja en ik op onze gezamenlijke dinsdag hadden afgesproken om een vervanging voor kip te vinden. Gebakken aardappels en vis in blik waren de winnaars. Tanja mopperde eventjes en zei dat ik een lijst moest maken van alles wat ik niet lustte. Ze werd erg verdrietig toen ze zag dat koolsoep en vlees in gelei in ongenade vielen.

Marat Andrejevitsj ging naar zijn werk en Tanja en ik zaten de hele ochtend in de keuken. Ze vroeg mij geïnteresseerd uit over mijn verleden. In tegenstelling tot Timofej Stepanovitsj vond ze het erg leuk om te horen dat ik regie had gestudeerd. Ik vertelde haar over mijn voorbije improvisatiesuccessen en ze beweerde meteen dat ze mij op tv had gezien. Ik sprak haar tegen. Tot slot zei Tanja geestdriftig: 'Aleksej, u bent een creatief persoon!'

Ik stelde zelf voor dat zij het Boek zou lezen en ze accepteerde dit aanbod met grote geestdrift, ook al zei ze eerst uit beleefdheid dat het haar taak was om mij te beschermen en niet om het Boek te lezen.

Ze trok zich terug in de slaapkamer. Ik, daarentegen, liep gedachteloos door de flat, bladerde vanaf het midden door een roman van Pikoel en dommelde vervolgens in. Toen ik wakker werd, bekeek ik oom Maxims muziekplaten. Daarna ging ik bij de telefoon zitten en bij de derde poging kreeg ik mijn moeder aan de telefoon. Ik was al min of meer tot rust gekomen en mijn stem verraadde geen spanning. Ik vertelde haar zo onverschillig mogelijk dat ik binnen de komende twee maanden—eerder lukte het niet—alle problemen omtrent de verkoop van de woning zou oplossen. Mama vroeg meteen bezorgd of ik wel genoeg geld had. Ik stelde haar gerust en zei dat alles in de provincie erg goedkoop was, dat de stad mij goed beviel en dat er in de woonkantoor aardige mensen zaten die hadden beloofd mij te helpen met de verkoop. Zo loog ik. Mama was tevreden over wat ze hoorde en vroeg mij om haar en vader op de hoogte te houden van alle ontwikkelingen.

Ik had nog maar net de telefoon op de hoorn gelegd of Tanja kwam uit de slaapkamer. Ik raakte even in verlegenheid omdat ik niet wist of zij mijn gesprek had gehoord, ook al hield het geen verband met de interesses van de leeszaal. Toen ik Tanja aandachtiger bekeek, begreep ik dat zij niet in zulke triviale zaken geïnteresseerd was. Op haar blozende gezicht had ze een verstilde uitdrukking van naar binnen gerichte, stralende, vertederde verrukking. Ik observeerde deze onbegrijpelijke resonerende toestand onbeweeglijk, bang om hem met een beweging of woord te verstoren.

Tanja kwam dichterbij. De pupillen van haar half dichtgeknepen ogen zwommen in aangrijpende emotie, alsof ze daarvoor urenlang de liefde had bedreven, maar een fundamenteel andere, niet-fysieke liefde. Haar mond was half open, ze ademde kort in en slikte de lucht weg, waardoor zowel uit haar keel als van haar lippen zachte, ietwat plakkerige geluiden van een loslatende zoen kwamen. Ze zei met opwindende heesheid: 'Alles komt goed, Aleksej…'

Toen ik eens 's nachts voor het slapengaan stiekem oom Maxims pornotijdschriften zat door te bladeren, daagde het mij na een paar glanzende pagina's dat die herinnering aan Tanja voldoende zou zijn.

En twee weken later, tijdens haar vierde wacht, zei ze tijdens het ontbijt met bedwelmende oprechtheid: 'Aleksej, begrijp me niet verkeerd. U bent jong en hebt een vrouw nodig. Dat is niets om u voor te schamen. Het zal voor u moeilijk zijn om opgesloten te zitten. Als u wilt, kan ik… Ik beloof dat er met mij geen problemen zullen zijn. En u zult zich ook beter voelen, het is biologie, het is moeilijk en dom om daartegen te vechten. Waarschijnlijk klinkt dit allemaal vulgair… Maar het is voor uw comfort. Tijdelijk. Als het wat rustiger is, kunt u zelf iemand zoeken. Als ik u heb gechoqueerd of beledigd, het spijt me. Ik weet dat ik niet helemaal bij u pas qua leeftijd—en misschien heeft u een vriendin in Oekraïne…'

Ik bedankte haar gegeneerd: 'Dank u wel, Tanja…' en ging voorzichtigheidshalve niet op haar voorstel in.

Het is namelijk zo dat ik een paar dagen eerder iets soortgelijks van de jongste Vozgljakova had gehoord, met als enige verschil dat zij rechttoe-rechtaan handelde, zonder omhaal van woorden. Veronika vertelde me dat ze voor het lezen van het Boek altijd erg zenuwachtig werd en veel zweette, vervolgens sloot ze zich op in de badkamer en kwam er even later naakt uit. Toen ik haar had bekeken, was ik klaar om mijn laatdunkende mening over weelderige vormen te herzien. Voor mij stond namelijk de soepele fysieke kracht van het standbeeld 'Jongedame met een roeispaan', geen vervette Rubensparodie op een lichaam.

De glimmend witte Veronika in kleine zonnestippen lamenteerde mijn gedwongen eenzaamheid. Ze verzekerde me dat ze alles wilde doen voor mijn, zoals zij het zo schattig zei, 'mannelijke comforten'. Al pratend droogde Veronika zich af met een badhanddoek; dit deed ze met onbeschrijfelijk ongekunstelde bevalligheid.

Ik loerde opgewonden naar haar kleine appelronde borsten en stevige brede buik, en naar de natte krullende tros bij de aanzet van Veronika's krachtige dijen. Maar voorzichtigheid overwon de verleiding. Ik was er van overtuigd dat ze mij gewoon aan de leeszaal probeerden te binden met een vrouw.

Ik veranderde vrij lomp van onderwerp en begon over oom Maxim. De truc had het beoogde effect, Veronika werd meteen serieus en kleedde zich aan. Daarna las ze het Boek en was ze niet meer geïnteresseerd in een gesprek.

De volgende ochtend werd Vozgljakova afgelost door Marat Andrejevitsj. Vlak voor haar vertrek fluisterde Veronika mij bij de deur nog toe dat haar voorstel met betrekking tot mijn 'comfort' van kracht bleef.

MARAT ANDREJEVITSJ

Hij was een collega van oom Maxim. Ze werkten op dezelfde afdeling totdat oom Maxim werd ontslagen. Het gezinsleven van Marat Andrejevitsj Dezjnjov werd geen succes. Hij scheidde van zijn vrouw, al viel dat hem zwaar—Marat Andrejevitsj hield heel erg van zijn twee dochters. Zijn enige vreugde waren de weekenden, wanneer hij naar zijn ex-vrouw ging en zijn meiden de hele dag meenam voor een wandeling in het park of een bezoekje aan de bioscoop. Tien jaar lang gaven alleen deze zondagse uitstapjes kleur aan zijn leven.

De ex-vrouw emigreerde aan het begin van de jaren negentig met haar nieuwe man naar het buitenland. Marat Andrejevitsj legde zich neer bij dit bittere verlies. Hij begreep namelijk wel dat het voor de meiden in het verre Canada beter zou zijn. Hoe dan ook, het emotionele leven van Marat Andrejevitsj verarmde. De eerder onbekende eenzaamheid kwam nu op hem af.

Op een van de droefgeestige zondagavonden ontmoette hij oom Maxim. Beide waren erg verbaasd over de veranderingen die de ander in een paar jaar had ondergaan. Voor Marat Andrejevitsj stond een gelukkige man die in zichzelf geloofde en voorgoed was gestopt met drinken. Dezjnjov, daarentegen, frappeerde oom Maxim met zijn onverzorgd uiterlijk en bittere zwaarmoedigheid. Oom Maxim kreeg medelijden met zijn ex-collega en nodigde hem uit om bij de leeszaal te komen. Niet lang daarna deed de slag bij Neverbino zich voor.

Oom Maxim had zich niet vergist in zijn keuze. Dezjnjov paste perfect bij de groep: een moedige, eenzame, intelligente man. De Sjironin-leeszaal respecteerde en waardeerde Marat Andrejevitsj.

Ik ben heel blij dat die eerste paar diensten aan zulke lezers waren toebedeeld als Tanja Mirosjnikova en Dezjnjov. De rustige en welwillende manier van omgang, uitzonderlijke tact en geestigheid van die mensen waren heilzaam.

Ik luisterde met veel plezier naar Marat Andrejevitsj en genoot van de boventonen van zijn schampere, als hout in een haard licht krakende stem. In combinatie met de magere, iets gebogen lichaamsbouw van Marat And-

rejevitsj en een rokende pijp van perenhout in zijn hand, schepte dit een
bijzonder vredig tafereel. De woorden 'Luister, Aleksej' klonken als: 'Luister,
Watson...'

Wat had ik toch een enorme behoefte aan deze redelijke en rustige conversatie, toen angst en onwetendheid mijn ziel verscheurden! Elke keer dat
Marat Andrejevitsj een gesprek begon, zette deze fonotherapie alles op zijn
plaats en bevrijdde mij van de boeien van nachtmerries en verdenkingen.

Marat Andrejevitsj deelde graag zijn jarenlange ervaring met het doorgronden van Gromovs oeuvre met mij: 'Als je er goed over nadenkt, Aleksej,
zijn de Boeken eigenlijk complexe structuren van signalen en tekens die in
een breed psychosomatisch spectrum op afstand op een subject inwerken.
Ze kunnen preparaten worden genoemd, of, nog beter, programma's. Elk
Boek-programma is voorzien van een geheim subprogramma, een gecodeerde subtekst die wordt geactiveerd wanneer aan de Twee Voorwaarden
van 'aandachtige' lezing is voldaan. Dit subprogramma sluipt voorbij het
bewustzijn, penetreert het onderbewustzijn agressief en verandert—of, beter
gezegd, vervormt—tijdelijk zowel de perceptie als de denk- en fysiologische
processen van het subject. Het verlamt de lezer als het ware. Tegen de achtergrond van de verzwakking van de geestelijke activiteit vindt een harde
correctie plaats van de psychofysiologische processen van een persoon. Dit
heeft tot gevolg de hyperstimulatie van innerlijke reserves en hersencentra
die verantwoordelijk zijn voor herinneringen en emoties. Maak ik het niet
te ingewikkeld?... Het interessantst is dat het geheim subprogramma niet
zichtbaar is in de lay-out van het creatief geschrift, daar het over het gehele
informatieveld van het programma is verspreid. Het is niet alleen aanwezig in
de akoestische, neurolinguïstische en semantische frequenties van het Boek,
maar ook in het visuele bereik: lettertype, papier, opmaak, formaat. Ook de
chronologische frequentie is van groot belang. Wat ik probeer te zeggen,
Aleksej... Een stapel kopieën zal nooit een uitgave uit '77 kunnen vervangen.
Er bestaan geen middelen of technologieën die ervoor kunnen zorgen dat
een product uit het jaar 2000 veranderd kan worden in een product dat in
1977 is uitgegeven. Het is onmogelijk om een Boek te vervalsen omdat het
ook een lading van zijn tijd bij zich draagt...'

Het viel mij op dat Marat Andrejevitsj nooit over zijn eigen boekervaring
sprak. Dat voelde vreemd aan: alsof een chauffeur die graag over de techni-

sche specificaties van een auto babbelt tegelijkertijd alles wat hij op de weg meemaakt in het strengste geheim bewaart.

Marat Andrejevitsj was zo innemend dat ik het waagde hem naar zijn herinneringen te vragen. Ik had eerlijk gezegd geen idee dat zo'n vraag onbeleefd was, en het was maar goed dat hij me meteen inlichtte over de lezersethiek zodat ik niemand anders met mijn ondoordachte nieuwsgierigheid zou lastigvallen.

Marat Andrejevitsj was even stil en antwoordde toen met een glimlach: 'Aleksej, stelt u zich de volgende situatie voor: een man, gelukkig in de liefde, geeft ineens zijn vrouw weg aan de eerste de beste man die hij tegenkomt, zodat ook hij dat geluk kan ervaren… Vergeet het maar, niemand zal u een antwoord geven. U maakt mensen enkel ongemakkelijk… Afgesproken?'

Toen ik het Boek eindelijk had gelezen, zag ik geen enkel probleem om mijn ervaringen te delen. Vergeef mij, God, ik was zelfs jaloers op alle Sjiron-ins omdat ik dacht dat mijn herinneringen bij hun Boekvisioenen in het niets vielen.

DE ANDERE LEZERS

Van donderdag tot zondag namen we afscheid van onze overleden vrienden. Ze werden op dezelfde dag gecremeerd, maar apart begraven.

Ik was niet bij de crematie aanwezig, maar werd wel opgehaald wanneer een urne naar de begraafplaats werd vervoerd. Margarita Tikhonovna was bang voor provocaties en wilde helemaal niet dat ik de flat verliet, maar ik vond het niet eerlijk dat de lezers die bij mij de wacht hielden hun vrienden niet op hun laatste reis konden begeleiden. Daarom deed ik elke keer de ketting met het Boek om mijn nek, liep de trap af naar onze RAF en reed mee naar de begraafplaats.

De begrafenissen werden streng bewaakt. Niet ver van de muur waar de urnen in werden gemetseld, een rij bij ons vandaan, deden een stuk of zes grafdelvers hun werk. Ik keek steeds zenuwachtig hun kant op, totdat ik Iëvlev met een schop en Kroetsjina met een spade tussen de werklui herkende. Igor Valerjevitsj knikte naar mij en Nikolaj Tarasovitsj maakte een geruststellend gebaar met zijn hand, alsof hij wilde zeggen dat alles onder controle was.

De gezamenlijke wake werd op zondagavond bij Margarita Tikhonovna gehouden om geen onnodige aandacht op mijn flat te vestigen. Timofej Stepanovitsj droeg zijn oorlogsdecoraties, en voormalig stootarbeider Kroetsjina de medaille van de Orde van de Rode Vlag van de Arbeid.

Mijn herinneringen aan het postume eerbetoon aan de overleden Sjironins zijn erg vaag. Ik werd verschrikkelijk dronken: ik probeerde met wodka, als met dynamiet, mijn onvergankelijke angst te smoren die door de plechtig gevierde avondwake werd versterkt. Het mocht niet baten. Alle tergende gedachten dreven als dode vissen aan de oppervlakte van mijn geest en mijn hoofd tolde waanzinnig, alsof het, reeds afgehakt, van het schavot rolde. Ik kotste luid in Margarita Tikhonovna's hal en in de RAF. Tanja veegde mijn natte lippen af met een servet en ik had noch kracht, noch stem over om mij te verontschuldigen.

Op katermaandag begon de tweede week van mijn leven als bibliothecaris. Ik leerde de rest van de lezers beter kennen. Op die dag hield Nikolaj Tarasovitsj Iëvlev de wacht. Hij praatte niet veel en werd alleen enthousiast wanneer het gesprek over het Boek ging.

Van jongs af aan beoefende hij gewichtheffen en meerkamp. Dit gaf hem zijn krachtige lichaamsbouw en in zijn pre-Gromov-tijden kiepte hij in een dronken bui makkelijk een personenauto om. Het Boek alleen had Nikolaj Tarasovitsj voldoende tot bedaren gebracht. Hij werkte als smid.

Het diepe litteken op zijn gezicht was een souvenir van de slag bij Neverbino. Men zei dat het een afdruk was van de haak van de legendarische kraanmachiniste Dankevitsj, de berserkervrouw uit de Mokhova-clan.

Iëvlev luisterde aandachtig naar mijn levensverhaal en trok, zoals later bleek, zijn eigen conclusies. De volgende ochtend bracht hij een expander met trekveren en twee gietijzeren gewichten mee.

'Vergeet vooral niet je nek te oefenen. Hij is heel dun, als een vinger...' concludeerde Iëvlev met een zucht. 'Je maakt een bruggetje, steunt op je hoofd en gaat op en neer tot je moe bent. En je moet elke dag pompen. De nek is het belangrijkste,' sprak hij belerend.

Ik knikte, maar Nikolaj Tarasovitsj zag waarschijnlijk geen toepasselijke bereidheid in mijn ogen en voegde er vermanend aan toe: 'Eentje uit Kolontajsk kreeg een slaghout tegen zijn helm, zijn schedel bleef heel, maar zijn nekwervels braken...'

Sasja Soekharev gaf mij op de dag van zijn wacht een open Solingen-scheermes cadeau.

'Als je hem goed leert gebruiken, zal je tegenstander minimaal een nieuwe paspoortfoto moeten laten maken omdat hij geen neus meer zal hebben. Ook geen wangen of oren.' Soekharevs glimlach was net zo breed als die op Gagarins persfoto's. 'Volgens de wetten van de Russische Federatie telt het niet als een koud wapen,' verklaarde hij. 'Best goed om elke dag bij je te hebben... Je moet iets hebben waar de politie niets van kan zeggen, een hamer of een lange schroevendraaier. Je steekt een schroevendraaier zo door een dikke jas heen en als de politie je pakt is er niets aan de hand, je gaat gewoon je vriendin helpen een kast in elkaar te zetten. In het donker zie je een schroevendraaier niet eens, je haalt hem uit je zak, tsjoek, en er zit een gat in zijn lever of keel. Goed spul...'

Soekharev kwam uit een probleemgezin van proletariërs. Alles wees erop dat hij zijn hele leven achter de tralies zou doorbrengen. Vanaf het laatste jaar van de basisschool stond Soekharev geregistreerd bij de kinderafdeling van de politie. De enige reden dat hij niet in de jeugdgevangenis terechtkwam was dat de plaatselijke districtscommissaris een of ander ver familielid van zijn moeder was.

De gevangenis wachtte Soekharev na zijn militaire dienst op. Hij kreeg twee jaar voor vandalisme. Gelukkig ontmoette hij in het kamp lezer Pavel Jegorov.

Soekharev kwam vrij, leidde een maand lang een losbandig leven en kwam toen als bij toverslag tot bezinning. Natuurlijk was deze verandering niet te wijten aan de deugden van het gevangeniswezen. De eerder vrijgelaten Jegorov had aan de slag bij Neverbino deelgenomen. Toen de vernieuwde Sjironin-leeszaal actief nieuwe leden begon te werven, dacht hij aan Soekharev en zocht hem op. De Sjironins kregen er nog een loyale vriend bij.

Tijdens dezelfde wervingscampagne aan het begin van '97 kwamen ook Grisja Vyrin en de reeds overleden Vadik Provotorov bij de leeszaal…

Vyrins familie kwam voort uit een oud geslacht van oudgelovigen. Hoewel de laatste twee generaties niets met religie te maken hadden, bleek Grisja genetisch aanleg te hebben voor het leven in een gesloten gemeenschap, voor geheimhouding en uitverkorenheid.

Vyrin genas binnen de kortste keren. Na een week zakte de zwelling en kon Grisja weer bewegen. Hij wachtte nu totdat de scheuren in zijn ruggenwervels heelden. De artsen stelden ons gerust en zeiden dat Grisja er goed vanaf was gekomen en over ongeveer anderhalve maand weer zou lopen.

Ik bezocht hem vaak in het ziekenhuis. Tijdens een van onze gesprekken kwam ik erachter dat Grisja tijdens zijn universiteitsstudie bij een improvisatieclub had gezeten.

'Anna Herman had een lied, "Hoop". Ik maakte een parodie met als thema oligarchen…' Met een nog zwakke, maar zuivere stem zong Grisja:

'Een vette Mercedes stopte dicht
Bij de ingang van een gastronoom,
Een treurig Joods gezicht
Gaf mij een wijs shalom:
"Je hoeft alleen te leren liegen,
En pikken zuigen als een pro,

Om van het leven te genieten
Met wat champagne en Cointreau.'

'Onze kapitein wees het af omdat hij het te grof vond…' Grisja lachte zuur.
'Aleksej, zou jij die parodie toelaten? Ik bedoel, toen jij kapitein was?' vroeg
hij opeens met een soort ziekelijke hoop.

Ik zou dit lied ook niet hebben gebruikt, en het lag niet eens aan 'pikken
zuigen', hoewel dat er ook mee te maken had, vooral in combinatie met het
Joods gezicht. Maar wat betekende mijn waarheid en de schijnheilige mo-
ralen van studentenkluchten? Ik wist nog hoe Vyrin, zonder er een seconde
over na te denken, zijn beschermende jas aan mij gaf. En ik wist ook dat hij
net zo, zonder nadenken, zijn leven voor mij en onze leeszaal zou geven.
Daarom zei ik: 'Natuurlijk zou ik dat lied gebruiken! Uitstekende parodie.
Jullie kapitein had gewoon geen gevoel voor humor.'

'Dank je wel, Aleksej,' Vyrin glimlachte blij en schudde mijn hand.

Denis Loetsis was een echte oudgediende van het Gromov-universum,
een lezer met tien jaar ervaring. De minuscule leeszaal uit Samara, waar
hij vandaan kwam, was in feite een familiekring. De verrussischte Balten
Loetsis, Denis' ouders en naaste familieleden, beschikten over een Boek
der Herinnering. De rust en vrede in de leeszaal eindigde met de roof van
het Boek en de dood van zijn grootouders. De ouders en ooms van Loetsis
stierven bij Neverbino. Denis zelf had de slag overleefd, maar stond ineens
helemaal alleen in de wereld. Hij besloot niet terug te gaan naar huis. Zijn
overlevende nichten en tante voegden zich bij de nieuwe bibliotheek in Samara. Denis werd vrienden met de Sjironins. Zijn zware verliezen hebben
hem niet verpletterd. Hij studeerde af aan de geschiedenisfaculteit en gaf
les aan een technisch instituut voor autobouw.

Hij was een complex persoon, elk verkeerd woord kwetste hem diep.
Meestal liet Loetsis hier niets van merken en hield hij zijn verdriet voor
zich. Ik leerde al snel deze toestand te herkennen. Als Loetsis ineens ziekelijk pedant en overdreven beleefd werd en tijdens een gesprek langs je heen
keek, was het duidelijk dat hij zwaar beledigd was. Het was echter voldoende
om te vragen wat er mis was—hij werd openhartig en begon meteen met
bittere nauwkeurigheid te vertellen wat hem had gekwetst. Bijvoorbeeld:
Loetsis had een relatie met Svetlana Vozgljakova, maar maakte er om de een

of andere reden een groot geheim van, ook al wist iedereen ervan af. Hoe dan ook wilde hij daar absoluut geen grappen over horen. Gelukkig was hij ook erg vergevingsgezind. Na een verontschuldiging was hij weer de oude.

Net als Marat Andrejevitsj deelde Loetsis soms zijn Boekervaringen met mij: 'Ongeveer vier jaar geleden kwam ik erachter dat ik, als ik dat wilde, mij de novelle volledig voor de geest kon halen zonder het Boek te lezen. Ik probeerde dit en speelde een soort lopende band in mijn hoofd af. Het werkte niet. Ik dacht dat ik de woorden verkeerd had onthouden en checkte het Boek, maar alles klopte. Blijkbaar hadden de woorden in mijn hoofd zonder hun grafische equivalenten geen effect. Ik probeerde de tekst luidop op te zeggen. Tijdens groepslezingen leest namelijk ook maar één persoon, op de rest werkt alleen de klank in. Ook geen succes. Zonder het Boek zelf werken de klanken niet…'

Dankzij Loetsis kende ik al snel mijn weg tussen de namen en gebeurtenissen van het Gromov-universum. Wij spraken altijd vriendschappelijk, zonder de ondergeschiktheid tussen lezer en bibliothecaris in acht te nemen.

Als ik naar Loetsis keek, begreep ik absoluut niet waarom Margarita Tikhonovna mij als de opvolger van oom Maxim had gekozen. Loetsis was daadkrachtig, ervaren, moedig en van jongs af aan bekend met het geheim van de Boeken. Hij was de ideale kandidaat. Zelf zei Denis dat hij een leidinggevende functie niet aankon en nam mij voor zover mogelijk onder zijn hoede.

Eigenlijk deden de Sjironins vanaf de eerste dagen er alles aan om mijn opsluiting leuker te maken en mijn flat mooier. De zussen Vozgljakov behingen de muren opnieuw en verfden de kozijnen. Fjodor Ogloblin legde nieuwe tegels in de badkamer en de keuken, verving al het sanitair, installeerde een nieuwe geiser en kookfornuis en begon het balkon te beglazen. Dus loog ik geen woord toen ik mijn ouders vertelde dat de renovatie in volle gang was en dat ik voldoende geld had.

DIENSTJE

De tijdelijke rust was op 27 juni afgelopen. In de namiddag ging de telefoon. Ik nam zorgeloos op, om de een of andere reden overtuigd dat mijn vader belde. Ik had zelfs al een nieuwe smoes klaar: 'De renovatie is in volle gang, de stad is leuk, de mensen aardig, de boodschappen goedkoop.'

'Meneer Vjazintsev?' vroeg een mannelijke stem en ik voelde hoe angst zich als kokend heet water door mijn maag spreidde.

'Ja,' antwoordde ik doods. De aanspreking 'meneer Vjazintsev' kon maar één ding betekenen— iemand wil de bibliothecaris van de Sjironin-leeszaal spreken.

'Aleksej Vladimirovitsj, dit is Latokhin. Wij hebben elkaar op de bijeenkomst ontmoet...'

De manke leider van de Kolontajsk-leeszaal. Ik herinnerde mij hem.

'Goede middag, meneer Latokhin,' zei ik.

'Aleksej Vladimirovitsj, wij zijn er zeker van dat u ons uw broederlijke hulp niet zult weigeren...'

'Meneer Latokhin...'

'Aleksej Vladimirovitsj,' zei Latokhin met nadruk, 'ik weet dat u niet al te lang geleden vier collega's bent verloren, maar zonder ons was het resultaat van de vergelding nog betreurenswaardiger geweest! U heeft tenslotte een document getekend.'

'Meneer Latokhin,' ik realiseerde mij dat ik de etiquette had geschonden, 'wij weigeren toch helemaal niets? Ik ben hier nog niet zo lang, u kunt beter Margarita Tikhonovna spreken...'

'Maar u bent de bibliothecaris!' zei Latokhin verbaasd.

'Jawel, maar dat is nu nog een formaliteit, Margarita Tikhonovna beslist alles...'

'Stelletje kleuters,' bromde Latokhin en hing op.

's Avonds werd aan de Sjironingardestraat een oorlogsraad gehouden. Behalve Vyrin was iedereen aanwezig. Margarita Tikhonovna droeg een zonnebril: haar linkeroog was volledig bedekt door het verminkte en opgezwollen ooglid. Soekharevs hand hing als een witte kreeftenschaar in een mitella, zijn vingertoppen staken als aardappelscheuten van onder het gips uit. Loetsis scheen van zijn hersenschudding af te zijn, maar was in de auto onwel geworden en besloot het Boek vanwege lichte draaierigheid en misselijkheid niet te lezen. Anna Vozgljakova's gebroken sleutelbeen smartte en Dezjnjov voorspelde dat ze minimaal een maand nodig zou hebben om te genezen.

Helaas bleek mijn hoop om decoratief aan tafel te zitten ongegrond. Na een korte samenvatting van de situatie gaf Margarita Tikhonovna het voorzitterschap aan mij over.

Dit was er gebeurd: een migrerende bibliotheek had onze buren uit Kolontajsk aangevallen. Zij was als gevolg van schermutselingen al haar Boeken kwijtgeraakt en was deze nu weer als uiteengevallen bakstenen aan het verzamelen.

Ooit was Aktjoebinsk de vestigingsstad van deze gevaarlijke nomaden. Ze beschikten over drie Boeken der Vreugde, één Boek der Herinnering, één Boek der Berusting en één Boek der Razernij. De lezers noemden zichzelf Pavliks—naar de achternaam van de eerste bibliothecaris Pavlik. De lezers van Aktyubinsk werden niet door Mokhova, maar door Lagoedov geruïneerd, één jaar voor de slag bij Neverbino. Daarna waren ze overgeleverd aan enthousiaste plunderaars, die een indrukwekkende groepering tot een kleine leeszaal hadden gereduceerd. De Pavliks renden voor hun leven.

Er bleven twaalf ballingen over en deze hadden het Boek der Razernij, dat hen met blinde woede vulde. Dit Boek gaf geen plezier aan de lezer, maar de agressieve, naar buiten gerichte emotie die het opriep hielp goed in gevechten. Het is moeilijk te voorspellen hoe hun lot zich verder zou hebben ontwikkeld als Semjon Tsjakhov, een theatrale vormgever, zich niet bij hen had gevoegd. Hij had een gestolen lijst van de Boekenverdeling, waarop stond wie de gestolen Boeken van de Pavlik-bibliotheek had gekregen. Die lijst stimuleerde de herleving van de leeszaal. De Pavliks besloten om het recht in eigen handen te nemen en hun Boeken terug te pakken. Het eerste slachtoffer was de Orenburg-leeszaal, wiens grote ongeluk het bezit van een Boek der Vreugde was dat ooit aan de Pavliks had toebehoord. De Pavliks maakten de leeszaal met de grond gelijk en namen hun Boek terug. Hun bloederige route liep verder door Tsjeljabinsk en Koergan. Alle Boeken der Vreugde waren teruggewonnen. Uit Novosibirsk kwam het volgende slechte nieuws: de wrekers uit Aktjoebinsk hadden hun Boek der Berusting gevonden.

Uiteraard volgde de Raad de Pavliks op de voet, stuurde waarschuwingen rond, dreigde met straffen, maar niets mocht baten. De troepen van de Raad kwamen altijd te laat aan op de plaats van het gevecht en deden alsof het aan de ongrijpbaarheid van de tegenstander lag. Alle lezers met ook maar een beetje verstand wisten wel beter. De reden voor die 'ongrijpbaarheid' was dat de vernielede rooftochten van de Pavliks in het voordeel van de Raad werkten en de plaatselijke leeszalen daardoor verdwenen.

Het volgende aanvalsobject was de Kolontajsk-leeszaal die het Boek der Herinnering had. Volgends de gegevens van de Raad zouden de Pavliks binnen nu en enkele weken in Kolontajsk aankomen. De Raad had aan Latokhin ondersteuning beloofd, maar echte hulp werd alleen van de buren verwacht. Latokhin had goede redenen om zich zorgen te maken. De Pavliks waren weer een voltallige bibliotheek geworden, met in totaal tachtig lezers. Bovenal beschikten ze over een Boek der Razernij en een Boek der Berusting—ideale Boeken voor een gevecht. Alleen het zeer zeldzame Boek der Kracht was beter dan die twee…

Dit kwamen wij van Margarita Tikhonovna te weten. Daarna zei ze: 'Ik stel voor dat we naar onze bibliothecaris Aleksej Vladimirovitsj luisteren.'

Helaas kwam in mijn hoofd alleen de kleingeestige vraag op of wij met een of ander mooi excuus konden weigeren om onze plicht aan de Kolontajsk-leeszaal te vervullen. Ik durfde de vraag niet rechtstreeks te stellen en draaide eromheen: 'Ik ben natuurlijk nieuw hier… Dus kan ik ook maar moeilijk oordelen. Natuurlijk is het het makkelijkst om dit als een privéprobleem van de Kolontajsk-leeszaal te beschouwen, tenslotte behoorde het Boek der Herinnering in het verleden toe aan de Aktjoebinsk-bibliotheek…'

Ik hield een pauze, maar niemand maakte mijn gedachte af: nou, als dat zo zit, hoeven we ons ook niet met hun zaken te bemoeien. Iedereen wachtte op het vervolg.

'Wij hebben zelf zware verliezen geleden, onze situatie is ook niet bepaald makkelijk…' Wederom was een aandachtige stilte het antwoord.

'Laten wij eerlijk zijn: kunnen wij de Kolontajsk-leeszaal deze dienst weigeren?…'

De Sjironins glimlachten. Mijn woorden werden foutief geïnterpreteerd als moedige retorische ironie à la 'onze krachten zijn onuitputtelijk'.

'Natuurlijk kunnen wij niet weigeren,' zei Loetsis vrolijk.

'Dat spreekt voor zich,' beaamde Soekharev. 'En wij hebben een papier getekend.'

'Jongens, zonder grappen,' kwam Dezjnjov tussenbeide. 'We moeten beslissen hoeveel mensen wij gaan sturen.'

Margarita Tikhonovna knikte: 'Goede vraag, Marat Andrejevitsj. De Kolontajsk-leeszaal heeft drie soldaten voor ons opgeofferd. Ik vind dat wij minimaal vier mensen moeten sturen.'

'Wel,' verklaarde Timofej Stepanovitsj opgewerkt, 'ik ben er altijd klaar voor.'

Kroetsjina, Iëvlev en Loetsis staken als lievelingetjes van de leraar hun handen op.

'Denis!' riep Marat Andrejevitsj. 'Waar denk jij heen te gaan? Je kan nu echt niet vechten… We sturen Timofej Stepanovitsj, Fjodor Aleksandrovitsj…' hij keek naar Ogloblin, die bereidwillig knikte. 'En mijzelf.'

'Dat is drie,' zei Margarita Tikhonovna zacht. 'Wie nog meer, meneer Dezjnjov?'

'Wel, misschien Tanja. Of Svetlana. Of Veronika…'

'Svetlana blijft hier,' onderbrak Loetsis nukkig, 'waar heb je haar voor nodig? Ik ben sowieso veel nuttiger.'

'Denis, denk nou zelf na,' bromde Iëvlev gemoedelijk. 'Drie uit Kolontajsk zijn voor ons gestorven, dat is waar, maar wij hoeven niet meteen zelf dood te gaan. Wij moeten winnen… Jij kan beter uitrusten en krachten opdoen. Maar ik ben het ook niet eens met Dezjnjov. Waarom moeten we vrouwen sturen?'

'Wacht even,' zuchtte Marat Andrejevitsj. 'Laten we even logisch nadenken. De heren Iëvlev en Kroetsjina zijn de harde krachtskern van onze leeszaal. Op Sasja en Denis kunnen we voorlopig niet rekenen. Niet boos worden, jongens, maar het is waar. Grisja's toestand spreekt voor zich. Margarita Tikhonovna en Anna zijn nog niet helemaal gezond. Iemand moet het Boek en Aleksej beschermen… En onze schoonheden,' hij glimlachte, 'vechten uitstekend…'

'Ik ben tegen Svetlana's betrokkenheid,' verklaarde Loetsis nadrukkelijk. 'Waarom kan ik niet gaan als ik gezond ben?!'

'Denis, je bent een volwassen man. Wees eens objectief over jezelf,' zei Margarita Tikhonovna streng.

'Jaja, inderdaad,' beaamde Svetlana. 'Ik houd de mannen met plezier gezelschap…'

'En ik doe dat met nog meer plezier,' lachte Veronika.

'Vrienden,' Tanja stond op. 'Sta mij toe om mijn ideeën te delen. Ik wil het niet graag weer oprakelen… Maar de familie Vozgljakov,' Tanja's stem trilde even, 'heeft nog maar een maand geleden hun dierbaarste persoon verloren…'

Bij die woorden begonnen Svetlana's lippen te trillen, Anna knipperde een traan weg en de jongste Veronika sloeg haar handen voor haar gezicht.

'Tanjka,' riep Soekharev boos, 'waarom zeg je dat zo?! Veronika gaat nu weer een halve dag zitten huilen…'

'Het spijt me, maar dit is noodzakelijk,' ging Tanja resoluut verder, 'het spreekt voor zich dat de dood van elke lezer een onherstelbaar verlies is. Maar als het om je familie gaat, is het nog erger… Onze meisjes zijn heel sterk, maar we hoeven ze niet steeds aan nieuwe psychologische lasten te onderwerpen. Ik denk dat ze genoeg hebben gehad, niet soms?'

'Tanja, waarom stel je ons als egoïsten voor?!' vroeg Anna met pijn in haar stem. 'Wij zijn allemaal gelijk. En wij geven evenveel om iedereen!'

'Tanja zegt het goed,' knikte Marat Andrejevitsj. 'Egoïsme heeft er niets mee te maken. Jullie moeten je nu herstellen, jullie harten weer sterk maken. Heb ik je goed begrepen, Tanja?'

'U slaat de spijker op zijn kop, meneer Dezjnjov. Daarom stel ik mijzelf voor en vraag iedereen om mij te steunen! Aleksej kan toch zeker niet gaan?! Timofej Stepanovitsj, waarom zeg jij niets? Ik maak het jullie toch echt veel makkelijker!…'

'Dank je wel, Tanjoesja,' Margarita Tikhonovna zuchtte. 'Je hebt er veel beter over nagedacht dan ik. Kom, vrienden, laten we stemmen…'

'En iedereen moet voor stemmen!' dreigde Tanja schertsend. 'Onthouders worden mijn vijanden voor het leven!'

Ik voelde een vreemde nieuwe emotie. Iets wat leek op gewetenswroegingen. Het stemmen eindigde, iedereen ging naar huis, maar dit oncomfortabel gevoel bleef in mij zwellen. Tegen de avond zat het voorheen schuchtere omhulsel van mijn ziel ondraaglijk strak, als een te kleine schoen.

Ik probeerde deze toestand van mij af te schudden door het Boek te lezen. Deze keer ging alles veel makkelijker, de tekst gleed niet meer weg en twee uur later had ik voor het eerst het Boek der Herinnering gelezen…

BIBLIOTHECARIS

Ik zal niet in de herhaling vallen door mijn bedrieglijke visioenen opnieuw te beschrijven. De valse kindertijd had met gemak de mijne kunnen zijn. Maar dat was niet het belangrijkste. De activering van de neppe herinnering boeide mij minder dan haar nasmaak. Het Boek had als het ware een artesische bron geopend, waaruit een tomeloze stroom aan vergeten woorden, geluiden, kleuren, stemmen, uitgestorven alledaagse kleinigheden, opschriften, etiketten en stickers was ontsprongen... Op de radio wordt een programma voor pioniers uitgezonden, de noot der kennis is hard, maar wij zijn niet gewend om op te geven, op het vliegveld werd hij onthaald door de heren Tsjernenko, Zajkov, Sljoenkov, Vorotnikov, Vladislav Tretjak, Oleg Blokhin, Irina Rodnina schrijf je met een hoofdletter, zomerkamp Artek, Tarkhoen, Baikalmeer, fruit- en bessenijs voor 7 kopeke, slagroomijs in chocolade op een stokje—28, een kop kwas—6 kopeke, melk in driehoekige zakken, kefir in een glazen fles met een groen dopje, kauwgom heb je in sinaasappel- en muntsmaken, Tsjechoslowaakse gommen kun je ook eten, in het winkeltje van 'Sojoezpetsjat' verkopen ze plakplaatjes, zo dun als een oliefilm, het beste waterpistool maak je van een fles methyleenblauw, een rookgranaat van een pingpongbal, een katapult met een houten wasknijper, huissleutels draag je aan een veter, wanten aan een elastiek, rieten handvat, geweven infuuspoppetjes, tafelvoetbal, troepen, ons motto: geen stap terug, geen stap op de plaats, alleen naar voren en alleen met zijn allen, herinner jullie na eeuwen, na jaren, denk aan hen die zijn gevallen, pioniers-helden Volodja Doebinin, Marat Kazej, Ljonja Golikov, Valja Kotik, Zina Portnova, Oleg Popov, Ljolek en Bolek, Rubiks kubus, 3D-kalendertjes, planetarium, films op een diaprojector, tijdschriften 'Vrolijke plaatjes', 'Moerzilka', 'Jonge technicus' met goocheltrucs op de kaft, fietsen 'Orljonok', 'Saljoet' en 'Desna', op weekdagen—'De avonturen van Elektronicus' en 'Gasten uit de toekomst' op vrijdagen—'Op bezoek bij een sprookje', op zaterdag—'ABCD'tje' op zondag—'Wekker', een opengeslagen pagina van een agenda is een week...

Ik stond op het balkon. Boven de schemerende wereld hing een lilapaarse onweerslucht. De wind gooide steeds een handvol prettig verkoelende druppels in mijn gezicht. Ik had alles al begrepen en doordacht.

Toen ik iets rustiger was geworden, liep ik weer naar binnen. Ik haalde de motorhelm uit de kledingkast. Daar lag ook oom Maxims wapen—volgens mij een heel oude geologische hamer. Het lange handvat eindigde in een leren lus. De versleten ijzeren hiel was iets groter dan die van een gewone spijkertrekker. De andere kant eindigde in een lange, iets gekromde geslepen snavel met vier facetten.

Vervolgens belde ik Margarita Tikhonovna en vertelde haar kalm dat ik naar Kolontajsk zou gaan.

Margarita Tikhonovna vroeg: 'Aleksej, heb je het Boek gelezen?'

Ik weet niet waarom, maar ik durfde haar niet de waarheid te vertellen. Ik mompelde iets onverstaanbaars en zei: 'Tot morgen.'

Deze daad was niet alleen door het Boek ingegeven. Ik herinnerde me mijn verschrikkelijke zevenentwintigste verjaardag. Ik voelde opeens nattigheid en belde twee weken van tevoren al mijn voormalige improvisatievriendjes en schoolkennissen af. Zij reageerden lauw en beloofden te komen. We hadden geen nauw contact, maar wanneer we elkaar in de stad tegenkwamen, kochten we allemaal een biertje en tapten moppen op een bankje. De kennissen bedankten mij voor de uitnodiging met de kanttekening dat ze het erg druk hadden met werk, gezin, kinderen. Ik schrok van deze mensenleegte en nodigde mensen van werk uit die ik amper kende.

Op de ochtend van mijn verjaardag feliciteerden mijn ouders mij, gaven mij een wollen trui cadeau en vertrokken naar het buitenhuis: het vakantieseizoen was begonnen. Daarna kwam Peter voor een uurtje langs met mijn neefje Ivan en een chocoladetaart. Zij kuste mij, verontschuldigde zich voor Slaviks afwezigheid—hij zat thuis met de zieke Ilja—maar vertelde mij dat hij me het allerbeste toewenst en me een walkman cadeau geeft. Peter hielp me de tafel dekken en maakte moeders etensvoorbereidingen af. 's Avonds wachtte ik op de gasten…

Niemand kwam. Ik wachtte drie uur in spanning af, zette de borden en glazen weg, bracht de stoelen terug naar hun kamers, zette de verjaardagsspijzen in de koelkast. Ik nam een fles wodka mee en ging naar de rand van de stad—als naar de rand van de wereld. De bus hobbelde mij tot de laatste halte, daarna strompelde ik over een uitgestorven onverharde laan en baande mij een weg door het broze onkruid totdat ik bij een klif aankwam. In de verte lag mijn stad als een omgevallen kerstboom vóór mij.

Ik dronk de wodka met minuscule slokjes en hete dronken tranen liepen over mijn wangen. 'Hoe kan dit toch?' vroeg ik hulpeloos. 'Wat heb ik verkeerd gedaan, leven? Was jij het niet die al die jaren geleden met een zoetgevooisd kwartet vanaf een zwart-witte 'Rekord'-scherm zwoer mij blij-blij-blij te maken met vrolijke vrienden, gelukkige dagen en de schone Ekelok? Ik zong met je mee, leven! Ik geloofde je! Hoe wreed heb je mij bespot! Het derde decennium van mijn leven loopt op zijn einde, ik heb geen loyale vrienden en die zullen er ook nooit zijn, mijn zwakke hand zal nooit het gevest van een wapen vasthouden en mijn Ekelok is nergens te bekennen. Ekelok was een blonde hybride van Milady de Winter en Constance. Zij bestond niet, ze was een mirage, een auditief bedrog, een omgevallen "kelk", een plas goedkope port op een gescheurd tafelkleed...'

En opeens betaalde het leven, hoe laat ook, dividenden uit en gaf mij wat het had beloofd. Maar dit was zo plotseling en in het geniep gebeurd dat ik mijn geluk niet goed had kunnen bekijken en het bijna een maand lang blindelings vreesde.

De leeszaal aanvaardde mijn plotselinge besluit zonder jubelend commentaar, alsof het vanzelfsprekend was, maar ik begreep wel dat ik mijn ingangsexamen als bibliothecaris met eer had afgelegd.

Timofej Stepanovitsj zei terloops: 'Ik zei het toch, Aleksej, bloedverwantschap is groots!'

Het Boek had dan wel mijn geweten geactiveerd, maar niet mijn overmoed. Ik besefte dat ik geen goede soldaat was. Speciaal voor mij had Ogloblin van repen BelAZ-vrachtwagenbanden uit de kast een stevig en comfortabel harnas gemaakt in de stijl van een Oudrussische beplate maliënkolder. Deze bestond uit twee helften die aan de bovenkant door een soepel schouderstuk met elkaar waren verboden. Hij maakte een knielange afneembare zoom van lichtere Kamaz-rubber aan de riem vast. Het harnas, dat ik over Vyrins jas heen droeg, liet mijn armen helemaal vrij. De motorhelm, verstevigd met hetzelfde rubber, stelde mijn nek en oren veilig. Ik leerde ook snel een paar simpele maar effectieve manoeuvres met oom Maxims oorlogshamer.

 MIKHAIL JELIZAROV

Ik bracht vele uren door bij Margarita Tikhonovna. Zij zette haar favoriete lp's op en onder begeleiding van de Sovjetkleinkunst uit de jaren zeventig praatten wij over abstracte onderwerpen die niets met Gromov te maken hadden…

Dankzij het Boek der Herinnering kreeg ik op een van die angstige avonden een geluidsopenbaring die mijn moed erg sterkte… Uit de luidspreker weerklonk een fanfare en drums strooiden met schavotgeroffel. Daarboven steeg trillend als een vlag een hoge jongensstem op: 'Thuis is ver weg achter de heuvels gebleven, ik zal niet gauw mijn moeder weer zien. Dus blijf maar sterk, o Waarheid, in mijn ziel…'

Tijdens mijn kindertijd werd dat lied vaak op de radio gespeeld. Ik kan niet zeggen dat het vroeger een speciale indruk op mij had gemaakt. Ik was eraan gewend en lette noch op de woorden, noch op de melodie. Nu leek het erop of wattendoppen en filters van mijn oren afvielen en er voorheen ongehoorde ultrasone frequenties binnenkwamen. Ik hoorde het lied als voor de eerste keer.

De stem was niet die van een gewoon jongetje, solist van een kinderkoor. Het Skaldische kind bezong heldendaden en de dood. Zijn discant deed niets af aan de moed van de jonge stem—integendeel, het vervulde zijn stem van een niet-vertroebelde, heldere klank. Voor mijn ogen ontvouwden zich monumentale beelden van het Sovjetwalhalla. De dood was tegelijkertijd een parade op het Rode Plein en de eeuwige slag bij wisselplaats Doebosekovo, ze was brons en marmer en stond in vuur en vlam. In één kort ogenblik zag ik—of herinnerde ik mij—mijn reeds bezongen, toekomstige dood. Ze was schitterend omdat ze onsterfelijkheid bleek te zijn. Ik werd overspoeld door dankbaarheid en jubeling.

Ik hield het niet uit en deelde mijn ervaring met Margarita Tikhonovna.

'Dat klopt,' zei ze. 'Je hebt iconen waar veel op is gebeden, en je hebt Boeken die veel zijn gelezen, zoals dat van ons. Hoe vaker je het leest, hoe minder de angst je in zijn greep zal hebben…'

Zo voegde zich aan het arsenaal van valse kinderlijke herinneringen een klankequivalent van de Sovjeteeuwigheid, die mij in zware momenten vaak hielp. Later voegden zich aan de geluiden ook beelden toe, die op gerafelde filmbeelden van zwart-witte kronieken leken.

Kortom, toen Latokhin op 6 juli terugbelde en zei dat we naar hen toe moesten komen, was ik klaar voor het gevecht met de Pavliks. Een dag voor vertrek gaf ik het Boek ter bewaring aan Margarita Tikhonovna. De hele leeszaal had zich bij haar verzameld. Daar was nog een andere reden voor—we vierden de verjaardag van Marat Andrejevitsj.

Het leek wel of ik de enige was met een roestige spijker van onrust in zijn hart. De jongens gaven geen blijk van zenuwen, alsof er helemaal geen gevecht in het vooruitschiet lag. Ik verbaasde me voor de zoveelste keer over de eenvoudige moed van de Sjironins. Het waren mensen met stalen zenuwen die gewoon konden grappen, lachen en Tanja's salades en Margarita Tikhonovna's taart loven. Alleen het tafellied verraadde hun geheime angsten, toen wij over een vriend begonnen te zingen die naar een ver land vertrok.

Ik probeerde zo goed en zo kwaad als het ging de volgende dag af te schermen, dronk een glas wodka op de gezondheid van Marat Andrejevitsj en deed mijn best om het koor bij te houden: 'Geliefde stad kan rustig liggen slapen, zacht dromen en zich bedekken met het lentegroen.'

IN KOLONTAJSK

Het was nog donker toen wij vijven—Tanja, Timofej Stepanovitsj, Dezjnjov, Ogloblin en ik—naar het RAF-busje liepen. We droegen grote geruite tassen met uitrusting en wapens.

Ik heb de hele reis naar Kolontajsk prima geslapen. 's Ochtends had ik last van een kater. Ik maakte het mij min of meer gemakkelijk op mijn stoel-de weg en het geschud van de auto susten mij in slaap en ik dommelde in.

In Kolontajsk kregen we te horen dat we bij de lezer Artjom Veretjonov zouden verblijven. Hij had ons in het gevecht met de Gorelovs geholpen. Veretjonov woonde in een vrijstaand huis van twee verdiepingen, waar hij veel gasten kon onthalen. We zaten in de sauna. De grote zolder, de beglasde veranda en het tuinhuisje waren reeds bezet door vele lezers uit Voronezj en Stavropol. Een détachement uit Kostroma had een plekje gevonden in de uitbouw.

Uiteraard was zo'n grote hoeveelheid gewapende mensen om ons heen geruststellend, ondanks de alom bekende huiselijke ongemakken. Maar ik begreep ook het volgende: dat zo'n indrukwekkende krijgsmacht bij elkaar was gebracht betekende dat een serieus gevecht werd verwacht. De Kolontajsk-leeszaal telde zevenentwintig mensen. Veretjonov huisde meer dan dertig soldaten en volgens hem kwamen er nog steeds troepen naar Latokhin toe. Mensen uit Penza woonden in de flat van de Kolontajsk-lezer Sakhno. Latokhins woning was bezet door lezers uit Vologda. Er werd zelfs een détachement van de Raad der Bibliotheken van minimaal twee dozijn verwacht.

Deze hoeveelheid vechters betekende dat Pavliks niet alleen gevaarlijke, maar ook talrijke tegenstanders waren. De laatste tijd hadden zich bij de succesvolle bibliotheek veel mensen gevoegd: overlevenden, vervalsers die zich een lange tijd voor de troepen van de Raad verborgen hadden gehouden, plunderende bendes, mislukte dieven en overig uitschot van het Gromov-universum. De voorspelling was dat de Pavliks al met bijna honderd waren.

Het vervelendste aan de situatie was dat niemand precies kon zeggen hoe lang we op de Pavliks moesten wachten. Het kon een dag of een week duren en het gedwongen stilzitten was benauwend.

Ik had niets gezien van de stad. Wandelingen werden afgeraden en ik had zelf ook niet veel zin om naar buiten te gaan. We maakten al snel kennis met onze buren. Toen Veretjonov mij voorstelde als bibliothecaris Vjazintsev, riep iemand verbaasd: 'U leeft dus nog! Wij hoorden dat u een jaar geleden was vermoord!'

Onze collega's bleken erg prettige mensen te zijn. Hun conversatie was interessant en nuttig. Ik had me niet eerder afgevraagd hoe de ingewikkelde mechanismen van de samenzwering werkten. De leeszalen en bibliotheken moesten namelijk weten te overleven in onze bittere realiteit, vol van bloed, hinderlagen en moordaanslagen.

Een voorbeeld. De leeszaal uit Kostroma verborg zich in het wereldse leven achter het plakkaat 'Gezelschap van Japanofielen'. De bibliothecaris Ivan Arnoldovitsj Kisling was leraar Russische taal en literatuur en had absoluut geen interesse in Japan. De leeszaal bevond zich in een klein souterrain, waar voor de vorm lessen Russische combat sambo, onder het mom van een soort karate en Japanse zwaardvechttechniek werden gegeven. De vooruitziende Kisling stelde expres astronomische prijzen vast om nieuwsgierigen weg te houden. Zijn kantoortje lag vol met semi-oosterse rommel die hij Japans noemde, voor het geval dat een commissie op controle zou langskomen. Het 'gezelschap' stond officieel geregistreerd en als de politie ineens een stuk of twintig oude dragonderse sabels in een kast zou vinden, gecamoufleerd als katana's, zouden de Japanofielen uit Kostroma geen serieuze problemen krijgen.

De leeszaal van bibliothecaris Jevgeni Davidovitsj Tsofin uit Voronezj deed zich voor als een religieuze organisatie voor koosjer slachtingen. Daarom droegen Tsofins mensen op wettelijke gronden te allen tijde lange hakmessen bij zich, bedoeld voor het slachten van vee. Het moet gezegd worden, Tsofin was in zijn leeszaal de enige Jood. Roodharig, met een lange neus en een constant ontevreden en vieze gezichtsuitdrukking, hield hij alle bezoekers uit het stadsbestuur keer op keer op afstand. De ambtenaren besloten dat het verstandig was om hem met rust te laten. Er kwamen per ongeluk één keer gasten uit het Joodse centrum aanzetten, maar de lezers uit Voronezj joegen hun 'stamgenoten' listig weg. Al snel werd de leeszaal voor eens en voor altijd met rust gelaten en liep iedereen er met een boog omheen, alsof het iets goors was. Dit was natuurlijk altijd de bedoeling van Tsofin en zijn vrienden geweest. Voor gevechten dosten ze zich uit in verruwde Oosterse gewaden, zo hard als planken, en turbans in plaats van helmen.

De lezers uit Stavropol waren in het dagelijks leven een Kozakkenneder-zetting, uiteraard alleen in naam. Hun gedocumenteerde etnische afkomst gaf bibliothecaris Zaroebin en zijn lezers het recht om zich met koude wapens uit te rusten. Zaroebin hield zich niet bezig met geschiedkundige nauwkeurigheid. Hij modelleerde de clan eerder op de schutters uit de tijd van Ivan de Verschrikkelijke, zodat de leeszaal behalve Russische sabels, lansen en karwatsen zich ook graag van strijdbijlen bediende.

De lezers uit Stavropol gingen echte Kozakken net zo hard uit de weg als de lezers van Tsofin echte Joden. Dit weerhield de 'Japanner' Kisling er echter niet van om Tsofin zo nu en dan te jennen met vragen of hij wat Christelijk babybloed wilde drinken of aan de 'Kozak' Zaroebin voor te stellen om de mensen uit Voronezj met een kleine pogrom te verrassen.

We hadden geen slecht leven. Latokhin had overal voor gezorgd, inclusief voedsel. Het eten was simpel: soep uit erwtenconcentraat, pap, aardappels, brood en vleespasteitjes.

Op de tweede dag werden wij even door Latokhin zelf bezocht, hij had wat papieren bij zich. Onder zijn scherpe blik zette ik op een of ander do-cument mijn trillende handtekening: 'Vjaz' met een varkensstaartje.

's Nachts werden we gemobiliseerd. Een oude LAZ-bus stopte voor het huis van Veretjonov en binnen tien minuten zat iedereen erin. Onderweg bracht de slaperige Veretjonov thermoskannen met koffie en plastic beker-tjes rond.

We kwamen bij een gigantische kleigroeve aan, het toekomstige slagveld. De exploitatie van de groeve was allang stilgelegd, maar de diepe sporen van graafmachines op de bruine hellingen zouden voor altijd de herinnering aan de voorbije werken dragen.

Latokhins verzamelde troepen telden vierentachtig man. Omringd door de gewapende menigte maakte Latokhin een iconenkastje met het op het titelblad geopende Boek der Herinnering vast aan een stok. Latokhin stak de stok in de klei en binnen in het kastje ging een klein lampje branden, dat de pagina's verlichtte.

Bij zonsopgang, na enkele gespannen uren te hebben gewacht, werd duidelijk dat de Pavliks het Boekaas hadden genegeerd, en dat het gevecht zou worden uitgesteld. We lieten een patrouille achter en gingen terug naar onze bussen.

's Ochtends brachten Latokhins jongens twee veldkeukens rond met goulash en een vat broodkwas. Iedereen kreeg een oranje vest ter camouflage, maar deze maatregel was onnodig: om ons heen strekte zich kilometers ver braakliggend bouwland uit.

Ons kamp bleef de hele dag staan. Bij zonsondergang kwam de Vologda-patrouille drie verkenners van de Pavliks tegen. Na een kort gevecht wisten twee Pavliks te ontsnappen. De derde werd halfdood naar Latokhins hoofdkwartier gesleept.

De gevangene zag er verschrikkelijk uit, alsof hij nog geen vijf minuten geleden van de IC was gehaald. Hij was van kop tot teen gewikkeld in gips zodat zelfs zijn gezicht niet zichtbaar was. Het oude grijze verband was doorweekt met bloed en besmeurd met klei. Ik kreeg zelfs het absurde idee dat de patrouille eerst de botten van de Pavlik had verbrijzeld en vervolgens snel het gips erom had gedaan.

De man stierf echter niet aan botbreuken. De dood kwam door een bijlslag in de basis van zijn schedel, tussen de gipskraag en het hoofdverband.

Marat Andrejevitsj pakte een schaar en ging naast de gewonde man zitten. De eerste verwijderde spalk maakte alles duidelijk: het enge, bloederige kostuum van de Pavlik was een goed doordacht ridderharnas. Onder het verband zat geen gips, maar zwaar plastic, die de vormen van het lichaam volgde.

Marat Andrejevitsj sneed het strakke verband snel aan stukken.

'Trouwens, dit is geen bloed op het verband,' vertelde hij vrolijk aan de menigte. 'Het is verf die er enkel op lijkt. Ik snap alleen niet waar het toe dient…'

'Dat is een slimme vorm van psychologische druk,' zei iemand uit Voronezj. 'Het uitzicht is beangstigend en het is ook moeilijker om iemand te slaan die al in het verband zit…'

'Dat kan best kloppen,' beaamde Marat Andrejevitsj. 'Hun bibliothecaris is een voormalig theatraal vormgever…'

De gevangene lag er als een gepelde krab bij, met een berg harnasonderdelen naast hem: kuras, scheenplaten, kniebeschermers en kraag.

'Hij gaat eraan,' zei Timofej Stepanovitsj achter mij.

Alsof hij deze woorden had gehoord, haalde de Pavlik twee keer schokkend adem, alsof hij zijn moed bijeenraapte, en stierf.

'Nu zal het wel niet lang wachten zijn op de gasten,' zei één van de patrouille met zekerheid. 'We hebben een verrekijker gevonden. Dat betekent dat ze ons aan het bespioneren waren. Je kan ervan op aan dat ze ergens met de hele groep zijn gaan zitten en momenteel het Boek der Razernij lezen. Dat houdt ze twee, maximaal drie uur bezig, wat betekent dat ze tegen de nacht lekker opgewarmd aankomen...'

'Dames en heren bibliothecarissen,' Veretjonov van Kolontajsk kwam naar ons toe gelopen, 'we hebben jullie eventjes nodig...'

'Aleksej Vladimirovitsj, komt u maar, Latokhin roept ons,' bibliothecaris Golenisjev uit Vologda trok zijn stalen borstplaat recht, die bovenop een lange leren jas zat, en liep naar de belichte stok met het Boek. Ik volgde hem.

De geïmproviseerde oorlogsraad was al begonnen.

'We moeten een falanx vormen,' zei Zaroebin. 'Met hoeveel zijn we? Vierentachtig,' hij rekende wat uit in zijn hoofd. 'Acht rijen: drie, vijf, zeven, negen, elf, vijftien soldaten...'

'Dat is geen falanx, maar een "zwijnenkop",' wierp de bibliothecaris uit Penza, Akimoesjkin, hem tegen. 'Dat is niet patriottisch, meneertje. En ik ben ook nog bijgelovig. Wij willen niet dezelfde afloop als de Lijflanders meemaken!'

'Teutonen...'

'Wat maakt het uit? Hondenridders.'

Kisling fronste zijn wenkbrauwen en scandeerde met een grafstem: 'De eerste aanval van de mof was raak en naar de letter van het boek, twee rijen paarden in een hoek doorkliefden rijen Russen met gemak...'

'Tvardovski?' verbrak Tsofin zijn zwijgen.

'Gezakt, Jevgeni Davidovitsj! Ga zitten! Wat denkt de jonge generatie ervan?'

'Simonov?' stelde ik voor.

'Een tien!'

'Ik snap het niet...' pruilde Tsofin schertsend. 'Hoe kan een leraar Russisch als achternaam Kisling hebben? Misschien Ivanov of Petrov...'

'Of Tsofin,' vervolgde Kisling honend en iedereen glimlachte.

'Collega's,' zei Golenisjev vredelievend, 'het heet een "zwijnenkop" als de vijand aanvalt. Als het de eigenste Russische troepen zijn, is het een "speerpunt". Geen probleem dus.'

'Dan is het probleem opgelost,' concludeerde Latokhin. 'Heeft iemand een papiertje? Het liefst geruit, dat tekent makkelijker. Ah, bedankt...' hij pakte een notitieboekje van Tsofin aan.

Een minuut later keek ik nieuwsgierig over Latokhins schouder. De afgesneden driehoek leek op het zitplaatsenschema van een theater.

'De eerste zevenentwintig nummers,' verklaarde Latokhin, 'is mijn leeszaal. En jullie, mijn vrienden, maken de flanken op.'

Ik koos een plek aan de rechterkant, meteen achter de Kolontajsk troepen. In het centrum stonden de lezers uit Vologda en Stavropol, de afsluitende rijen van elk zeventien mensen werden opgemaakt door de lezers uit Penza, Kostroma en Voronezj.

'Vrienden,' zei Latokhin, toen alle troepen in hokjes waren onderverdeeld, 'laten we snel een oefenopbouw bedenken om elkaar niet voor de voeten te lopen wanneer er alarm wordt geslagen...'

Het moet gezegd worden, alle lezers handelden met uiterste precisie, zonder geren of drukte. Ik ging expres op een kleiheuvel staan. Vanaf de hoogte zag het leger er zeer indrukwekkend uit, met zijn stekels van dodelijke zeisen, lansen, brandhaken en hooivorken.

Keer op keer stelden wij ons op in het 'speerpunt' en gingen weer uit elkaar. Pas toen wij een recordtijd hadden bereikt van dertig seconden in volle uitrusting, liet Latokhin ons met rust.

We kregen echter geen tijd om uit te rusten. Een halfuur later verschenen de Pavliks ongehaast aan de overkant van de groeve.

PAVLIKS

De Pavliks waren inderdaad met veel, bijna honderd vuilwitte, bebloede mummies. Het was een angstwekkend tafereel. Reeds op de helling strekten ze zich uit in een sikkelvormige halvemaan, maar haastten zich blijkbaar niet met de aanval.

Ik luisterde naar mezelf en merkte met voldoening op dat ik geen angst voelde. De zorgzame Sjironins hadden mij diep in hun formatie verstopt. Op Latokhins schema was dat nummer éénendertig, bijna precies in het midden. Rechts werd ik beschermd door Tanja, achter haar stonden Timofej Stepanovitsj, Marat Andrejevitsj en Fjodor Ogloblin—ik had geen enkele twijfel over de vechtcapaciteiten van deze mensen. Links van mij bevonden zich de lezers uit Vologda. Om bij mij te komen zou de vijand zich eerst door een barrière van hun machtige bijlen moeten slaan—in het dagelijks leven waren zij een collectief van houthakkers. Ook de meer dan twintig 'wachters' uit Kolontajsk wekten alleen al met hun uiterlijk de indruk dat de aanvallers hun rijen niet zouden kunnen vernietigen.

De soldaten van Kisling hadden de 'Japanse stijl' geïmiteerd en simpele harnasvesten gemaakt van dunne stalen buisjes, verbonden in de stijl van een rieten mat. De 'Kozakken' van Zaroebin zagen er tof uit met hun strijdbijlen en sabels, in lichte maliënkoldervesten bovenop rode kaftans. De turbans en gewaden van Tsofins soldaten gaven aan het leger een angstaanjagend Oosters cachet.

De lezers van Akimoesjkin uit Penza droegen traditionele brandhaken, zeisen, knotsen van waterpijpen en strijdbijlen met waterkranenpommels bij zich. Hun gewatteerde jassen, stevig beplakt met repen schuimplastic, leken erg op reddingsvesten. Akimoesjkin zei dat het grootste gevaar niet van steek-en-snijwapens kwam, maar van zware verbrijzelende slagen.

Blijkbaar had hij toch de verkeerde harnassen uitgekozen. Toen de Pavliks dichterbij kwamen, waren er geen hamers of bijlen te bekennen. Wat ik van een afstand voor lansen aanzag, leken nu geweren met bajonetten te zijn.

Ik schudde bruusk de schouder van de onverstoorbare bibliothecaris uit Vologda, Golenisjev: 'Hoe zit het dan met de gezamenlijke afspraak om geen vuurwapens te gebruiken?!'

'De Pavliks zijn geen lid van de Raad,' schoot door mijn hoofd. 'Het klopt. Zij willen alleen hun Boek hebben. Wat kan hen ethiek en eer schelen? Een paar salvo's en weg is Latokhins leger. Dus dat verklaart de onoverwinnelijkheid van de Pavliks...'

'Die Tsjakhov is slim. Hij snapt het wel...' antwoordde Golenisjev. Zijn stem was rustig en licht schertsend. 'Als u ze iets beter bekijkt, Aleksej Vladimirovitsj, dat ziet u dat het geen Mosin-Naganten zijn. Alleen de bajonetten zijn echt.'

De 'geweren' van de Pavliks leken op krukken—waarschijnlijk waren het oorspronkelijk ook krukken geweest, maar nu zaten er ook bajonetten en enorme, met metaal beslagen geweerkolven aan vast.

'Ik heb gehoord,' ging Golenisjev verder, 'dat ze zich in Novosibirsk als het Sovjetleger hadden uitgedost. Psychologische oorlogsvoering. Ze vielen dus met bajonetten aan...'

'Duidelijk,' zei iemand uit Kolontajsk. 'Waar een kogel mist, doet een bajonet dat niet.'

De Pavliks stopten tegelijk. Er zaten niet meer dan honderd passen tussen ons.

'Marat Andrejevitsj,' fluisterde ik in Dezjnjovs oor. 'Wat nu? Er zijn geen secondanten... Wie stelt in zulke gevallen de regels vast? Wie let op?...'

'Niemand. De strijdende partijen zelf. Kijk, Latokhin gaat er al met de jongens heen... Nu gaan ze beslissen hoe het gevecht wordt gehouden. De Pavliks snappen zelf ook wel dat ze niet veel overwicht hebben en ze zijn natuurlijk ook moe... Misschien wordt een afkoop voorgesteld of een compromis. Latokhin heeft er goed aan gedaan om zo veel mensen te roepen. Om de Pavliks te laten bedaren en nadenken... Ik wil geen voorspellingen doen, Aleksej, maar ik heb een goed voorgevoel...' Marat Andrejevitsj glimlachte bemoedigend.

Angstige minuten rolden achter elkaar aan. Wij stonden met uitgestrekte nekken naar de vijf mensen uit Kolontajsk te kijken, die samen met een groep Pavliks ons toekomstig lot bespraken.

Mijn achternaam werd genoemd, daarna die van Golenisjev uit Vologda. Hij schoof twee Kolontajsk keepers opzij en liep richting de stem, recht door de formatie heen. Ik dacht dat ik het verkeerd had gehoord, maar door de rijen heen werd weer doorgegeven: 'Vjazintsev...'

'En waarom hebben jullie Aleksej nodig?' vroeg Tanja kribbig.

'We zullen het zo zien...' zei Ogloblin. 'Ik vind het maar niks.'

Ik zag hoe Kisling, Akimoesjkin en Tsofin hun plek verlieten en zich naar de onderhandelingsplaats begaven. Veretjonov liep achter de bibliothecarissen aan. Toen hij bij ons was aangekomen, beaamde hij: 'Latokhin vraagt meneer Vjazintsev te komen...'

'Waarheen?' vroeg Tanja waakzaam. 'Laat hem maar weten dat Vjazintsev niet komt... Ga er niet geen, Aleksej!'

'Meneer Veretjonov,' zei Marat Andrejevitsj, 'laat mij maar in zijn plaats gaan...'

'Ik snap het niet,' zei hij verbaasd. 'Ze hebben Vjazintsev gevraagd... Hij is toch de bibliothecaris?'

'U hoeft niets te snappen!' zei Tanja scherp. 'Ga zelf maar naar uw Latokhin...'

De Kolontajsk lezers keken ons verbaasd aan.

'Jongens, wat hebben jullie toch?' vroeg ik zacht. 'Rustig maar. Het zal vast weer een of andere formaliteit zijn...'

'En zo niet?' Ogloblin was niet overtuigd. 'Ga niet. Laat Latokhin maar zijn leven op het spel zetten, niet het uwe. Dat was niet de afspraak...'

'Ik laat u niet gaan!' Tanja greep zich vast aan mijn mouw. 'Marat Andrejevitsj! Zeg het hem!' zei ze met tranen in haar stem.

Ik schaamde mij enorm, vooral omdat ik me al bekend had gemaakt als een angsthaas.

'Marat Andrejevitsj, wilt u mevrouw Mirosjnikova alstublieft tot bedaren brengen?' Ik trok mijn bevrijdde mouw recht en rende achter Veretjonov aan.

De Pavliks wachtten Latokhins besluit af. Ze zagen er allemaal hetzelfde uit, maar ik ging ervan uit dat hun leider—Semjon Tsjakhov—in het midden van de groep stond. Deze persoon was ongewapend, maar hield een groot kluwen slijmerige, bloederige ingewanden in zijn handen. Bronzen vliegen bedekten het glimmende darmenvlees met hun onbeweeglijke glittering.

De rest van de onderhandelaars hadden mitella's om hun nekken hangen, waarin hun onderarmen in gips als baby's in hun kribbes rustten. Blijkbaar was dit de protserigheid van Aktjoebinsk, zoals je handen in je zakken houden. De witte motorhelmen op hun hoofden waren versierd met een kunstige omwikkeling van verband.

Tsjakhov had verstand van vormgeving. Zelfs de wapens van zijn entourage waren theatraal opzichtig en bleven de toeschouwer bij. Vooral de goedendags waren indrukwekkend: meteoriethoekige stukken beton vol gebroken glas op grove staaldraden en hooivorken met mest op de tanden en demonstratief afgebroken stelen. Je zag in alles de hand van een kunstenaar. Hun wapens, net als de Pavliks zelf, riepen walging op.

Tsjakhov, licht deinend als ware hij compleet uitgeput, zei zacht en hees: 'Wij wachten iets verderop...' zijn handen schudden convulsief en hij liet zijn walgelijke kluwen vallen. De decoratieve ingewanden vielen uitgestrekt op de grond. De mestvliegen vlogen niet weg—de insecten waren schrikbarende nepjuwelen.

Tsjakhov liep weg. Het lint sleepte achter hem aan en werd meteen met vuil besmeurd. Ik wist dat dit een toneelstuk was, maar toen Tsjakhov de 'darmen' als een ankerketting langzaam naar zich toetrok, voelde ik een pijnlijke bajonetsteek in mijn maag.

De Kolontajsk-lezers wisselden blikken uit met Latokhin en lieten de bibliothecarissen alleen.

Toen zei Latokhin somber: 'Vrienden, ik heb jullie raad nodig. Zoals ik al dacht willen de Pavliks geen groot gevecht houden. Ik probeerde ze om te kopen. Tsjakhov weigerde. Daarna stelde ik een één-op-één ereduel voor. De voorwaarde was dat, als hij verloor, de vraag over het Boek zou worden gesloten. Als ik verloor, zou zijn bibliotheek het Boek krijgen. Tsjakhov zei dat, omdat zes andere leeszalen ons te hulp zijn gekomen, het alleen logisch zou zijn dat niet alleen ik, maar ook mijn medestanders zouden vechten. Kortom, hij wil een collectief gevecht houden van zeven tegen zeven... Ik smeekte hem om alleen de lezers van onze leeszaal te laten vechten, het is tenslotte hun goed recht om het Boek te verdedigen...' Latokhin zuchtte en stak zijn armen wanhopig uit. 'Tsjakhov was ertegen. Hij is duidelijk een opmerkzaam en sluw persoon en begrijpt goed hoe de vork in de steel zit. Ik weet niet wat ik moet doen. Wat is jullie advies?'

'De berekening is uitermate makkelijk,' Kisling fronste. 'Als wij weigeren, begint de vleesmolen te draaien die vele levens zal wegnemen...'

'Maar daar hadden we ons op voorbereid,' vervolgde Tsofin bedachtzaam, 'wat Tsjakhov voorstelt is geen simpel compromis. En ik zal eerlijk zijn, ik ben niet bepaald op mijn best...'

Het was mijn beurt om mijn mening te uiten: 'En ik moet ook eerlijk zijn, ik heb absoluut geen ervaring. Dit is pas mijn tweede keer als deelnemer aan zo'n campagne. Begrijp me niet verkeerd, ik ben niet bang om te vechten, maar ik wil het ook niet voor jullie verpesten...'

'Nou nou, Aleksej Vladimirovitsj, u hoeft uw vaardigheden niet te bagatelliseren,' zei Golenisjev. 'Wij hebben allemaal gehoord hoe u korte metten heeft gemaakt met de Gorelov bibliothecaris Martsjenko. En hij was zeker geen groentje...'

'Meneer Latokhin,' verbrak Akimoesjkin de stilte, 'je legt wel een zware verantwoordelijkheid op ons. Als wij afgaan, zit jij zonder Boek!'

'Ik heb het volste vertrouwen in jullie...' Latokhin glimlachte hulpeloos. 'Vrienden, hier is wat ik denk...' Hij krabde aan zijn achterhoofd en zei toen geïnspireerd: 'Het gaat hier niet om fysieke, maar om, laten we zeggen, metafysische kracht. Onze zaak is rechtvaardig, dus zullen wij hoe dan ook winnen!'

'Wat zijn de voorwaarden voor het gevecht?' vroeg Zaroebin.

'Pavliks zijn niet tegen de oorspronkelijke regels,' Latokhin herleefde weer. 'Het slaggebied zal worden afgebakend, iedereen kan het naar wens verlaten. Dan zijn zij af en doet de rest nog mee, en dan... Wel... Kortom, wie aan het langste eind trekt...'

'Op zich wel eerlijk,' beaamde Zaroebin. 'Goed, jongens, ik ben voor. Je sterft tenslotte maar één keer...'

'Ik was het er sowieso al mee eens,' zei Golenisjev.

'Hebben wij een keuze?' lachte Tsofin zuur.

'Ik ben een sociaal persoon,' Akimoesjkin richtte zich tot ons. 'Vjazintsev en Kisling, wat hebben jullie besloten?'

Compleet verpletterd door de situatie knikte ik zwijgend.

Kisling haalde zijn schouders op: 'Altijd bereid...'

Golenisjev trok de conclusie: 'Meneer Latokhin, roep Tsjakhov maar... Wij nemen zijn voorstel aan.'

ZEVEN TEGEN ZEVEN

Ik hoorde Tanja huilen. Marat Andrejevitsj rende gejaagd heen en weer tussen Kisling en Zaroebin. Timofej Stepanovitsj greep Latokhin bij zijn lurven en sprak hem dreigend toe. De oude man kon maar met moeite worden weggesleept.

Ogloblin kwam naar mij toe. Hij zei meteen tegen de bibliothecarissen Akimoesjkin en Tsofin: 'Ik moet Aleksej Vladimirovitsj even spreken, is dat goed?... Aleksej, u hoeft u helemaal geen zorgen te maken. Uw harnas is uitstekend, daar bestaat geen tweede van. Ik heb zelf gecheckt: er komt geen bijl of sabel doorheen, al helemaal geen bajonet... En nog iets, misschien helpt dat...' vervolgde Ogloblin gehaast. 'Ikzelf probeer voor een gevecht meestal aan een lied te denken, het liefst eentje over de Tweede Wereldoorlog, over een heldendood. Dan kom ik meteen in de stemming en mijn strijdlust ontwaakt. Het is natuurlijk geen Boek der Razernij, maar toch wel een soort pepmiddel. Trouwens, Margarita Tikhonovna gaf mij een hint dat u, toen u bij haar was, het al zelf heeft begrepen...'

Ik was onvergeeflijk vergeetachtig. Ik had niet zomaar vele uren bij Margarita Tikhonovna doorgebracht, luisterend naar de stemmen van Sovjetskalden die uit zwarte gaten van vinylplaten opstegen. Er bleven nog maar een paar minuten over tot het gevecht en ik moest deze onuitgewerkte moedtechniek nog toepassen.

Ogloblin zwaaide in afscheid en liep terug naar de formatie. Ik greep het handvat van mijn oorlogshamer steviger vast. Een meter bij mij vandaan stond de vastberaden Golenisjev met een bijl in zijn hand, verderop Tsofin die al twee hakmessen voor het gevecht gereed had. Zaroebin en Kisling haalden hun sabels uit de schedes. De snavel van Latokhins houweel glom matzilver. Akimoesjkin speelde zorgeloos met zijn strijdknots om zijn stramme pols op te warmen.

Tegenover ons trappelden de zeven Pavliks: gladde kleurloze figuren die leken op gigantische witte pionnen, maar dan met scherpe krukken in de aanslag.

'Ik denk soms wel dat de soldaten, van purper velden niet teruggekeerd, niet rusten onder stenen platen, maar als kraanvogels zijn geïncarneerd,' bromde ik in mijn hoofd. 'Ze vliegen steeds naar verre oorden en geven stem en wenken ons. Is het daarom dat onze woorden vervliegen na hun triest gegons.' Ik luisterde aandachtig naar mijzelf: er gebeurde helemaal niets met mijn ziel. In paniek jaagde ik de volgende woorden door mijn hoofd: 'Daar zweeft vermoeid in V-formatie een vlucht door mist in 't avondlicht; in dat gelid zijn lege plaatsen, misschien vind ik daar ooit mijn biecht,' maar het lied schoot in stom gejank van mijn rechterhersenhelft naar mijn linker. Ik dacht dat ik er te laat mee was begonnen, maar bleef koppig de onsterfelijkheid van vogels bezweren: 'En op een dag zal ook ik drijven door grauwe lucht in dichte groep, als kraanvogel, en hen die leven op aard aanspreken met mijn roep...'

Tsjakhov, die zijn 'darmen' weer had opgerold, gooide de kluwen ineens hard onze kant op. De Pavliks gingen er als jachthonden vandoor en wisselden in galop van plaats. Mijn tegenstander bleek een andere te zijn dan de soldaat die ik mij had aangemeten. Hij stond al bijna voor me toen mijn rol in dit gevecht mij eindelijk duidelijk werd. De golf adrenaline warmde mij als een slok alcohol op, mijn maag trilde van geluk en ik begreep dat dit geen angst was, maar noodlottige geestdrift.

Ik zag hoe Golenisjev een stap naar achteren deed om zijn toekomstige slag te versterken en zijn tegenstaander, met zijn rug naar mij toe, werd een ideaal doelwit voor mijn hamer. Een scherpe klap van een bajonet tussen mijn schouderbladen bracht mij alleen dichterbij mijn doel. Ogloblin had echt zijn best gedaan, het bandenrubber van BelAZ hield het vol.

Ik bracht de oorlogshamer neer op het achterhoofd van Golenisjevs vijand. Een houtig gekraak was mijn antwoord. Het volgende moment leek het of een gegoten bliksem door mijn laars heen schoot en in de grond verdween. Misselijkmakende pijn klotste van mijn voet naar mijn brein en vertroebelde mijn verstand. Een voorbijflitsend geweerkolf verbrandde mijn slaap, oor en jukbeen met lood. Mijn gehoor verzonk in rood klokgelui. Ik viel neer. Boven op mij landde een Pavlik met zijn armen wijd. Hij schreeuwde geluidloos met zijn binnenstebuiten gekeerde mond, drukte zich op met zijn handen en kopte mij daarna hard in de neusbrug. Daarbij spleet Pavliks hoofd vreemd genoeg in tweeën, een bijl uit Vologda schoot eruit, als een vogel naar de hemel, en het gevecht was voorbij…

Ik had me vroeger altijd afgevraagd wat 'verlies van bewustzijn' was. Ik stelde mij een toestand voor dat leek op een nachtmerrie of een droom. In werkelijkheid was alles veel saaier. In het begin bestond ik simpelweg niet, daarna verscheen ik samen met licht uit een groot raam. Ik lag op mijn rug en boven mij strekte zich een gestuukt plafond uit.

Ik doorgrondde de wereld snel en voelde meteen zijn eerste ongemak: mijn gezicht leek stevig in het verband te zitten. Het lukte mij met moeite om mijn hand op te tillen en ik zag vluchtig een infuus in mijn onderarm. Ik had nog net tijd om mijn gezicht aan te raken. Het voelde bevroren en slap aan.

Een man met een snor in een witte jas en een doktersmutsje, die tegelijkertijd iets weghad van een dierenarts en een landbouwkundige, legde mijn arm zorgzaam terug op zijn plaats: 'Ben je weer wakker, motorrijder? Welkom terug!'

Ik begreep dat ik het had overleefd, maar was hier niet bijzonder enthousiast over. Het recente zwarte vacuüm voelde allesbehalve eng aan.

'O, ik zal uw familie blij gaan maken,' kirde een bezorgde vrouwenstem opeens boven mijn oor. 'Iedereen is hierheen gekomen. Uw oom, uw zus met haar man en uw opa. Ze zijn door het dolle heen. De hele nacht niet geslapen…' een sneeuwpopwitte figuur, petsend met haar sloffen, dreef richting de deur.

'Mooi zo, en ik ga naar huis. Ik ben moe,' zei de man. 'Jouw oom heeft mij vannacht volledig uitgeput, echt waar. Ik zeg tegen hem: "Geloof me nou maar," zei ik, "voor een collega doe ik echt mijn absolute best…"'

'Bent u ook bibliothecaris?' vroeg ik met de helft van mijn mond en verstijfde van verbazing. De gedachte dat ik was verlamd nam de plaats in van de vraag hoe mijn wijlen oom Maxim de man had kunnen 'uitputten'.

'Hoe bedoel je, bibliothecaris?' was het teder verbaasde antwoord. 'Ik ben een chirurg. Traumatoloog.'

'Traumatoloog…' echode ik mompelend.

'Jij kwam vannacht ons ziekenhuis binnen. Tweedegraads coma… Rustig maar! Kort gezegd een hersenschudding met verlies van bewustzijn voor een paar uur. Je werd onmiddellijk naar de IC gestuurd en vervolgens hierheen gebracht. Je oom wilde zelf opereren, maar ik heb hem uitgelegd: "Je mag geen familieleden behandelen!" Ik zeg tegen hem: "Maak je geen zorgen, we knappen hem weer helemaal op!" Dus je neus is als nieuw, of eigenlijk als oud—niets meer aan te zien!' Hij lachte.

'Waarom kan ik mijn mond niet bewegen?'

'Vreemde vogel ben jij! Je halve gezicht is platgespoten. Met een verdovingsmiddel, bedoel ik. Toen je naar een tandarts ging, kreeg je toen Novocaïne in je tandvlees gespoten?'

'Ja... Denk ik...'

'Maar waar ik nu echt benieuwd naar ben... Wie gaat er nou op een bouwplaats en dan ook nog 's nachts op zijn motor rijden?'

'Wat voor motor?' vroeg ik voor de zekerheid. Deze omzichtigheid was echter onnodig en kwam toch te laat. Ik had een fout gemaakt door mijn oom bibliothecaris te noemen en als deze opgewekte chirurg bij een vijandige clan hoorde, hing mijn leven al aan een zijden draadje.

'Geheugenverlies mag je ergens anders simuleren. Je hoeft tegen mij niet te liegen, ik ben geen rijksverkeersinspectie...'

'Ik weet het echt niet meer...'

Op dat moment zag ik tot mijn enorme opluchting Marat Andrejevitsj en Tanja. Vanachter de deur staken Ogloblin en Timofej Stepanovitsj hun hoofden naar binnen.

'Acteur...' zei de arts met een glimlach tegen Dezjnjov. 'Hoor eens, jouw neefje zegt dat hij zich niets meer kan herinneren...'

'Hoe dat dan, Antosja?' vroeg Marat Andrejevitsj zakelijk. 'Je hield bij de bouwplaats een rally met je vrienden en bleef achter een stuk betonijzer steken. Die ging recht door je voet. Natuurlijk vloog je toen van je motor af en met je hoofd tegen planken aan. Zo ging dat dus...'

'Nu weet ik het weer,' zei ik. 'Bedankt.'

'Goed zo,' glimlachte de arts. 'Wel, praten jullie maar lekker bij. Maar niet langer dan tien minuten. De patiënt moet rusten...'

De Sjironins daalden als vogels op mijn bed neer. Marat Andrejevitsj vatte de gebeurtenissen van de dag ervoor kort samen: 'Aleksej, we hebben gewonnen, het Boek blijft in Kolontajsk! Maar ware het niet voor uw heldendaad, was het heel anders afgelopen! U heeft met uw onverschrokken en opofferingsgezinde daden meteen een numeriek voordeel in de wacht gesleept en uw tegenstander verlamd. Golenisjev maakte hem af, toen hielp hij Tsofin en samen hebben zij de rest van het gevecht beslist!'

'Wist u maar hoe trots wij op u zijn!' zei Ogloblin vurig.

'Nou ja,' zei ik bedeesd. 'Ik wilde gewoon niet voor niets sterven zonder iemand mee te nemen...'

'Aleksej, dat is precies wat een heldendaad inhoudt,' zei Marat Andrejevitsj met overtuiging, 'en deze heldendaad werd zelfs gewaardeerd door zo'n complex persoon als Semjon Tsjakhov!'

'Als hij mij hier zag,' ik voelde weer aan mijn verbonden gezicht, 'zou hij mij zo bij zijn bibliotheek inlijven. Ik lijk nu precies op een Pavlik.'

Tanja pakte mijn hand en kuste hem enkele keren. Timofej Stepanovitsj haalde zijn neus op, veegde handig een traan weg, glimlachte en pakte zijn zakdoek.

'Nou ja, Aleksej, waarom zegt u dat?' vroeg Marat Andrejevitsj verdrietig. 'Er is u niets ernstigs gebeurd. Kneuzingen op het gezicht. De zwelling zal binnen twee tot drie weken volledig verdwijnen. O ja… Het kraakbeen van uw oor is nog kapot, maar geen zorgen. Het zal geen invloed hebben op uw gehoor, uw oor blijft gewoon zacht. En met uw voet heeft u al helemaal geluk gehad, vind ik. De pees is niet geraakt. U blijft hier een dagje "ziek" liggen en morgen brengen wij u naar huis. De rest wacht met ongeduld op u!'

'Ik vergat te vragen, hoe zit het met de rest? Is Latokhin blij met de uitkomst?'

'Ik wilde u niet verdrietig maken…' Marat Andrejevitsj twijfelde even. 'Maar het is denk ik beter om het te vertellen. Toch, jongens? Latokhin stierf een heldendood. Zaroebin ook. Veretjonov heeft Latokhins plaats in Kolontajsk ingenomen. Hij stuurt u de hartelijkste groeten en de dankbaarheid van de hele leeszaal.'

'En waar zijn de Pavliks?'

'Zoals beloofd vertrokken naar Kazachstan,' Ogloblin zwaaide richting het denkbeeldige zuiden. 'Alle zeven zijn dood. Ze vroegen niet om genade, vochten tot de laatste man… Trouwens,' hij glimlachte. 'Gisteren kwamen de hulptroepen van de Raad aan… Op tijd te laat!'

Timofej Stepanovitsj humde minachtend: 'Zoals altijd, als het kalf verdronken is…'

'En toen?'

'En toen niets. Wij hebben ze beleefd verteld dat het incident al was gesloten en dat punctualiteit een deugd is. Ze zijn opgerot. Ze vroegen ons trouwens over jou uit, Aleksej. Je bent nu een beroemdheid!'

OEGELS

'Hoesejnov Figroetdin Anvar-Oglu, Hoesejnov Aslan Imanvedi-Oglu, Dzjambailov Ramazan Roestamovitsj, Khaitoelajev Rasjid Akhmedovitsj, Magomadov Akhmadrasoel Khaiboeklatovitsj, Joesoepov Khasan Panoeje-vitsj…' ik kwam tot aan het midden van de lijst. Misselijkheidsmolenstenen begonnen zich in mijn hoofd te bewegen. De recente hersenschudding was nog merkbaar, vooral tijdens het lezen. Ik overwon de misselijkheid, kneep mijn ogen samen en rende verder hordes over de kleurrijke namen tot aan het einde van de lijst: 'Batsjajev Iskander Kazbenovitsj, Izmaïlov Abdoelk-hamed Timerbekovitshj, Sadoelkhadzjiyev Alvi Vakhajevitsj.'

'Klaar met lezen, meneer Vjazintsev?' klonk de zachte stem van de bood-schapper. Onze gast heette Roman Ivanovitsj Jambykh en hij was een van de ordonnansen van Kovrov, de verminkte waarnemer van de Raad die drie maanden geleden bij onze vergelding aanwezig was. Ik merkte meteen dat Jambykh zeer succesvol de gevaarlijk flemende, sluwe manier van zijn direct leidinggevende kopieerde.

De boodschapper zag er onprettig uit: een slijmerig mannetje met een nat voorhoofd dat net schoongelikt leek. De ringvinger van zijn rechter-hand was versierd met een getatoeëerde ring met een hartje. Op zijn linker onderarm zat een groene tattoo van een viool met tieten.

'De laatste op de lijst, ene Sadoelkhadzjiyev, is een van Girej's mensen. Girej, oftewel Biygirejev, staat aan het hoofd van een machtige criminele bende in de regio met een breed scala aan werkzaamheden. Van wapen- en drugshandel tot roofovervallen, afpersing en huurmoorden. Jullie doden hadden met hem afgesproken om—als ik het zo mag stellen—de aankoop van licenties voor het leegkloppen van deze buurten te bespreken. Dit is wat ons tot nog toe bekend is geworden.'

'Uitstekend werk, Roman Ivanovitsj,' zei ik en gaf de lijst terug. 'U heeft iedereen bij naam en toenaam opgenoemd. Wat neemt de Raad onze lees-zaal nog meer kwalijk?'

'U hoeft niet zo sarcastisch te doen, meneer Vjazintsev, het is nog niet duidelijk wat het resultaat van jullie willekeur zal zijn! En vergeet niet, dit is niet de eerste keer! De vlucht van lezer Shapiro en het incident met de Gorelov-leeszaal hebben jullie al een strafcategorie "A" gekost… Hebben jullie het proces-verbaal van de Raad nog niet ontvangen? Die komt nog… En nu—een nieuw probleem. Misschien nog wel erger dan het vorige. Snapt u dan niet dat u ons allen in gevaar heeft gebracht?'

'Roman Ivanovitsj, ik krijg het gevoel dat u medelijden heeft met die Achmeds,' zei Dezjnjov. 'Wij handelden in het belang van algemene veiligheid…'

'Zulke zaken worden collectief besproken!' wierp Jambykh tegen. 'En jullie hebben de Raad weer links laten liggen! Zeg ik het goed, mevrouw Selivanova?'

'Niet helemaal. Ten eerste zijn alle mensen die een gevaar vormden dood. Ten tweede, wij zijn nooit onder verdenking van politie of criminele organisaties gekomen. Wat willen jullie nog meer?! Ten derde, zelfs jullie experts hebben geen verborgen bedoelingen ontdekt!'

'En die gaan ze ook niet ontdekken,' zei de tot nu toe zwijgende Timofej Stepanovitsj.

'Handelingen zijn net een gil in de bergen; we wachten wel af wat de echo zal brengen. Het probleem is veel ernstiger dan op het eerste gezicht lijkt. Ten eerste,' Jambykh glimlachte giftig richting Margarita Tikhonovna, 'hebben de Sjironins de aandacht van buitenstaanders getrokken. Behoorlijk agressieve buitenstaanders. Dit spreekt van een grove overtreding van de geheimhouding. Probeer me maar tegen te spreken. Ten tweede hebben wij goede gronden om te vermoeden dat de aanval op jullie leeszaal het gevolg was van een tip. Dit betekent dat iemand van buiten het Geheim van de Boeken probeert te doorgronden. Als deze informatie wordt bevestigd, vrees ik dat jullie leeszaal naar alle waarschijnlijkheid zal worden ontbonden.'

'De jaarlijkse aangroei bij alle bibliotheken en leeszalen is gemiddeld tweehonderd mensen,' voegde Loetsis snel toe. 'Meer dan voldoende om waar dan ook een minimaal lek te veroorzaken. Wat hebben wij ermee te maken?'

Jambykh knikte.

'Correct, en jullie hebben ook een nieuwe bibliothecaris… Wow, mevrouw Selivanova zou mij wel willen vermoorden!' hij lachte krakend. 'Ik herhaal: wij weten nog niet waar het hier over gaat: ongelooflijke pech, criminele nalatigheid van de Sjironin-leeszaal of een samenzwering van buitenaf. In elk geval staat algemene veiligheid op het spel. Zelfs als jullie formeel niet schuldig zijn, zijn er hogere belangen-'

'Vindt u niet dat deze beslissing van de Raad van enige vooringenomenheid spreekt?' viel Margarita Tikhonovna hem in de rede.

'En vindt u, mevrouw Selivanova, het niet vreemd dat juist de Sjironin-leeszaal wederom het epicentrum van een probleem is geworden? Is dat puur noodlot?' vroeg Jambykh verwijtend. 'Ik ben niet bijgelovig, ik ben praktisch. Problemen volgen hen die het verdienen. Wij gaan het onderzoeken. Als jullie willekeur geen nadelige gevolgen heeft, denk ik dat u er met een boete vanaf komt. Ik beloof dat niemand jullie zomaar zwart zal maken. Maar nu moeten de Sjironins een paar dagen onder huisarrest blijven en daarna zien we wel...'

De onverwachtse ramp gebeurde een week geleden. Tot die tijd was alles rozig. Anderhalve maand lang was de leeszaal een oase van rust. Twaalf juli keerden wij triomfantelijk terug uit Kolontajsk. Een week later werd in het ziekenhuis van Marat Andrejevitsj mijn verband eraf gehaald. Ik kwam niet veel op straat, beschaamd over mijn uiterlijk. De zwellingen op mijn jukbeen en neusbrug bleven nog tot augustus aan mijn gezicht plakken.

Soms stond ik lang voor de spiegel en bestudeerde angstig de mij onbekende blauwe gelaatstrekken. De naamloze dokter heeft mij echter niet in de maling genomen: mijn neus zag er inderdaad hetzelfde uit, zonder bokserbreuken of krommingen. Mijn voet was geheeld, het enige wat overbleef was een navelachtig litteken van de bajonet, die Marat Andrejevitsj schertsend 'de bibiliothecarisstigma' noemde.

Ik belde mijn ouders zodra we terugkwamen. Novocaïne vervormde mijn spraak niet meer en ik vertelde met een opgewekte en zorgeloze stem dat ik werk had gevonden als leider van een theatergroep in het plaatselijke Cultuurcentrum. Ik begreep namelijk dat ik de Sjironins nooit zou verlaten en wilde mijn familie voorbereiden.

Vader reageerde kalm op het nieuws, hij had zoiets al verwacht. Mama werd daarentegen bezorgd dat ik alleen in een vreemde stad was en klaagde dat ze niet langs kon komen—Peter kon Ivan en Iljoesja niet alleen aan. Ik zei dat ik een normaal salaris zou krijgen, dat het werk interessant was en dat ik waarschijnlijk al snel het Russische burgerschap zou aanvragen. Daarna verzekerde ik mijn ouders ervan dat ik ze bij de eerste mogelijkheid zou bezoeken.

Het Boek was nog steeds in bewaring bij Margarita Tikhonovna. Ik had dit zelf voorgesteld. Mijn argument was dat de dagelijkse bedevaart van de lezers vermoeiend was en ik volledige rust en stilte nodig had. De Sjironins spraken mij niet tegen. Ze zeiden wel dat bij bedrust misschien geen bewaking nodig was, maar op z'n minst een ziekenoppasser. Ik koos Tanja voor die rol.

Na de gebeurtenissen in Kolontajsk besefte ik ineens dat ik recht had op een vrouw. De volgende twee weken woonde Tanja bij mij. Ik maakte me een tijdlang zorgen om Veronika, ik wilde niet dat de machtige jongedame zich door mijn keuze gekwetst voelde. Maar hoeveel ik haar ook observeerde, in haar ogen zag ik geen enkele hint van belediging of jaloezie. Ik denk dat ik de juiste keuze heb gemaakt. Veronika was toegewijd aan de leeszaal en het Boek en was alleen bezorgd om mijn 'mannelijke comfort'. Tanja hield gewoon van mij...

Kortom, anderhalve maand lang ging alles prima. Opeens ging op een augustusavond de telefoon. Margarita Tikhonovna vertelde mij licht gegeneerd dat de leeszaal in de problemen zat en dat er spoed geboden was. Zij had de lezers op de hoogte gebracht. Iedereen zou zich bij mij verzamelen.

'Wat is er eigenlijk gebeurd, Margarita Tikhonovna?'

'Niet over de telefoon...'

Een uur later waren de Sjironins compleet. Loetsis, opgewonden en verontwaardigd, vertelde ons wat er was gebeurd: 'Gisteren kwamen Grisja en ik terug van Margarita Tikhonovna. Hij had het Boek gelezen en ik had beloofd met hem naar huis te lopen...'

Vyrin was in juli ontslagen uit het ziekenhuis. Hij werd snel beter, maar had hier en daar nog wat hulp nodig. Het Boek zorgde voor een zeer zware emotionele schok en op de terugweg werd Grisja altijd door iemand begeleid. Deze keer was dat Denis.

Bij Vyrins portiek werden ze staande gehouden door twee jonge mensen met Kaukasisch uiterlijk en bijbehorende accenten. Dit waren de neven Hoesejnov: Figroetdin Anvar-Oglu en Aslan Imanvedi-Oglu, met de bijnaam Oegels. Denis had al over ze gehoord.

De oudste Oegel, Figroetdin, was tweeëntwintig, de jongste negentien. De neven hadden hun criminele vleugels pas uitgeslagen en leerden stukje bij

beetje de simpele kunstjes van chantage en afpersing. De nieuw verschenen
'bende' telde nog maar acht mensen: magere en nijdige zonen van Tsjetsj-
enië en Azerbeidzjan, die hun zaken aan de arme rand van de stad deden,
waar geen concurrenten zaten. Al snel hadden de Oegels en hun makkers
de ouderen en verloederde flessenverzamelaars onderdrukt en schatplichtig
gemaakt. Toen de Oegels wat waren aangesterkt, begonnen ze de inlever-
punten voor gebruikt glas aan te vallen. De opslagplaatsen van koppige
eigenaren die niet wilden betalen vlogen in brand.

Naast het kleine busstation werd 's ochtends langs een lange straat spon-
taan een marktje opgezet, waar de oude vrouwen uit buitenwijken hun
overschot aan groente en fruit verkochten. De Oegels stelden een prijs
per plek vast voor de illegale verkopers en dreigden de wanbetalers aan te
geven bij de politie of hun waar af te pakken. De omaatjes overtraden de
wet en konden nergens hun beklaag doen, dus gingen ze akkoord met de
afkoopsommen.

De volgende slachtoffers werden privétaxichauffeurs. De dreigementen
om hun auto in brand te steken werkten elke keer. De Oegels gebruikten de
angstaanjagende etnische samenstelling van de bende in hun voordeel en
de mensen waren panisch voor de Tsjetsjenen.

De eerste grote deal maakten de Oegels met de zigeuners. Ze stelden voor
om het grondgebied in tweeën te delen en beriepen zich op 'dekking'—bekende autoriteit Girej, wie ze niet eens kenden. De zigeuners wilden geen
conflicten en gingen akkoord. Ze moesten alleen nog Girej overtuigen om
hen bescherming te bieden.

Om sterk over te komen besloten de Oegels alle kleine bendes over te
nemen om in de toekomst een afzetmarkt te hebben. Zij hoopten de zigeuners vroeg of laat weg te jagen en volledige controle te krijgen over de rand
van de stad…

'Ze zeiden dat "het verzamelpunt van de oude vrouw" onder hun controle
komt,' rapporteerde Loetsis. 'Ze weten zogezegd alles over ons, houden Selivanova allang in de gaten, noemden de adressen van Denis en Sasja op…'

'En het ergste is,' zei Vyrin, 'ze kennen het adres van Aleksej. Ze hielden
ons echt in de gaten…'

'Ik zal het even kort samenvatten, jongens,' concludeerde Margarita Tikhonovna. 'Hoe gek het ook klinkt, een stel oplichters haalden het in hun

hoofd dat ik een dievenhol erop nahoud. Trouwens, vandaag kwamen ze persoonlijk naar mij toe met dezelfde dreigementen. Ik snap er niets van,' ze zuchtte zwaar. 'En ik hield nog zo van de Kaukasus, vroeger ging ik daar vaak op vakantie…'

Het is mogelijk dat de visite van de Kaukasiërs een geraffineerde provocatie was. We werden op de proef gesteld, men wilde ons in de val laten lopen. Maar de intriges van de Raad traden nooit buiten de grenzen van het Gromov-universum, met zijn specifieke etiquette en regels. Deze ellende uit de buitenwereld, met haar oncontroleerbare wetteloosheid, was beangstigend. Het riep vragen op: wie zijn deze vreemdelingen, waarom hebben ze ons uitgekozen, wat is uiteindelijk hun echte doel?

Laten we aannemen dat ze per ongeluk bij ons uitkwamen. Een misverstand, een vervelende samenloop van omstandigheden die de ideale aas voor de misdadigers was geworden. Margarita Tikhonovna had mij al verteld dat haar buren roddelden dat Selivanova zelfgestookte alcohol verkocht en voor geld handpalmen las. Er kwamen vaak vreemde mensen bij haar thuis. Afgematte Vyrin, Soekharev met een vies gips, of ik, mank en onder de blauwe plekken. Wij maakten een asociale indruk en gaven grondslag aan vooroordelen. Tot daaraantoe. Maar de woorden 'Wij houden jullie allang in de gaten' hadden het lot van de Oegels bezegeld. Wij moesten snel handelen.

'We moeten de zwartjes gewoon uitmoorden,' zei Soekharev simpel. 'Dat is het veiligst. Zij laten ons uit zichzelf nooit meer met rust.'

'Hoe gaan we dat regelen?' vroeg ik. 'Kettingbotsing met vijf auto's?'

'Ja, dat is moeilijk, Aleksej,' Dezjnjov dacht hard na. 'Het zou makkelijker zijn om een simpele afrekening te imiteren met de zigeuners in de stijl van een steekpartij. De zigeuners zullen de Oegels vast uit de weg willen. Eerst hadden zij overal de leiding, toen werden ze zwaar verdrongen door Girej, en de Oegels kunnen niet wachten om zich onder Girej's 'dakje' te verschuilen. De politie mag absoluut geen twijfels hebben. Biygirejev kan het later altijd nog met het plaatselijke clanhoofd uitzoeken…'

'Ik heb een idee,' stelde Soekharev voor. 'Die klojo's zitten altijd in het sjasliekrestaurant bij het stuwmeer. Je weet wel, het voormalige Paviljoentje? In het weekend gaan ze daar zeker heen. De plek is afgelegen, er zullen geen getuigen zijn. Wanneer de Oegels feesten, zorgen normale mensen altijd dat ze wegkomen—uit angst. Dus een hinderlaag zal geen probleem zijn.'

'T PAVILJOENTJE

Wegens gezondheid weerhielden de Sjironins mij van deelname. Vyrin viel onder dezelfde diagnose. Het maakte niet uit hoe beledigd Loetsis werd, ook hij bleef thuis—de vijanden kenden zijn gezicht. Om dezelfde reden werd ook hulp van de sterke Soekharev afgewezen: hij kwam vaak bij Margarita Tikhonovna over de vloer en de Oegels hadden hem misschien gezien. Sasja, Denis en ik moesten het voor zover mogelijk doen met de theoretische uitwerking van de hinderlaag.

De Oegels' auto's—een oude Mazda en een Opel—stonden onder constant toezicht. De Vozgljakov motor en Ogloblins RAF verloren de Oegels niet uit hun zicht en leerden al snel al hun routes kennen.

't Paviljoentje, een zomercafé aan de oever van het Oermoet-stuwmeer, stond op een stille en weinig pittoreske plek: een zanderige hoeve, omringd door onverzorgd struikgewas. Het wintergedeelte huisde de keuken en een dozijn tafels. Op het erf stonden prieeltjes met schuine daken op houten palen—paviljoentjes, waar het café zijn naam aan dankte. In de laatste jaren veranderde 't Paviljoentje vaak van eigenaar. De huidige baas had er een sjasliekrestaurant van gemaakt, waar drie mensen werkten: de kok, een hulp en een serveerster-slash-schoonmaakster.

Het plan was tot in de kleinste details uitgewerkt. Een uur voor de aankomst van de Oegels moest het personeel onschadelijk worden gemaakt. Kroetsjina nam de rol van de kok op zich, Ogloblin en Anna Vozgljakova zouden hem assisteren. Marat Andrejevitsj en Tanja werden een getrouwd stel dat op de etenslucht afkwam. Timofej Stepanovitsj slenterde achter de omheining en verzamelde vooraf uitgestrooide flessen. Ievlev verdiepte achter het hek de afvoergeul met een schop. Hij had speciaal voor de hinderlaag een stuk of tien stalen spiesen met geslepen punten gemaakt en voorzien van handige stootdolkhandvaten. Alle mogelijke schema's voor alle mogelijke gevallen werden uitgewerkt, afhankelijk van welke tafel onze vijanden zouden kiezen. Wie had ooit kunnen bedenken dat dit goed doordachte plan in een verschrikkelijke tragedie zou uitmonden…

Zodra de Oegels en hun mensen zich verspreid hadden over drie auto's—de escort was ineens een Mercedes rijker—en op weg gingen naar het stuwmeer, belde Soekharev uit een telefooncel naar Margarita Tikhonovna. Zij zat aan de telefoon in het medisch punt van een reddingsstation. Buiten hield Svetlana Vozgljakova de wacht bij de motor. Zij racete binnen enkele minuten naar 't Paviljoentje met het bericht: 'Alarm'.

Zwijgzame personen in maskers liepen het wintercafé binnen en bonden de kok, hulp en serveerster stevig vast. Kroetsjina, Ogloblin en Anna deden hun schorten om en begonnen de confrontatie voor te bereiden.

Het middelste paviljoentje was ideaal, omdat hij op gelijke afstand van alle hinderlaagdeelnemers zat. Om de vijand daarnaartoe te lokken, stonden op alle andere tafels vuile wegwerpborden met vet- en ketchupvlekken. Daar lagen ook de spiesen reeds klaar.

De gasten waren met z'n negenen, één meer dan verwacht. Maar ook deze mogelijkheid was voorzien. Zodra ze zich op het erf vertoonden, sleepte Ogloblin met een gastvrije glimlach een extra stoel naar het middelste paviljoentje. De snaterende troep zette zich op de banken aan weerszijden van de tafel, vier aan elke kant. De negende gast werd door de Oegels aan het hoofd van de tafels geplaatst. Zoals later bleek, was dat de noodlottige man van Girej. De Mercedes was van hem.

De neven Oegel hadden zich nog niet met voorzichtigheid ingeënt. De vriendelijke uitleg dat de eigenaar de stad voor zaken moest verlaten en de oude hulp en serveerster wegens slordigheid waren ontslagen, was voor hen voldoende. De oudste Oegel werd er meteen door de kok gedienstig van verzekerd dat het schapenvlees van de beste soort was.

Twintig meter verder, achter de groene omheining, zwaaide een werkman met een schop in de geul. Kroetsjina verontschuldigde zich voor de mogelijke geluidsoverlast en verklaarde weemoedig dat de gezondheidsinspectie erop had gestaan dat de afvoergeul werd verdiept om het erf af te wateren. Een oude dakloze kwam stiekem de hoeve binnengeslopen op zoek naar lege flessen. Kroetsjina riep hem streng toe en de oude man liep gedwee zonder buit weg. Daarna begon de ijverige kok bij de koolkachel te werken. Ogloblin bracht mineraalwater, druivensap, lawasj, gesneden groenten, kruiden en een scherp bijgerecht van aubergine. De gasten dronken principieel geen alcohol, maar rookten graag verstikkende hasjiesj.

Twintig minuten later was de sjasliek klaar. Kroetsjina bracht vijf porties naar de tafel, met drie uitgewaaierde spiesen in zijn rechterhand en twee in zijn linker. Ogloblin liep naast hem in een kleurrijke schort. Uit zijn rokende vuisten ontsproten nog vier enorme spiesen, die meer op banderillas leken.

Een getrouwd stelletje kwam het erf op gekuierd, maar Kroetsjina riep meteen: 'We hebben een grote reservering, vandaag geen inloop!' en lachte het Kaukasische paviljoentje betoverend toe.

Het stel hield verward op de plaats stil. De oude dakloze man gleed achter hun ruggen door, pakte een fles en stopte hem in zijn tas.

Kroetsjina zei streng: 'Ik spreek toch Russisch? We zijn gesloten!'

Anna, die het nabije tafeltje opruimde, legde haar poetslap weg en pakte een lege spies. Iëvlev groef niet meer in de geul, maar stond met zijn schop verscholen in de bosjes.

Kroetsjina en Ogloblin kwamen bij de tafel aan. Alle negen gasten keken hen aan in afwachting van het voedsel.

'Eet smakelijk,' gaf Kroetsjina het teken.

Drie dodelijke angels boorden zich gelijktijdig door het bendelid aan het hoofd van de tafel. Uit de rug van zijn linkerbuur staken twee stalen punten. Op zijn borst mengde het vet van de stukken vlees zich met het bloed en spreidde zich over het witte stof van zijn overhemd uit. De spiesen van Ogloblin staken nog twee mannen neer. Nikolaj Tarasovitsj sprong over de bosjes en hakte met de schop de vierde man in stukken. De linkerzijde van de tafel was binnen enkele seconden dood. De vier aan de overkant hadden geen tijd om te reageren. Anna stak haar spies in de nek van nummer één, de aangesnelde Timofej Stepanovitsj doorkliefde het achterhoofd van nummer twee met een goedendag. Marat Andrejevitsj maakte de rest af met gekruiste slagen van zijn Russische sabel.

Maar wie had kunnen voorspellen dat een van de eerste drie spiesen van Kroetsjina zich in de tafel zou vastzetten en de andere twee afremmen, zodat ze niet diep genoeg in het lichaam doordrongen om het leven te benemen! De gewonde man trok een pistool uit zijn lapel en schoot.

Ogloblin viel neer. Uit zijn hoofd spoot bloed klotsend op het aangestampte zand. Iëvlev zwaaide met zijn schop en hakte de hand met het pistool af. Kroetsjina gromde en stak de verraderlijke spiesen dieper, zodat de stukken stomend vlees op de rug van de vijand tot een bol werden samengeperst.

Marat Andrejevitsj zakte neer op zijn hurken en draaide de al dode Ogloblin om: 'Onze spiegelnaamgenoot is overleden… Vertrokken na Larionov…'

'Waarom speelden we dit nobele spel?' vroeg Timofej Stepanovitsj bitter
aan de plotselinge stilte.

'We hadden ze moeten vergiftigen,' zei Anna Vozgljakova. 'Al hun hondenlevens stelden niets voor bij één minuut van het zijne…'

De met glans begonnen operatie had gefaald. De dood van Ogloblin
zette overal een kruis op. Timofej Stepanovitsj en Iëvlev sleepten Ogloblin
naar de auto. Marat Andrejevitsj en Tanja pakten een jerrycan en besprenkelden de lijken. Een lucifer ontbrandde en de kadavers aan tafel laaiden
op in stinkende benzinevlammen. Een blauwe vuurfranje liep rillend over
de palen van het paviljoentje.

De vijand was niet meer, maar de leeszaal was weer een vriend verloren.

CREMATIE

Mijn slaperige brein begreep niet waardoor het werd gewekt: de telefoon of de wekker. Ik kwam bij als na een flauwte. Ik hoorde voetstappen in de gang, licht getinkel van de hoorn tegen het apparaat, daarna Veronika's geschokte stem: 'Jongens, Fjodor Aleksandrovitsj is overleden!'

Een zoute smaak verspreidde zich in mijn mond, alsof ik een slok troebel bloed had genomen. Loetsis kwam de kamer langzaam en lijkwit binnen.

'Ogloblin is verongelukt...' zei hij hulpeloos.

Vyrin verscheen in de deuropening.

'Huil maar niet, Veronika,' hij draaide zich snel om naar de hal. 'Misschien is het nog niet zeker? Misschien is hij alleen gewond?'

'Marat Andrejevitsj zei: dood,' Veronika veegde haar tranen weg. 'Ze brengen hem naar ons huis. Nu wacht iedereen op Aleksej voor de beslissing...'

Onze leeszaal maakte bittere momenten mee. De gewassen en in begrafeniskleding gegoten Ogloblin koelde af op het ijzeren bed van wijlen Maria Antonovna Vozgljakova. En wij, zijn vrienden, bespraken met zachte stemmen afschuwelijke voorzorgsmaatregelen die onze onverwijlde handelingen vereisten. Ogloblin moest voor altijd verdwijnen, spoorloos vermist raken en nooit meer gevonden worden. Wij hadden het voor de schijn over een begrafenis, maar het ging altijd al om een verwijdering. Ogloblin mocht geen graf hebben.

De kleine woonkamer van de Vozgljakovs bood met moeite plaats aan ons allen. Een paar mensen zaten om de ronde tafel, anderen op een antieke sofa met een leren rugleuning, versierd met een gobelin met herten en een spinnenweb van kanten servetjes. Buiten werd het donker. Drie gebogen plafonnières van de kroonluchter, die op koehoorns leken verspreidden ivoorgeel licht.

Ogloblins hond, de stokoude herder Latka, liep rond de tafel, ademde met haar zwarte neus de nog onmerkbare lijklucht van het baasje in en stootte zielig gejank uit. Hoewel Anna de kleine, met de muur vergroeide tegelkachel had gestookt, had ik het koud, alsof ik in een vochtige kalkstenen voorraadkelder was afgedaald.

Wie had toen kunnen voorspellen dat de kogel die Ogloblins hoofd had opengereten met een dodelijk ricochet alle Sjironins zou raken? In het begin leek de situatie, hoewel tragisch, zeer duidelijk. De wonde van een vuurwapen zette alles op zijn plaats: vreemdelingen die niets te maken hadden met de Boeken vielen ons vanwege een misverstand lastig. Om ervoor te zorgen dat noch de Raad, noch de politie achter de bloederige gebeurtenissen kwam, moesten we het enige bewijsstuk van onze deelname aan de afrekening vernietigen—Ogloblins lichaam.

De vraag was, hoe en waar moesten we Fjodor begraven. De Vozgljakovs stelden voor om dat in hun eigen tuin te doen, in de schacht van de uitgedroogde waterput. Dit idee moest worden verworpen. De intieme relatie tussen Ogloblin en Anna was geen geheim. Wij begrepen de gevoelens van de oudste Vozgljakova maar al te goed. Daarom voelden de rechtvaardige woorden van Marat Andrejevitsj des te pijnlijker aan.

'Anjoeta,' zei hij, 'jullie zijn ongetwijfeld samen gezien. Door wie dan ook: jouw collega's of Fjodors kennissen. We kunnen de mogelijkheid dat jullie de politie met een huiszoekingsbevel aan de deur krijgen niet uitsluiten. En als jullie, God verhoede, onder verdenking komen te staan, graven ze hier alles open...'

'Wat stellen jullie dan voor?' vroeg Anna hysterisch. 'Zullen we Fedja in zoutzuur oplossen?! Of in stukken snijden en aan de varkens voeren?!'

'Wat zeg je allemaal!' Tanja sloeg haar arm om de schouders van haar vriendin.

Margarita Tikhonovna nam geen deel aan de discussie, ze hield zich afzijdig en stil. De termijn die ooit door de artsen aan haar was beloofd kwam ten einde. Ze was afgevallen en al haar vechtlust was naar binnen gericht, op haar organen vol uitzaaiingen. Elke keer dat ze een pijnaanval overwon, veegde ze met een samengebalde zakdoek citroenkleurig zweet van haar voorhoofd en slapen, dat meer leek op pus. Toen onze ogen elkaar kruisten, huiverde ik van haar glijdende blik, vol medelijden en hulpeloze, afgeleefde liefde. Margarita Tikhonovna bekeek de uitgedunde leeszaal en zag als het ware bij ons allen de angstaanjagende voortekenen van haar eigen dodelijke ziekte. Wij waren nog maar met z'n dertienen...

'Ik stel voor dat we Fjodor cremeren,' Kroetsjina stond op van tafel, 'bij mij in de gieterij,' verklaarde hij somber. 'We dompelen zijn lichaam in de koepeloven. De temperatuur daar is vijftienhonderd graden, er blijft geen spoor van over… Waarom niet? Ik vind het wel een mooie begrafenis,' zei hij en draaide zich weg. 'Maar we moeten ons wel haasten. De tweede ploegendienst eindigt binnenkort en als alle ijzer is gesmolten, wordt de oven stilgezet. Morgen is het zondag, dan moeten we nog een dag wachten…'

'En hoe stel je je dat voor?' vroeg Timofej Stepanovitsj vol ongeloof. 'Er zijn mensen in de fabriek.'

'De productie is erg bescheiden. Eén oven wordt vernieuwd, de tweede wordt bediend door vier gieters en een koepelovenbediende. Ik zal hen afleiden,' stelde Igor Valerjevitsj hem gerust, 'ik vind wel wat om over te praten.'

'En de metallurg?' herinnerde ik mij het meteen na mijn stage vergeten woord.

'Wel, wij hebben daar een oom Jasja, hij heeft allang een halve liter wodka achter zijn kraag en ligt nu te pitten. Voor de derde dienst om elf uur komen de metaalwerkers. Die zullen sober zijn. We kunnen ons dus beter haasten.'

'Wacht even,' liet Timofej Stepanovitsj niet los. 'Ik begrijp niet hoe we het lichaam ongezien binnenkrijgen…'

'Achter de schutting van ons zit een kleuterschool. Mijn werklui klussen wat bij en maken grafkruizen voor de verkoop. Ik ben er niet op tegen, weet je, zij moeten voor hun gezinnen zorgen en de salarissen zijn miezerig. Ze stelen niets — in principe maken ze de kruizen van afvalmateriaal… Dus… De afgietsels worden met een touw achter de schutting gelegd, bij die kleuterschool dus, en na hun dienst nemen ze die mee… En wij brengen op die manier het lichaam op het terrein van de fabriek…'

Vyrin keek op de klok: 'Jongens, het is al drie voor negen…'

'Waar moeten we heen?!' panikeerde Svetlana. ''s Nachts nog wel?'

'Juist!' beaamde Veronika wanhopig. 'We zijn te laat!'

'Meisjes, Annoesjka, Svetlana, Veronika, lieverds,' Tanja zuchtte zwaar, 'snap dan dat Fjodor dood is, hij komt niet terug! Maar hij moet wel begraven worden!'

'En nog één ding…' Igor Valerjevitsj twijfelde even. 'We kunnen niet iedereen meenemen. Maximaal drie mensen. Anders valt de groep te veel op. Zelf ga ik door de voordeur.'

Ik voelde dat het tijd werd om een punt achter de bespreking te zetten en zei nadrukkelijk, om de protesten van de zussen voor te zijn: 'Ik ben het eens met Igor Valerjevitsj. We moeten meteen vertrekken. Ikzelf, Iëvlev en Dezjnjov gaan de begrafenis regelen.' Een pijnlijke rilling ging door de oudste Vozgljakova en zij liet haar hoofd hangen. 'De rest krijgt een moment om afscheid te nemen van Fjodor Aleksandrovitsj…'

Ogloblin werd op een deken naar de auto gebracht. Iëvlev zat achter het stuur en Kroetsjina op de passagiersstoel om de weg te wijzen. Ik ging aan het hoofdeinde van het lichaam zitten, naast de sombere Marat Andrejevitsj.

De treurige reis nam ongeveer veertig minuten in beslag. De RAF stopte niet ver van de kleuterschool. Het was al donker geworden en de struiken die hun takken door het net van de schutting staken leken op harige zwarte schaduwen. We wachtten totdat de straat volledig was uitgestorven en stapten uit de auto.

Kroetsjina fluisterde: 'Jullie moeten bij het laatste speelpleintje links zijn. Verberg je achter het houten huisje, ik fluit wel als jullie kunnen komen,' hij riep richting de fabriek.

In de verte klonk 'Podmoskovnyje avonden', gezongen door een wanordelijk dronken koor. De deken verdween weer in de auto. De feestende groep liep eindelijk weg. Marat Andrejevitsj en Nikolaj Tarasovitsj haalden Ogloblin weer uit de wagen. Hij was zodanig verstijfd dat zijn lichaam verticaal kon worden gedragen, als een mannequin onder zijn armen. Dit maakte onze taak iets makkelijker. Een rechtopstaande figuur leek uit de verte op een levend persoon.

Wij glipten door het hekje en sloegen snel het linker weggetje in. Het knerpende grind ging over in geruisloos asfalt. De wind blies het knarsende zand uit de zandbakken met afgebroken randen; de schommels kraakten als scheepsmasten. Ik liep voorop, achter mij Dezjnjov en Iëvlev, bepakt met de dode man.

Wij wachtten achter het paviljoentje op het afgesproken signaal. Uiteindelijk klonken drie korte fluitjes. Iëvlev rolde Ogloblin voorzichtig over de schutting, waar Kroetsjina het lichaam opving. Wij volgden.

Een lange blinde muur—volgens Igor Valerjevitsj was dat de kantine—en overwoekerde brandnetel- en klisstruiken bedekten ons aan beide zijden. Wij slopen langs de schutting achter het winkeltje, de laboratoria en het ketelhuis door, daarna kwamen we uit in de laan die richting het administratiegebouw liep. Daar rees bij de ingang een enorme constructie van een gigantische gekruiste hamer en sikkel. Op de kromming van de sikkel hing een Erebord. Ik zag bijna meteen een ovaal van emaille met Igor Valerjevitsjs foto. Hij zag er tien jaar jonger uit, met een iets uitdunnende en warrige haardos.

De fabriekshallen strekten zich achter elkaar uit: montageafdeling, werktuigkundige en stanshallen. Dit waren hoge bakstenen gebouwen met duraluminium daken die op vliegtuighangars leken.

'Ze staan al jaren leeg,' verklaarde Igor Valerjevitsj. 'Alleen onze gieterij werkt op volle toeren. Ze hebben zoveel mensen ontslagen! Meer dan tweeduizend werklui werkten hier, nu zijn we allang blij met een paar honderd. Alles vervalt… Zien jullie die struiken? Vroeger werden ze als poedels in vorm geknipt, nu is alles helemaal begroeid. Ik weet nog dat ze met margrietjes Lenins afbeelding op het veld plantten…'

De gieterij zat helemaal achterin. In de eerste paar minuten van onze wandeling zagen we boven de daken twee zwarte schoorstenen opdoemen. Uit eentje klom rook in grijsblauwe lussen omhoog.

'Alles goed,' stelde Igor Valerjevitsj ons gerust, 'we zijn op tijd.'

Wij stopten bij de iets geopende metalen deuren. De nog onzichtbare ruimte ademde met weerklinkend gebulder, geel licht vlijde zich in rookwolken neer. Ik rook de warme, wat zure geur van verbrande aarde.

'Wacht hier…' zei Kroetsjina en verdween in de hal.

'Serjozja, kom eens hier!' galmde zijn strenge stem.

'Groeten aan de hoge pieten!' weerklonk uit de diepte. 'Is er wat gebeurd?'

'Er is iets gebeurd, ja!'

Volgens mij werd de onzichtbare Serjozja bij zijn lurven gevat.

'Ik begrijp het natuurlijk wel!' donderde Kroetsjina. 'Klein salaris! Inflatie! Ik ben godverdomme een liberaal! Maar sommige mensen kan je maar beter geen vinger in de mond stoppen! Jullie zijn net varkens, schijten in je eigen bed! Ik had je nog zo gewaarschuwd om niet met die flikker uit het vakbondscomité te praten! Heb ik je niet gewaarschuwd?! Wat knik je? Wist je dat Garkoesja zo hierheen komt?!'— 'En nu wat?'— 'In je gat! Ze gaan een crimineel onderzoek instellen! Doe je het al in je broek?! Goed zo! Gezonde reactie van het lichaam!'— 'Maar Igor Valerjevitsj! Wij wilden het eerlijk doen! De waarheid vertellen!'— 'Ja, die spreken kinderen en dronkaards altijd…'— 'Nou, Igor Valerjevitsj,' smeekte Serjozja huilerig. 'Ik zal het nooit meer doen! Ik zweer het op mijn vrouw!'— 'Op je moeder, grootmoeder en zus! Ga maar heel snel naar het laboratorium! En ik wil geen piep horen! Ik roep jullie straks wel…'

Een minuut later stak Kroetsjina zijn hoofd naar buiten en fluisterde: 'Breng Fjodor maar binnen…'

Wij betraden de met roet bedekte schemerige ruimte. De vloer in de hal leek van aarde te zijn, maar soms schenen gietijzeren platen door die de stevigheid van de bodem bevestigden. Twee zwarte kolommen van koepelovens rezen tot aan het plafond. Daaraan zaten platformen van metalen roosters vast. Onderop lagen tien kruisvormige mallen in grafrijen opgesteld—een omgekeerde begraafplaats van leegte.

Igor Valerjevitsj keek even naar de verre deuren, waarachter zich waarschijnlijk de werkploeg had verscholen, en maakte een ophitsend gebaar. Dezjnjov en Iëvlev droegen Ogloblin naar de oven. Op de steile, bijna verticale trap was geen plaats meer voor twee. Iëvlev bracht het lichaam alleen naar het platform. Wij volgden.

De gloeiende rechthoekige opening van de vuurkist wasemde een verstikkende hitte uit. De gonzende, vurige heiigheid was zo helder en doordringend dat het pijn deed aan de ogen.

'Bent u zeker dat het lukt?' fluisterde Marat Andrejevitsj. 'Stel je voor dat de oven vastloopt, ze halen het ding uit elkaar en vinden botten of schedel…'

Ik voelde mij ongemakkelijk, ook al wist ik dat alles in zeshonderd liter vloeibaar ijzer zou oplossen.

'Onmogelijk. Het zal meteen verbranden…'

Ik en Dezjnjov ondersteunden Ogloblins voeten, Iëvlev en Kroetsjina richtten. Het lichaam dook weg en verdween in het vuur voor de opening. Een zuil van hitte steeg op en plensde tegen onze zwetende gezichten. We roken brandende lappen en een hete koekenpan.

'Wat nu?' vroeg Marat Andrejevitsj met een droge mond. 'Gaan we ervandoor?'

'Waarom?' vroeg Igor Valerjevitsj verbaasd. 'Nu moet het ijzer worden uitgegoten. Ik roep die sukkels even…'

Ze kwamen snel terug. De ovenbediende Serjozja liep voorop, een man van rond de dertig met een blozend vrouwelijk gezicht; vier gieters stompten ongecoördineerd achter hem aan, slungelig en deinend als riet.

Serjozja veegde zijn zweterig felrood voorhoofd af met zijn mouw en zei nukkig tegen Kroetsjina: 'Ik snap alleen niet, Igor Valerjevitsj, waarom ik alle schuld krijg?!'

Hij begreep dat het gevaar was geweken en uitte zijn gekwetste emoties. Toen hij ons zag, knikte hij voorzichtig: 'Hullo…' en keek naar Kroetsjina.

'Ze zijn met mij,' zei hij.

'Uhuh…' stemde Serjozja zonder protest in met de uitleg.

Toen hij langs een hoop zakken bij de muur liep, boog hij zich ineens en schreeuwde tegen één: 'Oom Jasja, sta op! Je bent dood! Wat heb je gedaan?! Sta op, zeg ik!'

De zak sprong overeind en bleek een kereltje te zijn met warrig haar: 'Wat is er?'

'Dit is er! Je hebt door de lading heen geslapen!'

De juist gewekte oom Jasja knipperde als een pop met zijn kolenwimpers en sprong op de vloer: 'En wat nu?'

'In je gat! Je hebt de tweede oven verpest! Ik heb de baas geroepen, zie je?! Hoe gaan we de slak er nu uitkrijgen? Met je lul misschien? Je gaat naar het gevang!'

Oom Jasja fronste zielig zijn voorhoofd, alsof hij ging huilen. Hij zag eruit als een jaar of vijftig, maar zijn kleine alcoholistengezicht was kinderlijk, als dat van een lilliputter.

'Okay, oom Jasja, ik maak maar een grapje,' stopte Serjozja zijn pretje abrupt en liep naar de koepeloven.

Oom Jasja knipperde nog even hulpeloos met zijn ogen en viel toen weer neer op de zakken, ervan overtuigd dat hij de wrede grap in een roesdroom had gezien.

Serjozja pakte ondertussen een brandhaak en liep naar de stortgoot.

'Ik houd één gietlepel voor mezelf…' waarschuwde Kroetsjina.

Serjozja stond paf: 'Maar wij hebben… alleen kruizenvormen!'

'Prima. Ik neem één kruis.'

'Maar… eh… ik weet het niet…' mekkerde Serjozja. 'Wij hebben een bestelling.'

'Serjozja, gaat het wel? Ken je geen angst meer?'

'Neem ze dan allemaal maar, Igor Valerjevitsj!' riep de ovenbediende boos. Hij vloekte geluidloos en stak de haak in het gietkanaal. Uit het gat in de klei stroomde oranjewit metaal. De gieters pakten de volle gietlepel bij de vastgelaste ovenvorken en droegen hem naar de gietvorm. Hun plaats bij het kanaal werd meteen ingenomen door het andere paar.

De tiende lepel was de laatste, die werd door Kroetsjina en Iëvlev uitgegoten. Ik begreep dat het idee van Igor Valerjevitsj was dat juist in deze gietlepel symbolisch de verbrande resten van Ogloblin zaten. Het afgietsel symboliseerde zowel de grafsteen als de doodskist, zowel de dode als het graf.

Wij schaarden ons als erewacht rond de afkoelende vorm met Ogloblin en bleven daar tot bijna drie uur 's nachts staan. Tenslotte haalde Igor Valerjevitsj zorgzaam het nog warme kruis uit de gietvorm en sloeg het gietkanaal er zelf af. Blijkbaar was de gietvorm niet heel netjes gemaakt: op de achterkant zaten luchtbubbels. Dit maakte niet echt uit. Onze dode vriend was nog steeds bij ons. Hij, die in het leven onbuigzaam en sterk was, veranderde na zijn dood in gietijzer—zo dacht ik plechtstatig en trots.

Bij zonsopgang reden we terug naar de Vozgljakovs. Het zware kruis werd onder een oude gebogen appelboom in de tuin in de grond gestoken, zodat Anna op elk moment naar Ogloblins graf kon gaan.

Daarna reed Soekharev de RAF naar het stuwmeer. Na de dood van Ogloblin behoorde het busje niet meer toe aan onze leeszaal. Op een beschutte plek op de oever stak Sasja vishengels in de grond en legde wat simpele snacks en een lege halve literfles wodka op een krantje neer. Als de politie op zoek ging naar de verdwenen Ogloblin, zouden ze de lege stopplaats, verlaten RAF en hengels vinden en besluiten dat de onfortuinlijke visser zich dronken ter water had gelaten en was verzopen.

QUARANTAINE

De vernietiging van de Oegel-bende heeft in de stad geen groot ophef gemaakt. De afrekening bij Oermoet werd tweemaal in onpersoonlijk nieuws op de plaatselijke tv-zender genoemd, ergens tussen 'de familie Khokhlakov feliciteert hun lieve moeder met haar verjaardag en wenst haar veel gezondheid en geluk toe' en zelfgemaakte reclame voor de meubelwinkel 'Paradiz'. Ze hadden het over 'een bende-afrekening', 'cafémedewerkers zijn niet gewond geraakt' en 'het onderzoek loopt nog'.

Dat wij er niet mee waren weggekomen kwamen we via bibliothecaris Boerkin te weten. De Raad was deze keer in Izhevsk bijeengekomen. Boerkin was daarheen gegaan om zijn eigen zaken te regelen. Hij was met stomheid geslagen toen een vertegenwoordiger van Sjoelga's clan verslag uitbracht over de gebeurtenissen aan de Oermoet. De persoon sprak op een normale toon, zonder emoties. De Sjironin-leeszaal had zogezegd een niet-gesanctioneerde schoonmaak gehouden en niemand ervan op de hoogte gesteld. Iemand uit het presidium herinnerde zich dat Boerkin ons bij een vergelding had geholpen. Hij werd gedwongen een document omtrent zwijgplicht te tekenen. Dit alles had Vasili Andrejevitsj extreem bezorgd gemaakt. Hij voelde gevaar aankomen en waarschuwde ons tegen de regels in.

Het was nu te laat om na te denken over hoe de Raad achter ons noodlot was gekomen. Loetsis opperde het idee dat tussen de daklozen die door de Oegels werden kaalgeplukt misschien een spion zat die alles aan Sjoelga had doorverteld. Om mogelijke strafmaatregelen voor te zijn moesten we de regio-oudste Teresjnikov zelf op de hoogte brengen van het Oegel-incident en onszelf daarbij in een fraai daglicht stellen. We besloten uit voorzorg om de dood van Ogloblin niet aan de Raad te melden. We hadden al helemaal geen behoefte aan revisoren en controles.

Wie schuld bekent heeft half geboet—en op het eerste gezicht leek dit te werken. We konden niet van misdadige achterhouding van feiten worden beschuldigd. De Raad wimpelde ons af, iemand bromde dat wij hen vóór de afrekening op de hoogte hadden moeten stellen en niet erna. Daarmee was alles afgelopen. Helaas waren wij te vroeg gerustgesteld.

Toen kwam Jambykh onverwachts langs voor een zogenaamd onbenullige inspectie. De volgende dag verklaarde hij opeens met pomp dat de leeszaal onder huisarrest werd geplaatst. Het probleem dat in de ogen van de Raad in het begin niet eens bestond, was binnen vierentwintig uur opgeblazen tot de dreigende afmetingen van een rechtszaak. En het meest tragische was dat de lezer Ogloblin, verdwenen als een zandkorreltje in de zee van het dagelijks leven, nu een molensteen om de nek van alle Sjironins dreigde te worden. Het was te laat om zijn dood nog aan te geven. We konden alleen hopen dat onze revisoren zijn afwezigheid niet zouden opmerken.

Jambykhs mensen snuffelden een paar dagen in de stad rond op zoek naar belastend materiaal. Zo te zien hadden ze niets gevonden. Wij wilden Sjoelga's boodschapper niet onnodig tegen ons in het harnas jagen en probeerden zijn absurde eis om onze huizen niet te verlaten na te leven. In die tijd nam Jambykh twee keer contact met ons op.

Tot slot liet hij een derde keer van zich weten: 'Meneer Vjazintsev!' gilde zijn jubelende, schel-overmoedige stem door de telefoon. 'Ik heb een belangrijke mededeling. Roep de leeszaal vanavond bijeen!' Het was niet duidelijk waar die sluwe boodschapper heen wilde. Waarschijnlijk had Jambykh ergens lucht van gekregen en probeerde hij ons met zijn allen de waarheid te ontfutselen. Dan zouden we ook moeten uitleggen waar de lezer Ogloblin heen was. 'Roman Ivanovitsj,' stelde ik voorzichtig voor, 'misschien hoeven wij niet iedereen te storen? Zal ik anders alleen Selivanova en Dezjnjov roepen? Dat zijn de oudste en meest gerespecteerde lezers…'

Jambykh ging hier niet tegenin en legde de bijeenkomst om zeven uur 's avonds vast.

'Uiteindelijk,' stelde ik mijzelf de rest van de dag gerust, 'waarom zou hij ons willen tellen? Hij kent de Sjironin-leeszaal ongetwijfeld alleen van horen zeggen. Zelfs als hij een groepsfoto van de leeszaal voor ogen had gekregen, zou hij zeker niet alle lezers van gezicht onthouden,' zo dacht ik. 'Jambykh is alleen hier om erachter te komen waarom de Kaukasische bende ons lastigviel.'

Die avond klonk het prikkelige ziekenhuiswoord 'quarantaine'.

'Om de objectiviteit van de revisie te bewaken,' verklaarde Jambykh kort. 'Trouwens, hebben jullie mobiele telefoons in de leeszaal?'

'Waar zouden wij die vandaan moeten halen, als ik vragen mag?' zei Margarita Tikhonovna met trots misnoegen. 'Zij wij zakenmensen? Of dieven?!'

'Rustig maar… Het is het jaar tweeduizend,' krulde Jambykh zijn lippen op. 'Mobieltjes zijn allang geen luxeproduct meer…'

'Maar wel eentje voor het modaal inkomen,' concludeerde Marat Andrejevitsj. 'Daar kunnen wij ons helaas niets van voorstellen. Wat is het probleem, meneer Jambykh? Moet u dringend een telefoontje plegen?'

'Juist niet,' zei Jambykh ongeduldig. 'Een quarantaine veronderstelt in de eerste plaats een volledige informatieblokkade…'

'Oftewel?…' Marat Andrejevitsj spitste zijn oren.

'Wij staan erop dat voor de periode van de revisie jullie leeszaal geen contacten van buitenaf onderhoudt!'

'Moeten we onze huistelefoons afsluiten?' vroeg Margarita Tikhonovna.

'Helaas is dat geen optie meer. Jullie hele leeszaal moet de stad verlaten.'

'En waar moeten wij dan heengaan?'

'Daar waar jullie in isolatie zullen zijn. Daar moeten wij nu een afspraak over maken.'

'Luister, Roman Ivanovitsj,' kwam ik tussenbeide. 'Dit is overdreven. Wij zijn niet van plan om jullie in de weg te lopen. Waarom moeten wij in quarantaine, we hebben toch geen geelzucht…' ik glimlachte, maar Jambykh bleef somber en geconcentreerd.

'Sjironins, jullie hoeven niet te doen alsof jullie de bedoeling van de quarantaine niet begrijpen! Denken jullie dat wij niet weten wie jullie heeft gewaarschuwd over de revisie? Toch, mevrouw Selivanova?'

'Ik heb geen idee waar u het over hebt!' Margarita Tikhonovna haalde onverstoorbaar haar schouders op.

'Stop met dat toneelstuk,' zei Jambykh vermoeid. 'U weet precies wat ik bedoel…'

De bladverliezende augustus blies afkoelende wind naar binnen en gooide de gordijnen op. Jambykh streek de opgekrulde vette lokken op zijn achterhoofd plat. Uit de korte mouwen van zijn onfrisse shirt steeg een verstikkende zweetlucht op waar zelfs het wijd open raam niet tegen hielp.

'Kan het niet zonder quarantaine?' probeerde ik de boodschapper te overreden, maar de reactie was tegenovergesteld.

'Hebben jullie er iets tegen om geen geheimpjes te kunnen delen?' Jambykh keek mij strak aan. 'Dan rest de vervelende vraag—met wie en waarom? Wat moet ik aan de Raad doorgeven?!'

'Wat voor geheimpjes, Roman Ivanovitsj! U ziet overal samenzweringen en intriges. Dit is erg onhandig. Onze vrienden moeten naar hun werk kunnen.'

'Dan nemen jullie maar vrij. Op eigen kosten. Jullie zijn geen kleine kinderen, even volhouden kan wel. En het is maar voor twee weken.'

'Luister,' gaf Margarita Tikhonovna niet op. 'Ik ben een oudere en zieke persoon. En als ik nou onwel word?...'

'Ik denk dat mevrouw Selivanova de ernst van de situatie niet begrijpt,' zei Jambykh verbaasd. 'Het toekomstig lot van jullie leeszaal hangt af van de resultaten van mijn onderzoek! Is dat wél duidelijk?!'

'Zonder medische hulp kan ik doodgaan!'

'Dat had u zich eerder moeten bedenken, in plaats van afrekeningen te houden en dan uw slechte gezondheid als excuus te gebruiken.'

'Deze loopjongen heeft een greintje macht gekregen,' de stem van Margarita Tikhonovna rilde van woede, 'dus rolt hij erin, als een hond in stront!'

'We zullen doen alsof ik niet beledigd ben,' Jambykh keek onverschillig uit het raam.

'Roman Ivanovitsj,' ik kreeg een idee. 'Zullen wij buiten de stad in quarantaine gaan, onze lezeressen hebben daar een eigen huis. De plaats is afgelegen, er is geen telefoon, het is ideaal...'

Jambykh keek nog steeds opzij en klopte een warrige mars uit op tafel met zijn vingers.

'Goed,' zei hij na een gekunstelde overpeinzing. 'Ik zal met jullie verzoek akkoord gaan. Morgen verhuizen jullie. De eisen blijven hetzelfde: geen contacten of reizen. Ik adviseer jullie van harte om verstandig te zijn om grotere problemen te voorkomen.' Hij pakte een luciferdoosje van tafel, haalde er met zijn nagel een lucifer uit en stak hem als een sigaret tussen zijn tanden.

'Eén dag is te weinig,' zei ik meteen. 'Kunnen we tot het einde van de week krijgen?'

'Wat is het probleem?' Jambykh trok zijn lippen scheef en peuterde tussen zijn ontblote gouden tanden.

Margarita Tikhonovna draaide zich vol walging weg.

'Wel, er komt veel bij kijken, meneer Jambykh,' onderhandelde ik. 'Vrij nemen, spullen inpakken, genoeg boodschappen doen, vervoer organiseren...'

'Jullie hadden toch een minibusje, als ik het me goed herinner…'

Terwijl ik koortsachtig nadacht over wat ik moest verzinnen, bijvoorbeeld dat we de RAF hadden verkocht om onze schulden af te kopen en de medische zorg van lezer Vyrin te kunnen betalen…

Jambykh was mijn slechte leugens gelukkig voor: 'Goed, jullie krijgen twee dagen. Maar niet meer.'

Hij schreef het adres van de Vozgljakovs op, beloofde ons te bezoeken en nam afscheid.

TEGEN DE LAMP

Angstige dagen wisselden elkaar af. Hoewel wij sterk probeerden te blijven, was de stemming bedrukt. Onze situatie zag er steeds armzaliger uit, alsof iemand na de dood van Ogloblin een groot gietijzeren kruis op de Sjironin-leeszaal had gezet.

Natuurlijk wist iedereen waarom de Raad zulke extreme middelen tegen ons had ingezet. Daar wisten ze niet alleen over Boerkins geheime bijstand, maar hadden ze zijn nobele en onbezonnen daad voorzien en vervolgens in hun maximale voordeel gebruikt. Boerkin had zichzelf in de voet geschoten en wij werden uit hoogste voorzorg achter slot en grendel gezet.

Niemand sprak over quarantaine. In plaats daarvan deden we alsof onze opsluiting een vakantie was in een buitenhuis.

De boerderij van de Vozgljakovs zat op een kilometer of twee van het dichtstbijzijnde dorp. Om ons heen heerste stilte, die alleen aan weerszijden werd omzoomd door het geklater van verre treinen.

Het huisje bleek een gastvrij onderkomen te zijn. De zussen zelf, Margarita Tikhonovna en Tanja sliepen in de twee kamers. Anna had mij stiekem ingefluisterd dat Tanja en ik het aparte zolderkamertje zouden krijgen, maar eerlijk gezegd voelde ik mij ongemakkelijk bij zo'n openlijk concubinaat—het leek mij te provocerend. In dat kamertje sliep Vyrin—er stond een harde brits die precies goed was voor zijn slechte rug. Wij zetten de kleine divan in het voorportaal voor Timofej Stepanovitsj. In dezelfde ruimte was nog net genoeg plaats voor een vouwbed, waar Marat Andrejevitsj op sliep.

Kroetsjina, Iëvlev en Soekharev sliepen in het badhuis, Loetsis en ik in de hooischuur. We hadden gewatteerde jassen en wijlen Maria Antonovna's oude keperstoffen jas van Anna gekregen—de nachten waren al koud.

De huishouding van de Vozgljakovs was vervallen en aan een grondige renovatie toe, dus er was voor iedereen genoeg werk. We hebben de palen onder het motorafdak verstevigd, de dakleien opnieuw gelegd, de veranda gerepareerd, de kozijnen geverfd, de schutting bijgewerkt en de doorgerotte bankjes in het badhuis vervangen.

Ooit hadden de Vozgljakovs twee koeien. Na de dood van Maria Antonovna was het vee verkocht. Van erfdieren, behalve honden, bleven alleen de makkelijk te onderhouden kippen achter. De voormalige koeienstal was nu een houtopslag, die Iëvlev en Loetsis binnen een paar dagen tot aan het dak hadden volgegooid met brandhout. Tanja heeft samen met de zussen de voorraadkelder gesausd. Margarita Tikhonovna kookte een grote koperen teil met pruimenjam.

Tegen het einde van de eerste week was het huis helemaal opgeknapt. Er bleef nu alleen vrije tijd over. 's Avonds deelde de leeszaal zich op in interessegroepjes. Timofej Stepanovitsj viste plechtstatig minuscule tonnetjes uit een jutte zakje en noemde luid de nummers op. Margarita Tikhonovna, Anna, Svetlana en Veronika legden knoppen op de overeenkomstige nummers op de lottokaartjes. Aan hun tafel heerste uitbundige kinderlijke vreugde.

Grisja had een schaakset gevonden met ontbrekende figuren, maakte damstenen uit hars en wit broodkruim en speelde enthousiast omgekeerd dammen tegen Soekharev. Dezjnjov, Kroetsjina, Iëvlev en Loetsis speelden verderop wiezen.

Tanja en ik speelden buiten badminton. De shuttle die op een dode mus leek had de neiging om in de knoestige takken van de gebogen appelbomen vast te zitten. Ik schudde het dikke gebladerte door elkaar met een skistok. De shuttle viel op de grond, gevolgd door een regenbui van onrijpe wilde appeltjes.

Aan de rust kwam een abrupt einde, snel en bijna pijnloos, als een bot dat onder plaatselijke narcose breekt. We zaten in de tweede week van onze opsluiting en, gesust door het regelmatige dorpsleven, dachten wij dat alles wel in orde zou komen.

Op vrijdagochtend arriveerde een stoet van vier auto's bij de boerderij. Het hek echode nog geen vuistslagen, maar de Moskovische waakhond Najda begon al zwaar en onregelmatig te blaffen. Ze liep onrustig om haar hok met de lange ketting te rammelen. Ogloblins Latka zong tweede stem en draaide haar wolvengehuil als een schroef in de hemel. Daarna begon het hek pas te gonzen.

Wij verwachtten geen bezoek en de reden van onze samenkomst in het huis van Vozgljakovs was ons langzaam ontgaan. Ik verborg het stalen kistje met het Boek onder een vloerplank, haalde de oorlogshamer tevoorschijn en rende naar het hek. Loetsis, Soekharev, Kroetsjina en Dezjnjov hadden zich daar al verzameld.

De angstaanjagende Iëvlev met een kloofbijl in zijn hand vroeg: 'Wie is daar, verdomme?'

'Oude bekenden,' zei een familiaire stem. 'Maak maar open!'

We schoven de grendel opzij. Voor ons stond Jambykh, achter hem twee identieke keien van medewerkers. Iets verderop stak Teresjnikov als een gans zijn hoofd uit en glimlachte gespannen. Hij droeg een witte stoffen pet met een plastic klep en uitgebrand opschrift 'Feodosiya'. De magere passagier bij de auto herkende ik ook, ondanks een zware, zijn halve gezicht bedekkende getinte bril.

'Vadim Leonidovitsj!' riep Teresjnikov. 'Komt u maar, wees niet bang. U bent hier veilig...'

Toen herinnerde ik me Kolesov, de neppe koper van de Gorelov-leeszaal.

'Mag ik?' vroeg Jambykh droog en liep zonder op een uitnodiging te wachten het erf of. 'Ik hoop dat de honden zijn aangelijnd.'

Hij werd gevolgd door een kleine suite, die argwanend naar onze bijlen keek. Buiten bleef een tiental bewakers bij de auto's achter.

Teresjnikov draaide zich achteloos om en riep hen toe: 'Wacht hier, wij komen zo! En zonder dollen, er is hier geen enkel gevaar!'

Hij merkte welke indruk dit op de Sjironins had gemaakt.

'Het zijn echte bullebakken,' brabbelde hij zenuwachtig en wees met zijn duim over zijn schouder, 'complete maniakken. Zij hebben geen Boek der Woede nodig...' mompelde hij verder terwijl hij de Kolesov voor zich uit duwde, die als een gekluisterd paard amper vooruitkwam.

Zij liepen door onze levende laan en stopten in het midden van het erf. Svetlana, met de ketting om haar hand gewikkeld, hield de steigerende Najda met moeite tegen. Aan de andere kant trok de woeste Latka aan de lijn in Anna's hand. Tanja, Veronika, Margarita Tikhonovna en Timofej Stepanovitsj voegden zich bij ons. Onze grote honden en wapens gaven mij een geruststellend gevoel: de ongenode gasten waren onder controle.

'Vadim Leonidovitsj,' kon Soekharev zich niet inhouden. 'Hoe is de gezondheid? Gaat u de flat nog kopen, of toch niet?'

Timofej Stepanovitsj siste met ontzag: 'Die neet leeft nog!'

Een pijnlijke rilling ging door Kolesov en hij zei, terwijl hij gespannen naar zijn schoenen keek: 'Meneer Teresjnikov, ik wil hier graag zo snel mogelijk weg.'

'U gaat ook weg. Maar eerst voert u uw taak uit!' brak Jambykh hem af. Hij richtte zich tot mij: 'Alle lezers zijn hier verzameld? Toch?'

Ik knikte met een afschuwelijk voorgevoel.

Jambykh wreef als een vlieg in zijn droge ritselende handpalmen.

'Dus, wat zegt u ervan?' vroeg hij aan Kolesov.

'Kom op, Vadim Leonidovitsj, niet bang zijn,' bemoedigde Teresjnikov hem.

Kolesov telde ons met korte, angstige blikken: 'Eentje is er niet… De bestuurder.'

Ik voelde het bloed naar mijn wangen stijgen, mijn slapen braken verraderlijk uit in zweet.

'Nou, nou…' Jambykh lachte smalend. 'U kunt zich zeker de achternaam van de bestuurder niet herinneren?'

Vadim Leonidovitsj twijfelde even, trok zijn lapel naar voren en haalde iets uit zijn binnenzak.

'Ogloblin Fjodor Aleksandrovitsj,' las hij voor van een papiertje. 'Geboortejaar '56… Mag ik nu gaan?'

'Ga maar,' gaf Jambykh toestemming. 'Meneer Teresjnikov, loopt u met hem mee. Ik heb een apart gesprek voor de Sjironin-leeszaal.'

'Duurt het lang?' vroeg Teresjnikov terwijl hij richting de uitgang achteruitliep. Kolesov volgde hem op de voet.

'We zien wel…' Jambykh glimlachte toen hij onze hopeloze gezichten zag. 'Dus, waar hebben jullie jullie lezer gelaten? Opgegeten?'

'We hebben hem nergens gelaten,' zei Margarita Tikhonovna. 'Meneer Ogloblin is hier, bij ons… Wij ergerden ons gewoon aan die twee clowns,' zij wees naar het hek, dat achter Teresjnikov dichtklapte.

'Wat lopen jullie me wijs te maken?! Wat is dit voor onzin?!' vloog Jambykh ineens uit.

'Ogloblin is hier,' beaamde Margarita Tikhonovna, 'hij kan alleen niet komen.'

'Waarom? Is hij ziek? Gewond?'

'Ik leg zo alles uit. Komt u maar,' zij wenkte hem. 'Het is dichtbij, in de tuin.'

De verwarde Jambykh en zijn begeleiders liepen achter haar aan en ik begreep wat ze hen wilde tonen. We kwamen bij het gietijzeren kruis aan.

'Hier,' wees Margarita Tikhonovna.

'Ah, hij is dus toch dood!' ademde Jambykh opgelucht uit. 'Gelukkig maar!' Licht beschaamd voegde hij hieraan toe: 'Ik bedoel, de zaak is nu duidelijk. Dus dit is zijn graf?'

'Niet helemaal. Er is geen graf. Alleen een kruis!'

Jambykh jubelde: 'En waarom hebben jullie zijn dood vanaf het begin voor ons verborgen gehouden?'

'We wilden de Raad niet steeds lastigvallen,' zei ik. 'We dachten dat Ogloblins dood het probleem van onze leeszaal alleen was…'

'Wat is er met hem gebeurd?'

'Hij is overleden. De bendeleden hebben hem doodgeschoten…'

'Diezelfde bendeleden die zo veel interesse in jullie toonden…'

Hoe erg dit allemaal leek op een schaakravage, waarbij een eenzame koning van hokje naar hokje voor een gek geworden vijandelijke dame wegrent…

'U zegt dat hij is doodgeschoten,' verzuchtte Jambykh. 'Jammer, jammer… Ik heb nog een vervelende mededeling. Wij moeten het lichaam opgraven.'

'Dat heeft geen zin,' antwoordde ik snel. 'Het lichaam is direct gecremeerd…'

'Dus een urne rust in de grond? En van wie de as is, komen we natuurlijk nooit te weten. Wat fijn…'

'Er is ook geen as,' zei Kroetsjina licht dreigend. 'En die was er ook nooit. Onze vriend is in mijn gieterij gecremeerd…'

'In de gieterij…' herhaalde Jambykh met een smadende echo. 'Gecremeerd… Zal ik jullie anders vertellen wat er echt is gebeurd? Hij is weggelopen, jullie Ogloblin!' vuurde Jambykh af. 'Net zoals Shapiro! En jullie hebben vervolgens een tiental Achmeds afgemaakt om ze van de dood van een nieuwe verrader te kunnen beschuldigen… Hoewel,' hij sprak ineens langzamer en bijna vriendelijk, 'misschien heb ik het op één punt mis. Ik wil best geloven dat juist de verdwenen Ogloblin de bende op jullie spoor heeft gezet…'

Bezwaren en discussies hadden geen zin. De Sjironin-leeszaal was compleet en volledig tegen de lamp gelopen.

'Wel, ik dank u voor uw aandacht,' een walgelijk glimlachje spreidde zich over Jambykhs gezicht. 'Zoals men zegt, de dikke dame heeft gezongen…'

'HET LIED VAN STALIN—PORSELEIN'

Jambykh en zijn mensen waren opgehoepeld. Nu moesten wij de beslissing van de Raad afwachten. De vooruitzichten waren grimmig: schending van geheimhouding, weggelopen lezer, verheimelijking van feiten die een dreiging vormden voor de algemene veiligheid, een niet-gesanctioneerde afrekening met mogelijke getuigen. Dit alles was met gemak voldoende voor een tweede 'A'-sanctie. Daarachter schenen ons de inbeslagneming van het Boek en de ontbinding van de leeszaal toe.

De Raad haastte zich niet met haar vonnis. Ze hoefden zich niet te haasten: ze hadden de Sjironin-leeszaal al bij het nekvel vast. We wachtten nu alleen nog op de genadeslag.

Bij terugkeer naar de stad was de quarantaine nog niet voorbij. Het nam alleen nieuwe, beangstigende vormen aan. Margarita Tikhonovna bracht hele dagen door bij de telefoon en probeerde onze buren te bereiken. Binnen anderhalve week was de wereld om ons heen uitgestorven. De leeszalen van Boerkin en Simonjan zwegen. Niemand nam op in Kolontajsk. Bij Teresjnikov gaf een blank antwoordapparaat beleefd antwoord: 'Goede dag, u heeft gebeld op het nummer…'

Een lethargische kalmte was over ons neergedaald. De mensen om mij heen gedroegen zich alsof ze er ineens achter kwamen dat ze al lang en gelukkig dood waren. Vanaf dat moment voelde ik mij weer oncomfortabel en angstig bij de Sjironin-leeszaal, net als tijdens mijn eerste dagen.

Niets anders—woede, angst, wanhoop—had zo'n deprimerende indruk op mij kunnen maken als deze bleke, strenge kloostergelofte die als een lijkwade op de leeszaal lag. De gezichten van de lezers leken net foto's op vreemde grafstenen. Hun rustige gesprekken leken op elegieën. Ieders gezicht vertrok in een gelukzalige martelaarsglimlach en ik wilde ze hard op de wangen slaan totdat ze wakker werden. Het Boek werd vaker dan ooit gelezen, alsof ze zich haastten om het echte leven door het valse boekfantoom te vervangen.

Marat Andrejevitsj werd somber en gesloten. Ik herkende noch Loetsis, noch Kroetsjina. Een of ander grafvuur had ze vanbinnen uitgebrand en glinsterde nu als eeuwige iconenlampjes in hun wijde pupillen. De begrafenisplechtigheid schepte zelfs afstand tussen Tanja en mij. Reeds overleden hield zij anders van mij, uit de verte, alsof ze al onder de aarde lag.

Op deze wandelende begraafplaats bleef de terminaal zieke Margarita Tikhonovna als enige levende en emotioneel flexibele persoon over. Ik was er zeker van dat zij nog meer dan de rest onderworpen zou zijn aan dit enthousiast-dodelijke fanatisme. In plaats daarvan werd ze zachter, sympathieker.

'Aleksej, jij moet de jongens niet uit de weg gaan,' gaf Margarita Tikhonovna mij een zachtmoedig standje. 'Het zijn toch helemaal geen zombies? Je verzint ook van alles!' snoof ze. 'Waarom denk je dat ze zich op de dood voorbereiden? Het is juist andersom, ze proberen zich voor de rest van hun leven in te lezen…' hier zuchtte Margarita Tikhonovna. 'Maar is het mogelijk om een voorraad aan te leggen van beelden of geluiden? Het vlees der herinneringen is kortstondig. Hun zwakke lijfjes moeten zich om niet te sterven vastzuigen aan een stevig lichaam. Het Boek der Herinnering is de ideale donor—een sterke, feilloze generator van een gelukkig verleden en hemelse ervaringen. Kan het zwakke menselijke geheugen hetzelfde niveau als zo'n machine bereiken? Je hebt het toch zelf gezien!'

'Margarita Tikhonovna, ik betwist de voordelen van dit fenomeen niet, maar technisch gezien is het een illusie.'

'Ha, mooie illusie!' ze lachte. 'Beter dan het origineel! Hoe vaak heb jij het Boek gelezen? Vier keer? Ja… En de jongens kennen het vanbuiten! Jij hebt alleen nog je eigen natuurlijke verleden, zij hebben er al twee. En één daarvan is werkelijk prachtig. Daar houden ze zich aan vast. Maar hier is het probleem: opdat het verleden niet vervaagt, moet hij constant worden gevoed, en dus moet het Boek steeds opnieuw worden gelezen. Het Boek verliezen betekent voor altijd de mogelijkheid het voorbije geluk te ervaren verliezen. En het zich niet alleen herinneren, maar opnieuw beleven, zonder emotionele verliezen. Dat is kostbaar. De jongens maken nu een soort psychologische test door: zijn ze bereid om voor het Boek te sterven…'

Ik raapte mijn moed bijeen: 'Margarita Tikhonovna, begrijp me niet verkeerd. Ik zal heel eerlijk zijn. Het Boek is natuurlijk erg belangrijk, maar ik denk niet dat ik bereid ben om tot het bittere einde te gaan… Ik denk dus dat ik in het ergste geval wel zonder het Boek zal kunnen leven. Misschien heb ik ongelijk, eigenlijk is het erg waarschijnlijk dat ik ongelijk heb, maar ik heb geen tijd om mijn gevoelens op een rij te zetten. Ik ben de verantwoordelijkheid beu. Ik wil even alleen zijn…'

Margarita Tikhonovna zweeg medelevend. Ik was blij dat ze niet verbaasd of beledigd was. De volgende ochtend gaf ik het Boek in bewaring aan Loetsis met de woorden dat het bij mij niet veilig was. In feite hadden de Sjironins geen uitleg nodig, mijn verzoeken werden zonder tegenspraak ingewilligd. We verplaatsten met de hele leeszaal het Boek naar Loetsis' huis. Trots op het getoonde vertrouwen beloofde hij het als zijn oogappel te koesteren.

Na een week in eenzaamheid te hebben doorgebracht, kwam ik wanhopig tot de realisatie dat ik absoluut geen zin had om deze terdoodveroordeelde troepen, de Sjironin-leeszaal genaamd, aan te voeren. Maar ik kon deze mensen ook niet aan hun lot overlaten. Iets in mij was voor altijd veranderd en verraderlijke vluchtgedachten raakten vanaf het begin verstrikt in het net van brandende schaamte. Geplaagd door medelijden, plicht en bezorgdheid nipte ik aan mijn kop met bittere koffie en plette de ene peuk na de andere in de asbak, terwijl een langzame septembervlieg uren achtereen koppig tegen het raam aan kopte.

Op de zevende dag werd er aangebeld. Ik keek door het spionnetje. De ronde lens vormde een zwaarlijvige vrouw van middelbare leeftijd om tot een onnozel kikkervisje. Haar gazen hoofddoek was van haar hoofd gezakt en toonde een grijze haarscheiding. Op haar schouder, boven op een uitgerekte gebreide trui, hing een dikke tas. De vrouw hield een klein pakketje in haar hand. Ze wachtte een halve minuut en belde toen weer lang aan.

Ik was uiteraard absoluut niet van plan om open te doen. Wie weet waarom deze persoon hierheen was gekomen en of er onder aan de deur misschien een hulpje met een mesje zat verscholen.

De vrouw belde nog eens, vloekte machteloos en probeerde de buren. Bij de derde poging had ze geluk. Een oudere stem antwoordde: 'Wie is daar?'

'Galina Ivanovna, ik ben het, Valja!' riep de vrouw met de tas. 'Uw buurman heeft een pakketje gekregen, maar hij is niet thuis. Mag ik het bij u achterlaten?'

Een oude vrouw in een gerafelde ochtendjas deed open: 'O, hallo, Valetsjka, hallo. Ik dacht al, het pensioen heb je toch al gebracht?… Wat voor pakketje?' ze pakte het pakje nieuwsgierig aan.

'Neemt u het aan?' vroeg de postbode. 'Dank u hartelijk... Ik moest zowat kruipend naar de vierde verdieping, mijn benen zijn opgezwollen. Spataderen,' ze trok haar lange rok omhoog en toonde de kwaal, 'ik kan bijna niet meer lopen...'

Onder medelijdende 'ochs' en 'achs' van de oude vrouw haalde ze een reçu tevoorschijn: 'Teken hier... En hoe zit het met de nieuwe bewoner?'

'Hij is jong...' de oude vrouw mikte met het potlood. 'Zegt dat hij het neefje is van,' zij knikte veelbetekenend. 'Brengt ook allemaal mensen langs...'

'De oude was blijkbaar vermoord,' zei de postbode ongeïnteresseerd.

'Klopt. Zijn alcoholische vriendjes hebben hem doodgestoken,' beaamde het oudje en zette een krabbel op het papiertje. 'Bijna een jaar geleden...'

Dit leek niet op een hinderlaag. Ik hield het scheermes in mijn linkerhand en opende de deur op de ketting. Als iemand door de opening probeerde te komen, zou ik heb met het scheermes over de ogen striemen en het lichaam met mijn voet wegschoppen.

De vrouwen keken om.

'O, hij is wakker!' de postbode was hier om de een of andere reden erg blij om. 'Goede morgen!'

'Goede dag,' zei ik en geeuwde wijd, voor het geval dat.

'Ik heb een pakketje voor u. Ik vraag net aan Galina Ivanovna,' zij wees naar de vrouw, 'of zij het aan haar buurman wilde geven...' De postbode keek naar het pakketje, daarna naar mij. 'Vjazintsev Aleksej Vladimirovitsj?'

'Ja. Wilt u mijn paspoort zien?' ik verborg het mes achter mijn rug en opende de deur wijd.

'Dat is hij,' beaamde de oude vrouw enthousiast. 'Vjazintsev.'

'Gelukkig maar,' de postbode stak het pakketje en het reçu in mijn handen.

In de keuken bekeek ik het kleine lichte pakketje aandachtig. De mysterieuze afzender heette 'V.G.' Van de weggeveegde achternaam bleven de laatste drie letters over—onpersoonlijke uniseks '...nko'. Hoe hard ik ook nadacht, ik kon me geen persoon herinneren met de initialen 'V.G.' en een Oekraïense achternaam (een of andere Sajenko). Het met inkt op lichtbruin pakpapier geschreven adres was ook weggewassen. In de paarse streken waren de sporen van een vinger of grote regendruppels te ontwarren.

Ik scheurde de verpakking nerveus open en zag een boek. Op de vervaalde blauwe omslag stond in een streng lettertype: 'D. Gromov' en iets lager: 'Het lied van Stalin-porselein'.

Een vervalsing! Iemand heeft mij een kopie gestuurd! Plakkerige koude horror spreidde zich over mijn rug… De elitetroepen van de Raad sluipen al voort langs de muren, hun beslagen laarzen raken de traptreden nauwelijks aan. Nog een minuut en de voordeur stort in. Snelle zwijgzame mensen zullen de verdachte op de grond gooien en zijn armen achter zijn rug draaien. Strenge schouten zullen de inbeslagneming van een misdadige vervalsing in het proces-verbaal neerleggen. Zij hebben een vervalser op heterdaad betrapt! Niets kan de Sjironin-leeszaal en haar onfortuinlijke bibliothecaris nog redden…

Ik ademde in en uit en bekeek het boek aandachtiger. 'Het lied van Stalin-porselein', uitgeverij 'Radjanski Pismennik', 1956. Citroengele pagina's met oranje sproetjes leken ongeschonden. Het drukwerk stak ongewoon uit. Ik kon elk opgezet woord met het topje van mijn vinger voelen.

Ik bestudeerde het titelblad. Redacteur V. Vilkova, artist. red. E. Boergoenker, techn. red. E. Makarova. De stoffen rug rook naar papieren en apothecaire verval, naar een uitgedroogde boekenplank. Mijn neusgaten raakten licht verdoofd van het verstikkende stof. Op het schutblad zat een inlegvel vastgeplakt met groot getypt de tekst: 'ERRATA. P. 96, regel 9 van beneden. Staat "weggelopen". Moet zijn "weggegooid". P. 167, regel 6 van boven. Staat "geweldige". Moet zijn "geweldig".'

Het denkbeeldige geklets van des straffers' laarzen werd zachter. Dit was geen provocatie van de Raad—dit begreep ik zeer duidelijk. Een sterk vermoeden greep mijn hoofd als een vuurkroon vast. 'Het lied van Stalin-porselein'. Ik kende de titels van alle Boeken in het Gromov-universum, behalve deze. Ik had in mijn handen geen nepperd, maar het door iedereen gezochte Boek van Gromov, het beruchte Boek der Betekenis…

Mijn eerste koortsachtige instinct was om meteen de Sjironins te roepen. Deze vondst zou ons ongekende zegeningen bezorgen. We konden ons met dit Boek voor altijd bij de Raad afkopen en er eeuwige onschendbaarheid voor terugeisen!...

Halverwege de gang doofde mijn geëxalteerde bezieling echter compleet uit en ik keerde terug naar de kamer. Ik trilde van top tot teen van de emotionele opwinding. Ik was een uur of drie van de waarheid verwijderd. Een pionier heeft mij het Boek toegezonden. Maar wat wist ik over hem en hoeveel had de Betekenis hem gekost?!

Het voorgevoel van uitverkorenheid sleepte mij mee. Ik wist niet hoelang het Boek in de Sjironin-leeszaal zou blijven en ik moest gebruik maken van het moment. Ik bedacht mij niet dat het in mijn eentje lezen van het Boek noodlottige gevolgen kon hebben. Mijn ogen trilden een lange tijd en schoten steeds van de regel af. Ik gooide twee glazen koud water achterover. Toen mijn ingewanden waren afgekoeld, ging het beter.

Het lied was in een lyrisch-feestelijke stijl geschreven en zat vol met innerlijke monologen, gerijmd als een prozagedicht. Voormalig frontsoldaat en rode directeur Sjerbakov droomt ervan de productie op een door de oorlog verwoeste porseleinfabriek weer op te starten. Hij is een onverbeterlijke romanticus vol Oktoberidealen en gelooft erin dat de door hem opgezette fabriek de hele arbeiderswereld van eersteklas porselein zal voorzien. Hij is een simpele en eerlijke man. Achter een gekunstelde strengheid schuilt een welwillende ziel met aandacht voor menselijke behoeften die alles kan vergeven, behalve lafheid en verraad.

Polemisch aan Sjerbakov is de hoofdingenieur Berezjnoj beschreven. Hij heeft de zware ervaring van evacuatiefabrieken achter de rug. Hij is een professional en bij de wederopbouw van de fabriek alleen in het technisch aspect geïnteresseerd. Berezjnoj is geen dromer, hij is berekenend en praktisch. Zijn waarheid draagt vaak een puur formeel karakter. Berezjnoj kiest er bijvoorbeeld voor om de gemakken van het bouwstadje in te dammen om meer geld over te houden voor de bouw. Sjerbakov spreekt hem gerechtvaardigd tegen en zegt dat men de verbeteringen in het dagelijks leven van de arbeiders niet mag vergeten. Deze mensen moeten tenslotte de fabriek bedienen. Berezjnoj komt erachter dat de overheid in Moskou negatief op het project reageert. Hij trekt zich meteen terug en schrijft een rapport waarin hij de uitzichtloosheid van de wederopbouw van de fabriek aankaart. Sjerbakov is echter bereid om 'voor het gerecht te verschijnen' om te bewijzen dat het project waarde heeft. Zijn enthousiasme wint ook Moskou over. Daarnaast ontwikkelt zich tussen Sjerbakov en Berezjnoj een persoonlijk conflict. Berezjnoj wordt verliefd op dezelfde jongedame als de directeur en wanneer hij erachter komt dat Katja zijn gevoelens niet beantwoordt, neemt hij meteen ontslag. De bouw gaat rustig verder. Naast de fabriek groeit een arbeidersstadje, waar zich al een druk cultureel leven heeft ontvouwd...

De jonge schilder Gordejev stelt op een vergadering voor om een servies te produceren met Stalins afbeelding. Iedereen is het van harte eens met zijn idee. En dan is het trotse moment daar dat de schilder de hete mallen met het servies uit de moffeloven haalt. Vol geluk draagt hij de afgewerkte kopjes met Stalins afbeelding naar het kantoor. Blijde glimlachen van Sjerbakov, Katja en de nieuwe hoofdingenieur Velikanov groeten hem...

Ik was tegen het begin van de avond klaar met lezen en maakte mij op voor de openbaring. De gespannen afwachting tikte luid in de klok, maar met mij gebeurde niets bijzonders. Ik joeg ijverig alle gedachtenafval uit mijn hoofd zodat er ruimte overbleef voor Betekenis. Ik handhaafde deze leegte minutenlang totdat hij druppel voor druppel met bittere ergernis werd opgevuld.

Ik gaf onwillig aan mezelf toe dat het Boek niet had gewerkt. Ik had het nochtans aandachtig gelezen, zonder me in de kunstzinnige zijde van het 'Lied' te verdiepen. Misschien zat er een verborgen gebrek in het Boek, een verloren gegane pagina. Waarom zou het anders naar onze leeszaal zijn opgestuurd? Ik checkte de paginanummering zorgvuldig—alle pagina's waren aanwezig. Er bleef alleen een kleine kans over dat ik onvoorzichtig was geweest en een regel of paragraaf had gemist.

Ik stond zwaar op van het bed, alsof iemand een ton lood in mijn maag had gegoten. Achter de verschrikkelijke teleurstelling, ergens in de verste kamertjes van mijn geest, vormde zich ineens een woordcombinatie die mij absurd toescheen: 'Eeuwigdurende Psalter'.

OP ZOEK NAAR DE BETEKENIS

'Was dat alles?' vroeg Margarita Tikhonovna. 'Niets anders, behalve die "Eeuwigdurende Psalter"?'

Ze keek al een uur lang gebiologeerd naar het Boek en aaide de kaft voorzichtig met trillende vingers.

Ik belde Margarita Tikhonovna bijna meteen na mijn mislukte lezing, zei dat ene V.G. mij een pakketje had toegestuurd met 'interessante inhoud' en dat ik dringend vertrouwelijk advies nodig had.

We spraken vaak één op één, dus mijn verzoek verbaasde Margarita Tikhonovna helemaal niet. Ze klaagde een beetje over vermoeidheid, maar kwam naar mij toe.

Zoals verwacht bracht het Boek een golf van euforie over Margarita Tikhonovna.

'Ik voelde het, Aleksej, er zou snel iets geweldig gebeuren!' riep zij. 'Ik twijfelde niet aan de uitverkorenheid van onze leeszaal! Snap je wat er is gebeurd?! Het zeldzaamste en belangrijkste Boek is opgedoken en heeft ons, of eigenlijk jou, Aleksej, uitgekozen! Dat is geen samenkomst van omstandigheden, maar een monumentaal plan van het lot!'

Vreemd genoeg was Margarita Tikhonovna helemaal niet bezorgd over hoe het Boek precies in onze handen was gekomen.

'De naam en het adres zijn ongetwijfeld vals,' verklaarde Margarita Tikhonovna. 'En de mensen die ons het Boek hebben toegestuurd zijn dood.'

'Waarom?'

'Zij wisten dat ze niet lang meer te leven hadden en wilden niet dat de Betekenis verloren zou gaan. Ze konden het Boek natuurlijk niet aan de overvallers geven… Vroeger waren er geruchten dat in onze regio een zeldzaam Boek was verborgen. De Raad wist er ook van, maar kon het niet bewijzen. Om het Boek boven water te brengen, moesten alle leeszalen worden schoongeveegd. Zoals je ziet is het hen gelukt.'

'Juist niet,' wierp ik tegen. 'Wij hebben het Boek toch?'

'Maar je zei zelf nog geen vijf minuten geleden dat we het Boek aan de Raad kunnen geven in ruil voor onze vrijheid,' verklaarde Margarita Tikhonovna beredeneerd. 'Zij hebben hier ook rekening mee gehouden.'

'Toch klopt het niet. Wij hadden vast wel over gewapende conflicten in de buurt gehoord…'

'Aleksej, waarom denk je dat de Raad quarantaine over ons heeft afgeroepen?' haar stem stokte. 'Wij horen nooit meer iets van de leeszalen van Simonjan of Boerkin. Geloof me, in Kolontajsk leeft ook niemand meer. In de regio blijven alleen wij nog over.'

Ik dacht aan de gastvrije lezer Veretjonov uit Kolontajsk, de kribbige, door en door eerlijke bibliothecaris Boerkin en voelde mij niet op mijn gemak.

'Of zijn ze misschien ook in quarantaine geplaatst?'

'Ik betwijfel het. Het is waarschijnlijker dat, terwijl de Sjironins gehoorzaam achter slot en grendel zaten, de strafpelotons een voor een met de ongewenste leeszalen hebben afgerekend. En ik hoop van harte dat ik ongelijk heb!'

De eerste emoties waren weggeëbd. Margarita Tikhonovna bekeek het Boek aandachtig.

'Uitgave van zesenvijftig,' daagde het haar plotseling. 'Twintigste partijcongres. Kritiek op de persoonlijkheidscultus. Ik zie al wat er is gebeurd. Het boek is uit de winkels gehaald, misschien is het zelfs nooit in de boekhandels verschenen. Gromov had geen slechtere titel kunnen bedenken. Maar hoe had hij kunnen weten dat drie jaar na de dood van Stalin de naam van de Volksleider en Leraar de allerslechtste aanbeveling zou worden? Het vierde Boek, dus het Boek der Vreugde, kwam pas in '65 uit, toen Chroesjtsjov van zijn macht was ontheven. Ik stoorde mij altijd aan dit gat in het Gromov-oeuvre. Nu is alles duidelijk. De naïeve Gromov haalde per ongeluk de dode, in ongenade gevallen leider erbij en moest als straf een decennium lang zwijgen…'

Zij bevoelde het typografische wonder met ontzag terwijl ik de details van mijn falen op alle mogelijke manieren herhaalde. Dit deed ik op verzoek van Margarita Tikhonovna. Zij dacht dat ik de Betekenis gewoon niet had opgemerkt of er niet het nodige belang aan had gehecht.

'Zij is te groots en te gecompliceerd om er in één keer uit te komen,' Margarita Tikhonovna schudde haar hoofd koppig. 'Maar de Betekenis zal naar wegen zoeken om zich te implementeren. Zij hult zich in minimale, beknopte vormen, in kiemen van betekenis, waaruit zij zich vervolgens in haar volle glorie zal reproduceren! Je weet toch dat iedereen bij het lezen van het Boek der Herinnering zijn eigen persoonlijk verleden krijgt? Dus volgt het dat eenieder bij het lezen van het Boek der Betekenis ook een persoonlijke Betekenis verkrijgt, die alleen de persoon zelf zal begrijpen.'

'De woordcombinatie "Eeuwigdurende Psalter" verklaart mij helemaal niets! Een toevallig oxymoron, zoals houten water of vriezend koken!'

'De Betekenis blijft voorlopig in winterslaap,' haalde Margarita Tikhonovna mij geduldig over. 'In de geschikte omstandigheden zal zij zich meteen openbaren. Je zult het zien!'

'Is het niet beter als u zelf het Boek der Betekenis leest, Margarita Tikhonovna?' stelde ik voor.

Zij reikte onzeker naar het Boek, trok daarna plots haar hand terug en glimlachte schuldig: 'Ik vind het wat eng...'

'Pak het maar, Margarita Tikhonovna,' drong ik aan. 'U zult het beter dan ik doen.'

'Denk je dat?' ze was even stil, daarna zuchtte ze alsof ze een moeilijke beslissing had genomen. 'Dan doen we dat.'

'En de jongens?' stelde ik de pijnlijke vraag. 'Ik moet ze over het Boek vertellen, anders is het oneerlijk...'

'Je klinkt nogal onzeker,' merkte Margarita Tikhonovna scherpzinnig op. 'Je denkt dat de Sjironins momenteel niet helemaal evenwichtig zijn en te veel opwinding de leeszaal alleen zal beschadigen. Heb ik het goed begrepen?'

Ik knikte, hoewel de formulering van Margarita Tikhonovna niet helemaal overeenkwam met mijn gevoelens.

'Rustig maar, Aleksej, we houden het Boek niet achter, we bewaren het voor later. Zoals een troefaas in de mouw.' Zij wikkelde 'Het lied' voorzichtig in een krant en legde het onderin haar tas.

Ik had eerlijk gezegd verwacht dat Margarita Tikhonovna bij mij zou blijven om te lezen. Toen ik begreep wat ze wilde doen, durfde ik haar niet tegen te houden. Wat maakte het uit waar het Boek was? Zonder was ik zelfs meer op mijn gemak.

'Gaat u weg?' vroeg ik voor de zekerheid. 'Het is gevaarlijk in uw eentje, Margarita Tikhonovna. Er kan van alles gebeuren.'

'Ach, wie heeft er nou wat aan een oude zieke vrouw? En wat voor schatten kan ik nou in mijn tas hebben zitten, behalve een briefje van honderd roebel, een halfje bruinbrood en een potje valium?' Margarita Tikhonovna lachte.

'Ik ga wel met u mee...'

'Hoeft niet, Aleksej, ik zal het prima stellen zonder begeleiding,' wierp Margarita Tikhonovna snel tegen. 'Jij kan beter thuis zitten en je neus niet buiten de deur steken. Het is mogelijk dat de leeszaal onder observatie staat. Als ze ons samen zien, zullen ze denken dat het Boek der Herinnering niet wordt bewaakt...'

'Dan laat ik u al helemaal niet meer gaan...'

'Doe niet zo mal!' voor het eerst klonken in de stem van Margarita Tikhonovna harde noten door, die echter snel uitdoofden. 'Goed, sinds onze leeszaal in geld zwemt, zal ik een taxi bestellen. We maken er een feestje van!'

Een kwartier later belde een vrouw uit de taxicentrale terug en zei ongeïnteresseerd dat de taxi voor de deur stond. Ik vroeg voor de zekerheid naar het autonummer.

Deze voorzorgsmaatregelen waren overdreven. Op het erf was het voor een vijandelijke hinderlaag te licht en liepen er te veel mensen. Schommels kraakten langgerekt en roestig. Kleine schoolmeisjes huppelden over uitgekraste hokjes. Hun voeten stoven minuscule witte wervelwinden op vanaf de aangestampte aarde. Oude bankjesvrouwen, waaronder de buurvrouw van mijn verdieping, groetten ons plechtig. Ik begeleidde Margarita Tikhonovna naar een oude gele Volga. Ik checkte dat het nummer klopte en er in de cabine geen vreemdelingen zaten. De rosse chauffeur die zijn sproetige hand met een rokende peuk uit het raam had hangen riep ook geen verdenkingen op. Ik verwachtte niet dat de Raad zo'n opvallend persoon zou sturen.

Ik betaalde de chauffeur. Margarita Tikhonovna ging voorin zitten, zette haar handtas op haar schoot en knipoogde in afscheid.

Toen ik weer thuis was, belde ik Loetsis.

'Hallo, Denis,' zei ik opgewekt. 'Vertel eens, hoe gaat het bij jullie. Is alles ok?'

'Fijn je te horen,' antwoordde Loetsis. 'Wij maakten ons eigenlijk al zorgen,' voegde hij er met licht wrevel aan toe. 'Margarita Tikhonovna heeft ons gewaarschuwd dat we je niet mochten storen, omdat je met iets belangrijks bezig bent…'

'O ja, wat dan?'

'Luister, Aleksej,' zei Loetsis verzoenend, 'word alsjeblieft niet boos. Ik weet dat Margarita Tikhonovna je heeft beloofd niets te zeggen. Ik hoop dat je je niet beledigd voelt, maar wij hebben geen geheimen in de leeszaal. Uiteindelijk zou de verhuizing toch met z'n allen besproken moeten worden. Maar ik zeg het je meteen: onze vlucht zal niets oplossen. Het probleem wordt enkel uitgesteld…'

'Wat voor vlucht?' vroeg ik verbijsterd.

'De vlucht die je aan het plannen bent,' verklaarde Loetsis ongeduldig. 'Ik snap wel dat je het beste met ons voorhebt. Het Boek kan op elk moment worden ingenomen, wij kunnen er niet voor vechten en de verstandigste oplossing is om te vluchten… Maar de Raad zal ons toch vinden. Over een maand of over een jaar. Ons thuis is hier en ergens met z'n allen in een verlaten dorp bij Tsjeljabinsk wonen, zoals Margarita Tikhonovna voorstelt, is gekkigheid. We zijn toch geen oudgelovigen… Ben je het niet met me eens?'

'Jawel,' ik kon weer rustig ademen. 'Denis, ik wilde je wat vragen. Weet jij toevallig wat "Eeuwigdurende Psalter" betekent?'

'Wat was het eerste woord?'

'Eeu-wig-du-rend,' herhaalde ik langzaam.

Loetsis dacht na.

'Wel, Psalter spreekt voor zich, dat is de verzameling van Bijbelse psalmen. Het wordt in de orthodoxe dienst gebruikt, net als het Evangelie. De Psalter wordt voor de doden gelezen… Maar eigenlijk heb ik heel weinig met religie te maken. Waarom vraag je het?'

'Waarschijnlijk heb ik iets verkeerd begrepen. Laat maar.'

'En onze bijeenkomst?' vroeg Loetsis.

'Ik weet het niet, laten we het een dezer dagen houden.'

'Goed…' Loetsis twijfelde even, 'zeg maar niet tegen Margarita Tikhonovna dat ik je over de verhuizing heb verteld. Ok?'

'Absoluut,' beloofde ik.

De rest van de avond zat ik op een telefoontje van Margarita Tikhonovna te wachten, maar het was Loetsis die belde.

'Aleksej, je had het wel goed begrepen. Eeuwigdurende Psalter bestaat. Grisja was hier, hij heeft mij alles uitgelegd, ik heb het zelfs opgeschreven.

De Psalter wordt dag in, dag uit gelezen, jaren aaneen, zonder te stoppen. De ene lezer komt in de plaats van de andere. Idealiter wordt dit met overlap gedaan, zodat er geen pauzes ontstaan. Want die pauzes zijn kieren waar de duivel doorheen kan kruipen...'

Een enorme ader zwol op en barstte in mijn brein. Oranje hitte bedekte mijn ogen. Ik zei nog net: 'Dankjewel, Denis' en liet de hoorn vallen.

Ik werd op de vloer wakker van splijtende pijn in mijn achterhoofd. Ik duwde mezelf omhoog op mijn ellenbogen. Pruimkleurig bloed stroomde langzaam uit mijn neus, als uit een lever. De bewusteloosheid ebde weg, mijn hoofd werd lichter. De woorden over het Eeuwigdurende Psalter kregen een duidelijke betekenis.

De Boeken hadden geen Betekenis, maar een Plan. Hij bestond uit een driedimensionaal beeld van een tot leven gekomen Palechse miniatuur. Ik was goed bekend met deze Sovjeticonenkunst die op een donkere gelakte ondergrond met in goud, azuurblauw en alle tinten purper beelden van vredige arbeid voorstelde. Fabrieken, gedrapeerd met sidderende zijde, onstuimige graanakkers en landbouwmachines. Werklui grepen smeedhamers vast met hun machtige handen, kolchozenboerinnen in turquoise mouwloze jurken bonden gouden schoven samen, astronauten in met sterren bezaaide helmen en uitwaaierende zilveren capes betraden onbekende planeten. Onstuimige Lenin, omringd door rode wervelwinden, gooide zijn arm op naar Oktober. Een zeeman en een soldaat droegen een eindeloze en lichte, als van gaas gemaakte banier, en daarboven doorboorde de Aurorakruiser de regenwolken met een zonnestraal...

Het Plan gooide een gewelf van zwarte Palech over mij uit. De duistere gebeurtenissen van voorbije en toekomstige noodloten tekenden zich met rode kwik af op het gepolijste koolzwarte oppervlak. Daar waar de minuscule diode van het Sovjetmoederlandshart knipperde, werd de doodssteek gegeven. Dunne spinnenpootjes van geografische scheuren spreidden zich uit vanaf het uitgedoofde puntje. Flikkerende buisjes van grenzen verkruimelden, naden tussen republieken scheurden open en op de gerafelde grenzen van het nieuwe, verzwakte land verscheen meteen de oeroude en eeuwige Vijand. Hij verspreidde akoestische boeien over de zeeën, die elke beweging van de diepten registreerden. Hij gooide een sleepnet van totale controle in de lucht. Zijn onzichtbare hand diepte met een diamanten glassnijder de breuken in de fragiele federatie verder uit. De toekomstige splitsing is reeds langs deze contouren gepland, vernietigend en onherroepelijk. Aan de voet van alle industriële steden zijn al speciale opslagplaatsen uitgegraven. Alleen de bewakers van het geheim, yankees met arrogante en afkerige gezichten, hebben toegang tot die plaatsen.

De Vijand heeft alles wat hij heeft aangeraakt bezoedeld. De naar drenkeling stinkende Baltische staten hebben reeds spionnenoren van radarstations opgezet, hun kazernes aan de Vijand opengesteld, hun poorten aan zijn schepen ter beschikking gesteld. Azië heeft beton op katoenvelden gegoten en ze in landingsbanen voor bommenwerpers veranderd. Hij heeft naar Nederlands voorbeeld kassen opgezet om de Amerikaans-Deense, Oostenrijks-Italiaanse en Canadees-Turkse soldaten met soja en aardappels te voeren.

Op een vastgesteld tijdstip zullen de giftige opslagplaatsen ontploffen. Vijandige onderzeeërs zullen in de Stille Oceaan, in de Noord-, Oost-, Barentsz- en Zwarte zeeën opduiken. Sombere soldaten in hun grootvaders Duitse camouflage zullen zich in brommende gepantserde voertuigen dwars door de herboren Oekraïne begeven. Vanuit Georgië komen in Amerikaanse helikopters Tsjetsjeense strijders aangezet. Over de koude Amoerwateren glijden de roofzuchtige jonken met vliezen. Ze brengen piratentroepen naar de Russische oevers. Spleetogige colporteurs, Aziaten uit Khabarovsk en Blagovesjtsjensk zullen Kalasjnikovs van Chinese makelaardij uit hun geruite tassen halen en Siberië onderwerpen. Japanse troepen maken zich meester over Sakhalin, de Koerilen en Kamtsjatka.

De Vijand kan niet gestopt worden. De rode knop is allang met huid en haar uit de nucleaire koffer gerukt. Maar zelfs als die er nog zat, zou ze de raketten niet tot leven kunnen roepen. De mijnschachten zijn schoon geschraapt. Zware ballistiek is allang in stukken gezaagd door het Vredesverdrag. Vliegtuigen stijgen niet op, atoomonderzeeërs komen niet uit hun dokken. Gevechtselektronica is lang geleden door vijandelijke signalen onschadelijk gemaakt. Niemand zal zich kunnen redden.

Maar er bestaat een speciaal, geheim persoon. Hij beschikt over een verborgen Zevenrollenboek. Hij weet: zolang de Boeken zonder pauzes achtereen worden gelezen, is de angstaanjagende Vijand machteloos. Het land is veilig onder een onzichtbare koepel, een miraculeuze protectie, een ondoordringbaar gewelf. Er bestaat niets sterkers in de wereld, omdat hij steunt op onwrikbare pilaren—liefdevolle Herinnering, trotse Berusting, hartelijke Vreugde, sterke Kracht, heilige Macht, nobele Woede en een groots Plan.

Voor mijn ogen spreidden zich talloze jaren uit in een aaneenschakeling van onsamenhangende beelden. In een kleine kamer met fluwelen overgordijnen voor de ramen zit een persoon achter een simpel bureau. Een marmeren lamp met een groene kap werpt elektrisch licht op de geopende pagina's. Niemand komt de kamer binnen en niemand verlaat het. We zien de lezer vanaf de rug, zijn gekromde schouders en zijn gebogen hoofd omringd met een diadeem van flikkerend licht.

Diegene die de Boeken leest kent geen vermoeidheid of slaap, heeft geen behoefte aan voedsel. De dood heeft geen macht over hem, omdat zij minder betekent dan zijn arbeidsdaad. Deze lezer is de onveranderlijke beschermer van het Moederland. Hij houdt zijn wacht in het wijde heelal. Zijn arbeid is eeuwig. Het beschermde land is onverwoestbaar.

Dit was het Plan van de Boeken.

VLUCHT

De volgende dag berichtte extreem angstige Dezjnjov mij dat Margarita Tikhonovna haar telefoon niet opnam. Wij riepen Soekharevs hulp in en snelden met zijn drieën naar haar toe. Niemand deed open. God mag weten wat ik me allemaal in het hoofd haalde terwijl Soekharev behendig en stil het slot openbrak. Ik verweet mezelf van tevoren al dat Margarita Tikhonovna, verzwakt door haar zware ziekte, de inspanning van het lezen van het Boek der Betekenis niet had aangekund en was overleden.

Mijn ergste voorgevoelens werden geen werkelijkheid. De flat was gewoon leeg. Toen dacht ik bijna dat Margarita Tikhonovna waarschijnlijk nooit was thuisgekomen, ware het niet voor één vreemd detail dat zware vermoedens bij mij opriep. Het kleine kamertje dat tegelijkertijd dienstdeed als woon- en slaapkamer had een onmerkbare verandering ondergaan. Ik wist niet direct welk voorwerp van zijn vaste plek was verdwenen. Ik bevoelde de kamer met mijn blik. Een eenzame spijker en een vierkante verkleuring staken van de muur af boven het bed. En op de eettafel, leunend op een karaf op een messing dienblad, stond de foto van een jonge Margarita Tikhonovna—een portret in een houten lijst. Op deze zwart-witte foto leek ze een beetje op de actrice Tselikovskaja. Haar strakke wang met een glimlachkuiltje werd doorkliefd met een grof prosector-litteken van een opschrift: 'Voor Aleksej, ter nagedachtenis.'

Toen ik het portret oppakte, werd ik overspoeld door een gevoel van het aller bitterste verlies. Uiteraard betreurde ik het verlies van het Boek der Betekenis alleen in materiële zin—we hadden er in het Gromov-universum vast een astronomisch bedrag voor kunnen krijgen. Het erin verborgen Grootse Plan van onzelfzuchtig heldendom en de daaraan verbonden individuele onsterfelijkheid had meer weg van een hel. Ik vermoedde zelfs dat de verschijning van het Boek het gevolg was van dezelfde teleurstelling bij zijn vorige eigenaren. Helaas kon ik mijn gedachten hieromtrent met niemand meer delen.

Marat Andrejevitsj mompelde verward: 'Wel, ik heb haar paspoort niet gevonden. Alles is nog niet verloren. We moeten afwachten…'

We stapten de verlaten woning uit en Soekharev elimineerde zorgvuldig alle sporen van inbraak.

Ik beken, ik had niet voldoende moed om de Sjironins de waarheid over het Boek der Betekenis te vertellen, vooral na mijn bezoek aan het taxibedrijf. Onze oproep was daar geregistreerd. De rosse chauffeur had niets te verbergen en vertelde ons de ontmoedigende details. Hij had zijn oudere passagiere goed onthouden. Zij ging inderdaad eerst naar het adres Kontorskajastraat 21, vroeg hem te wachten en kwam even later weer naar buiten met een kleine koffer. Haar tweede en laatste bestemming was het treinstation.

Ik dwong mezelf om te denken: Margarita Tikhonovna leeft nog en handelt ten bate van de leeszaal.

De volgende dag kroop voorbij in afwachting, maar Margarita Tikhonovna liet nog steeds niets van zich weten. Tegen de avond was de zwakke hoop op haar terugkeer uitgedoofd.

Ik deed mijn best om de Sjironins gerust te stellen en op te beuren. Maar elk nadeel heeft zijn voordeel: de zware schok wekte hen uit hun zwaarmoedige doodsslaap.

Tijdens de bijeenkomst bij Loetsis stemde iedereen voor de vlucht. In het licht van de recente gebeurtenissen leek dat Margarita Tikhonovna's testament te zijn. De drukke voorbereidingen begonnen. Het moest stil, in het geheim en zo snel mogelijk gebeuren. Alles wat ook maar enigszins waardevol was werd verkocht. Niemand dacht aan winst. We schaften op gemeenschappelijke kosten een ruime aanhanger aan en kochten de noodzakelijke gereedschappen, conserven en kleding in.

De nacht voor vertrek bezochten we nogmaals de verlaten woning aan de Kontorskajastraat. Ik wilde het portret meenemen dat Margarita Tikhonovna aan mij had geschonken.

Zodra we op de terugweg de portiek uitkwamen, voelde ik dat wij werden geobserveerd. Ik stopte en spitste mijn oren. De ervaren Soekharev stak meteen zijn hand in de tas met het gereedschap, gaf mij een spijkertang en pakte zelf een kort breekijzer en een schroevendraaier vast. Nikolaj Tarasovitsj die bij de Lada Niva op ons stond te wachten had blijkbaar ook onraad geroken: hij had een zware voorhamer in zijn handen. Loetsis verschool zich achter de auto.

De muur van ondoordringbaar struikgewas die langs de begane grond groeide trilde als door de wind en twee mannelijke figuren verschenen op het paadje.

De eerste man stapte weifelend op ons af.

'Komt u bij Margarita Tikhonovna vandaan?' vroeg hij zenuwachtig en, naar mij toescheen, op een smekende toon.

'Misschien…' antwoordde ik om tijd te winnen voor Denis, die de vreemdelingen al vanachter besloop.

'Dus ze is thuis?!' riep de man blij. 'Godzijdank, wij wachten al twee dagen op haar!' hij liep zelfverzekerd op ons af, alsof hij Nikolaj Tarasovitsj niet zag.

Denis verscheen geruisloos achter de vreemdelingen en hief zijn bijl.

'Waarom zit u op mevrouw Selivanova te wachten?' vervolgde ik mijn vleierige ondervraging.

'U bent Vjazintsev, Aleksej. Neefje van Maxim Danilovitsj,' verklaarde de man met zekerheid. 'Herkent u mij niet meer?' hij stapte in het schuine licht van een straatlantaarn.

Ik was zeker dat ik ergens dat magere, uitgeputte gezicht met de schuinstaande lange neus had gezien.

'Ja, toch?!' riep de man bitter. 'Mijn naam is Garsjenin, ik kom uit de leeszaal van Zjanna Grigorjevna Simonjan. En dit,' hij wees naar zijn makker, een potige blonde man met een schippersbaardje, 'is ook onze lezer, Jevgeni Ozerov. Ik bleef na jullie vergelding tijdelijk bij Margarita Tikhonovna…' hij zocht even naar het juiste woord, 'logeren. Dit is het enige adres dat wij kennen. Daarom zijn wij hierheen gekomen, we weten ons anders geen raad.'

Toen herkende ik hem.

'Natuurlijk! Uw handen zijn toen nog gebroken. Dmitri… eh…'

'Olegovitsj,' hielp hij mij.

'Waarom zei u niet meteen wie u was?' Soekharev klopte Garsjenin vriendelijk op de schouder. 'Nikolaj Tarasovitsj,' zei hij ongeduldig tegen Iëvlev, 'leg die hamer maar neer. Het zijn vrienden…'

Garsjenin vertelde ons de volledige angstaanjagende waarheid van de afgelopen weken. Tijdens de regiobijeenkomst had de leeszaal van Boerkin aan bedreigingen toegegeven en zich verplicht om een geldelijke bijdrage aan de Raad te betalen om hun eigen Boek der Herinnering te mogen gebruiken—het zogenaamde abonnement—waar een document over werd getekend. Boerkin hoopte hiermee zijn mensen voor een zekere dood te behoeden. Simonjan weigerde enig voorstel van de Raad aan te nemen en probeerde de bijeenkomst te verlaten. De weg van de tegendraadse leeszaal werd door bewakers versperd. Het is niet duidelijk wie het gevecht begon, maar wel dat het meteen in een slachting omsloeg. Boerkin probeerde zonder succes het bloedvergieten te stoppen en kwam onder de malende bijlen van de soldaten van Lagoedov en Sjoelga terecht.

De leeszaal van Simonjan probeerde wanhopig aan de hinderlaag te ontkomen. Het was een vijftal lezers gelukt om door de barrière te breken, maar alleen Garsjenin en Ozerov ontsnapten aan de achtervolging. Nu waren ze vogelvrij en waren alle bibliotheken en leeszalen verplicht om ze uit te leveren.

De vluchtelingen gingen naar Kolontajsk. De leeszaal van de nieuwe bibliothecaris Veretjonov was niet meer. Garsjenin en Ozerov vonden goed verborgen sporen van een veldslag. Van alle lezers uit Kolontajsk had maar één het overleefd, ene Sergej Dzjoeba. Hij werd bewusteloos samen met de rest van zijn leeszaal begraven, op de bodem van een verlaten bouwput. Dzjoeba had het geluk dat de begrafenis niet door de professionele grafdelvers van de Raad werd verzorgd. Zij inspecteerden alle lichamen zorgvuldig en lieten nooit getuigen achter.

Dzjoeba vertelde ons hoe de regio-oudste Teresjnikov zijn leeszaal buiten de stad lokte, maar het vuile werk werd door iemand anders gedaan. De Pavliks waren heimelijk naar Kolontajsk teruggekomen. De wraakzuchtige Tsjakhov kreeg ook Voronezj, Penza, Kostroma en Stavropol van de Raad cadeau.

Het simpele beleid van de grote clans was duidelijk: de regionale leeszalen werden door andermans handen gebroken. Daarbij bleef het immuniteitsverdict van Neverbino formeel van kracht. De bedoeling was ook duidelijk: sommige dwarsliggers zouden door Tsjakhov worden uitgemoord. Lekker voor ze. Goed, dan pakten de Pavliks maar een extra Boek der Herinnering of misschien zelfs een Boek der Berusting mee, wat maakte het uit? Het verlies was maar gering en sommige bibliothecarissen zouden na het zien van de treurige gevolgen van onafhankelijkheid zelf bij de Raad aankloppen om een abonnement te nemen.

Waarschijnlijk zou ook de Sjironin leeszaal diezelfde 'menslievende' vonnis in de vorm van een abonnement opgelegd krijgen. Moesten we er wel op wachten? Daarbij waren onze Niva en motor ineens aangevuld door de Kolontajsk bus waar Dzjoeba, Garsjenin en Ozerov in waren gekomen. Voor hen was een nieuwe leeszaal vinden een echte redding en onze transportproblemen waren volledig opgelost. Daarnaast kreeg onze leeszaal er drie ervaren vechters bij.

Onze indrukwekkende stoet vertrok bij zonsopgang.

DORPSRAAD

Voorbij het bestuurlijk centrum ging de weg verder door een bos. Hoge boomtoppen sloten boven de bus hun gelederen. De ruisende bezems van takken veegden over zijn hellend dak. Na een halfuur tekende zich opeens een heldere lichtopening af aan het eind van het duister. De bomen weken uiteen. Wij doken op uit de wildernis. Boven ons ontvouwde zich de hemel, hoog en kleurloos, met mistige vlekken.

De bus hobbelde en rammelde over de diepe kuilen. Het kostte weinig moeite om te bedenken in wat een brij de kleigrond na lange regenbuien zou veranderen. Alleen de Lada Niva van Iëvlev zou erdoorheen kunnen komen. Gelukkig lag het bestuurlijk centrum met zijn winkels, postkantoor en ziekenhuis maar op een kilometer of twintig hiervandaan.

Meteen voorbij het bos lag een verwilderd weiland, begroeid met hoog onkruid en droge distels. We reden voorbij zwarte omheiningen en poorten, boerenhutten van boomstammen, begroeid met oeroude blauwe mossen.

Wij stopten naast het grootste gebouw in het verlaten dorp. Zo te zien had zich daar in betere tijden de dorpsraad of een soortgelijk orgaan geschaard. Op de muur bij de deur zaten sporen van een administratief plakkaat. Daarnaast hing een vlaggenstokhouder. Dit gebouw van één verdieping was, in tegenstelling tot de boerenhutten, gebouwd met enige architecturale aanspraken—in de stijl van een landhuis van een arme landeigenaar. De ingang was geflankeerd door kleine kolommen. De brede veranda liep uit in een zoom van stenen treden. In de kieren van het mossige fundament groeiden kleine boompjes. Afgebladerde vensterluiken en deuren waren slordig dichtgetimmerd. Niet ver van deze 'dorpsraad' stond een lage, lange houten bouwwerk met een strodak en zonder ramen, een voormalige graanschuur of opslag.

Het huis was doordrongen van benauwende mufheid. Overal hingen in grijze flarden spinnenwebben als breiwerken van oude vrouwen. De voormalige eigenaren hadden geen enkel meubelstuk achtergelaten. Hier en daar had het vochtig geworden stucwerk op de muren en het plafond losgelaten.

Waar water naar binnen was gesijpeld, zat de plankenvloer onder de groene schimmel. Iëvlev stompte met zijn voet op de rotte planken, die meteen braken. Garsjenin en Kroetsjina klommen op zolder en hadden tegen de avond het versleten dak opgelapt.

Het huis had twee kachels: een grote Russische die twee kamers besloeg en een kleine tegelkachel. Op het oog waren de kachels in goede orde, alleen erg vuil. Anna schraapte een emmer as uit elke en checkte de trek met een brandende krant. De rook trok met gemak weg door de schoorsteen.

Het dorp was niet meer op elektriciteit aangesloten. Op het erf hing een transformatorkastje aan een paal met zijn open deurtje te kraken. Vyrin en Soekharev pakten hun gereedschap en liepen er meteen op af.

De bedrijvige Timofej Stepanovitsj nam de nieuwelingen Ozerov en Dzjoeba onder zijn hoede en maakte samen met hen het erf schoon.

Ik liep met Dezjnjov en Loetsis de omgeving af. Overal hing doodse stilte, maar ik kon mij niet van de gedachte losmaken dat iemand ons achterdochtig en vijandig uit de gebroken ramen gadesloeg. Het afbraakproces was constant: alles viel neer, kraakte, brak af, druppelde, klingelde, veranderde in stof waar je bij stond. Ik bekeek de verwaarlozing en een treurige onzekerheid vulde mijn borst. Hoe konden we hier ons leven opbouwen?...

We inspecteerden alle twaalf de hutten. Het dorp was al lang verlaten en de meeste nuttige voorwerpen waren weg. Alleen planken, oude leien en kapotte blikken vaten voor regenwater waren in overschot.

In de zwarte schachten van waterputten hingen geen emmers of kettingen. In de diepte lag een bewegingsloze vette kroos. Bij de ruïnes van de kerk aan de rand van het dorp lag het kerkhof, tot op de bodem doorgerot.

Terwijl wij door het dorp liepen, hadden de vrouwen het huis zo goed als het kon schoongemaakt, jarenoude lagen stof uitgeveegd en spinnenwebben verwijderd. Ze kieperden alle rotzooi, bladeren en vuil in een geul. Het was Anna gelukt om de kachel te stoken: het huis moest goed worden verwarmd om de wortel gevatte schimmel uit te roeien.

De eerste nacht was oncomfortabel en ellendig. We sliepen allemaal in de bus. De toekomst zag er vooralsnog somber uit. Ik kon niet in slaap komen door de samentrekkende reumatische pijn in mijn voet. Door de koude en het ongerief begon mijn oude bajonetwond te zeuren. Ik woelde en luisterde naar de nachtelijke geluiden. Uit de bossen weerklonk langgerekt gehuil, verstijvend, zwaarmoedig; onze honden beantwoordden het met weemoedig geblaf.

Gedurende de nacht was de kille nevel opgezwollen met vocht, zelfs mijn haar was nat en plakkerig. Elk stuk stof in de bus was vochtig en zwaar.

Onuitgeslapen Loetsis zei wrokkig: 'Wel, waarom zijn we naar dit verdomde gat gekomen? We hadden net zo goed in de stad kunnen blijven…'

'Ja, en daar waren we met z'n allen afgemaakt,' sprak Igor Valerjevitsj hem met een hese stem tegen.

'We hebben er goed aan gedaan om weg te gaan. In de natuur is doodgaan veel prettiger,' verklaarde Timofej Stepanovitsj dubbelzinnig.

's Ochtends was het erg mistig. Toen de zon opkwam, smolt de mist weg en daalde neer op de open plekken. Boven de vochtige grond kringelde waternevel omhoog. Dalletjes bewaarden hun warme vochtigheid en roken zoet naar dichtbegroeid verlept gras. De hoge kleurloze hemel filterde door een doffe watermassa. De wind joeg mistige vlekjes van herfstbewolking voort.

Gedurende de dag inspecteerden wij de grenzen van onze nederzetting. Ten noorden en oosten was het bos bijzonder ondoordringbaar. De bomen groeiden dicht op elkaar, elke stap veerde. Het voelde alsof je tot aan je knieën kon wegzakken in een halve meter dikke laag oude bladeren van talloze jaren, als er tenminste geen onzichtbare wortel in de weg zat. Naast het weiland niet ver van het bos stonden wijdvertakte berken. Hun treurige gele gebladerte hing bijna op de grond.

Op de westelijke helling lag een diepe kloof met steile afdalingen. Toen we zijn met klis en sleedoorn begroeide bedding volgden, kwamen we opeens bij een rivier uit. Zij kronkelde tussen glibberige klei-oevers. Bladerafval en boomschors werden door het ijskoude troebelbruine water meegevoerd. In een moerassig laagwatergebied rotten zwarte takken weg. Geraamtes van boomstammen staken uit het grijze zand.

De heuvels ten zuiden van ons waren begroeid met doornige sparren. Oeroude knoestige wortels staken uit de rulle hellingen. Hier en daar lagen grote witte zwerfkeien. Wij liepen langs de onderkant van de heuvel, die vol lag met omgevallen bomen en liepen omhoog naar een blinde bakstenen muur die om de achtertuin van onze dorpsraad liep. Het bos omringde het dorp volledig.

We maakten de woning langzaam ons eigen. Het rook scherp naar houtlijm, verf en vernis. Soekharev, Kroetsjina, Iëvlev en Garsjenin hadden houten britsen, een brede eettafel en lange banken in elkaar getimmerd. Ik leerde ook een beetje timmeren en bouwde een groot hondenhok voor de harige Najda. De oude Latka sliep in de voorhal.

Door de inspanningen van de vrouwen werd het huis steeds mooier. Tapijtjes en lopers versierden de houten vloer. Op de nog niet beglaasde ramen waaierden gordijntjes uit.

De hele volgende week werd gespendeerd aan het versterken van de nederzetting. De dorpsraad die ons een onderdak had geboden was gedeeltelijk omringd door een twee meter hoge bakstenen muur en lage gietijzeren kerkhofomrasteringen. We haalden de zes dichtstbijzijnde boerenhutten uit elkaar en maakten van de geleende boomstammen een palissade. Deze liep om het huis en het naastliggende huishoudelijk gebouwtje heen, dat na een reparatie best dienst kon doen als een garage voor de Niva en de motor.

Elke dag werd de kille wind sterker en de sterren bedekten met rijp. We moesten ons op de winter voorbereiden en eten inslaan. De verwarming was geen probleem. We hadden genoeg brandhout om een paar jaar vooruit te kunnen. Het afbrokkelende dorp was onze opslag.

Een paar hutten hadden nog intacte ruiten, dus hoefde Nikolaj Tarasovitsj niet eens de stad in om nieuw glas te halen. Het was niet gelukt om de transformator tot leven te brengen. Om 's avonds te kunnen lezen moesten we kaarsen en petroleumlampen branden. We planden om volgend jaar een draagbaar elektriciteitsstation op stookolie aan te schaffen en hadden al een plek op het erf voor de brandstoftank in gedachten.

Overwinteren zat er voor ons echter niet bij.

Timofej Stepanovitsj merkte als eerste de ongenode gasten op. 's Ochtends pakte de oude man een mandje mee en ging paddenstoelen plukken. Op een dag kwam hij met angstig nieuws terug gerend—een verdacht type liep langs de rand van het bos. God mag weten wat deze eenzame persoon, die niet op een jager of paddenstoelenplukker leek, op deze verlaten plek deed. Boven zijn regenponcho bungelde de hoes van een fotocamera of een verrekijker.

Ik kan niet zeggen dat het nieuws ons bijzonder angstig maakte. Mensen mochten 's ochtends vroeg in het bos gaan wandelen. Waarschijnlijk heeft

Timofej Stepanovitsj een ongevaarlijke stadsbewoner gezien, een toerist-fotograaf die pittoreske plaatjes van een vervallen dorp wilde schieten. We hadden geen tijd om zenuwachtig te zijn, elke uithoek van ons huishouden had aandacht en reparaties nodig.

's Nachts kwam uit de richting van de bosweg ritmisch dof geklop en gekraak. 's Ochtends rapporteerden Soekharev en Kroetsjina na hun surveillance van het territorium dat de weg door omgevallen bomen was versperd. Eén blik was voldoende om te zien dat de stevige eiken niet door natuurkrachten, maar door zaag en bijl waren geveld.

De nachtelijke houthakkers maakten ons van slag. De geplande verbreding van de weg kon alleen betekenen dat ons vredig bestaan op een dag ten einde zou komen, omdat hier mensen kwamen wonen. Het was verdacht dat de mysterieuze houthakkers 's nachts werkten en dat ze de bomen niet naar de rand van de weg hadden gesleept. Het was te vroeg om conclusies over een concrete dreiging te trekken, maar één feit stond vast—de boomstammen versperden de weg naar het bestuurlijk centrum.

Mijn enige reactie was het klokje rond invoeren van patrouilles. De hele dag en de volgende nacht luisterden we aandachtig of de werken in het bos werden hervat. Dit gebeurde niet. We wilden graag geloven dat de werklui hier per ongeluk waren terechtgekomen en dat ze nu voor altijd waren verdwenen.

Dezjnjov uitte tijdens het middageten het idee dat de Raad ons op het spoor was gekomen. Eerst volgde een doodse stilte, vervolgens kwam een stroom aan verwijten: hadden we onze woonstad wel moeten verlaten als we een maand later weer onze biezen moesten pakken?

'Dit zal eeuwig duren, tot we aan de rand van de wereld uitkomen,' zei Kroetsjina vol verontwaardiging.

De zusters Vozgljakov die hun ouderlijke boerderij misten waren het van harte met hem eens.

'Ik vind dat we ons lot met open armen moeten ontvangen, in plaats van ervoor weg te rennen,' zei Anna nors. 'Toch, meiden?' Svetlana en Veronika knikten onzeker.

Timofej Stepanovitsj verbeterde de situatie een beetje: 'En waarom lopen jullie te klagen? Als ze ons hebben gevonden, krijgen we nu de prachtige mogelijkheid om eervol te sterven. Hebben jullie daar speciale huiselijke gemakken voor nodig?'

'Ik ben eerlijk gezegd niet van plan om te sterven,' zei Soekharev opgewekt. 'Ik vind het maar saai. En jullie maken er ook weer een probleem van!' hij snoof. 'We springen allemaal in de bus en weg zijn we. "Niets is zo fijn als op stap met je vrienden te zijn!"'

'Ik vind het eigenlijk veel leuker om als nomade te leven,' zei Vyrin dromerig. 'Dat is nog leuker: slapen in een veld, kampvuur, gebakken aardappelen, zingen en gitaarspelen... En er is altijd wel een plek waar je wat kunt bijverdienen.'

'Waarom niet?' Iëvlev krabde energiek aan zijn achterhoofd, breed als een schop. 'Ik vind het wel een leuk idee. We installeren een kacheltje in de cabine, maken slaapplaatsen, tinten de ramen. En we hebben een woonwagen.'

'O ja, we geven nu al vol gas,' bromde Loetsis. 'De weg is versperd. We zullen te voet moeten vertrekken en veel meenemen zal niet lukken. Of we moeten houtvlotten maken.'

'De meeste van onze lezers zijn ineens paniekzaaiers geworden,' zei Tanja. 'Margarita Tikhonovna zou zich voor een aantal van ons schamen...'

'Het heeft niets met paniek te maken,' zei Anna met een vies gezicht. 'Ik bedoel dat we niet zo bang voor onze kostbare levens moeten zijn.'

'Niemand is bang,' wierp Marat Andrejevitsj zacht tegen. 'Maar dit hele gesprek is niet zo aardig ten opzichte van Aleksej...'

De Vozgljakovs en Kroetsjina sloegen hun ogen neer.

Iedereen wachtte op mijn oordeel.

'Ik heb de verhuizing voorgesteld en vind dit nog steeds de juiste zet. Ook Margarita Tikhonovna heeft het zo gepland. Ik vind dat we ons nog geen zorgen hoeven te maken. De Raad kon niet weten waar we heen gingen, tenzij iemand uit onze leeszaal deze informatie aan ze heeft doorgespeeld...'

Iedereen keek om de een of andere reden naar de weemoedige Ozerov. Hij was als enige van de drie nieuwe lezers aanwezig bij het eten. Garsjenin en Dzjoeba waren aan het patrouilleren. Ozerov hield zich tactvol buiten het gesprek. Toen hij de blikken van de Sjironins opmerkte, werd hij paars in het gezicht en stond plots op. De bank met de zware Vozgljakovs schoof met zielverscheurend gekras weg.

'Wat?' Ozerov keek van onder zijn wenkbrauwen en balde zijn handen tot vuisten. 'Dus jullie denken dat ik of Dmitri Olegovitsj... Dat wij jullie bij de Raad zouden verraden?'

'Zjenja, rustig maar,' kwam Marat Andrejevitsj meteen tussenbeide. 'Hoe kunt u zo denken?!'

'U heeft hier juist niet mee te maken,' zei Loetsis. 'Maar Dzjoeba… Begrijp me niet verkeerd, ik beschuldig niemand. Maar ik kende bijvoorbeeld alleen Latokhin persoonlijk. En ik kan er ook voor instaan dat Dzjoeba niet een van de tien vechters was die ons bij de satisfactie hebben geholpen…'

'Klopt,' zei Soekharev.

'Jongens,' zei Vyrin, 'jullie waren toch in Kolontajsk, Aleksej, Tanjoesja. Denk goed na!'

'Er waren wel honderd mensen daar,' fronste Timofej Stepanovitsj. 'Alleen al uit Kolontajsk bijna dertig stuks. En ze hadden ook nog allemaal hockeymaskers op, je kon zelfs hun ogen amper zien.'

'Ik kan me alleen Veretjonov goed herinneren,' gaf ik toe. 'We woonden bij hem… En Latokhin, natuurlijk. Wat de anderen betreft kan ik niets nuttigs zeggen…'

'Mja…' zei Kroetsjina bezorgd, 'leuk verhaal dit… Jevgeni, kende u Dzjoeba al?'

'Niet persoonlijk,' zei Ozerov verward, 'maar er was een lezer met die achternaam. Jullie kunnen het beter aan Garsjenin vragen. Hij had vrij goed contact met de Kolontajsk-leeszaal. Wacht, hoe kunnen jullie Dzjoeba verdenken? Hij was toch gewond!'

'Dat zegt nog niets,' Loetsis liep de kamer rond. 'Kunnen we er niet vanuit gaan dat de echte Dzjoeba overleed en samen met de rest werd begraven en iemand anders met ons is meegekomen?'

'Het is ongelofelijk,' Ozerov schudde zijn hoofd. 'Wij zijn altijd in elkaars zicht! Wanneer zou hij onze verblijfsplaats aan de Raad doorgespeeld kunnen hebben? Onmogelijk… Moeten we zijn paspoort vragen?'

'Dat maakt toch niets meer uit,' wimpelde Anna het af. 'Als Dzjoeba de spion is, dan heeft hij zijn werk al gedaan. Zo niet, dan heeft dit gesprek überhaupt geen nut.'

'Ik ben er honderd procent van overtuigd dat Dzjoeba er niets mee te maken heeft,' Veronika begon de vuile borden op te ruimen. 'Normale man. Rustig, kijkt je recht aan. Verraders gedragen zich anders. En de Raad heeft zo ook al genoeg gluurders. Heeft iemand ons misschien onderweg gevolgd, Nikolaj Tarasovitsj?'

'Ik dacht het niet,' zei Iëvlev, 'ik keek steeds, er zat niemand achter ons.'

'Jongens,' zei Marat Andrejevitsj een beetje beschaamd, 'ik heb er al spijt van dat ik iets heb gezegd… Het is nog veel te vroeg om te denken dat de Raad ons heeft gevonden.'

'De strafpelotons van de Raad zouden niet zo beduusd doen, maar meteen aanvallen,' gnuifde Timofej Stepanovitsj.

'Maar wie heeft dan de weg versperd?' vroeg Svetlana. 'En waarom?'

'Vreemd,' beaamde Marat Andrejevitsj. 'Daarom stel ik voor dat we de bomen zelf weghalen.'

'En hoe sneller, hoe beter,' voegde Loetsis eraan toe.

'Kroetsjina en ik zijn met een uurtje klaar,' zei Nikolaj Tarasovitsj opgewekt. 'En we hebben de "Tajga".'

'Ik zou niet aanraden om de kettingzaag mee te nemen,' zei Marat Andrejevitsj. 'Het maakt te veel lawaai. Neem maar een gewone handzaag mee…'

De honden begonnen te huilen.

De deur klapte wijd open en Garsjenin rende buiten adem naar binnen.

'Jongens, alarm!' ademde hij uit. 'Wij hebben bezoek!'

Wij renden naar het brede rek waar al onze harnassen op lagen. In ronde nesten van een lage staander stonden lansen, de strijdvlegel van Anna Vozgljakova en de oorlogszeis van Garsjenin.

'Wat zijn het voor mensen?' vroeg ik snel terwijl ik mijn zware harnas over mijn hoofd trok. Het Boek der Herinnering verhuisde meteen naar zijn stalen kist.

'Joost mag 't weten, Aleksej Vladimirovitsj,' antwoordde Garsjenin en pakte de met ijzeren stroken beslagen zeisboom vast. 'Vijf mensen. Ze lopen hierheen. Zodra we hen opmerkten, kwamen we meteen terug.'

'Vijf maar?' Marat Andrejevitsj stak zijn sabel in zijn riem. 'Dat is niet veel.' 'Zijn ze gewapend?'

'Ik denk het niet. Of ze hebben alleszins niets vreemds in hun handen… Eentje heeft een rol kabel vast…'

'Monteurs?'

'Moeilijk te zeggen,' zei Garsjenin met wrevel. 'Het staat niet op hun voorhoofden geschreven. Maar waarschijnlijk zijn het geen monteurs. In het beste geval dieven die kabels voor verkoop afsnijden.'

'En in het slechtste geval—spionnen van de Raad,' vervolgde Igor Valerjevitsj. Hij rolde zoals gebruikelijk zijn bajonet in krantenpapier. 'Wat hebben ze aan?'

'Gewone seizoenskleding. Bodywarmers, laarzen van karsaai. Typisch voor een kolchoz.'

'Heel verdacht,' schudde Timofej Stepanovitsj zijn hoofd. 'Geen bijlen of scheppen. Ze hebben ongetwijfeld mesjes onder hun goed verstopt.'

'Waar kwamen ze vandaan?' vervolgde ik mijn ondervraging van Garsjenin.

'Ze liepen de weg op...'

'Hebben ze jullie opgemerkt?'

'Weet ik niet...'

'Waar is Dzjoeba?'

'Hij bleef bij de poort achter.'

'Die moet dicht!' riep Loetsis.

'Waarom?' Anna haalde haar wijlen moeders vlegel uit de houder. 'Laat ze maar binnenkomen. Dan kunnen we met ze praten en erachter komen wat ze willen...'

Nikolaj Tarasovitsj pakte zijn hamer van de plank: 'Als ze hier toevallig zijn beland, kunnen we ze beter niet meteen bang maken. Anders gaan ze het rondvertellen...'

Soekharev dacht even na en trok zijn met soldatengespen beslagen maliënkolder uit: 'Juist, we hoeven niet meteen alarm te slaan...'

'Doe niet mal,' zei Kroetsjina streng, 'trek er beter iets over aan. En neem je goedendag mee. Zeker is zeker...'

Vyrin had ook zijn jas uitgetrokken, maar deed hem weer aan en hing de schouderriem met veldschoppen eroverheen.

Wij liepen met zijn allen het erf op. Naast de poort met één gesloten vleugel stond Dzjoeba met een houweel op zijn schouder. Hij zwaaide geruststellend naar ons.

Ik bekeek de mensen die naar de dorpsraad liepen. Ze hadden ons al opgemerkt en remden af. De gasten leken inderdaad op typische dorpsbewoners. Ze liepen zelfverzekerd het erf op en deden hun petten af. Vooraan liep in een bijna tot op de grond hangende regenjas van zeildoek hun oudste—een magere man, op het oog een jaar of veertig, met lichte strohaar, wenkbrauwen en snor die in de zon waren uitgebrand.

'Goedendag aan allen,' hij kneep ploertig zijn ogen samen. 'Wij komen hier elk jaar, weet u, en er woont hier allang niemand en nu dus wel...' de oudste schrok en draaide zich om naar het gegons—Dzjoeba sloot de tweede poortvleugel. In plaats van grendel gebruikte hij de zware Oglo-blin-kruis.

Deze handeling maakte duidelijk geen fijne indruk op de gasten. Ze begonnen ineens van de ene op de andere voet te stappen en angstig om zich heen te loeren.

De blonde glimlachte: 'Wow, waarom gebruiken jullie een kruis als een slot? Waarschijnlijk laten jullie niet met je sollen. Jullie zijn toch geen Baptisten? Nee?'

Timofej Stepanovitsj, Soekharev, Tanja en de Vozgljakovs liepen richting de poort. De diep grommende Najda ging bij Veronika's voeten zitten. Aan de zijkanten werden de gasten geflankeerd door Garsjenin, Ozerov, Vyrin en Loetsis. Ik was omringd door Iëvlev, Kroetsjina en Dezjnjov. Ik denk dat we een formidabele indruk maakten.

'Nee, we zijn geen Baptisten,' zei ik.

'Aaah,' zei de oudste schijnbaar opgelucht. 'Dat is goed... Hoewel het ons eigenlijk niet echt uitmaakt. Wat maakt het uit wie wat doet, als het maar goede mensen zijn. Toch?...'

Hij raakte geïnspireerd door zijn eigen woorden en oreerde nog een halve minuut over goede mensen, maar ik had de gierige blik al gezien die vanonder zijn witte wimpers over de kist met het Boek op mijn borst gleed. Een slecht voorgevoel kneep mijn darmen samen. Ik stootte Marat Andrejevitsj zacht aan met zijn ellenboog. Hij draaide zich naar mij en zei met onbewogen mond: 'Ik zie het...'

'En wie zijn jullie?' vroeg ik de blonde man. 'Wat doen jullie hier?'

'Eh... Wij zijn bouwaannemers. Moet er bij jullie iets gerepareerd worden?'

'Voorlopig kunnen we alles zelf...'

'Duidelijk... Anders hadden we jullie wel geholpen... En niet duur...'

'Hier is een vraag,' zei ik. 'Hebben jullie de weg versperd?'

'De weg? Nee, dat waren wij niet...'

'Waarom lieg je?!' bedreigde ik hem. 'We hebben het toch zelf gezien!'

'O ja?' zei hij verbaasd. 'Hoewel... Ja, nee, wij waren het wel,' hij stak zijn armen hulpeloos op. 'Bosbeheer gaf de opdracht... Zieke bomen... Ik wist gewoon niet zo snel welke weg u bedoelde.'

'En waarom liet u alles zo liggen? Nu kan niemand erlangs rijden...'

'Wel, opruimen is niet onze zaak. Wij kregen alleen de opdracht om ze om te zagen...' de oudste keek naar de poort. 'Ik wilde nog vragen,' hij glimlachte brutaal. 'Jullie hebben toevallig geen zelfgestookte drank in huis?'

'Toevallig niet.'

'We vragen het niet voor gratis. We zullen ervoor werken. Wees niet bang, denk er even over na. We zouden in principe ook voor schaft kunnen werken, toch, jongens?'

'Jullie hebben zo'n honger dat jullie niet eens een slaapplaats kunnen vinden...' knarste Timofej Stepanovitsj sarcastisch.

Najda zette ineens haar harige voorpoten tegen de schutting en huilde woest. Ik merkte hoe de blonde en zijn metgezellen ineen doken.

'Goed, als jullie niets nodig hebben, gaan wij wel weer. Kunt u de poort alstublieft opendoen?'

Wij keken naar Dzjoeba. Als hij de kruis-grendel eruit haalde, zou dat betekenen dat hij met de vreemdelingen onder één hoedje speelde. Ik zag dat Soekharev zijn slagketting al klaar had. Dzjoeba reageerde echter helemaal niet op het verzoek. Hij gaf geen kik, alleen zijn gefronste wenkbrauwen kwamen op zijn neusbrug samen en zijn vingers grepen het houweel steviger vast.

'Luister, mannen, even serieus,' zei de blonde luid, 'we moeten gaan!'

Op dat moment verschenen vijandelijke hoofden en torso's boven de boomstammen. Maar de eerste had zijn been nog niet over de palissade gegooid of hij werd met Garsjenins zeis doorboord. Dzjoeba stak zijn houweel met gekraak in de zij van de dichtstbijzijnde tegenstander.

De blonde sloeg de panden van zijn regenjas open en haalde twee stompe slagersmessen tevoorschijn. Drie van zijn makkers haalden verborgen bijltjes en messen van onder hun bodywarmers en wierpen zich in de strijd. Hun enthousiasme werd echter niet door voldoende kunde ondersteund. De plotse bajonetsteek van Kroetsjina doorboorde de buik van een aanvaller die jankend omviel en zijn benen optrok. Najda blafte en sloot haar kaken om zijn keel. Dezjnjovs sabel flitste en een hand met een bijl viel op het zand. Een lang bloedspoor schoot uit de stomp, alsof iemand restjes thee uit een kop had gegooid. Het aangeschoten wild werd meteen door Tanja's rapier en Ozerovs lans doorboord.

Nieuwe soldaten rolden over de schutting. Dzjoeba sloeg met zijn houweel op de vingers die zich aan de randen van de schutting vastgrepen en de vijanden vielen nog aan de buitenzijde eraf, loeiend van de pijn. Twee doden hingen met hun armen wijd op de stammen, als overhemden op een waslijn. Een derde, wiens torso het gevecht met zwaartekracht had verloren, was bijna op de grond gegleden. Alleen de schachten van zijn laarzen zaten nog op de punten van de stammen vast. Iemand werd alweer door de hamer van de aangesnelde Nikolaj Tarasovitsj afgemaakt.

Ik moest meteen twee vijanden het hoofd bieden. Ik zwaaide met mijn oorlogshamer en probeerde de gevaarlijke bijlen niet dichterbij te laten komen. In het heetst van de strijd leek het erop dat die twee alleen mijn aanval afsloegen. Deze laffe tactiek zweepte op en joeg alle voorzichtigheid weg. Mijn hamer vond eindelijk een vijandelijk hoofd met een hol keramisch geluid. Het schokkende gezicht werd meteen bedekt met bloed. De euforie van mijn derde moord was kortstondig. De tweede man hing al aan me en duwde me neer, maar in plaats van mij te doden begon hij het Boek van mijn nek af te trekken. Hij vloekte hees en wurgde mij met de ketting van de stalen kist. Ik zette mijn tanden in zijn hand en probeerde het stekelige kraakbeen te pletten, maar het glibberige ding wilde niet breken. Mijn mond liep over van het bloed, zout als oude pekel, en ik verslikte mij erin. Het werd mij donker voor de ogen. De vijand trok ineens zijn hand vrij en sloeg mij een paar keer in het gezicht, zodat ik bijna flauwviel. Het Boek werd samen met een pluk haar van mij afgerukt en ik werd losgelaten. Ik duwde hijgend een zacht stuk vlees uit mijn mond en werd overspoeld door paniek: ik dacht dat ik mijn tong had afgebeten. Ik schreeuwde het uit, maar in plaats van woorden kwamen alleen roze bubbels uit mijn mond.

De man die het Boek had afgepakt lag op de grond. Soekharev gooide zijn ketting met trossen hangsloten op en sloeg het neer op het in doodsstrijd schokkende lichaam.

Ik stond op handen en voeten en graaide krampachtig in mijn mond om mijn tong te vinden. Mijn gevoelloze vingers kwamen meteen onder het bloed te zitten en ik begreep niets. Ik veegde angstig het stuk vlees schoon aan mijn mouw. Het bleek toch mijn tong niet te zijn, maar een afgebeten stuk hand. Ik kreeg een aanval van braakhoest en zat een minuut lang bloed te spugen—dat van mij of van een ander. Toen kwamen Garsjenin en Dzjoeba naar mij toe en zetten mij overeind. Soekharev gaf me de kist met het Boek aan, die ik weer om mijn nek hing.

Er kwamen geen nieuwe strijders meer over de palissade gekropen. De laatste vijand kon Anna en Marat Andrejevitsj niet tegelijk aan en werd het slachtoffer van de vlegelpommel.

Waar het erf door een bakstenen muur werd beschut verschenen ineens versterkingen—nog zes mensen. Bij de poort stond alleen de blonde leider nog overeind. Hij probeerde niet meer bij de grendel te komen. In plaats daarvan liep hij langs de schutting achteruit. Hij ontweek behendig de schoppen van Vozgljakovs en de bajonet van Kroetsjina. 'Maak dat jullie hier komen, klootzakken!' riep hij hees naar zijn maten.

Loetsis, Vyrin en Ozerov renden de nieuwkomers tegenmoet, met moeite gevolgd door Timofej Stepanovitsj.

De blonde ondernam een wanhopige tegenaanval. Svetlana's schop brak in tweeën onder een vernietigende slag van een slagersmes. Zijzelf ontweek de dood op het nippertje. Het tweede mes kwam op Kroetsjina neer. Igor Valerjevitsj gilde het wild uit van de pijn en drukte met zijn hand een plek bij zijn slaap dicht waar een seconde geleden zijn oor had gezeten. De schep van Veronika verdween met gekraak in het borstbeen van de leider. Hij gilde. Veronika wierp zich op de steel en nagelde de vijand vast aan de palissade. De blonde man zakte ineen en hing als een marionet wiens draadjes tegelijk waren afgeknipt aan de schop.

De dood van hun leider blies de aanvallers geen moed in. Van de zes werd één meteen het slachtoffer van Vyrins veldschop, de schedel van een tweede kraakte onder de goedendag van Timofej Stepanovitsj. De lans van Ozerov doorboorde de buik van een derde. Een vlotte kogellager van Loetsis kwam tegen het achterhoofd van een vluchtende vijand. De man greep gillend naar zijn hoofd en viel neer. Nikolaj Tarasovitsj brak de gescheurde nekwervels luid met zijn laars.

Eén van de overgebleven vechters gooide een bijl naar Ozerov. Gelukkig kwam het heft tegen zijn kin terecht. Ozerov viel om en zag niet dat zijn tegenstander achterna werd gezeten en in stukjes gehakt door Marat Andrejevitsj. De zesde hing geen held uit en sprong zonder verwijl over de muur.

'Daar… Maar vier…' fluisterde Garsjenin en wees achter de paalomheining. 'We moeten een uitval doen, afmaken…'

Iëvlev, Kroetsjina, Soekharev, de zussen Vozgljakov, Tanja en Dzjoeba verdeelden zich langs beide kanten van de poort. Garsjenin haalde het kruis eruit en Kroetsjina en Iëvlev trokken de zware krakende vleugels naar zich toe.

Er kwamen meteen vier mensen door de opening gezet. Ze renden een paar stappen en stopten. Verbazing sloeg om in schrik. Zij liepen achteruit en renden net zo snel weer weg. De lange snede van Garsjenins zeis doorboorde de langzaamste aanvaller. Die kon zich al rennend nog van het mes losmaken, maar raakte na een paar stappen uitgeblust en viel neer. Anna gooide een schep als boemerang boven de grond. Een tweede vluchter viel met gebroken benen neer in het gras en werd in twee sprongen ingehaald door Iëvlev.

De doodskreet van hun makker gaf de twee overlevende aanvallers kracht. Zij maakten zich los van de vermoeide achtervolgers en verdwenen in het bos. Ze werden niet meer gevolgd. Het gevecht was over.

Ik rilde over mijn hele lichaam. Mijn hartslag klopte oorverdovend in mijn achterhoofd en trommelvliezen. De adrenaline ebde weg. De plek waar mijn haren waren uitgetrokken voelde als verbrand. Mijn blauw oog zwol op, mijn wenkbrauw en ooglid schrijnden. Een zeurende pijn die op tandpijn leek draaide rond in mijn opgezwollen jukbeen. Ik stond in het midden van het erf en keek toe hoe Iëvlev het lijk van een achtervolgde vijand over zijn schouder gooide. De tweede sleepten Soekharev en Ozerov aan zijn benen mee. De rest van de Sjironins kwamen ook terug.

Garsjenin met zijn haar rechtop stopte naast mij: 'Victorie! Gefeliciteerd!' Zijn ogen glommen jubelend.

'Zo te zien hebben we geen verliezen geleden,' zei Dzjoeba. 'Godzijdank…'

'Nee, hoor,' zei Kroetsjina tussen zijn tanden door, 'we hebben wel verliezen geleden!' Hij drukte de wond op zijn hoofd dicht, tussen zijn vingers door sijpelde bloed. 'Een half oor kwijt. Klote! Nu moet ik als een half geschoren gevangene rondlopen!'

'U doet uw haar er gewoon overheen, niemand die het ziet,' troostte Tanja hem en goot waterstofperoxide op een watje.

Kroetsjina haalde zijn hand weg—de paarse tulpvormige stomp werd even zichtbaar—en legde het watje ertegenaan.

Ozerov stond wankel op. Zijn baard zat onder het bloed. Timofej Stepanovitsj leunde tegen de schutting en depte vermoeid zijn als bij een pasgeboren baby paarse gezicht droog met een zakdoek.

Op het erf lag een tiental vijandelijke lijken. Vijf hadden bij de bakstenen muur hun dood gevonden. Drie bleven aan de palissade hangen, vier bestormers lagen bij de poort, in de buurt hing de stuiptrekkende blonde leider.

'We moeten hem ondervragen, Aleksej, en wel nu meteen,' piepte Timofej Stepanovitsj moeizaam. 'We moeten erachter komen wie ze heeft gestuurd...' de oude man hijgde zwaar, alsof hij een kilometer had gerend.

De blonde was de dood nabij en we moesten ons haasten om ook maar enige informatie uit hem te krijgen.

Ik liep naar de stervende man toe.

'Luister, wij zullen proberen om uw lijden te verlichten,' ik draaide mij om. 'Marat Andrejevitsj, breng snel wat Novalgin!'

De leider opende zijn visdoffe ogen: 'Waar is het Boek?'

'Hier,' ik klopte op de stalen doos. 'Vertel ons nu maar van wie jullie onze locatie hebben gekregen.'

'Laat het Boek zien...' zijn adem kraakte.

'Goed,' ik legde het kistje op mijn knie.

De bendeleider wachtte geduldig tot ik de sleutel vond en het slot opende. Hij wist zichzelf een beetje op te hijsen. De brede rode vlek op zijn geplette borst glom met vers bloed, dof en olievet als petroleum.

'Hier, alstublieft...' ik toonde hem het met fluweel omgeven Boek. 'Zeg nu waar u over ons heeft gehoord.'

'Het is niet de goede!...' hij viel machteloos terug en keek mij met vermoeide doffe haat aan. 'Andere!'

'Wat verwachtte u te zien?'

'Het Boek der Berusting!' gilde de blonde man woedend en bietrode stromen kwamen uit zijn neusgaten.

'Wie heeft u verteld dat wij een Boek der Berusting hebben?!'

'Oud wijf...'

'Wat voor oud wijf?!'

'Een hele slimme!.. Wij hebben als eerste een lootje getrokken... Drie jaar op onze beurt gewacht en nu zo'n kans... Niet gelukt...' hij bewoog zwakjes. 'Het doet pijn... Boek der Berusting...'

'Wij hebben alleen een Boek der Herinnering.'

'Je liegt,' fluisterde de blonde man ongeïnteresseerd.

'Nee, het is waar...'

De gewonde man lachte gorgelend: 'Dan heeft het wijf ons misleid... Ik zei toch, zij is slim... Maar jullie gaan er toch aan. Niemand overleeft het. Het oud wijf heeft dat besloten...'

'Is het nu duidelijk? Wie zijn het?' Dezjnjov kwam bij ons zitten. Hij hield een injectiespuit vast met een pijnstillend middel dat op speeksel leek.

'Het is onduidelijk… Zo te zien is het niet de Raad. Hij heeft het over een of ander oud wijf. Bangmakerij…'

Marat Andrejevitsj stak de naald in de ader van de blonde man.

Hij volgde de beweging van de spuit zonder enige interesse en vroeg: 'Zijn al mijn mensen dood?'

'Drie zijn ontsnapt.'

'Ze hebben geluk gehad…'

Hij zei niets meer. Al snel sloot hij zijn ogen. Tussen zijn op elkaar geperste lippen weerklonk het geruis van een afnemende ademhaling, alsof de vleugeltjes van een verloren motje tegen de breekbare porseleinen wanden van zijn keel sloegen. De met bloed vastgekoekte neusgaten bewogen even als kieuwen en stonden toen stil.

'Aleksej! Marat Andrejevitsj!' Tanja's doordringende gil ging over in een krijs.

Ik schrok en keek om. De Sjironins liepen al op het angstaanjagende gegil bij de omheining af. Toen wij ons bij de menigte aansloten, zagen wij Timofej Stepanovitsj. De oude man zat nog steeds met zijn rug tegen de boomstammen. Zijn langharige hoofd hing op zijn borst, als ware het afgekapt. Zijn rechterbeen was gebogen, het linkerbeen recht, zodat de versleten zool van zijn stoffige laars zichtbaar was.

Soekharev en Vyrin legden Timofej Stepanovitsj op de grond. Marat Andrejevitsj greep de oude, zwart geaderde pols stevig vast en luisterde gespannen of hij onder de huid een levenstrilling kon waarnemen. Vervolgens zei hij, alsof hij zijn eigen ondenkbare diagnose niet kon geloven: 'Negen vergeldingen, Neverbino—hij kwam overal doorheen zonder een schrammetje. En nu begeeft zijn hart het…'

'Wat is dit voor onzin?' brulde Iëvlev. 'Wat voor hart?!' hij drukte met zijn handen op het hoekige borstbeen: 'Adem, ouwe, adem!' schudde hij het ademloze lichaam door elkaar.

Binnenin Timofej Stepanovitsj suisde verborgen gisting. Uit zijn blauwe halfopen mond spoot een stroom etter over Iëvlev heen. Hij gaf een gil, deinsde terug en veegde het dodenslijm snel van zijn gezicht en kleding. Toen besefte ik pas echt dat Timofej Stepanovitsj niet meer onder ons was. De dodenlijst van de Sjironin-leeszaal was weer een naam langer geworden.

DOOR HET BOS

Soekharev, Kroetsjina en Loetsis groeven binnen een halfuur een ondiepe en smalle rustplek voor de oude man. De kleigrond liet zich maar moeilijk omscheppen. Het was een snelle begrafenis, zonder toespraken of een nagedachtenisdiner. We brachten de vijandelijke lijken naar de geul en gooiden sprokkelhout over hen heen—er was geen tijd voor een grondige teraardebestelling.

We gooiden onze kleding, voedselvoorraden en wapens lukraak in de aanhanger en bus om de zonsondergang maar voor te zijn.

Iëvlev hield zich ondertussen met de kettingzaag bezig, als een alchemist benzine met olie mengend. De verhouding van de vloeistoffen klopte niet, het oude apparaat haperde en Nikolaj Tarasovitsj, de uitvinder van een tweetaktmotor vervloekend, haalde het weer uit elkaar, stelde de magneetontsteker opnieuw af, maakte de carburator schoon, gooide de tank leeg en schonk er een nieuw mengsel in. Zo ging hij door totdat de 'Tajga' na één ruk aan de startkabel begon te kakelen. Op deze avond mocht de zaag niet afslaan.

Onze opdracht was absoluut niet makkelijk. Het idee was om ons door de wegversperring heen te slaan en uit de hinderlaag te ontsnappen. Als we de laatste woorden van de blonde leider moesten geloven, waren we in een serieuze heksenketel terecht gekomen. Het bos krioelde met kuddes verbitterde lezers-lijders, die een zeldzaam en kostbaar Boek van de verschoppelingen wilden afpakken. Het was alleen onduidelijk welke mysterieuze oude vrouw deze hele gekrenkte troep op ons had afgestuurd.

Ons wanhopige plan steunde op de hoop dat de vluchtelingen van de uitgemoorde bende het nieuws door het bos zouden verspreiden van de horror die ze zojuist hadden beleefd en op deze manier de strijdwens van de andere plunderaars afkoelen. Daarbij was de algemene roofstrategie mij duidelijk. De bendes konden zich niet verenigen. Ze zouden het Boek nooit met tijdelijke compagnons willen delen. Er kon maar één de winnaar zijn. Daar doelde de blonde man waarschijnlijk op, toen hij me over het lotjestrekken vertelde. Zijn mensen kregen de kans om het Boek te stelen en hebben verloren. Nu kon een nieuwe bende haar krachten met ons meten. De stropers hielden zich aan de volgorde.

De zon stond al laag toen onze transportstoet zich in volle bewapening in het risicovolle onbekende begaf. Soekharev, Vyrin, Loetsis en Garsjenin leidden het détachement te voet, wakend voor de kleinste tekenen van gevaar. De honden liepen met hen mee. Meteen achter de verkenningspatrouille bromde de motor met Anna aan het stuur. Ievlev zat in de zijspaan met de kettingzaag. Achter hen kropen de bus en de Niva langzaam vooruit. Marat Andrejevitsj zat achter het stuur van de bus. Aan weerszijden van de LAZ liepen Veronika en Svetlana, die zijn wielen beschermden. Ozerov bestuurde de Niva. Ik zat samen met Tanja in de aanhanger. Kroetsjina en Dzjoeba sloten de gelederen.

Stemmen voor ons kondigden aan dat we de wegversperring hadden bereikt. De motor van de 'Tajga' loeide als een steigerende motorfiets. Het zoemende stalen blad drong het hout binnen. De diepgestemde zaag jankte terwijl het tegen het hout vocht. Ze dook er steeds weer in en het gejank ging over in gekrijs.

Al na een paar minuten tekende zich een toekomstige doorgang in de ondoordringbare versperring af. Naast Nikolaj Tarasovitsj lag een hoop takken. Ik probeerde een afgezaagd stuk boomstam, zo groot als een klein slagerskloofhout, van de grond te tillen. Het vochtige hout was zo zwaar als een kei. Ik rolde het naar de bosjes langs de weg en voelde meer dan ik het kon zien de aanwezigheid van verborgen figuren achter de verstrengelde sleedoorntakken.

Gebogen schaduwen verschenen in het stille donker van het bos als tot leven gekomen zwarte gaten. Het bos was doordrongen van vaag rumoer, goed verborgen door het gespannen gerasp van de zaag. Diegenen die zich achter de takken van de sleedoorn hadden verscholen hadden nog niet door dat ze waren ontdekt. De vijand gaf een teken aan de mensen naast zich, siste: 'Sssss…' en klikte vervolgens met zijn tong een melodieus vogelgezang uit, dat zich over de bosjes verspreidde. Het werd beantwoord met een hees gekraai en geklik van een specht.

Tegelijk met mijn doordringende gil 'Hinderlaag!' verscheen tussen het web van takken zo snel als een kameleontong een schacht met een lange en dunne speerpunt. Het zwakke punt kwam niet door mijn rubberen harnas heen, nog steeds zo stevig als een eiken plank. Een harig lijf sprong dwars door de struiken heen. Ik hakte met de oorlogshamer. De aanvaller viel met zijn armen open achterover in de struiken.

Een krankzinnig koor mengde zich met het gebrul van de zaag. Ik keek om. Kleine krijsende wezens kropen over de opeengehoopte boomstammen. Ze droegen bontkleding met daarop genaaide ribben van groot vee en mutsen met een kruin van paarden-, rendier- of stierenschedels. Ronde gezichten met smalle ogen en steil ravenzwart haar wezen erop dat de dierenhoofden onderdeel uitmaakten van uitstervende rassen uit het Hoge Noorden. Ze krijsten en schudden met de harpoenen, vis- en jachtsperen van hun voorvaderen. Er waren een stuk of twintig van deze mensen in groteske dierenharnassen. Voor de aanval gilden ze opnieuw en renden met hun wapens voor hen uit naar beneden. De jankende Latka werd meteen aan een berenspeer geregen en als een oude bontjas opzij gegooid.

Een verwoede strijd ontpopte zich op de boomstammen. Soekharev, Vyrin, Loetsis en Garsjenin sloegen moedig de drie-tegen-één aanval af. Nikolaj Tarasovitsj ging haastig verder met de zaag om een doorgang van voldoende breedte voor de bus te maken.

Loetsis' bijl landde sappig in een paardenvoorhoofd, spleet de helm en de schedel tot aan de kin. De twee veldschoppen van Vyrin flitsten als zwarte vleugels van een zwaluwstaartvlinder.

Garsjenin greep een visspeer vast en trok er hard aan. Het lange lemmet van zijn zeis gleed langs de schacht—recht in de van inspanning opgezette hals. Soekharev zwaaide een goedendag boven zijn hoofd en sloeg hem zo hard neer op een gehoornd hoofd dat de lucht zich vulde met verpulverd bot.

Een roekeloos iemand ging recht op de kettingzaag van Nikolaj Tarasovitsj af en stak zijn bontmouw precies onder de bewegende snijtanden. De zaag spuugde een rafelige pluk bebloede lappen uit en sloeg ineens over. Het dichte pluis verstopte de ketting die enkel op hout was berekend. Iëvlev gooide het nutteloze apparaat weg en boog zich met uitgestrekte armen voorover. Zelfs ineengedoken was hij twee keer zo lang als zijn gedrongen tegenstanders en hij rekende op de onbetwistbare voordelen van zijn spierkracht en lengte. Hij raakte de eerste met zijn metalen vuist terwijl hij zich behendig wegdraaide van een gegroefde, halve meter lange lemmet. Het gezicht van het dierenhoofd werd meteen bedekt met bloed uit zijn opengespleten wenkbrauwboog. Een tweede sprong boven op hem. Iëvlev ving hem bij de enkel, gooide hem hard tegen de grond en schopte hem met zijn laars in de slaap. Hij brak de afgepakte speer meteen op zijn knie en veranderde het steekwapen in een tweehandig hakmes.

Een tweede bende rolde als kralen de weg op. Deze gingen het gevecht aan in gewatteerde bouwhelmen met ronde metalen verstevigingen en gekleed in zelfgemaakte capes van ruw leer, bekleed met dicht opeengenaaide metalen plaatjes. Een strijdknots belandde met veel gekraak in de voorruit van de Niva. Ozerov sprong uit de auto, rolde over de grond, ontweek wonderbaarlijk een knobbelige knots die de aarde naast zijn hoofd omwoelde en sprong omhoog. In zijn hand flitste een bijl.

Kroetsjina, Dzjoeba en Tanja vielen in driehoeksformatie terug. De vijanden besprongen hen, staken met hun speren, draaiden om hen heen, zochten gaten in de verdediging, probeerden hen een beentje te lichten en in hun hals of onbeschermde zij te steken. Twee van hen hadden de afstand niet goed ingeschat en hun fout aan het uiteinde van Tanja's rapier bekocht. Een bijl en een strijdknots ontmoetten elkaar met luid, baanveranderend gekling. De bijl die Ozerov in het hoofd van de tegenstander mikte schoot opzij en raakte het sleutelbeen met het gekraak van een groot doormidden gebeten bot.

Marat Andrejevitsj rende heen en weer door de bus. Ik had het Boek van tevoren aan hem gegeven. Nu wist hij niet wat te doen: meedoen aan het gevecht of in de relatief veilige cabine blijven zitten wachten tot Iëvlev de weg met de kettingzaag had vrijgemaakt.

Een bebaarde man met een gevelde hooivork baande zich een weg naar het wiel van de bus. Veronika versperde hem de weg. Anna snelde haar zus te hulp, zwaaiend met haar strijdvlegel.

Het volgende moment werd ik met lichte lansen zowel in de rug als in de borst gestoken. Ze richtten geen schade aan, maar mijn scheen werd omsloten door een brandende zweep van pijn. Ik trok met een gil een kleine visspeer uit mijn been die op een bezem leek, met twijgen van met staaldraad samengebonden breinaalden.

Mensen in lindebastvesten kwamen aangerend. Deze simpele lichte bescherming deed dienst als harnas. Hun wapens waren net zo simpel—lansen met aangebrande punten. Sommigen hadden bolle wilgenschilden, geweven als manden.

De verschijning van deze groep maakte de andere aanvallers vreemd genoeg van slag. De man met de hooivork liet de bus de bus, en gilde: 'Klootzakken! Waar gaan jullie heen?! Het is niet jullie beurt!' en doorboorde een harnasloze strijder met de lange scheve tanden van zijn wapen.

'Hierheen!' riep baardmans woedend. 'De Uljanovs kruipen voor!'

Toen ze de doordringende aanroep hoorden, verliet een gedeelte van de tweede bende het gevecht bij de aanhanger en viel de nieuwkomers aan. In plaats van terug te wijken renden de lindebasten hen tegemoet.

Dankzij deze toevallige onderlinge twist kreeg ik een adempauze en hinkte dichter naar de versperring toe. Iëvlev smeet steenzware afgezaagde stukken boomstam naar de dierenhoofden, wiens aantallen reeds enorm waren gedaald, die hun hoofden en torso's verpletterden.

Loetsis, aanvallen afslaand met een bijl waar een gehoornde schedel aan vastzat, riep: 'Aleksej, we moeten naar de bus!'

Tussen de bomen kwamen oranje punten van fakkels tot leven. Nog een détachement verscheen—de vierde deze avond. Deze mensen liepen in een gesloten formatie, zodat niet duidelijk was te zien met hoeveel ze waren. Metalen borstplaten van harnassen en puntige helmen met gesloten vizieren, met gaten die op kacheldeurtjes leken glommen gepolijst. In hun armen, beschermd door schouder- en armplaten, zag ik voornamelijk klingwapens. De aanvoerder droeg een ronde stalen vorm om zijn linker vuist, die deed denken aan een bokshandschoen. Met deze vuistbeugel sloeg hij aanvallen af en deelde verpletterende uppercuts en hoeken uit. Zijn troepen stortten zich op de harnasloze strijders die hun gewonden als mieren terug het bos in sleepten. De beulen schoten een minuutlang heen en weer tussen bomen en elzenbosjes. Een handjevol harnaslozen werd de weg op gedreven. Zij vochtten verwoed. Zelfs wanneer ze reeds waren verslagen, grepen ze de kurassiers bij de enkels, trokken hen op de grond en staken een keukenmes in de vijand, alvorens ze zelf het leven gaven.

Uit het bos kwamen van twee zijden versterkingen aangesneld. De soldaten droegen grove korte lansen, brandhaken met drievoudige haken en met nagels beslagen knuppels en bijlen. De nieuwe vijanden bestonden uit twee aparte groepen, die volgens hetzelfde plan aanvielen. Met een aanloop gooiden ze zich tussen de bus en de gesloopte Niva. Een moment geleden stonden Anna en Veronika nog naast me, iets verder weg maakten Tanja, Kroetsjina, Dzjoeba en Ozerov zich klaar voor de nieuwe aanval. Nu werden we alle kanten opgeslingerd, alsof een tsunami over ons' heen was gekomen.

Ik zag een bijl in duikvlucht, daarna een metalen vizier die door een slag van mijn oorlogshamer opzij vloog. Een grijnzende mond vertrok in een pijnlijke gil en bloed gutste over een rosse baard. In de menigte haalde een bajonet uit en een gekartelde jachtspeer flitste heen en weer.

De knobbelige metalen appel van een goedendag beukte op mijn helm. Ik werd tijdelijk doof van het doordringende metalen gegons. Pijn schoot door mijn nek, alsof iemand een doorn tussen mijn ruggenwervels had gestoken. Ik viel op de plakkerige aarde en werd niets meer gewaar, behalve het kwellend gerinkel dat mijn oren overstroomde. Ik trok de helm van mijn hoofd, alsof hij de enige oorzaak was van het ondraaglijke lawaai. Een laars draaide mij op mijn rug. Ik zag Anna die met beide handen haar zware vlegel richtte. De drie punten van een brandhaak boorden zich met volle kracht als een haviksklauw in Veronika's onderbuik.

Ik werd bij de kraag gevat en meegesleept. Ik slikte drie keer lucht weg. Mijn gehoor kwam snel en pijnlijk terug.

Een zwarte silhouet boog zich over mij heen en vroeg met een schelle vrouwelijke eunuchstem duidelijk: 'Achternaam?'

Van zijn gezicht zag ik alleen dunne lippen en een vette kin met een kuiltje. Een masker met horizontale oogspleet verborg de rest.

Ik had geen redenen om geheimzinnig te doen en gaf, terwijl ik mijn ogen op de metalen boksbeugel hield waar de linkerarm van mijn gesprekspartner in eindigde, eerlijk antwoord: 'Vjazintsev.'

'Je mag leven,' de man stond op en ik zag het zwarte rooster van gebladerte boven mij deinzen.

'Nikolaj Tarasovitsj, Aleksej is hier!' riep Loetsis dichtbij.

De weglopende man ving behendig een kletterende bijl op met zijn metalen handschoen en beantwoordde de aanval met een slag van zijn sabel.

Iemand gooide mij over zijn schouder en droeg me weg. De aarde deinsde als een bel onder mij. Een vrouw krijste doordringend, alsof ze een kind baarde. De stervende Najda kroop voorbij met een gebroken ruggengraat. Een walvisjager met een dierenhoofd gooide een harpoen van drie meter afstand. Soekharev probeerde met onbeholpen verbazing het brede punt te zien dat ineens uit zijn rug stak...

Dezjnjov sleepte me de bus in: 'Gaat het?'

'Ja hoor...' ik viel neer op een stoel.

Op de vloer naast mij lag Veronika met opgetrokken jas en tot aan het schaambeen afgezakte broek. Zij hield haar onderbuik vast, waar drie diepe sneden in gaapten. Met elke ademhaling klotste tussen haar krampachtige vingers troebel, bijna blauwgekleurd bloed. Anna, volledig buiten zichzelf, stopte de monsterlijke wond dicht met een samengebald stuk stof.

Garsjenin probeerde de slap geworden Soekharev de cabine binnen te slepen. De harpoen die zijn lichaam volledig had doorboord bleef tussen de smalle deuren steken. Sasja's hangende hoofd schokte met elke duw.

De bus kantelde sterk en schudde twee keer. Buiten schreeuwden onbekende stemmen. Stenen vlogen door de ramen, het regende glasscherven. Iëvlev sprong op het treetje achter Garsjenin en Vyrin aan.

'Sneller! Haast je!' schreeuwde hij tegen de achteropgeraakte Sjironins.

'Ga in de auto zitten!' souffleerde Garsjenin met geforceerd gefluister.

Ik zag hoe de resten van de eerste twee bendes, alsof ze Garsjenins advies hadden gehoord, de schachten van hun lansen onder de Niva staken en de auto omkieperden. De gepantserde troepen, die net nog zo gemakkelijk en wreed een eind maakten aan de Uljanovsk-lijders in hun gele boerenlindebast, verdrongen onze vrienden en gaven ze geen kans om de bus te bereiken.

'Ze redden het niet!' raasde Vyrin.

Met elke seconde verwijderden ze zich verder van ons—Loetsis die Svetlana meesleepte, Tanja die de ruimte met haar rapier doorkruiste. Kroetsjina zwaaide in afscheid. Hij stelde voor dat wij de vlucht zouden voortzetten. Ozerov en Dzjoeba waren aan de rug vergroeid tot één niet te benaderen slaglichaam, stekend met een houweel en hakkend met een bijl. De weg kronkelde en zij verdwenen uit zicht…

'Marat Andrejevitsj!' gilde ik. 'Achteruit!'

De remmen krijsten als een platgedrukt varken. De snelheid drukte mij eerst in mijn stoel, daarna werd ik op de glibberige bebloede vloer gegooid. Veronika's hoofd viel van haar zus' schoot, en de postuum van de harpoen bevrijdde Soekharev viel van de stoel en rolde weg.

'Marat Andrejevitsj!' riep Vyrin hysterisch. Hij stak zijn hoofd uit een gebroken raam en wees naar de weg, waar recht op onze route een nieuw gevaar op de loer lag. Een meter of honderd van de slippende bus lag een nieuwe wegversperring, twee keer breder dan de vorige. Gewapende mensen krioelden bij de gigantische, museumkolomdikke stammen.

Een moment later rende deze troep in dichte gillende formatie op ons af—minimaal vijftig woeste soldaten…

'Marat Andrejevitsj, ga terug!' riep ik. 'We pikken de rest op en gaan terug naar de dorpsraad! Omdraaien!'

De uitpuilende bussnuit ramde de vijandelijke ruggen op hoge snelheid. De machtige slag gooide een uitgespreid lichaam tegen de voorruit, en kopte als een stier een tweede die met zijn lappenarmen door de lucht zwaaide.

Garsjenin stak zijn zeisboom als een roeiriem uit het raam. Het zwarte lemmet doorkliefde een gepantserde torso. Nikolaj Tarasovitsj en Anna stapten samen uit en beukten de vijand links en rechts uit de weg. Vyrin hield zich aan de deurstang vast en hakte met zijn veldschop tot de druppels er vanaf vlogen. De formatie viel uiteen, de vijanden renden in paniek naar de bosrand. Toen zag ik de Sjironins. Ze waren nog maar met zijn vieren. Kroetsjina in een uitgehakt kuras, met een korte werplans in zijn heup die trilde als een radioantenne. Tanja's haar was vergroeid tot harde bloederige vlechten, haar bleke voorhoofd doorstreept met een gerafelde bloedende wond. Dzjoeba liet zijn houweel hangen en bedekte zijn gezicht met zijn hand, als ware hij door een felle lichtstraal verblind. Ozerov deinsde terug, alsof hij een verboden mysterie had gezien.

'Waarom?!' kreunde Igor Valerjevitsj een moment later. 'Nu gaan we er allemaal aan!'

Tanja keek ons verwijtend aan. Ook zij had ons liever niet teruggezien. Op de met bloed bedekte gezichten van Dzjoeba en Ozerov, als ware deze levend gevild, zag ik ook geen vreugde, maar verbaasde wanhoop. Zonder ergens op te hopen of over te oordelen wilden zij onze redding met kun levens bekopen. Wij hadden hun plannen verpest.

Toen zag ik op de grond de uitgespreide vorm van Loetsis liggen. Hij was bevroren in beweging, alsof hij nog kroop. Iets verder lag Svetlana met haar hoofd in een doffe bloedplas, die op een nimbus leek…

Onmenselijk gegrom en gestomp kwamen dichterbij. Het leek of brullende keelgaten een krankzinnig geworden kudde paarden hadden bestegen. De eenzame soldaat met de metalen beugel stond aan de rand van het bos en riep zijn weggelopen strijdmakkers bijeen. Een langgerekte hoge gil ging over in het gezang van een wolf onder de volle maan. De hese stem verhaalde van het Boek, van de beleefde gruwelen van het wachten, van de nabije verlossing uit het lijden. Het geïmproviseerde muziekstuk zonder rijm of maat vloog als vrouwelijk begrafenisgehuil door het bos. En de mensen kwamen terug, vol dodelijke vastberadenheid om het begonnen werk af te maken…

'Iedereen in de bus!' Ik ontwaakte uit de bedwelmende verschrikking. 'Dat is een bevel!' Ik gooide Loetsis op mijn rug en sleepte hem struikelend naar de deuren. Iëvlev nam Svetlana in zijn armen. Overspoeld door nieuw verdriet moest Anna door Kroetsjina worden meegesleept.

Krassend geklop schudde de flanken van de bus. De motor brulde. De opengereten binnenbanden klapten. De met lansen doorboorde LAZ scheurde zich los van de omsingeling en ijlde steeds sneller voort uit het bos.

Zo zal ik me voor altijd die razendsnelle seconden herinneren: de weg, de lijken, de rammelende en inzakkende bus… De laatste meters reden we op kale, in de grond zakkende velgen…

Een kleine groep bewaakte de dorpsraad. Ze hadden nog maar net de poort gesloten toen de bus de zware boomstamvleugels eruit ramde, strooiend met voorruitglas, en zijn romp tussen de palissades klemde. Toen stopte de motor en veranderde de bus zelf in een poort. Onder de in aarde verzakte bumper bleef een bebloed half torso in een bodywarmer steken, met een onnatuurlijk verdraaide kop.

Een minuut later was het erf weer van ons. Dit zou het kortste gevecht zijn. Een kleine Jakoet met een brede platte neus ontweek behendig Dzjoeba's houweel, dook onder Garsjenins zeis door, stak onderweg zijn lans door Iëvlevs voet, maar kon de neerkomende hamer zelf niet ontwijken en stierf in stilte, alsof hij de dood niet eens had gevoeld. Vyrins veldschop vloog met een dodelijke salto door de lucht en landde krakend en diep in het gezicht van de derde bewaker. Het bloed spoot uit zijn doorgehakte oog. De vierde probeerde tussen de bus en de heining door weg te rennen, maar raakte verstrikt en werd door de genadeloze Anna afgemaakt.

ADEMPAUZE

Ik klom met wat hulp op het dak van de bus. Vanaf de verhoging bekeek ik de weg die de donkere weide als een patroontas doorsneed. De achtervolgers liepen al een tijdje op een marsdrafje. Kleine bendes kwamen uit het bos, verspreid als rovers, maar maakten zich niet klaar voor een charge.

De vijanden namen de boerenhutten aan de rand van het dorp in. Kampvuren van veelvuldige bivakken laaiden op op het weiland en bijlgeklop kwam onze kant opgewaaid. Toen begreep ik dat het verenigd leger rust nam. De komende uren zou er niets gebeuren — wij konden weer naar beneden.

Toen ik weer op vaste grond stond, voelde ik het bloed in mijn laars klotsen. De strijdlust ebde langzaam weg. Onder mijn rubberen harnas laaiden de eerder niet voelbare kneuzingen op. Mijn voorhoofd brandde, alsof er een verband met verbrijzeld glas op zat.

Iëvlev haalde de lange afgebroken punt van de Jakoet-lans uit zijn voet. Vyrin trok voorzichtig, om zichzelf niet onnodig te pijnigen, zijn jas, trui en T-shirt uit. Op zijn rug en zijen zaten paarse roebelstempels. Dzjoeba keek met één oog, het andere was bijna verdwenen onder een blauwe zwelling. Op de linkerhand van Ozerov bewogen in plaats van pink en ringvinger rare huidlappen en kippenbotjes. Hij had niet gemerkt wanneer dit was gebeurd. Kroetsjina had een strijdknots tegen zijn kaak gekregen. De scherpe doorns lieten diepe scheuren in zijn wang en kin achter. Marat Andrejevitsj had zijn rib aan het stuur gebroken en een hoop schaafwonden aan de stormram overgehouden…

Besmeurd met bloed, dat van onszelf en dat van anderen, toegetakeld en moe kwamen de Sjironins tot rust. De fysieke pijn bracht het bittere besef van onherstelbare verliezen met zich mee. De mislukte ontsnapping kwam ons duur te staan. Soekharev en Loetsis waren vermoord, Svetlana en Veronika doodgebloed…

Toen Anna zich op de lijken van haar zussen wierp en luid begon te janken, werd mijn keel als met een stekelige strop samengeknepen. Tanja huilde, de norse Igor Valerjevitsj snikte. Grisja hield met moeite zijn tranen

in. Marat Andrejevitsj stond er met een bevroren gezicht en opeengeklem-
de kaken bij. Nikolaj Tarasovitsj draaide zich weg, opdat niemand zijn
ogen zag. Ozerov, Dzjoeba en Garsjenin stonden met gebogen hoofden
naast ons…

Helaas was er geen tijd voor rouw. Wij brachten onze overleden vrienden naar binnen. Vervolgens begon Marat Andrejevitsj de gewonden te
verzorgen. Gelukkig lagen alle medische voorraden in de bus. Ozerovs
gesloopte vingers werden meteen geamputeerd. Hij doorstond de operatie
moedig, zonder ook maar een kik te geven. Marat Andrejevitsj was langer
dan een uur bezig om alle gerafelde wonden te verzorgen en te hechten,
het bloeden te stelpen, gebroken botten te spalken, verband op te leggen,
zalf op gekneusde schouders, zijen en ruggen te smeren.

Onverdroten pijn peuterde met een dikke naald tussen mijn nekwervels
en wakkerde de smeulende kolen onder het verband om mijn met visspeer
doorboorde been aan. Ik maakte gretig een pakje Novalgin op, vroeg toen
om een tweede. Vrij snel verloor mijn lichaam alle gevoel.

Zolang wij nog krachten en medische verdoving hadden, versterkten
we het erf. We rolden blikken vaten uit, die eerder niet in het huishouden
waren gebruikt, en zetten ze omgekeerd langs de schutting neer. Op de
bodems legden we houten planken, zodat wij boven de palissade uit konden komen en de aanvallers van boven afslaan. We haalden keien uit de
ingelegde paadjes en legden ze in hoopjes klaar. De achterruiten van de bus
werden met boomstammen dichtgetimmerd. Pas toen we de dorpsraad op
de charge hadden voorbereid, stonden we onszelf toe om uit te rusten. De
onverzettelijke Iëvlev en Garsjenin namen de wacht op zich.

In het voorportaal viel ik uitgeput neer op een brits en stak de eerste
tas die ik zag onder mijn hoofd. Een scherpe hoek duwde tegen mijn slaap.
Ik bestudeerde het ongemak en haalde de houten lijst met de foto van
Margarita Tikhonovna eruit. Na het herlezen van de opdracht bedacht
ik me onverschillig dat de drager van de 'nagedachtenis' de volgende dag
waarschijnlijk niet zou overleven. Er was geen hoop meer. Ik voelde niet
eens mijn gebruikelijke terneergeslagenheid.

Volgens de traditionele gebruiken zou ik met oog op het dodelijke gevaar mijn wereldse zaken op orde moeten stellen. Ik dacht even na en
kwam al snel tot de conclusie dat ik er in principe geen had. Ik had ook
geen angst voor het komende gevecht.

Uit beleefdheid dacht ik aan mijn vader, moeder, zus en neefjes, maar voelde vreemd genoeg geen liefde of tederheid. Ik bekeek de gezichten van mijn gezinsleden met verbaasde onverschilligheid. Zij leken op bleke afdrukken van een jaaroude droom. Het was absurd en belachelijk om enige verwantschap met deze schimmen te voelen. De stad waar ik bijna dertig jaar had gewoond, school, twee universiteiten, ex-vrouw, werk—alles leek op speelgoed, onbenullig en nep, als een saaie film over het alledaagse leven, die ik jaren geleden in een zomerbioscoop in Krym had gezien.

Deze plakkerige sluimer dwong mij om mijn ogen te openen. Het zou makkelijk zijn om deze onbegrijpelijke kilheid in mijn hart toe te schrijven aan de pijnstillers die niet alleen mijn hart, maar ook mijn emoties hadden bevroren. Ik kende echter een andere uitleg. Ik had Gromov te vaak herlezen. Het Boekimplantaat, vol glimmend geluk, vulde actief de ruimtes van mijn geheugen op en maakte mijn echte kindertijd waardeloos. Ik moest een serieuze inspanning doen om mezelf er finaal van te overtuigen dat de opeenvolging van bleke portretten, uitgebluste gebeurtenissen en troebele landschappen ooit mijn echte leven was geweest.

Ik plensde een lange tijd koud water uit een emmer op mijn gezicht. De waanvoorstelling die mijn luchtpijp had verzegeld nam af. Eerlijk gezegd begreep ik zelf niet eens meer waarom ik zo was geschrokken. Tenslotte zou het zelfbewustzijn van Aleksej Vjazintsev nooit in gevaar komen, hij zou altijd zichzelf blijven, onafhankelijk van zijn herinneringen.

Ik hield mezelf nogmaals voor ogen dat strenge discipline noodzakelijk was. Zonder deze zou het Boek de echte gebeurtenissen van mijn kindertijd ongetwijfeld in de vergetelheid duwen. Deze tedere zorgzaamheid was echter ook absurd. Moest ik dat banale verleden wel bewaken en medelijden hebben met zijn verdrukte schaduwen als ik al snel geen heden, noch een toekomst meer zou hebben?

Buiten laaide een kampvuur. De hele leeszaal had zich eromheen geschaard. Iëvlev zong een oorlogslied over een donkere nacht. Ozerov voelde peinzend aan het lemmet van zijn bijl. Kroetsjina sleep zijn bajonet met grote zwaaien aan een riem. Vyrin dommelde op de schouder van Marat Andrejevitsj. Tanja scherpte het punt van haar rapier met een slijpsteen. Anna was als een gebogen afgodsbeeld bevroren. Garsjenin liep met een verrekijker langs de rand van het dak van de dorpsraad en bewaakte de omgeving.

Ver achter het bos donderde het, alsof iemand over een gonzend blikken dak rende. Lilakleurige aders zwollen op in de zwarte hemel en doofden weer uit, maar er viel geen druppel regen.

'Hoe gaat het, Aleksej?' vroeg Marat Andrejevitsj zorgzaam.

'Okay… Ik heb een beetje geslapen.'

'Wel, slapen is goed,' beaamde Marat Andrejevitsj. 'Hier, ik wilde dit al heel lang aan u geven…' hij reikte mij de kist met het Boek aan.

Ik aanvaardde dit attribuut van mijn bibliothecarisfunctie, hing de ketting om mijn nek en zat neer tussen Dzjoeba en Tanja. Ik bekeek de stil geworden Sjironins. Iëvlev stopte met zingen, Kroetsjina en Ozerov legden hun wapens neer. Vyrin ging rechtop zitten. Zij verwachtten allemaal iets van mij, waarschijnlijk een woord ten afscheid.

'We hebben nog maar een paar uur voordat de zon opkomt,' zei ik en opende de stalen vleugels van de kist. 'Er zal geen andere kans zijn. Ik stel voor dat ik het Boek voorlees…'

Ik schraapte mijn keel en begon te lezen, zonder intonaties of gevoel, alsof ik de gedrukte woorden opsomde. Tegen het einde van de lezing was mijn stem hees geworden en verloor al zijn klank. Mijn rug was stijf, de regels gleden uiteen in grafische mugjes, maar dat maakte niet uit. Veel paragrafen kende ik allang van buiten en zodra ik de tekst aanraakte, kwamen die er vanzelf uit. Ik fluisterde de laatste bladzijde en klapte het Boek dicht.

Vanaf de geul, waar wij de dag daarvoor nog de dode vijanden heen hadden gebracht, stonk het naar gangreen en dood. De wind joeg grijze regenwolken voor zich uit, de onstuimige maan rookte als een witte chloorvlek. Op het lange lemmet van de in de grond gestoken rapier zat dauw. Diezelfde schitterende waterpailletjes glinsterden op Ozerovs bijl en Kroetsjina's bajonet en veranderden ineens in fonkelende kerstballen— glazen bolletjes magie die het Nieuwjaar en de hele feestelijke, verblindend gelukkige wereld van mijn kindertijd weerspiegelden. De caleidoscoop van mijn herinnering draaide een slag en gooide geslepen kristallen van een nieuwe herinnering omhoog…

CHARGE

Kraaien kwamen uit het niets aangevlogen. Ze verwachtten kadavers en schreeuwden met afschuwelijke stemmen die klonken als krakend losscheurende vodden. Mijn herinneringen vertroebelden en verloren hun kleur.

Ik ging staan. Ook de Sjironins stonden op. Te oordelen naar het veelstemmige rumoer achter de palissade maakte de vijand zich op voor een charge. Het verenigde leger bestond uit bijna zestig soldaten en was in drie zelfstandige détachementen onderverdeeld. Ze stonden allemaal op een afstand van elkaar. De gezamenlijke aanspraak op het Boek verbood het hen om gezamenlijk op te treden. Ze waren tegelijkertijd bondgenoten en rivalen, wat onze taak een stuk makkelijker maakte. Wij moesten niet een hele kolos het hoofd bieden, maar losse groepen. Daartegenover stond dat de vijand steeds verse soldaten in het gevecht kon gooien, terwijl wij nu al omvielen van vermoeidheid.

De bewapening van het eerste—en grootste—détachement bestond voornamelijk uit boerenwerktuigen: hooivorken, bijlen en messen. Deze lezers hadden duidelijk nog nooit aan een gevecht deelgenomen en brandden van ongeduld. Het was moeilijk om naar de beroepen en levenslopen van deze mensen te raden, maar nu waren ze allemaal soldaten geworden. Zij keken ons strak aan en in elke blik scheen bezetenheid door.

Het tweede détachement was een samenraapsel van oude bekenden. Ik zag gewatteerde bouwhelmen met metalen plaatjes en gehoornde dierenschedels. Harpoenen, vis- en jachtsperen mengden zich met brandhaken, betonstaven en knuppels.

Het geraamte van détachement nummer drie bestond uit de behoorlijk uitgedunde kurassiers. Na de slag bij de versperring bleven er slechts vier over, maar ze kregen wel vijftien mensen ter versterking. Die zagen er allesbehalve gevechtsklaar uit en droegen geen harnassen. In plaats van wapens hielden de soldaten vreemde gebogen goten vast, waar scheplepelvormige kuilen in zaten, en hadden ze brede tassen over hun schouders hangen. De kurassiers bedienden een toestel dat op een verrijdbare bouwcompressor leek. Ze monteerden dozen en trokken elektriciteitsdraden. Alle werkzaamheden werden aangevoerd door de soldaat met de metalen vuistbeugel.

Garsjenin kwam naar mij toe en rapporteerde zachtjes: 'Achter de bakstenen muur staat nog een groep. Een stuk of twintig mensen. Zij moeten er waarschijnlijk voor zorgen dat wij niet door de geul wegkomen...'

Vyrin legde een artilleriehoopje kogellagers bij mijn schoen neer en ging zelf op een vat staan. Ik pakte een kei in elke hand en keek gespannen naar de vijandelijke manoeuvres.

De soldaat met de beugel rondde de voorbereidingen af en kondigde schel aan: 'Muziek van Pakhmoetova! Tekst van Dobronravov!'

De leider van het eerste détachement gaf een onhoorbaar bevel. De gelederen schokten, liepen naar voren en strekten zich in een brede opstelling uit. Zes lezers pakten een glad gehakte boomstam op die op een enorm potlood leek.

De tegenstanders marcheerden in formatie en met bijlen en hooivorken in de aanslag richting de dorpsraad. Elke derde soldaat had een voorhamer op zijn schouder.

Een vreemd gekraak weerklonk door de lucht, alsof droge takjes in brand vlogen, en daarna barstten oorverdovende symfonische fanfares los: een trommel bulderde diep geroffel, violen brulden als straalpijpen van een raket. Een rollende bariton bedekte de zichtbare ruimte met zijn stem:

'Ochtendhemel boven ons,
Als een vlag van pure brons.
Hoor vijandelijke vuren,
En het moedige respons!'

Het opzwepende gezang kwam uit verschillende richtingen. Ik zag een dubbele luidspreker aan de scheve elektriciteitspaal hangen. Een tweede paar misthoorns zat op de compressor.

De gezongen oproep van de Sovjetskald strekte zich uit over het bos en leidde de charge. Ik vroeg me helemaal niet af waar de vijand deze technologie der moed had geleerd. Hoogstwaarschijnlijk was deze muzikale, angst overstemmende stimulans niet de uitvinding van Margarita Tikhonovna of wijlen Ogloblin.

'Opnieuw komt een gevecht,
Ons hart is angstig en broos.
Lenin is jong en geeft
De rode Oktober aan ons!'

Ik voelde ineens een ongekende geestverrukking. Het monumentale lied,
het slaaptekort, de medische roes, de herinneringen, de constante doods-
verwachting—dit alles scherpte mijn emoties aan tot een kokende extase
en een krachtrazernij.

Vanachter de palissade regende het stenen en kogellagers. Het storm-
vuur was zo sterk dat de vijanden hun stormram niet bij de muur kregen.
Ze verloren stormsnelheid, lieten het zware stamhout vallen en renden alle
kanten op om dood door gericht vuur te ontwijken.

De donderende stem zong verder, slopende voorhamers sloegen tegen
de boomstammen, spaanders vlogen ervan af, maar het stevige hout gaf
niet mee. De roekeloze smids werden van boven aangevallen door de lange
lansen van dorpsraadwachters. De vlugge punten volgden elke zwaai van de
hamer om in een opengelaten slagader te pikken, onder een sleutelbeen te
dringen, spierweefsel open te rijten, met het uiteinde in het hart te duiken…

Het lied was voorbij, de skald zweeg. Maar nog eerder dan dat verzopen
de aanvallers in hun eigen bloed en het détachement viel terug. Onder de
omheining bleven acht uitgestrekte lichamen achter.

In de onmogelijke vrieskoude stilte schreeuwde de eunuch in de punt-
helm opnieuw doordringend: 'Muziek van Pakhmoetova! Tekst van Dobronravov!'

De bevroren lucht vulde zich met geknars en geruis. De krakende naald
van een onzichtbare platenspeler draaide weer rond op de plaat. De koper-
blazers van een orkest ratelden als vliegende treinwielen, doordringende
aartsengeltrompetten vlogen op. Het koor steeg op en viel uiteen in honderd
jonge kristalheldere stemmen:

'Weerklink met bel van moed!
Vooruit, jong gebroed!
Overwinning behalen we samen!
Ons land krijgt vele giften
Van eer en arbeidsdriften.

Onthoud voor altijd hun namen:
Liefde, Komsomol en Mei!'

Het lied bezielde de haveloze troepen tot een nieuwe aanval. De vijanden gooiden zonder een seconde rust te nemen een reservestormram op hun schouders en liepen in een nieuwe golf richting de dorpsraad. Deze krankzinnig geworden zaterdagsvrijwilligers kwamen met de seconde dichterbij.

De tweede aanval was korter, maar bloederiger. De formatie sloot zich als een levend schild om de boomstam en viel net voor de muur uiteen om de beslissende slag toe te brengen.

Ik voelde het gewricht in mijn ellenboog zich aan stukken scheuren wanneer een gladde kei uit mijn krampachtig gebogen vingers vloog. Ik hield de steen vast met mijn blik en volgde zijn baan. Met een doffe plof plantte het projectiel zich in de wang van een vijand, alsof het in de vochtige aarde landde. De aanvaller viel met zijn hoofd tegen de stam en zakte in elkaar. Het gigantische slaghout raakte één paar benen kwijt, slingerde scherp en veranderde van richting. Iemands laarzen raakten verstrikt in het lijk en hij struikelde. De verzwakte stormram sloeg niet in, maar viel tegen de palissade aan en sloeg een stam eruit. De aanvoerder van het détachement klom meteen door de ontstane bres. Marat Andrejevitsj streek van boven op hem neer. Zijn sabel floot door de lucht en het woeste gezicht reet met een scheve purperen draad open. De vleesdiepe binnenkant draaide zich binnenstebuiten. De aanvoerder viel terug. Dzjoeba gooide een tweede vechter met een precieze slag van het houweel uit de bres. Verder waren er geen vrijwilligers.

Onze eindeloze steenhagel bleef hoofden raken, helmen openhalen, armen breken, knieën vermorzelen. Opeens sprongen Garsjenin, Dzjoeba en Kroetsjina over de palissade. Daar hadden ze zo'n stoutmoedige uitval niet verwacht. Voordat de tegenstanders wisten wat er gebeurde, ontdeed het zwarte lemmet van de zeis iemand van zijn hoofd. Het houweel stootte een ander tot aan zijn ruggengraat door en de bajonet reet een buik open. Na deze vliegensvlugge aanval renden de dorpsraadverdedigers terug door de bres en werd de steenhagel hervat. De aanvallers hielden het niet uit en renden in paniek weg, willekeurig en elk voor zich, achternagezeten door het weerklinkende koor.

'De sneeuwstormen kolken weer,
Het lied bezingt de arbeidseer.
En steeds blijven bij ons –
Liefde, Komsomol en Mei!'

De krassende akoestische klauw sneed de oren uit alle luidsprekers. Het koor zweeg. Alleen de natuurlijke doodsgeluiden bleven achter.

Ozerov, die over de palissade hing om de vijanden beter met zijn lans te raken, werd aan de kromme tanden van hooivorken geregen. Door de buik gestoken brulde hij het uit, en werd als een trofee meegesleept.

De vijanden reageerden hun woede om de verliezen af op Ozerovs uitgestrekt lichaam. Zijn borst werd nog bij leven opengereten en zijn ribben werden vanaf de zijkanten als planken tegelijk uitgebroken. Wij sloegen met machteloze woede dit krankzinnige beulstoneelstuk gade, onder begeleiding van walgelijk en luid gevloek. Om hun woede eruit te gooien liepen Vyrin, Iëvlev en Kroetsjina, voordat zij de bres dichtten, buiten de omheining en maakten de buiten westen geslagen vijanden met enkele slagen van de schep, hamer en strijdvlegel zonder enig medelijden af.

De verslagen troepen maakten hun eigen tragedie mee. De lezers waren aan het eind van hun Latijn. Doodop en woedend moesten ze plaats maken voor de volgende gegadigden. Het tweede verzamelde détachement trok ten strijde. Boven het verlepte gras werden uit stukken schutting gemaakte schilden geheven, waarachter de dierenhoofden zich veilig verschansten. Wij zagen alleen de bovenkanten van helmen en de stalen stoppels van harpoenen en lansen.

Vyrin gooide een kei tegen een schild.

'Dat was de laatste…' zei hij met stille wanhoop. 'Waar kunnen we ons nu nog mee verdedigen?'

'We kunnen deze gebruiken,' zei Iëvlev en legde bijlen van dode tegenstanders aan onze voeten. 'Om mee te gooien…'

Puffend van inspanning rolde onze Niva over de weg, reeds omgetoverd tot een aanvalswapen. Een paal met een scherpe punt liep door de cabine van de auto en stak een meter voor de bumper uit.

Zodra de Niva zijn positie had ingenomen, begonnen de 'schilden' hun charge. Het volgende moment spreidden de versterkingen van het derde détachement zich in een losse lijn met grote tussenruimten uit. Die mensen maakten hun gebogen goten klaar en plaatsten iets in de ronde lepels.

'Muziek van Basner, tekst van Matoesovski...' kondigde de enge eunuch-DJ aan.

Een lage basstem vol ondergrondse tragiek zong een begrafenismotief:

'Door berg en dal verspreidde vuren
Mengden zich met de zonsondergang.
We bleven slechts met zijn drieën –
Soldaten van een lager rang.
Hoeveel van jonge lieve vrienden,
Gestorven daar en zonder faam.
In onbekende vreemde landen,
Op grote hoogten zonder naam.'

De 'schilden' renden op ons af en de Niva schoot vooruit in een wolk van benzinebrandlucht. De handen met de goten vlogen tegelijkertijd omhoog en vielen neer, alsof ze zwepen kraakten. Ik dacht dat een zwerm meikevers langs mij heen vloog. Iets kwam tegen de rand van de palissade en spatte uiteen. Een scherpe splinter brandde mijn wang.

De lepels vielen weer neer. De zoemende insectenhorde vloog op. Een seconde later kwam een nieuwe vlaag tegen de heining aan. Spaanders spoten van het hout af. Voordat ik doorhad dat we werden beschoten, was Vyrin met een krakende klets op de grond gesmeten.

'Slingeraars!' riep Marat Andrejevitsj wanhopig. 'Ga liggen!'

Ik vlijde mij neer op de planken. Op de grond spartelde Vyrin met een kapotgeslagen hoofd. Grisja's gezicht zat er niet meer, de stenen kogel had het platgewalst.

De palissade schudde door elkaar, de vaten en planken vielen om. De Niva's eiken voorsteven brak door de bres, losgewrikte boomstammen rolden weg. Een gedeelte van de muur viel zonder ondersteuning neer. Achter de auto rende een onbedwingbare stroom vijanden door de bres.

Ook al waren wij door de stormram op de grond gegooid, lukte het de Sjironins alsnog om een verdediging op te zetten. De eerste rij aanvallers werd op lansen gespiesd, kwam onder schoppen en bijlen terecht. De aandrang schokte, rolde terug, stroomde toen weer naar voren. Dierenhoofden kropen koppig door de bres, hees grommend, bereid om hun leven te geven om maar te kunnen vellen, uiteenscheuren, wurgen.

Ik rende naar mijn vechtende vrienden toe. Bij de bres liep het bloederig storm, de platgelopen grond was glad en drassig. In dit teisterende gedrang kon ik niet goed uithalen. Ik stak links en rechts met mijn oorlogshamer en observeerde de door woede verwrongen alcoholische Siberische gezichten, de uitdovende, maar nog steeds genadeloos hatende ogen, de monden met ontblote tanden en schuim…

'Het is also-of ik met he-en samen nogmaals de vuurlinie-e innam! In onbekende vreemde landen, op grote ho-o-ogten zonder naam…' zong de basstem weemoedig het refrein. De muziek stopte. Een naald kraakte, een schakelaar ging om. De kurassiers en slingeraars verschenen in de bres. Er was niemand meer om een nieuwe plaat op te zetten. De versterkte vijand drong verder naar binnen. Het gevecht liep naar het midden van het erf. Soldaten van het hinderlaagdétachement kropen behendig over de bakstenen muur en ontblootten vlug hun wapens.

De bloedspattende, metaalklatterende, schreeuwende, kreunende maalstroom wierp ons uiteen. Lansiers drongen mij tegen het verste gedeelte van de palissade terug. Hun snelle uitvallen tekenden een onzichtbare, maar duidelijke halve cirkel af. Daarbinnen bleef ik onaantastbaar. Ik kon alleen toekijken hoe mijn leeszaal wegsmolt.

Tanja stak haar rapier door de oogspleet van een metalen vizier. De scherpe staaf kwam uit de achterkant van de helm. Het rapier zat muurvast en het snel inzakkende zware lichaam ontwapende Tanja. Ze pareerde een neerkomende strijdknots met de blote arm die meteen onder de verminkende slag werd verbrijzeld. Een aangesnelde bijl doorkliefde het zeef van haar schermmasker, zijn gehakte rug dook er weer uit en gooide een waaier bloeddruppels op …

Jachtlansen verrasten Dzjoeba aan de kant van zijn slechte oog en tilden hem in de lucht. Hij trappelde met zijn benen, alsof hij zich met zijn laatste krachten aan een tourniquet optrok. Garsjenin werd uit de verte door de slingeraars doodgestenigd. Dezelfde dodelijke hagel maakte een eind aan enkele soldaten uit het tweede détachement. Zij vielen met ingeslagen achterhoofden neer, zonder te weten waar de dood vandaan was gekomen.

Anna sloeg met haar strijdvlegel de puntige helm van het hoofd van de aanvallende schelle eunuch. Een moment lang was zijn pafferige vrouwens-

   MIKHAIL JELIZAROV

moel zichtbaar, met geblondeerd haar en uitgesmeerde paarse lippenstift op zijn vette lippen. Een tweede slag van de vlegel plantte een witte streng haar in zijn slaap met bloederig gekraak. Een seconde later greep de klauw van een brandhaak zich vast aan Anna's nek. Zij viel neer, maar liet haar trouwe strijdvlegel niet los. Een dierenhoofd in harige bontlaarzen sprong boven op haar ter aarde gestorte lichaam en begon haar verwoed met zijn lans te steken. Zijn brullende kop werd door Iëvlevs loodzware hamer vermorzeld.

Kroetsjina wigde zich in een groep suffende slingeraars. Hij spiesde de licht bepakte soldaten vlug en behendig met zijn bajonet en een afgepakt hakmes. Onervaren in een gevecht van man tegen man, vielen ze als poppetjes neer. Hun dodelijke goten en tassen vol steenkogels bleken nutteloos te zijn tegen de vliegensvlugge lemmeten. De niet-aflatende messteken dwongen de slingeraars tot een chaotische aftocht. Het zou ze nog slechter zijn afgegaan als ze niet door de soldaten uit de hinderlaag werden beschermd.

Ik probeerde steeds door de denkbeeldige lijn van onkwetsbaarheid te breken, maar de lanspunten gooiden mij terug. Ik zag hoe Marat Andrejevitsj naar de dorpsraad achteruitliep, zijn pad met de lijken van zijn vijanden bedekkend. Daar viel een gehoornde kop neer op het bruine zand. Een soldaat met ronde stukken metaal op zijn gewatteerde helm viel levenloos neer. Iemand gooide een smalle visspeer die langs Marat Andrejevitsj's wang streek en rode vonken sloeg.

Een van de lansiers die mij omringden schokte met zijn verpletterde ruggengraat. Iëvlevs hamer gooide een tweede opzij. Een derde lansier draaide zich om en rende weg. Maar deze angst was helemaal niet op Iëvlev en zijn dodelijke hamer gericht.

De scène die zich voor mij ontvouwde maakte mij volledig los van de realiteit. Een gigantisch vrouwmens verscheen als een monsterlijk en fantastisch visioen in de paalbres. Zij droeg een vuiloranje vest boven op een vormeloze gebreide trui die uit zwartgeblakerde glaswol leek te bestaan. De pijpen van haar blauwe broek zaten in haar laarzen. Een kleurige sjaal bedekte haar opgezwollen neushoornschouders. De vrouw had een opgezet rood gezicht en vanonder haar helm staken gele permanentkrullen uit, die op een onverzorgde schapenvacht leken. Ze sleepte een enorme haak mee aan een lange, roestig krakende metalen kabel. Met haar machtige hand draaide ze in een paar slagen de reusachtige strijdvlegel los tot zo'n snelheid dat de kabel met de trillende luchtrimpeling samenvloeide en de haak doorzichtig werd.

Mijn verbijsterde verstand begreep niet meteen dat ik in mijn laatste momenten oog in oog stond met de legendarische amazone van de Mokhova-clan, het angstaanjagende relikwie van het Gromov-universum—Olga Dankevitsj. Zij vertrapte met haar olifantenbenen de lijken in een ontoegankelijke cirkel van drie meter rond haar vlegel, die nu eens fluitende loopings en dan weer achtjes maakte.

Ik zag de bleke afschuw die de aanvallers ineens trof. Zij gingen met hun rug tegen de paalheining staan, om niet per ongeluk met de vijand te worden verward.

Marat Andrejevitsj mikte met een zware hooivork en smeet hem richting Dankevitsj. Maar eerder nog maakte de zoemende propeller slagzij. De haak vloog een meter boven de grond en stoof zand op. De onzichtbare kabel sloeg beter dan een schild de hooivork af die zijn gewicht leek te verliezen en achter de palissade landde. De volgende slinger van de haak pikte Dezjnjov op, draaide hem als een spoetnik op zijn baan rond en ramde hem in de hoek van het houten kapelletje. Bloed spoot uit de mond van Marat Andrejevitsj en zijn open ogen verstarden.

Met twee ragfijne draaien van haar strijdvlegel sloeg Dankevitsj eerst Kroetsjina's bajonet uit zijn hand die meteen in een hoop vodden veranderde; vervolgens plette ze zijn brandweerhelm. Igor Valerjevitsj viel neer, alsof hij een emmer bloed over zich heen had gekregen. Dankevitsj pakte de kabel vast met haar vrije hand en bracht de vlegel behendig in een verticale positie. De haak groef de reeds verslagen Kroetsjina in de zanderige grond en liet zijn lijk in een diepe krater achter.

Iëvlev gilde het uit van woede en van pijn. Het brede, zwaardlange punt van een jachtspeer die Nikolaj Tarasovitsj in de rug had getroffen, kroop als een slang uit zijn doorboorde borst. Hij viel neer op zijn knieën, leunend op zijn handen en het punt van het wapen.

Eenzaam en verstijfd door zwarte wanhoop bekeek ik mijn overleden vrienden en tientallen vijanden die zij hadden omgelegd. De leeszaal was doorgebloed en ik, als een echte bibliothecaris, verliet haar als laatste.

Ik stak mijn oorlogshamer voor mij uit en stapte onder de dekmantel van de middelpuntvliedende dood. De onzichtbare kabel doorsneed de lucht fluitend boven mijn helm. Dankevitsj glimlachte ineens en toonde haar zilveren tanden. Haar hese drankstem wenkte mij: 'Kom maar, ik doe je niets,' klonken de flirterige woorden, zacht als de wind: 'Dichterbij, kleintje, ga maar onder mijn tietjes staan. Ik haal je hier weg…'

Ik wachtte op het donker dat mij na een verpletterende slag zou opslokken, maar de kabel vloog steeds hoger boven mijn hoofd…

Soldatenplicht en loyaliteit tilden de stervende Iëvlev op. Met een paar vlugge stappen liep hij op Dankevitsj af. Als een aansluipende vurige minnaar vlijde hij zich tegen haar rug aan, zodat het lemmet dat hem had vermoord zich volledig in het dikke vrouwenvlees boorde.

Dankevitsj wankelde, haar dronken glimlach veranderde in een onbegrijpende grimas. Ze rispte licht purper getint speeksel op. Haar hand met de haak bleef in de lucht, maar de kabel viel neer. Met elke draai verkleinde het bereik van de strijdvlegel. Dankevitsj ademde zwaar, als een buldog, bloed liep langs haar vette kin en druppelde op haar vest. De kabel stopte met draaien, de haak begroef zich in het zand. Twee samengegroeide lijven vielen zwaar neer. Nikolaj Tarasovitsj was reeds overleden en kwam nooit te weten dat hij Dankevitsj had verslagen.

HORN VERSCHIJNT

Ik voelde ineens een aanval van irrationele angst, alsof ik in het heetst van de strijd op een onbevattelijke manier niet had opgemerkt dat ik allang was vermoord. Er gebeurde iets onbegrijpelijks. Het was niet zo dat ik niet meer bestond voor de vijanden, maar ze keken mij nu zonder de eerdere roofzuchtige gulzigheid aan, alsof ze hun felbegeerde Boek allang hadden gekregen. Ik raakte voor de zekerheid de koude deksel van de kist aan—het Boek hing nog steeds om mijn nek. Ik stond op mijn eigen benen en had zelfs geen serieuze beschadigingen aan mijn lijf. Maar niemand probeerde mijn wapens af te pakken. Ik was afgezonderd, als een taboe-object. Alle handelingen van de voormalige vijand hadden ineens niets meer met een gevecht te maken. Misschien begreep ik daarom dat de charge echt voorbij was. Mijn woede sloeg om in troebele vermoeidheid en onverschilligheid. Ik aanschouwde alleen maar de drukte, vol lijden en bloed, die ik reeds vanaf de eerste vergelding had gekend.

Het erf was in een waarlijke storthoop van lijken veranderd. Van alle kanten kwam het gekreun van gewonden. Het waren er veel, met afgehakte ledematen en verminkte gezichten. Sommigen woelden op de grond, anderen kropen in krankzinnige wanhoop rond, hun achterhoofd met hun handen bedekkend. De overlevende soldaten verzorgden de gewonden en sorteerden de doden naar détachement. Ze rolden de walmende Niva buiten de palissade. De omgevallen boomstammen werden weggesleept.

Norse vrouwen in wegwerkerscamouflage—blauwe bodywarmers, gewatteerde broeken en laarzen van karsaai—verschenen uit het niets. Op hun hoofden hadden ze hoofddoekjes of schapenbonten mutsen met oorkleppen in de kleur van roestig brons. Net als Dankevitsj droegen ze allemaal een oranje vest. De vrouwen waren gewapend met hamers met lange handgrepen, breekijzers en spades. Al snel vulden zij het erf. Ze hielpen niet met de opruiming, maar sloegen de werkzaamheden alleen gade. Of, beter gezegd, ze hielden toezicht.

De houding van de aanvallers verraadde zenuwachtigheid. Ze haastten zich en scholden elkaar zachtjes uit. Alles gebeurde duidelijk met de angstaanjagende versteende gezichten van de wegwerksters nog in gedachten. Tenslotte werd de zware en onhandige compressor als een pantserwagen het erf op gesleept. Ex-aanvallers zetten dozen op onze zelfgemaakte tafel neer: een versterker en een draagbare platenspeler.

De mensen splitsten zich op in hun afzonderlijke détachementen en stelden zich bij de dorpsraad op, als voor een wapenschouw. Een stille plechtigheid daalde neer over het erf. Een vrouw in een bodywarmer zette de naald van de speler op de plaat. Uit de luidsprekers kwam 'Mars van de enthousiasten', vermengd met het geluid van boter op een hete koekenpan:

'Verfraaid door arbeid,
Door grootse bouw, met vuur en tranen,
Wees welkom, land der helden,
Het land van wetenschap en idealen!'

Door de leeggemaakte bres in de palissade liep een oude vrouw het erf op. Zij leunde op een wandelstok, maar het was duidelijk dat de steun alleen als een rekwisiet van ouderdom moest dienen. De vrouw liep met het gemak en de majestueuze elegantie van een rechtop lopend reptiel, een oeroude mensachtige dinosaurus. Haar klein hoofd werd omringd met zorgvuldig gekapt zilveren dons. Op haar gerimpelde, met pigmentschubben bedekte, liploze gezicht vielen haar aandachtig-bewegingsloze ogen op, uitpuilend en vaal, als ware ze op eierschillen getekend. Haar scherpe neus en kin maakten samen de indruk van een open schildpadbek. Haar krop, zo gerimpeld en zacht als die van een iguana, verdween onder de sneeuwwitte kraag van haar bloes. De rest van haar kleding was zwart: streng tweedjasje, lange rok, hakken. Met haar ellenboog drukte ze een oubollige leren reticule met een grote bolletjessluiting tegen haar zij.

De oude vrouw stopte naast mij en gaf een bijna onmerkbaar teken—niet eens met haar hand, maar met haar blauwdooraderde, ivoorwitte oogleden. Eén ontevreden beweging en de muziek zweeg.

'Aljosjka…' zei de oude vrouw liefkozend. 'Niet bang zijn…' en glimlachte onverwachts.

De oude krakende stem maakte een mengelmoes van mijn gevoelens.

'Zo veel mensen dood…' Ze liep met kleine stapjes om de verstrengelde lichamen van Dankevitsj en Iëvlev heen.

'Oljka...' becommentarieerde de vrouw. 'Ook verrekt...' Haar slangenblik versteende mijn ogen. 'Niet goed...'

Ze sprak kortaf en perste haar gedachten in een minimale hoeveelheid woorden tussen haar tanden door, alsof ze niet genoeg adem had voor lange zinnen. De mekkerende keeltrillingen en de heesheid verdwenen, of werden onbelangrijk. Een formidabele autoriteit sprak uit haar elke gebaar, uit de draai van haar kleine hoofd. De nobele wijze staritsa met tekenen van uitverkorenheid op haar prachtige trotse gezicht daalde tot mij af. Met vreugde begreep ik dat zij niet kwaad was, maar mij een standje gaf, als een gebiedende stammoeder haar baldadige kleinzoon. Ik hoorde haar als betoverd aan.

'Ah,' ze zwaaide met haar hand. 'Boeien! Ik was Oljka beu... Vond zichzelf heel wat...'

Daarna bekeek de staritsa Iëvlev. Ze zei met ontzag:

'Kavalier...'

Ze keek mij opnieuw aan, toegeeflijk en verbaasd.

'Jij bent zwak... Geeft makkelijk toe...' Ze kreeg medelijden en begiftigde mij met een stralende glimlach. 'Kennismaken? Polina Vasiljevna... Achternaam—Horn. Van mij gehoord?'

Ik knikte.

'Ritka prees jou... Geef maar...' Ze stak haar stok in de grond en strekte de vrijgekomen hand uit.

Ik haalde de kist deemoedig van mijn nek.

'Hoe open je het? Sleutel? Of mechanisme? Doe zelf maar...' gaf Horn toestemming.

Ik haalde de sleutel haastig uit mijn zak en opende de kist.

Horn draaide zich naar de aanvallers.

'Oeps... Foutje! Wat doe je eraan? Ik ben oud!... Dit is het Boek der Herinnering!'

Een teleurgestelde zucht suisde door de menigte. De aanvoerder van de hinderlaag stapte naar voren.

'Hoe kan dit, Polina Vasiljevna?' de krassende, geforceerde stem irriteerde mijn gehoor dat door de fluweelzachte zangerige woorden van Horn was vertroeteld. 'U had ons het Boek der Berusting beloofd! Waar hebben wij voor lopen bloeden?!'

'Nog ontevredenen?' vroeg Horn alleen. 'Kom op... Zeg maar,' moedigde zij aan.

'Polina Vasiljevna! Alstublieft!' de leider schudde zijn hoofd en greep naar zijn slapen. 'Houd op met uw duivelskunstjes. Het Boek der Macht zal bij mij toch niet werken! Vrienden,' hij sprak zijn mensen aan, 'word wakker! Laat jullie niet bedonderen! Wij eisen ons Boek der Berusting!'

Een groot deel van de soldaten uit de hinderlaag ontwaakte als uit een hypnose. Tien mensen volgden hun aanvoerder weifelend. Vier lieten zich niet ompraten en bleven samen met de elf soldaten uit het eerste charge-détachement in het gelid staan. Daar stonden ook nog zeven mensen van het tweede détachement en tien slingeraars.

De opstandeling, aangemoedigd door de bijval, voegde er zelfzeker aan toe:

'Polina Vasiljevna, wij hebben uw bevelen opgevolgd. Nu verwachten wij dat u uw belofte houdt...'

'Zo... hij praat...' knarste Horn ineens. 'Hij eist... Hij durft...'

De betovering in haar stem verdween. Ook haar voorkomen veranderde. Ik keek naar Horn, maar in plaats van de trotse draaiing van haar hoofd zag ik een moedervlek met blauwe wratten die door het dunne haar op haar slaap doorscheen. Deze moedervlek zag er behoorlijk walgelijk uit. Ik knipperde de waanvoorstelling weg. Voor een kort moment zag ik een onbenullig oud besje met roze kale plekken op haar trillende uitgedroogde kop.

Horn begreep waarschijnlijk dat haar bekoring was verbleekt.

'Wacht, Aljosjka... Even oplossen... Probleem... Met egoïst...' Haar stem verwierf weer zijn betovering en kracht. De lelijke plek was niet zozeer on-zichtbaar geworden, maar leek visueel onbelangrijk. 'Jammer...' zei Horn luid, zich tot de troepen wendend. 'Het Boek der Gerechtigheid bestaat niet... Eénhand vergat het te schrijven... Iemand... zou hem... Moeten lezen...' Zij wees met haar reticule naar de groep muiters. 'Willen jullie alles inpikken? Ze eisen het!' Horn werd extreem enthousiast. 'En zij dan?' De reticule wees naar de moedeloze rijen. 'Niet gevochten? Geen vrienden verloren?'

Voor mij — en waarschijnlijk voor de wanhopige en vermoeide meer-derheid — was de betekenis niet zozeer van belang. De zelfverzekerde stem, de mimiek, de zenuwsturing, de gesticulatie bekoorden mij. Horn overreed-de, verklaarde, beval. Ik voelde een blijde opwinding omdat ik zag wat een wonderbaarlijk effect Horns monoloog op de verzamelde toehoorders had. De hinderlaagtroepen hadden inderdaad geen beslissende rol in de slag gespeeld. Zij kwamen als laatste in actie en waren beter dan de rest bewaard gebleven. Maar gaf dat ze ook echt speciale privileges voor de trofee die door het hele leger was ingenomen?!

Het was opeens alsof de Sjironin-leeszaal niet minder dan een halfuur geleden was overleden, alsof de mensen die mij na aan het hart stonden geen martelaarsdood waren gestorven! Ik was alweer vergeten dat ik schaamteloos met het Boek der Macht werd bedot. En het moment voor een gedachteninspanning die de waanvoorstelling nog kon stoppen ging verloren.

Horn bekoorde, ondermijnde de wil van de vertwijfelde lezers.

'Willen jullie je vrienden misdelen?' beschaamde zij de muiters streng. 'Bestelen?!'

De vechters van de eerste drie détachementen fluisterden woedend onder elkaar, vergiftigd door haar boosaardige welsprekendheid. Niemand herinnerde zich nog de geschonden belofte en het Boek der Berusting. Nog even! Een groepje klootzakken wilden hun met bloed bekochte trofee afpakken.

'Luister niet naar haar!' neuzelde de aanvoerder van de hinderlaag zielig. 'Ze probeert ons tegen elkaar op te zetten!'

Tevergeefs. Niemand geloofde hem. De vrouwengarde omsloot Horn in een hechte cirkel. Achter hun ruggen schreeuwde Horn: 'Het zijn verraders, dieven en provocateurs! Maak de provocateurs af!'

Een gevecht begon. De afvalligen verdedigden zich wanhopig, maar de krachten waren ongelijk. Het kleine erfje voor de dorpsraad was gedurende enkele minuten opnieuw een doodsarena geworden.

Horn aanschouwde de afrekening met een glimlach.

'Goed zo… Zal ze leren… Nou zeg… "Duivelskunstjes", blijkbaar had de immuniteit voor haar Boekbekoringen Horn diep geraakt.

'Klaar, Polina Vasiljevna!' verklaarde een dierenhoofd blij, zijn harpoen boven de verse lijken schuddend. 'De provocateurs zijn dood!'

'Gefeliciteerd met de overwinning!' schreeuwde Horn en gaf mij een sluwe knipoog. 'Hoera!'

De troepen voelden de hoon niet en namen de kreet argeloos over. Zij waren echt gelukkig en keken Horn met trouwe ogen aan.

De vrouwen in gewatteerde kleding stapten uiteen en lieten Horn door. Ze bekeek de haveloze troepen die binnen vierentwintig uur tot vijfentwintig mensen waren geslonken.

'Vrienden,' zei Horn, 'bloed en Boek heeft jullie verbonden… Wat kan sterker zijn? Niets! Word één leeszaal… Mijn advies… Wie is jullie

leider? Ach, jullie maken dat zelf wel uit. En nu… Ik houd mijn woord…
Hier!' Zij smeet het Boek der Herinnering als een bot voor een hond
neer. Het Boek vloog met trillende bladeren door de lucht. Zodra het was
geland, sprong een aantal mensen er meteen op af.

Horn fluisterde vertrouwelijk: 'Wedden… Tegen de avond… Zal nog
maar de helft over zijn… Boeien… Ja, Aljosjka? Kom binnen… We moeten praten… Waar gaan jullie heen?!' dit zei ze al tegen de huurlingen.
'Slimmeriken! En wie gaat opruimen?! Pak een schep… En maak wat
graven…'

Horn haalde haar wandelstok uit de grond. Ik zag dat deze niet in een
rubberen uiteinde eindigde, maar een scherpe punt, als een pikhouweel.
De oude vrouw draaide zich om en liep naar de dorpsraad. Ik liep haar
gedwee achterna.

De woest ogende vrouw van gemiddelde leeftijd en met een verbrandde wang, die achter ons aanliep, noemde Horn Masja. Dit individu leek
de dienstmeid van de oude vrouw te zijn. Zij droeg een volle reistas. Uit
de open rits stak de metalen deksel van een thermoskan.

De garde bleef buiten—twee stevige werksters met hamers stonden
in de houding bij de drempel. Alleen de dienstmeid Masja liep met ons
mee naar binnen. Ze bekeek het nederige stulpje en koos meteen de
enige stoel met een hoge rug en armleuningen voor haar bazin. Ze legde
zorgzaam een pannenkoekplat kussentje op de harde fineerzitting en
duwde een harige poef onder Horns voeten. Vervolgens pakte Masja
een uitschuifbare onderzetter uit de tas. Op het ronde dienblad paste de
thermoskan en een kopje vol stomende, naar munt ruikende kruidenthee,
een klein suikerpotje vol suikerklontjes en een lepeltje.

Bij de ingang had de garde mijn oorlogshamer, harnas en helm afgepakt, maar de waakzame Masja fouilleerde mij nogmaals. In mijn broek-
zak vond ze het Solingen-scheermes. De meid vervolgde het onderzoek
met extreem enthousiasme, schaamteloos met haar sterke vingers in
mijn kruis en billen graaiend. Na de fouillering wikkelde ze de kouwe-
lijke Horn in een plaid. De oude vrouw aanvaardde de zorg zonder haar
reticule ook maar even los te laten. Ze zette haar gevaarlijke stok tegen
een armleuning. Masja stookte de kachel en liep weg.

Horn had geen haast om aan het beloofde gesprek te beginnen. Eerst
roerde ze lang de suiker in haar kopje. Opeens vroeg ze:

'Wil je misschien wat thee? Gezond, met munt...' Ze wachtte mijn instemming niet af, maar pakte de ijzeren dop van de thermoskan en goot er een royale hoeveelheid heet water in, gooide er twee klontjes suiker in en roerde het. 'Pak maar...'

Het dunne metaal was binnen een seconde opgewarmd. Alsof ze het expres deed, had Horn het dopje tot aan de rand volgegoten. Ik liet de gloeiendhete beker bijna vallen, maar het lukte mij nog net om hem op de grond te zetten.

Horn lachte scheef: 'Zoals ze in Oekraïne zeggen... Is het heet, dan moet je blazen! Heb je je verbrand? Nee? Wil je wat vragen?'

'Ja, Polina Vasiljevna. Waarom leef ik nog?'

'Interessante vraag... Omdat je nodig bent...'

'Wie heeft mij nodig?' Hoe hard ik ook mijn best deed om mijn moed te behouden, mijn stem trilde. 'Uw Mokhova?'

'Lizka?' Horn kauwde met haar bloedeloze lippen en zuchtte zacht. 'Lizka is niet meer. Ritka heeft haar gedood... Selivanova... Erg verdrietig... Onvervangbaar verlies... Maand rouw...' Ik hoorde echter niet bijzonder veel verdriet in haar stem. 'Nu ben ik de oudste...'

'Selivanova?' vroeg ik stomverbaasd. 'Margarita Tikhonovna?! Zij heeft Mokhova vermoord?'

'Jawel,' beaamde Horn ongeduldig. 'Rietje-Margarietje. De trut. Kwam bij Lizka... Ze praatten... En toen stak ze haar dood. Breinaald in de keel... Ze zei: "Lizka heeft de idealen verraden..."' Horn gooide haar handen op. 'Welke idealen?!'

'En wat is er met Margarita Tikhonovna gebeurd?' vroeg ik. Het antwoord kon ik al raden.

'Volgens de oorlogswetten...' Horn versomberde. 'Snap je?'

'Ik denk het wel. U denkt dat een lezer van de Sjironin-leeszaal Mokhova alleen op bevel van de bibliothecaris zou vermoorden. Dus besloot u wraak te nemen...'

Horns somberheid verdween en ze brieste: 'Analyticus... Ritka was van ons! Altijd al!' ze lachte gemoedelijk. 'Selivanova was al voor Neverbino geïnfiltreerd. Een jaar... Niet allen Ritka. Velen. Ze hadden een taak. Informatie verzamelen. Rapporteren...'

Ik begreep dat Horn de waarheid sprak, maar kon me de principiële, door en door eerlijke Margarita Tikhonovna niet als een spion van de Mokhova-clan voorstellen.

'Het was makkelijk,' ging Horn verder. 'Wij hebben een plaatselijk tentje uitgemoord. Volledig… Geen getuigen. Boek afgepakt… Ritka rende naar de buren toe: "Help, Mokhova heeft mij geruïneerd…" Vluchteling. Ze namen haar op. Medelijden… Zie je, hoe simpel… Maar Selivanova is van ons… Van Mokhov-clan.'

Ik kon dit alles maar moeilijk bevatten. Ik nam Margarita Tikhonovna haar Janusleven niet kwalijk. Mijn geheugen weigerde onze lange zomeravondse gesprekken te verraden, met oude grammofoonplaten, thee uit een elektrische samowar, koekjes en, tenslotte, de verschrikkelijke chaos van september, waarin alleen de morele steun van Margarita Tikhonovna mij heeft geholpen om bibliothecaris te blijven en mijn psychologische moed niet te verliezen.

'Natuurlijk was ze aan jullie gewend.' Het was alsof Horn mijn gedachten had gelezen. 'Vijf jaar samen! Voelde zich thuis… Losgeslagen. Eigenzinnig… Hechtte zich aan jou. Maar vergat nooit haar plicht. Bracht het Boek der Betekenis…' Horn klikte haar reticule open. 'Hier is het Boek. Zeldzaam. Uniek… Allerbelangrijkst. Maar werkt niet! Kan je raden waarom? Er zat achterin een inlegvel met fouten…' Zij opende het Boek bruusk op de laatste pagina en kraste met haar nagel over een streep met resten lijm in het midden van het blad. 'En nu is het er niet… Verdwenen… Weg is-ie!' Twee Martinovens ontbrandden in Horns pupillen. 'Ritka zei…' De angstaanjagend bevelende stem plette mijn brein met zijn enorme hypnosemassa. 'Jij hebt het inlegvelletje. Geef. Ik vraag het aardig… Je gaat niet dood. Beloofd… Erewoord. Waar is het? Geef hier!' herhaalde zij het bevel.

Op dat moment zou ik elk verzoek van Horn hebben ingewilligd. Stijf van de trouwe nederige verlegenheid antwoordde ik: 'Polina Vasiljevna, ik heb het niet. Ik zweer het u!'

'Kijk me in de ogen, hoerenjong!' boorde Horn mij met afgrijzen dood. 'In de ogen! Zeg de waarheid! Of ik maak je af! Pijnlijk!'

'Ik zweer het, Polina Vasiljevna!' fluisterde ik, volledig verpletterd. IJskoud zweet mengde zich met tranen op mijn wangen. De horror bewoog als een horde luizen in mijn haar. 'Ik heb het echt niet!'

Horn verminderde ineens haar woedewals. De autoritaire noten in haar stem doofden uit. Een hete koortsrilling liep over mijn hele lichaam. Mijn tanden klapperden en ik voelde een natte warmte in mijn rug, alsof ik net van een vermoeiende malariakoortsdroom was bijgekomen.

'Okay, okay, beef niet zo,' zei Horn nors. 'Ik zie. Jij hebt niets gedaan... Die trut Ritka is sluw...'

Ik pikte met trillende vingers het omgevallen bekertje op. Mijn hart klopte hol, als in een vat. Lucht sijpelde met moeite binnen in mijn door angst verfomfaaide papieren keel.

'Ritka, Ritka,' mompelde Horn geërgerd. 'Je maakt het na je dood nog moeilijk, schatje... Nu het volgende, Aljosjka,' zij dacht na, 'laten we logisch nadenken... Ten eerste. Ritka had idealen. Over de Betekenis... Daarom doodde zij Lizka. Die wilde alleen macht... Ten tweede. Ritka zou het inlegvel hebben bewaard... Hoe dan ook. Ten derde. Wat betreft jou, Aljosjka... Ze had plannen. Grandioos. Ze hield van je... Daarom leef je nog... Ritka heeft het goed bedacht. Jij bent nu het enige draadje... Als je doodgaat, is het velletje verloren... Betekenis verloren... Jij weet alles... Onbewust, natuurlijk... Daar je vrienden was met Ritka...'

Horn bekeek mij nieuwsgierig: 'Ritka zei... Jij hebt Boek der Betekenis gelezen... Toch?'

'Dat klopt.'

'Met inlegvel?'

'Ja.'

'Dus...' de stem van de oude vrouw rilde als een ronddraaiend muntje, 'jij kent de Betekenis?...'

Horn draaide zich plots weg, alsof ze een oorveeg had gekregen. Haar verweerde kaken zwollen boos op. Volgens mij was de zelfingenomen vrouw gekrenkt, omdat de Betekenis zich niet aan haar, de grote scherpzinnige Horn, de gezagvoerster van wrede oude vrouwen, had geopenbaard, maar aan een nietsbetekenend schepsel, Aleksej Vjazintsev, de bibliothecaris van de wijlen Sjironin-leeszaal...

'Aljosjka,' vroeg ze bijna smekend. 'Vertel mij over de Betekenis...'

Het Boek der Macht werkte nog steeds en ik hield niets achter.

'KLEINZOONTJE'

'Ik heb zo veel gedroomd…' fluisterde Horn. 'Hoe zal hij zijn… de Betekenis… Eeuwige arbeid… En persoonlijke onsterfelijkheid… Ze zeggen… Toen Mozes Thora overschreef… kon de Engel des Doods zijn ziel… niet nemen.' Horn schudde haar hand. Van onder haar mouw verscheen een dun gouden horlogebandje. De oude vrouw kreunde langgerekt: 'Oe-e-effoe-ech…'

Een rotte geur van ongepoetste tanden en zieke darmen raakte mijn gezicht. Ik had niet opgemerkt wanneer Horns voorkomen was veranderd. Haar schilferende haakneus en te grote hangende oren kropen als het ware naar buiten. Op haar uitgedroogde voorhoofdje en wangen preken bruine moedervlekken en talloze ouderdomswratten.

'Wij deden er lang over, Aljosjka… Tijd om te lezen… Boek der Kracht. Ik lees 'm twee keer per dag… Ik ben… vijfennegentig… Natuurlijk leven is over… Alleen het Boek houdt mij… in leven… E-ey…' Horn trok een sarcastisch gezicht. 'Vind je me niet meer leuk? Oud? Lelijk? Geen koningin meer? Geen heerseres? Geen probleem… Ik lees het Boek der Macht… Dan respecteer je me wel weer…'

Ik voelde met niets vergelijkbare schaamte en walging voor de voorbije minuten van laaghartige kruiperij bij dit oeroud schepsel, wiens kwade wil mijn vrienden ter dood had veroordeeld…

'Wat heb ik ermee te maken?' riep Horn scherpzinnig. 'Ritka heeft het dorp verklapt… Zij hebben vermoord…' Ze wees uit het raam. 'Ik had Betekenis nodig… Haat je mij? Wil je wraak nemen? Jammer…' Haar knobbelige vingers grepen de wandelstok die tegen de stoel leunde vast. 'Van de dood gered,' noemde Horn haar verdiensten op. 'Streng verboden… Aan te raken… Wat? Geloof je me niet? Leuk ben jij… Alle lezers het loodje gelegd… Hij alleen is in leven… En waar is je dankbaarheid?' Haar hese stem was zijn bekorende kleurigheid verloren, maar kon nog steeds overtuigen. 'Schaam je je niet?… Oud besje… Vermoorden… Aljosjka… Aj-aj-aj…' Een lang smal lemmet verscheen opeens aan het einde van de stok. De punt kwam een centimeter van mijn gezicht tot stilstand. Ik had niet eens tijd gehad om opzij te stappen. 'Zie je?' vroeg Horn honend. 'Ik ben sneller. Eén handbeweging... en jij bent weg...'

'U gaat mij niet vermoorden,' zei ik en schoof de rapier voorzichtig weg, 'u heeft de Betekenis nodig.'

'Niet echt...' Ze geeuwde gemaakt. 'Wat maakt het... Sovjet-Maria protectie over het land...'

Ik begreep dat Horn haar emoties maskeerde en zei zelfverzekerd: 'Maar het geeft ook onsterfelijkheid! En bij u, Polina Vasiljevna, helpt het Boek der Kracht niet eens meer...'

'Ik houd van leven...' gaf Horn toe. 'Niet van doodgaan...' Het lemmet deinsde licht voor mijn ogen en dook met een klik terug in de stok. 'Maakt niet uit... Geen inlegvelletje... Wat is het nut van Betekenis? Wat is jouw nut?' Dit klonk nochtans vrij vriendelijk. 'Grappig... Ritka, domme trut... Hoe zei ze?... Eh... O ja... "Ik heb Aleksej de Betekenis nagelaten... Ter nagedachtenis..."' Horn schaterlachte krakend. 'En jij weet het niet... Fijne nagedachtenis!'

Op dat moment wist ik al waar het inlegvelletje uit het Boek der Betekenis lag. Ik probeerde mijn opwinding niet te tonen en staarde naar de vloer.

'Wees niet verdrietig, Aljosjka,' interpreteerde Horn mijn hangende hoofd en schouders op haar eigen manier. 'Ik zal je nog niets doen... Je krijgt een maand... Proeftijd... Maar haast je. Geen tijd voor ontspanning. Gebruik je hersens... Mijn geduld is niet eeuwig... Het zal opraken...'

'Polina Vasiljevna,' verzon ik ter plekke een vraag om tijd te winnen en alle perspectieven van mijn plotselinge openbaring tegen elkaar af te kunnen wegen, 'was het uw idee om tijdens het gevecht muziek op te zetten?'

'Nee. Ritka's idee... Placebo. Maar het helpt. Niet bij iedereen. Hangt van karakter af. Leeftijd... Mentaliteit... Temperament... Je moet ook... Het goede lied kiezen... Alle kleine beetjes helpen. Voor de ene draaien we een plaat. Voor de andere maken we een kruidenmengsel tegen astma. Uit de apotheek. Ook opwekkend... Verschillende manieren. Maar zeg nou zelf... Het Boek der Razernij... Of Kracht... Aan allerlei flapdrollen uitgeven...' Horn knikte minachtend naar het raam. 'Ze vergeten het maar. Zonder Boek gaan er meer dood... Toch?'

'Kent u Margarita Tikhonovna al lang?'

'Heel lang,' zei Horn gewichtig. 'Rita's moeder… Valentina Grigorjevna… Was buurvrouw… in ziekenzaal… In verzorgingstehuis. Wij zijn samen alles begonnen… Met Valentina Grigorjevna… Stonden om het zo te zeggen… Aan de wieg… Zij bracht Ritka bij ons. Wanneer?… Zesentachtig… Veertien jaar geleden… Ritka was nog geen vijftig… Zo jong…'

'En de moeder van Margarita Tikhonovna? Leeft ze nog?'

'Ze leeft… Maar dement. Zij was vroeger leidinggevende in de regio van Magnitogorsk… Nu gestraft. Maak je geen zorgen. Ze wordt verzorgd…' Horn glimlachte sluw: 'Probeer je je eronderuit… te kletsen?'

'Nee, Polina Vasiljevna. Ik vroeg het me gewoon af.'

'Wat wil je nog meer weten?'

'Wel, laten we zeggen dat ik het inlegvel kan vinden… Wat gebeurt er dan met mij?'

'Je gaat niet dood.'

'Dat is duidelijk…' Ik raapte mijn moed bijeen. 'Ik heb zekerheden nodig, Polina Vasiljevna.'

'Zekerheden?' zei Horn vrolijk verbaasd. 'Jij?!'

'Zodra u het velletje krijgt, ruimt u mij meteen uit de weg…'

'Ik zal je niet vermoorden. Beloofd… Is mijn woord niet genoeg?'

'Niet echt, Polina Vasiljevna.'

'Je wordt brutaal, Aljosjka…' Horn spande zich in. Haar dunne vale lippen werden blauw.

'U zult uw belofte verdraaien of zo interpreteren als het u uitkomt. Misschien vermoordt u mij niet zelf, maar laat u het over aan uw garde. En zo niet, dan misschien de huurlingen…'

'Jij bent raar, Aljosjka…' zei Horn met verwijt. 'Grappig… Je leven hangt aan een zijden draadje… En jij pingelt als een jied… Maar de goederen zijn er niet.'

'Ik zal me herinneren waar het inlegvel is, Polina Vasiljevna. Dat gaat sowieso lukken. Het zal alleen even duren. Hoe beter de zekerheden, hoe sneller ik het me herinner… En nog iets…'

'Ja?' Horn leunde voorover. 'Ik ben één en al oor…'

'Gebruik het Boek der Macht niet meer tegen mij. Het laat een erg vernederende indruk achter.'

Horn humde: 'Boek vindt hij niet leuk… Mijn wil vernedert hem… Kijk toch aan… Jouw hoogmoed… wordt jouw neergang, Aljosjka…'

'U bent diegene die hoogmoedig is, Polina Vasiljevna. U wilt nergens vanaf zien. Door uw verwaande tirannie bent u bereid om de Betekenis en onsterfelijkheid te laten varen...'

Horn maakte een vreemd geluid, alsof een slechtgesmeerd kastdeurtje openzwaaide. Toen het oud wijf was uitgelachen, zei ze: 'Ritka had gelijk... Jij hebt wel iets... Ik begrijp het... Kan het regelen... Zelfs mijn bevel... Zal niet dwingen jou te doden... Integendeel, ze rukken mij, het arme besje, aan stukken... Klinkt leuk, Aljosjka? Jij wordt de baas... De oudste... Maar ik heb ook... Zekerheden nodig... Jij vraagt veel... En daartegenover... Gebakken lucht. Loze beloftes. Is dat eerlijk?'

Ik keek Horn in de ogen en begreep meteen dat ik als Gogols Khoma erbij was gelapt. In de grijze spiegels van mijn bedeesde ziel beeldde zich meteen mijn geestelijke verwarring af, vol angst en sluwigheden.

'Aljosjka! Melkmuiltje!' Horn gooide zich in haar enthousiasme tegen de stoelleuning. 'Aj, bravo, jongen! Slimmerik! Wel, gooi het er maar uit, schroom niet... Zie je... Zoals jij vroeg... Zonder Boek der Macht... Aardig... En als je moeilijk doet... Roep ik mijn meiden... Zij kunnen uitstekend martelen... Geloof mij...' Horn werd ineens somber. 'Dus, Aljosjka... Waar zijn nu... Je zekerheden gebleven?'

Ik haatte Horn en minachtte mijzelf. 's Ochtends was ik nog bereid om in het gevecht te sterven. Binnen een uurtje had ik al mijn in een halfjaar vergaarde vastberadenheid verloren. Er was een simpele uitleg voor: ik was van nature niet moedig. Mijn handelingen werden gemotiveerd door schaamte voor mijn omgeving. De leeszaal was niet meer, en ik bleef alleen achter met mijn authentieke karakter. Dit karakter wilde niet tijdens een gevecht sterven of gemarteld worden. Het schikte zich van tevoren naar alle voorwaarden om te overleven.

Ik probeerde schaamte bij mezelf op te roepen. Hij kwam en ik voelde mij nog smeriger. Ik kreeg geen sterk, stichtend gevoel op bezoek dat een lafaard in de aanval zou werpen, maar het huilerige ochtendberouw van een alcoholistje dat het geld om zijn kindjes van te voeden in de kroeg had achtergelaten. Kolieken van een slap geweten, die verdwijnen wanneer de kater is weggedronken.

Ik probeerde mijzelf tevergeefs ertoe te bewegen om alle listen en zinloze hoop te laten varen. Ik vertelde mezelf dat uitstel mijn lijden alleen maar zou verlengen, riep mijzelf aan om een waardige dood te sterven: 'Jij gaat er hoe dan ook aan. Nu het nog niet te laat is, breek het oude wijf de nek en sterf met trots!'

Het Boek der Macht had mij behoorlijk gebroken. Ik weigerde de stem van sombere waarheid te volgen en wist van tevoren al dat ik het inlegblaadje dat Margarita Tikhonovna achter haar portret had verborgen aan Horn zou geven. Daarna zou ik smeken en mij in bochten wringen om uit de situatie te ontsnappen...

'Goed, Aljosjka...' zei Horn. 'Ik ben aardig... Warmhartig. Dit is wat wij doen... Jij wordt ons "kleinzoontje". Vanaf nu heet je niet Vjazintsev. Jij bent Mokhov. Je voornaam, Aljosjka, blijft hetzelfde. Om niet in de war te raken. Hoe oud ben je?'

'Zevenentwintig...'

'Je ziet er jonger uit... Drieëntwintig... Aljosjka Mokhov... Geboren in achtenzeventig... Het verhaal gaat zo... Lizka gaf jou als baby weg. Aan een weeshuis... En ik heb je gevonden... Jij bent wettig erfgenaam... Hoe vind je die zekerheid!' Horn wiebelde veelbetekenend met haar uitgevallen wenkbrauwen. 'En laten we... Voor eens en altijd... Alle puntjes op de i... Geen misverstanden. Wees niet boos... om je lezers. Niet ik, dan Lagoedov... of Sjoelga... Jullie waren gedoemd... Hoe dan ook... Leg je erbij neer... Je zult het bij ons... Goed hebben. Rustig. Als je eenzaam bent, zoeken we een vriendin voor je. Een net oudje. Van mijn leeftijd. Grapje... We zoeken wel een jonge... Een jaar of vijftig... Rustig maar. Weer een grapje... Even herhalen. Jouw naam?'

'Mokhov Aleksej...' zei ik en voelde aan mijn water dat ik alweer in een kille en onherroepelijke Rubicon was beland. 'En als ze mijn papieren willen zien?'

'Wees gerust... we hebben bekenden. We maken zo een paspoort voor je... Blijf bij de les. Hoe heette je moeder?'

'Tatjana Andr...'

'Aljosjka, niet dom doen!' schreeuwde Horn. 'Ze heette Elizaveta Makarovna. Onthoud het goed... Je bracht je kindertijd door... Wel?! Geef antwoord!'

'In een weeshuis.'

'Goed zo. Heb je aan de universiteit gestudeerd?'

'Twee. Polytechnische en Cultuur...'

'We hebben genoeg aan Polytechnisch. Talentvolle wees... Aljosjka Mokhov... Opgegroeid in een weeshuis. Afgestudeerd... Succes in de maatschappij… Een leven opgebouwd… Goed zo. En vertel mij nu eens… Waar heeft Ritka… het inlegvelletje verstopt?'

'Ik denk dat hij achter het portret van Margarita Tikhonovna zit…'

'En het portret is natuurlijk verloren gegaan…'

'Nee. Het is hier.'

'In de kamer?' Horn keek zenuwachtig om zich heen. 'Waar? Aan de muur gehangen?'

'Hij zit in een tas. Bij mijn persoonlijke spullen. In het voorportaal, naast een brits. Het is een grote geruite tas…'

'We vinden het wel.'

'Maar ik ben niet honderd procent zeker. Het is maar een veronderstelling…'

'Masjka! Masjka!' riep Horn opeens doordringend. De dienstmeid gooide de deur open en rende brullend naar binnen.

'Masjka! Stop!' Horn genoot van mijn schrik en vervolgde met een rustige stem: 'Kijk in het voorportaal… Er staat een geruite tas…'

'Er staan een stuk of tien van die tassen,' bromde de dienstmeid hees. 'Het zijn net zwarthandelaren…'

'Breng ze allemaal hier,' beval Horn en knipoogde vrolijk. 'Dank je wel, kleinzoontje!'

DEEL III:
BESCHERMER VAN HET MOEDERLAND

BUNKER

Ik heb meer dan voldoende dramatisch talent en artistieke discipline om, vooraf bekend met de afloop, het geheim tot op het laatst te bewaren. Alles wat ik nu om mijn heen heb is een gesloten kubische ruimte—een kamer van acht bij acht stappen. Een drie meter hoog plafond, plafonnières met melkachtig neon dat zachtjes bromt. Zonlicht komt hier niet binnen. Op twee aaneengesloten muren zitten maquettes van ramen als decoratie, omkaderd met zware blauwe overgordijnen. In de vensteropeningen van deze schaamteloos onbestaande ramen is fotobehang geplakt dat een nep uitzicht biedt: eentje op het Rode Plein in de ochtend, het andere op een nachtelijke boulevard in een grote stad, met een spoor van autolichtjes. Een reproductie van het schilderij 'Gesmolten ijs' hangt als een pittoresk tochtraampje, als een maarts dakraamzonnetje aan de muur: koude kromming van een grijs riviertje, een hemel de kleur van koud lood, oever, okerkleurige dooiplekjes, sneeuw, berkenbomen, een veld aan de overkant van de rivier, rood als een koeienvacht, en een bosrand in de verte.

De deur in de kamer is wel echt, van geklonken geschutbrons, met een rond spionnetje en twee enorme grendels. Misschien lijkt de kamer daarom op een oorlogsbunker. De grendels zijn uitgeschoven, maar de deur kan toch niet open. Het spionnetje van mica is altijd zwart - voor zijn lens zit een gordijntje en wel aan de andere, voor mij onbereikbare zijde. Het kijkgat is er voor het gemak van diegenen die zich buiten bevinden. Vroeger zat ik voor de deur te wachten totdat de zwarte optische diepte door licht zou worden verbroken. Dit zou betekenen dat ik, hoewel opgesloten, onder toezicht verbleef. Helaas. Het betoverende bodemloze donker bleef onverstoord. Ik vrees dat men mij gewoonweg niet mag bespieden. Ik ben tenslotte een geheiligd figuur.

In een van de muren zit de schacht van een voedsellift. Aan de buitenkant zit enkel een vierkant deurtje dat op dat van een oven lijkt. De lift komt vier keer per dag tot leven. Ik zeg 'dag', maar dat is een symbolische aanduiding. Ik heb geen klok om de tijd mee te bepalen. Als ik in de lift naast ander voedsel een bord soep vind, ga ik ervan uit dat het tijd is voor het middageten en buiten de bunker dus dag. Dan zet ik een vinkje in een schrift. Het zijn er inmiddels honderdnegenenzestig, hoewel ik er misschien een paar heb overgeslagen—ik hield niet vanaf dag één een gevangeniskalender bij. Ik zit al langer dan vijf maanden opgesloten en in de buitenwereld is het maart of april tweeduizend één.

Ik kan niet klagen over de kwaliteit van de schaft—normaal kantinevoedsel. Standaardontbijt: macaroni met een platte gehaktbal, salade, thee. Middageten: parelgerst (erwten-, rijst-) soep, aardappelpuree en worst, brood, fruitcompote. Vieruurtje: cacao, wrongelkoek. Avondmaal: aardappelkoekjes met zure room, variant—pannenkoekjes met jam, thee. Het bijgerecht verandert soms: in plaats van aardappelpuree krijg ik pap—boekweit of gierst, in plaats van soep—bouillon of koolsoep. Op de symbolische donderdag wordt het worstje vervangen door een gebakken stokvis. Ik krijg genoeg te eten.

Ik legde vroeger vaak briefjes in de lift met het verzoek om mijn drankrantsoen te verhogen, maar niemand gaf hier gehoor aan. In de bunker zit een radiator. De lichtroestige pijp scheidt een beetje heet water af, wat echter geen invloed heeft op de verwarmingsfunctie. Ik heb een glas achtergehouden en nu vang ik er zeldzame roestige druppels mee op. Ongeveer binnen een 'dag' raakt het glas helemaal vol.

Een maand of twee geleden begon ik een voedselvoorraad in te slaan. Natuurlijk kan ik geen vlees bewaren, dat bederft. Ik leg alleen brood opzij en ik heb al bijna een kilo croutons verzameld…

Het is onmogelijk om mij in de bunker te wassen. Het probleem van persoonlijke hygiëne wordt opgelost door een grootverpakking watten en een vijfliterfles ethanol. Eens in de drie 'dagen' maak ik een watje goed vochtig en wrijf mijn lichaam schoon. Soms schenk ik wat alcohol bij mijn compote en verwen mijzelf met een cocktail. 's Ochtends en 's avonds ligt op het dienblad ook een geurige strook kauwgom—ter vervanging van een tandenborstel.

Voor de grote en kleine boodschap heb ik een aardewerken teil. Aan de binnenkant van de lift zit een tussenschot. Bovenin staat het dienblad met borden en een glas, onderin de teil. De allereerste keer schaamde ik mij nog, toen mijn geestesberoering onmiddellijk een weerslag had op mijn darmen. Nu zijn alle ongemakkelijkheden verdwenen.

De bunker beschikt over een prachtig bureau van echt eik—een eeuwenoude timmerconstructie, aan de bovenkant bekleed met stof. Een van de hoeken is gesloopt en verkruimeld: ik probeerde het als een stormram te gebruiken om de deur uit zijn scharnieren te beuken. Er staat een tafellamp op met een groene kap. Op de stof liggen Boeken. Voorlopig zijn het er zes.

Na ongeveer twee 'maanden' kwam het Boek der Kracht naar beneden. Ik kreeg weer hoop: de onschatbare zeldzaamheid van het Gromov-universum zou niet zomaar worden 'begraven'. Ik waagde het zelfs om de gevangenisbewaarsters in briefjes te chanteren—ik vertelde ze dat ik het extreem zeldzame, misschien wel enige exemplaar zou vernietigen.

De Boeken der Macht, Betekenis en Vreugde volgden; ik huiverde. Het neonlicht doofde, de lucht in de bunker verhardde tot een prikkelig visgeraamte in mijn keel—ik begreep waarom bibliothecaris Aleksej Vjazintsev-Mokhov was opgesloten. Met kleine tussenpozen kreeg ik de Boeken der Razernij en Berusting...

Telkens wanneer ik het deurtje van de voedsellift open, bid ik dat ik daar geen Boek der Herinnering zie. Maar ik weet dat dat op een dag zal gebeuren. Dit is de wil van Polina Vasiljevna Horn.

In de lade van het bureau ligt een tiental balpennen, drie gewone potloden en een slijper. Daarnaast heb ik zes dikke schriften—vier geruit en twee gelijnd. Een van de schriften is aan de achterkant kaalgeplukt—in het begin had ik een actieve correspondentie met de oude vrouwen. En de allereerste keer veegde ik mijn kont af met geruite pagina's uit een schrift. Daarna kregen de cipiers medelijden en stuurden mij wc-papier.

In de eerste week kreeg ik watten en alcohol, een kam en een elektrisch scheerapparaat 'Kharkov' met sporen van gebruik. De mesjes zaten vol met stugge grijze everzwijnstoppels. Waarschijnlijk schoren de oude wijven er hun hormonale snorren mee af.

Ik droeg heel lang mijn eigen kleding, maar tegen het einde van de maand stonk het door en door naar zweet. Ik hield het niet meer uit en legde de kleren in de lift. Ter vervanging kreeg ik een ziekenhuispyjama, een ochtendjas en uitgerekte wollen sokken.

Als slaapplek heb ik een ligbank met een stevige, vooroorlogse constructie. Voor mijn hoofd een stoffen rolkussen. Ik heb geen lakens, maar wel een grijze ziekenhuisdeken. Behalve het bureau en de bank staat in de bunker ook een fauteuil. Een prachtige fauteuil met een zachte rug. Hij is wel een beetje wankel, maar dat is mijn eigen schuld. Ik had hem tegen de deur kapotgeslagen, en toen weer in elkaar getimmerd.

De constructie van de voedsellift laat het niet toe om in de schacht te komen. Er is al helemaal geen mogelijkheid om in de nis zelf te gaan liggen. Hoe strak ik mezelf ook zou oprollen, er is simpelweg geen plek voor een man van één meter negentig in een kist ter grootte van een oven.

Ik heb de muren van de nis aandachtig bestudeerd. Deze is uit een geheel metalen balk gesneden die als een lift binnen de schacht op en neer beweegt. Wanneer de opening voor het deurtje komt, gaat deze open en kan ik mijn eten eruit halen. De rest van de tijd wordt het deurtje ingenieus door de randen van de balk dichtgehouden. Met behulp van het Boek der Kracht had ik het deurtje een beetje losgewrikt en zag er alleen metaal achter.

Ik probeerde meermaals de muur te slopen. Achter de bakstenen zat beton, en ik staakte mijn pogingen om hem met een houtspaander uit te schrapen. Ik kreeg vrij snel een nagelschaartje toebedeeld, maar vond het zonde om deze af te stompen. Nu voer ik het ritueel 'tunnelen' uit met een half weggesleten aluminium lepel.

Mijn dagindeling is simpel. Ik schrijf of lees het Boek der Berusting of Vreugde, afhankelijk van mijn humeur. Twee keer per dag schaaf ik ijverig aan de muur om een tunnel te maken. Na het avondeten ga ik op de bank liggen en slaap totdat de lift weer begint te kraken.

Ik ben de uitzichten uit de 'ramen' reeds gewend. Bij het 'nachtelijk boulevard' lees ik meestal. Maar schrijven lukt beter bij 'Kremlin in de ochtend'—daar staat het bureau. In principe is er niets veranderd sinds de dag dat Polina Vasiljevna Horn mij voor het eerst naar de bunker—voormalig Boekopslag—had gebracht. Toen kon ik er nog uit…

Ik kijk naar het weemoedige schilderij in de houten lijst, en de oever van een andere troebele rivier verschijnt voor mijn geestesoog. Als ik me met de rug naar het water draai en tien minuten langs de bodem van een geul loop, kan ik omhoogklimmen naar een verkoolde palissade. Niets herinnert nog aan de tot voor kort bewoonde nederzetting, aan de heldhaftige verdediging van de dorpsraad, aan het bloed en de dood. De dorpsraad is tot as afgebrand en de diepe geul is een massagraf geworden, dat de lichamen van dertien Sjironins en bijna zeventig lezers-lijders voor altijd verbergt…

Met mijn handen op het lage raamkozijn keek ik als het ware van onder mijn wenkbrauwen toe hoe de winnaars onder toezicht van de norse werksters de lijken van het erf weghaalden. Tegen de avond waren alle zwaargewonden overleden. Overdag kreunden ze, vroegen om water, woelden. Bij zonsondergang werden ze rustig en stil. Deze werden ook naar de geul gebracht.

Horn liet haar dienstmeid Masja gaan en doorzocht zelf alle tassen. In eentje vond ze het portret. Horn brak het met luid gekraak, van ongeduld het glas met haar hak slopend. Ze sloeg de stukken er tegen de tafel uit. De foto viel eruit en boven de grond dwarrelde een dun blaadje met het opschrift 'Errata'…

BEJAARDENTEHUIS

De volgende avond bracht een klein UAZ-busje met een rood kruis op de zijkant ons naar het bejaardentehuis. De weg heb ik niet onthouden. Ik sliep de hele nacht en een halve dag. De laadbak, die er van buiten onooglijk en afgebladderd uitzag, verborg een vrij comfortabele passagiersruimte met een ligbank, stoel en uitklapbare kruk. Horn stond grootmoedig de ligbank aan mij af en ging zelf in de stoel zitten. De dienstmeid Masja nestelde zich op de kruk. Horn begon meteen het Boek der Kracht te lezen. De waakzame Masja hield mij in het oog. Ik stopte met mij tegen de vermoeidheid te verzetten en zakte weg.

Ik kwam 's middags weer bij kennis. Horn was weer aan het lezen. Ik observeerde haar heimelijk en dommelde toen weer in, totdat ik wakker werd van luid gepraat—Horn hield een conversatie met de slapeloze Masja. Na het Boek voelde Polina Vasiljevna duidelijk een enorme aandrang van energie. Een tijdlang vermaakte de oude vrouw zich door kleine ronde stukjes folie afhankelijk van hun maat in tweeën of vieren te vouwen en ze op de brede armleuning van haar stoel op een rijtje uit te stallen. Daarna draaide ze een zachte, als van boetseerklei gemaakte stang in haar hand, die leek op een grote spijker. Het metaal nam gedwee elke vorm aan die de knokige vingers erin maakten. In haar reticule begon een dommige mars te spelen. Horn haalde een mobiele telefoon uit en zei jubelend: 'Ik breng iemand mee!... Verrassing!... Je hebt het niet geraden!... Kleinzoon!...'

De oude vrouw schoof het gordijntje opzij en keek een lange tijd uit het raam. Vanuit mijn ooghoek zag ik een witte vlakte voorbijvliegen, die iets van een vlucht boven het wolkendek weghad.

'Veel gesneeuwd 's nachts…' concludeerde Horn. 'Winter…'

'Hij is wakker,' zei Masja ineens hees.

Horn draaide zich meteen om. Haar gezicht lichtte op in een glimlach: 'Aljosjka! Genoeg geslapen!'

Zij boog zich naar de armleuning, mikte en knalde met haar nagel, alsof ze carrom speelde. Het weggeschoten rolletje folie dat mijn wang voelbaar raakte, bleek een dubbelgevouwen muntje te zijn.

'Wakker worden, opstaan werklui!' beschoot het uitgelaten oudje mij. 'Kanonniers, vuur!'

'Houd op, Polina Vasiljevna,' zei ik boos. 'Het doet pijn!'

Horn schaterlachte blij: 'Wil je wat vreten? Masjka, geef hem wat! Niet gierig doen! Dat is zo'n jongen! Onze schat! Ons bloed!'

De meid gaf mij een oliepapieren zak met boterhammen en schonk een kop thee uit de thermoskan. Ik voelde geen honger, maar maakte gedwee het zurige brood met pezige rookworst op.

'Moet je naar de wc?' vroeg Horn zorgzaam.

Ik dacht even na en knikte.

'Kleine of grote boodschap?' zij knipoogde naar de meid. Masja klopte met haar vuist op de wand tussen de cabine en de laadbak: 'Ljoesya, stoppen!'

De UAZ slingerde naar de berm en kwam tot stilstand.

'Als je maar niet wegrent,' vroeg Horn. 'We halen je toch in… En trek iets aan… Koud buiten… Je hebt niet geantwoord… Heb je papier nodig?'

'Hoeft niet,' zei ik tussen mijn tanden door.

'Goed, wat jij wil… Masja, loop mee…'

Een golf koude van de besneeuwde steppe rolde over mij heen. Masja liet mij eerst gaan en stapte toen ook uit. Licht op mijn slaperige benen wankelend ging ik naast bevroren klisbosjes staan.

Masja bleef haar verstarde waakogen op mij houden. Met één hand hield ze de panden van haar gewatteerde jas vast, met de andere trok ze haar broek een beetje naar beneden en hurkte dichtbij. Gele droesem kabbelde tussen de grove zolen van haar laarzen. Masja vroeg opeens: 'Ben jij eh… Echt Mokhov?'

'Ja,' zei ik zonder blikken of blozen. 'Aleksej Mokhov.'

'Je lijkt op Elizaveta Makarovna…' de stem van de dienstmeid werd meteen aardiger en verloor zijn woeste heesheid. Ze trok haar broek op en haar jas recht. 'Kom maar, lieverd… Straks word je nog ziek…'

Ik verwachtte met sacrale huivering een machtige Babylon te zien, kokend met leven en de onverwoestbare kracht van oeroude Amazones. Maar ik kwam aan bij een vervallen Sovjet-liefdadigheidshuis: een lange roodbakstenen barak van drie verdiepingen, omsingeld door betonnen schuttingsplaten met een afgeschilferde gevangenispoort.

Een dikke vrouw in een jas van schapenvacht, die ze als een Kaukasische cape over haar doktersjas droeg, opende de deur van de UAZ. Het gezicht van de dikkerd was best mooi, maar te klein voor haar hoofd. Het leek op een elegant carnavalsmasker dat op een varkenssnuit met veel kinnen en een vette nek was gezet.

'Goede dag, Polina Vasiljevna!' ademde zij blij uit. Ik kreeg een voorzichtige buiging. 'Hoe was de reis, Polina Vasiljevna?'

'Goed, Klava… Goed…' Horn leunde op de uitgestoken arm en stapte uit de auto. 'Vertel, hoe gaat het… Hier bij jullie…'

Ik was van harte blij dat onze aankomst geen opwinding had veroorzaakt. Ik had helemaal geen zin om in het centrum van een jubelende—of juist sombere en fronsende—horde bejaarde dweepsters te staan. Hun wreedheid was tenslotte legendarisch…

Er was in feite helemaal geen menigte. Langs de laantjes van een klein park, tussen licht besneeuwde bloemperken, liep een dozijn wankelende besjes in dezelfde oubollige persianer mantels. Zij werden begeleid door verzorgsters-toezichthoudsters. Ik telde ongeveer twintig gevechtsklare bewoners, inclusief een welkomstcomité van acht zwijgzame bewaaksters. Het garnizoen was zelfs naar de standaarden van simpele leeszalen klein.

Wij gingen rechtstreeks naar het huis. Horn en de kortademige Klava liepen op kop. Dienstmeid Masja en ik volgden hen. Klava noemde het nieuws op: 'De jaarlijkse rapporten uit Novosibirsk, Tsjita, Irkoetsk en Krasnojarsk zijn binnen. Verdrietig nieuws uit Khabarovsk: de regio-oudste Sjipova is op negenenzeventigjarige leeftijd overleden. Wij hebben correspondentie uit Tver, Vladimir, Lipetsk en Rjazan gekregen. En het belangrijkste. Alstublieft…' Klava gaf Horn een dikke stapel papier. 'Stenografie en samenvatting. Piskoenova, Belaja en Sjvedova hebben alles genoteerd…'

'Niet nu,' wuifde Horn haar weg, 'ik kijk later wel… Of wacht… Geef toch maar…'

De escorte kwam bij de persianer kudde aan. Eén oudje maakte zich los van de rest, strompelde naar ons toe en bande zich een weg door de bewaking.

'Polja… Polja,' kermde zij zielig. 'Waar ben je geweest?…'

'Reznikova! Schatje van me!' Horn stopte en sloeg haar arm teder om de schouders van het besje. 'Ben je getrouwd?'

'Polja… Polja…' de oude vrouw pakte Horns hand vast en drukte de palm tegen haar wang. 'Zo lang… Waar was je?' Reznikova's goede oog glom met tranende vreugde van herkenning. Haar andere oog, bedekt met een dikke melkachtige druppel van een cataract, neigde naar krankzinnigheid. 'Polja… Waar ben je geweest?' herhaalde ze huilerig.

'Ik vertel het straks…'

Binnen het besje vormde zich een vochtig darmgeluid.

'Reznikova… Lieverd…' zei Horn vertederd. 'Nadjavaljagaljatonja!' schreeuwde zij tegen de verzorgsters. 'Iedereen naar hun zaal! Wassen, omkleden, eten geven… Klaarmaken voor de lezing. Het begint om vijftien uur…'

Reznikova werd meegevoerd. Zij vocht verwoed terug en riep iets onsamenhangends. De rest van de oudjes werd ook onrustig. Eentje probeerde zich uit te kleden. Een tweede zag haar kans schoon om iets van de grond op te pikken en in haar mond te stoppen. Toen een verzorgster de viezigheid van achter haar wang probeerde te vissen, kraaide ze een doordringend hanenlied. Geschrokken van het gegil renden de oudjes alle kanten op.

'Meiden!' zei Horn geërgerd tegen de escorte. 'Wat kijken jullie? Erachteraan! Masja! Wil jij een speciale uitnodiging?!'

De bewaaksters en dienstmeid schoten de verzorgsters te hulp. De oude demente besjes waren niet bijzonder snel. Zij werden snel bij elkaar gejaagd en naar de ingang van de linkervleugel gedreven.

'Zeg, Klava,' vroeg Horn opeens. 'Hoe gaat het met Roedenko?'

'Goed,' zei de dikkerd. 'Wat kan haar gebeuren? Ze heeft de muren weer met haar stront geverfd,' zij schaterde van het lachten. 'Als we die energie nou eens ter verbetering van de wereld konden aanwenden…'

'Actief!' zei Horn met bewondering. 'Levendig. Ik ben jaloers. Hebben ze de kamer schoongemaakt?'

'Jazeker, Polina Vasiljevna. Komarovskaja en Pogozjina hadden dienst. Ze hebben zelfs de muren gewit, ook al vloekten ze er als ketters bij…'

'Hey, jullie!' schreeuwde Horn ineens tegen de bewaaksters, die de bejaarde vluchtelingen aan hun persianer kragen vasthielden. 'Een beetje beleefder! Jullie hebben je wel laten gaan, trutten!' Horn keek de besjes somber achterna en zuchtte: 'Zo, Aljosjka… Zo zie je maar… Ben je rijk, dan zijn ze aardig… Ben je arm, dan slaan ze vaardig… Tot zover de gloria mundi… Je hoeft maar even af te zwakken… En het respect is weg… Niet voor de leeftijd, noch voor je verdiensten… Ze zitten gewoon al twee weken… zonder Boek der Kracht… Dus hun hersenen gaan weer achteruit…'

Klava rende voor ons uit de trap op en opende de glazen deur.

'Komt u maar…'

Wij liepen door een vistankachtige vestibule en kwamen aan bij een hal die twee kanten op liep. In het centrum rees een brede trap van gespikkelde steen met gipsen leuningen. De overloop tussen de verdiepingen was met een halfronde glas-in-loodraam versierd met daarop een blauwe hemel, twee gebogen tarwearen en een karmijnrode ster. Het zonlicht dat door de kleurige glazen naar binnen viel, filterde in een regenboogkleurige mist op de vloer.

Rechts van de trap zat een vrouw in een witte jas achter een plexiglasraam met het opschrift 'Administratie'. Zij hield een telefoonhoorn tegen haar oor—waarschijnlijk stelde ze de bovenste verdiepingen op de hoogte van de aankomst van de directie.

'Klava…' zei Horn. 'Ga maar… Maak de apparatuur klaar…'

'Jazeker, Polina Vasiljevna,' de dikke vrouw knikte en rende de trap op. Ik bleef alleen met Horn achter.

De hal was echt somber, halfdonker en lang als een metrotunnel. In beide richtingen eindigde hij in schaduwen en schemering. Onder het plafond glom een rij matte bollen, een onbekend planetair systeem van identieke fletse manen. Ze belichtten echter alleen zichzelf, en niet de schemerige ruimte van de eindeloze hal.

'Kom,' zei Horn en ging mij voor. Het versleten blauw linoleum kraakte naar, alsof ik niet zelf liep, maar op een ziekenhuisbed werd voortgeduwd. Op een verre trap hoorde ik stemmen van de verzorgsters en frequente schurende stappen van een massa langzame schoenzolen.

'En, Aljosjka, ben je teleurgesteld?' vroeg Horn plots. 'Verwachtte je er meer van?'

'Het is vreemd dat er zo weinig mensen zijn…'

'De laatste tijd… is er veel veranderd… Van de oude garde… blijven er nog maar vijftien over… Jij zag ze… De wandelaarsters… Voormalig legeraanvoerders, regio-oudsten, moeders-honderdvrouwen… Vroeger had elke… drie- of vierhonderd mensen… onder zich… Dat kon Lagoedov wel vergeten…' Horn ging op half fluisterende toon verder. 'Ik probeer ze… al meer dan een jaar… hun verdiende rust te geven… Dat lukt niet… Wees ui-

termate voorzichtig… Nu zijn het lappenpopjes… Na het Boek der Kracht…
zullen ze weer herleven. Deze dames zijn erg gevaarlijk… en hebben nog
steeds gezag… Ik ben bang dat ze… de onzin over de wedergevonden…
kleinzoon niet geloven… De jongeren wel… Maar de oudjes kun je niet…
beet nemen… Wie weet… wat ze zich in het hoofd halen… Loop niet alleen rond… Ik zal Masja… voor de zekerheid… bij jou laten. Zonder haar
geen stap… Ze is misschien wel dom… maar zo sterk als een os… O ja…
Vertel niemand over het Boek der Betekenis… Eigenlijk… Probeer tot de
inwijding… niemand onder ogen te komen…'

'Wat voor inwijding?'

'We moeten je… onze kleinzoon maken… Dringend… Zonder een duidelijke status… ben jij niets… Niemand die je beschermt… En de oudsten
zullen sowieso… tegen "kleinzoons" zijn…'

'Is het niet beter om het Boek der Kracht niet aan ze voor te lezen?…'

Horn fronste honend: 'Stel je voor om ze… af te maken? Met Alzheimer
en Pick? Oude strijdmakkers?'

'U heeft mij verkeerd begrepen, Polina Vasiljevna,' zei ik haastig.

'Verontschuldig je niet… Ik heb alles goed begrepen… We zijn er,' Horn
stopte voor een deur met het plaatje 'Directeur' en morrelde aan een bos
sleutels. 'In principe denk jij… in de juiste richting. Ik heb Lizka op een
bepaald moment… op het idee gebracht… Ik had serieuze redenen… Om
iemand van de oudsten te verdenken… zoals mijn Masja zou zeggen… van
hamsteren… oftewel… gevonden Boeken achterhouden. Elke van hen had
een eigen… net van agenten, spionnen, verkenners… strijders, theoretici,
boodschappers, zelfmoordsoldaten… Hoe kom je erachter? Je kan niet
in hun hoofd kijken… Ze zijn ervaren, sluw… Je kunt ze niet dwingen…
eerlijk te zijn…'

Horns kantoor was indrukwekkend door zijn zwaarlijvige luxe. De muren waren bekleed met honingachtig doorschijnend materiaal dat op amber
leek. Het glimmend parket was met ingelegde figuren versierd. De meeste
meubels pasten bij deze bombastische afwerking. Een antiek bureau met een
marmeren blad, een pompeuze fauteuil die op een troon leek, een barok se-
cretaire met houtsneden, een grootvadersklok die iets weghad van een dure
doodskist, een grote kroonluchter met kristallen slingers, zware fluwelen
gordijnen, een palmboom in een pot. In enige tegenstelling tot deze weel-
de waren de archiefkasten, van boven tot onder volgepropt met papieren,

een zwarte leren bank, een glazen koffietafel, tv, tweedeursbrandkast, een typemachine en een telefoon.

Horn gooide de papieren die ze van Klava had gekregen op het bureau.

'Kom binnen, maak het je gemakkelijk…' ze wees naar de bank. 'Geheimen bewaren… vergt een intellectuele inspanning… Wanneer de persoonlijkheid… achteruitgaat, gaat de controle verloren. Zoals men zegt… kinderen en dronken mensen… spreken de waarheid. En dronken of dement… is in principe… hetzelfde. Wij moesten onze collega's… iets dommer maken… Hoe? Simpel. Met een of ander smoesje… ze het Boek der Kracht ontzeggen… Na een week… begint de afwezigheid van krachtvoeding… op de hersenen in te werken… Alles gebeurt vertrouwelijk… De verdachte krijgt een stenografe toegewezen. Zij schrijft elk woord op… Natuurlijk waren er slachtoffers… Waar gekapt wordt, vallen spaanders… Een paar veteranen overleden. Beroerte, nierfalen, hartaanval… Maar het belangrijkste, Aljosjka… we hebben de "hamster" gevonden. Of eigenlijk verraadde ze zichzelf. Weet je wie? Valjka Roedenko… de moeder van jullie Selivanova. Lang geleden… vijf jaar… ze heeft een paar… zeer kostbare exemplaren verstopt. Valjka woonde principieel niet bij ons… ze zei dat haar gezondheid goed genoeg was… Bij ons is het zo… Wie zonder het Boek der Kracht… zelfstandig kan functioneren… woont apart in haar eigen regio. Nu begrijp ik… Valjka wilde tot op het laatste moment… in de schaduw blijven… Twee maanden geleden… kwam ze naar het Tehuis… met de diagnose van "atheromatose van de hersenslagaders". Ze wilde zich met het Boek genezen… Valjka was niet onder verdenking—niemand zou haar expres controleren—maar omdat de kans zich voordeed…' Horn gnuifde. 'Goddank kwam alle stenografie… op mijn bureau terecht. Verschrikkelijke feiten… kwamen aan het licht. Valjka had… het Boek der Betekenis… en zij had het cadeau gedaan… Aan wie, konden wij niet meer achterhalen… Valjka sloeg helemaal door… kon geen twee woorden aan elkaar rijgen… Ik heb niet alles… aan Lizka verteld—waarom haar verdrietig maken? Lizka was sowieso woest… Met oog op haar oorlogsverdiensten… werd Valja van de lezing weggehouden… Dan kon ze rustig sterven… Daarna kwam Ritka Selivanova… met het Boek der Betekenis… Toen ging alles naar de haaien… Geen inlegvelletje, Lizka dood… Wij kwamen er tenminste achter… wie het Boek had gekregen. Ik zal eerlijk zijn, Aljosjka… ik was nieuwsgierig… waarom Valjka juist naar jou… het Boek had gestuurd… Waarom ben jij… zo speciaal… En jij had ook… het inlegvel… De onzen hebben hard gewerkt… Jullie dorp gevonden… Mensen voor de aanval bij elkaar gezocht… Dat is het hele verhaal… Lizka is al een maand dood… Valjka verft de muren… met haar eigen stront… Verschrikkelijk… Aan de andere kant… zou ze wraak willen nemen… voor Ritka. En krankzinnig… ze kent niet eens… haar eigen naam… Je kan haar later… bezoeken, als je wilt…' Horn bekeek de papieren terwijl ze praatte. 'Geen samenzweringen… Zo schoon als zilver…'

'Wat is dat?'

'Stenografie…'

'Wiens woorden werden opgeschreven? Weer Roedenko?'

'Nee… de andere schoonheden…'

'Die u aan hun lot heeft overgelaten?'

'Niet zo bijdehand doen,' werd Horn ineens boos. 'Dat is een noodzakelijke maatregel…' Zij legde de papieren haastig op een stapel en stond op. 'Ik moest weg… Zij worden enkel dement… Ik zal zonder het Boek sterven…' Horn opende de bovenste deur van de brandkast en legde de papieren erin. De telefoon rinkelde. Horn nam op en antwoordde kort: 'We beginnen over een kwartier… Verdomme… Ze hebben mijn gedachten verstoord… Nu weet ik niet meer… wat ik wilde zeggen…'

'Polina Vasiljevna, mag ik naar huis bellen?'

'Waarheen?' vroeg Horn verbaasd.

'Wel, naar huis. Naar mijn familie. Mijn ouders of zus. Ze hebben al een maand niets van mij vernomen… Ze zullen zich wel zorgen maken…'

Horns gezicht veranderde in een wreed houten masker.

'Jouw moeder… Elizaveta Makarovna Mokhova… is dood,' beet het oude wijf meedogenloos af. 'En bibliothecaris Vjazintsev is dood… Er is alleen nog Aleksej Mokhov… Hij heeft geen zus… En als Mokhov vindt… dat hij ook nog een beetje… Vjazintsev is… gaat Aleksej Mokhov ook dood… Nog meer vragen?'

'Ja…' zei ik verdrietig. De grove reprimande van Horn herinnerde mij er voor de zoveelste keer aan hoe gevaarlijk mijn huidige situatie was. 'Wanneer is de inwijding?'

'Ik denk op zeven november. Kunnen we twee feestdagen combineren… Jij kan dan even wennen hier…' Horn keek naar de klok. 'Ik kom… over een uur of vier… Doe de deur op slot… Maak voor niemand open… Waar kan ik je mee vermaken?... Trouwens, heb je éénhand gezien?'

'Wie?'

'Wel, Gromov...'

'Waarom éénhand?'

'Wat... jij weet het niet? Wow... Ritka heeft niet verteld? Nee? Vreemd... Gromov verloor zijn rechterhand... aan het front. Schreef met links... Wij hebben... zijn foto. Wil je hem zien? Want in "Langs de wegen van de arbeid"... staat alleen een potloodschets... O ja... je hebt alleen... twee Boeken gelezen...'

Horn liep naar de kast, propvol met veeljarige archieven. Gelakte ruggen van schriften, mappen, dikke tijdschriften staken naar buiten als druktoetsen van een pianovleugel.

'Ik denk hier...' Horn trok het samengeplakte plastic van kaften uit elkaar en haalde er een harde envelop uit. 'Wie hebben wij hier?... Eh... Hallo dan...' ze draaide zich naar mij om. 'Heb je Lagoedov gezien? Nee?' Zij gaf mij een verbleekte foto, ooit in kleur, met afgebroken hoekjes en een lange witte barst in de glanslaag. Daarop stond een kleine groep mensen, vriendelijk als rietaartjes bij elkaar gedrukt.

'Lagoedov en zijn volgelingen?' gokte ik.

'Nee. Dit is '81. Jubileum bij de uitgeverij...'

'Hoe komt u hieraan?'

'Bedrijfsgeheim...' Horn glimlachte en zwaaide met haar hand. 'Geen geheim... Normaal agentwerk... Bij de vrouw van Lagoedov gebietst... We hebben veel nuttigs... van haar geleerd...'

'Welke is Lagoedov?'

'Derde van rechts... Je ziet een vrouw in blauwe jurk... met rushes... hij staat ernaast... Net een operazanger...'

Lagoedov was een rijzige weldoorvoede meneer met een dikke grijzende haardos. Zijn dramatisch uiterlijk werd ietwat verpest door hangende wangen en een kleine knoedelkin.

'En hier is Gromov,' zei Horn. 'Op deze foto... is hij al bijna zeventig... Van zijn dochter geleend. We wilden haar eerst... bij onze zaken betrekken... toen maar niet... Lizka was bang voor concurrentie...'

Een oude man met een expressief smal gezicht keek mij vanaf de zwart-witte foto aan. Hij leek meer op een fysicus dan een lyricus, met een bril en een bottig, als geslepen voorhoofd dat door scherpe kale inhammen werd benadrukt. Zijn dunne grijze haren waren naar achteren gekamd. De hoornmontuur van zijn bril was afgezakt, de dunne pootjes hingen boven zijn oren en Gromov keek als het ware tegelijkertijd door zijn bril en boven de glazen uit—met twee blikken. Dit gaf een vreemde indruk.

'Mooi portret,' zei ik en gaf de foto terug aan Horn.

'Vind ik ook... Dezelfde hangt... op zijn graf.'

'Waar is hij begraven?'

'In de stad Gorlovka... op de stadsbegraafplaats... Kijk eens, Aljosjka... Herken jij iemand?'

Op de volgende foto stond ik. Licht vervaagd omdat ik in beweging was gevangen—mijn zwaaiende hand leek op losse duivenveertjes. Ook Kroetsjina en Soekharev waren in beeld, maar zij waren helemaal doorzichtig, als spoken.

'Onze fotograaf... heeft haar best gedaan,' verklaarde Horn. 'Nog in juni gemaakt... Voor het archief... Wie had geweten...' ze schudde met haar hoofd. 'Nieuwe Sjironin-bibliothecaris... Pion... Niemand... Klein boutje...' Horn legde haar vingers onder haar neus samen alsof ze iets microscopisch probeerde te ontwaren. 'En het Boek der Betekenis... Ik kan het nog steeds... niet geloven... Ach ja...' zij schrok op. 'Ik moet gaan... Je weet het nog, hè? Deur op slot... Niet naar buiten... Verveel je niet... ontspan... kijk tv... maar zachtjes... om geen aandacht te trekken...'

Zodra Horn de deur achter zich had dichtgetrokken, draaide ik de sleutel twee keer om. Rustiger werd ik echter niet. Integendeel, ik voelde mij alleen gelaten met het gevoel van het gevaarlijk onbekende, dat als maagzuur brandde. Een gedachte boorde zich in mijn hoofd dat ik deze adempauze voor analytische doeleinden moest gebruiken. Ik liep doelloos heen en weer door het kantoor en herhaalde als een bezwering in mijn hoofd: 'Ik moet alles goed overdenken.' Maar er viel niets te overdenken. Ik had wel veel gedachten, maar geen een had behoefte aan analyse. Alles was glashelder. Ik had geen enkele invloed op de situatie; enige actie van mijn kant kon mijn toestand alleen maar verergeren.

Ik bedacht me ineens dat ik al een tijd geleden naar de wc had willen gaan, maar nu was het te laat. Horn was weg. Ik deed niet moeilijk en plaste in de palmboompot. Toen ging ik achter het bureau zitten. Een paar minuten lang staarde ik naar de telefoon, maar na wat overpeinzingen

besloot ik de verboden niet te overtreden. De lijn werd misschien afgeluisterd, en ik had geen zin om mijn relatie met Horn te verslechteren.

Ik zag een getypt blad dat Horn was vergeten weg te stoppen.

'Soeproen Natalja Aleksandrovna. Geboren 1915. Anamnese van 17 dagen.

Eerste week. S. is bezorgd om de afwezigheid van lezingen. Prikkelbaar.
Brengt veel tijd door in bed, probeert niet te bewegen en niet te praten. Ze
denkt dat ze op die manier haar energieverbruik minimaliseert en hiermee
haar leven verlengt.

Begin tweede week. Zon. — Donderdag. Humeur emotioneel opgewekt.
Onrustig. Vraatzuchtig. Vergeet meteen dat ze heeft gegeten en eist een
nieuwe portie. Geobsedeerd door het idee dat haar buurvrouw Kasjmanova
T.A. haar slippers draagt. Maakt scènes. Pakt een slipper op en leest een zogenaamd speciaal opschrift op de zool luidop aan Kasjmanova voor: "Deze
slipper is van Soeproen. Het is Kasjmanova streng verboden deze te dragen."

Einde tweede week. Vr. — Ma. Vermogen zichzelf schoon te houden is
verloren gegaan. Slechte oriëntatie. Druk, grof. Wordt vaak woedend. Loopt
met kleine stapjes en grijpt alles wat ze ziet vast. Knarst met haar tanden,
lacht hard. Zit graag bij de tv, houdt een conversatie met de omroepers.
Perverse smaak. Pikt op straat vuil en aarde op en steekt het in haar mond.
Vergeet namen van objecten. In plaats van "wekker" zegt ze "tijdig", in plaats
van "potlood" "schriftelijk", in plaats van "glas" "drinkig".

Begin derde week. Begrijpt aan haar gerichte woorden niet, versteende
gezichtsuitdrukking. Actief. Grote bewegingen. Bang om omgekleed te
worden, begint te gillen. Stelt dezelfde vraag: "Hoe duur?", loopt weg zonder
op het antwoord te wachten. Loopt doelloos door de gangen. Gaat met haar
vingers over de plooien van haar jurk. Legt lucifers uit het doosje op tafel en
terug. Zingt dezelfde woorden met een bepaalde melodie en ritme: "Ballen,
knallen, volkse brallen, prachtige ballen, volkse mallen"…'

Mijn aandacht werd getrokken door het lawaai van een roofvogelnest,
dat van buiten kwam. Ik keek uit het raam en het duizelde mij van de
massa oranje vesten en bodywarmers. Hoeveel het er waren—misschien
honderdvijftig of tweehonderd babbelende vrouwen. Een vrachtwagen reed
langzaam door de poort. Hij bracht de compressor naar binnen. Een andere
vrachtwagen schoot nieuwe werksters uit zijn met zeil beklede buik. Het
uitgestorven Tehuis liep binnen een uur vol met slagkracht.

Ik zette de tv uiteraard niet aan. Ik dacht dat er in de gang iemand heen en weer liep—ik legde mijn oor aan de deur en hoorde ritmisch gekraak van het linoleum. De onzichtbare stappen werkten op mijn zenuwen en ik probeerde zo weinig mogelijk lawaai te maken.

Het marmeren blad lag vol met post. Sommige enveloppen waren geopend en voordat het donker werd, doodde ik de tijd met het lezen van de correspondentie. Het waren voornamelijk saaie huishoudelijke rapporten.

Horn kwam zoals beloofd vier uur later terug. Zij was niet alleen. Masja's dikke kop verscheen vanachter de deur. Waarschijnlijk was het de dienstmeid die mij in Horns afwezigheid bewaakte.

'Hoe ging het, Polina Vasiljevna?' vroeg ik opgewekt. 'Succesvol?'

'Alles Gut…' knikte Horn. 'Hoewel één lezing… niet genoeg is. De dames zijn weer… zo sterk als wat… maar hun hersens zijn er nog niet bij… Over een paar dagen worden ze beter… Dan maken jullie kennis.' Horn bestudeerde het bureau en draaide zich weer naar mij. 'Nieuwsgierig Aagje…' in haar oude stem klonk verwijt; wat met tedere noten was begonnen, gleed opeens af naar grof gekraak, alsof iemand op een hoopje suiker was gaan staan, 'ging naar Antwerpen…'

Ik raakte beledigd: 'Ik heb niets aangeraakt, Polina Vasiljevna. Kijk zelf maar…'

'Wie veel weet, Aljosjka… wordt snel oud… Hoewel…' Horn trok een vriendelijk gezicht. 'Wie ben jij? Juist… Kleinzoon. Toekomstig erfgenaam… van de grootste clan… We gaan jou onderwijzen…' Zij liep naar de boekenkast en trok er met haar nagel een brede stoffen rug uit. 'Hier… Lees maar in je vrije tijd. Veel nuttigs…'

'Wat is dit?' Ik pakte een pafferige zelfgemaakte foliant uit haar handen.

'Geschiedenis van het Tehuis. En niet alleen dat… Een beetje van alles…'

Ik sloeg de kartonnen kaft met rode hoekjes open. De gedrongen tekst was op calqueerpapier getypt. De gedrukte letters waren door carbonpapier uitgevloeid en zo donzig als wollen garen geworden.

'Kom maar, Aljosjka, kom maar…' spoorde Horn mij aan. 'We gaan een slaapkamer voor je regelen. Je zult wel honger hebben. Kun je meteen eten…'

In de gang kwamen wij de ademloze dikke Klava tegen.

'Polinotsjka… Vasiljevna,' brabbelde zij, stikkend in haar eigen adem, 'de kamer voor uw… eh… geëerde gast…' de dikkerd boog naar mij, 'is klaar. Hij is heel mooi geworden. Met een slaapbank, prachtige tafel, zitstoel, lamp…'

'Dank je wel, Klava,' zei Horn. 'Ren naar de keuken… naar Ankoedinova… Instrueer ze over het avondeten…'

'Ja, mevrouw,' Klava bracht haar hand naar haar krullen in een militair saluut en rende zo snel als ze kon door de gang. Bij de centrale trap sloeg ze af en verdween uit het zicht.

'Onthoud, Aljosjka,' zei Horn, terwijl ze met haar vinger de achtereenvolgende deuren aanwees. 'Administratie, boekhouding… tandarts en fysio… manuele therapie… verder is de linnenopslag… de kamer van hoofd huishoudelijke dienst… garderobe… hulpruimte… De twee bovenste verdiepingen… zijn ziekenzalen…'

In tegenstelling tot de staatsietrap met gipsen leuningen leidde een veel bescheidenere trap naar beneden. Toen wij deze afliepen, kwamen we in een echoënd souterrain terecht.

'Hier heb je de opslag… Keuken…' Horn trok met haar neus en maakte een vies gezicht. 'Stinkt… als in een derderangs snackbar…'

In het souterrain hing een warme uiengeur. Achter de tegelwand klonk wapengekletter van eetgerei en uilengeschater van de kokkinnen.

'Ze hadden voor het middageten gewoon rassolnik,' kwam Masja tussenbeide, 'de lucht is nog niet weg.'

'Voor het middageten gewoon,' aapte Horn haar na, 'koken ze gootwater… Wat zijn het voor mensen?... Lui geworden in drie weken… En waarom zou je je uitsloven? De oudjes zijn dement… vreten toch alles… Ankoedinova schaamt zich nergens meer voor… Straks ontsla ik haar!'

'Polina Vasiljevna, zeg dat nou niet,' bromde Masja. 'De rassolnik was heel lekker, ik heb het zelf geproefd, en de zrazen waren ook heerlijk…'

'Ja hoor, we hebben… een beschermvrouwe hier…' ging Horn door. 'Vriendjes, vriendinnetjes… Dikke maatjes… En Klava… is ook God mag weten waar…'

Ik voelde dat Horns gemopper nep was. Ze was duidelijk zenuwachtig en ik wist niet waarom. Ik werd opeens overspoeld door angst. Een onzichtbare ijzige hand zette mijn nekharen overeind.

'Waar gaan wij heen, Polina Vasiljevna?' vroeg ik quasi nonchalant.

'Naar de bunker.'

Het souterrain liep uit op een brede helling die enkele verdiepingen naar beneden doorliep.

'Vroeger was dat een schuilkelder,' verklaarde Horn onderweg. 'Daarna Boekenopslag… En nu—je eigen kabinet…'

Wij slingerden nog een minuut lang door betonnen catacomben. De weg eindigde ineens met een enorme metalen deur die op een gepantserde bankkluisdeur leek, met een draaimechanisme als op een onderzeeër.

'Naar stuurboord…' Horn draaide aan het wiel, het slot rammelde, de oude vrouw duwde tegen de zware deur en het stalen blad schoof langzaam naar achteren. Horn liep als eerste naar binnen en deed het licht aan. 'Kom binnen, Aljosjka, maak het je gemakkelijk.'

De bunker bleek een gewone woonkamer te zijn, niet muf en vrij gezellig van uitzicht, wat zeker werd geholpen door de decoratieve ramen met donkere overgordijnen. De door Klava beloofde tafel, slaapbank en witte zitstoel stonden er ook. Uit de muur stak een ventilatie- of afvalbuis.

Ik voelde meteen dat ik dit interieur al eens eerder had gezien, maar kon me niet herinneren waar of wanneer. Misschien was het in een droom.

'Dat hebben jullie goed ingericht… Mooi zo…' prees Horn de bunker. 'Luxekamer… Voor internationale toeristen,' zij klopte trots op de muur. 'Drie meter dik. Er komt niet eens een vliegtuigbom doorheen. De veiligste plek in het Tehuis. Voorlopig woon jij hier… tot de inwijding. Niemand zal je storen. Kijk maar naar de grendels…'

Ik keek om mij heen: 'Waar zijn die ramen voor?'

'Voor de sier…' zei de net aangekomen Klava achter mijn rug. Zij droeg een dienblad met borden. 'Rassolnik volgens Leningrad recept. Vleeszrazen van gehakt. Peercompote. Eet smakelijk…'

'Dank u wel.'

'Vindt u het hier niet leuk?' de dikke vrouw was oprecht bedroefd. 'Te somber, hè?'

'Jammer dat er geen wc of wasbak is…'

'Het sanitair leg je niet in één dag aan,' zuchtte Klava. 'Moeilijk. De wc is dichtbij. Iets verder door de gang…'

'Niet moeilijk doen, Aljosjka,' kwam Horn tussenbeide. 'Je zult de pot wel halen… zonder onderweg te plenzen.'

'U zei zelf, Polina Vasiljevna, dat ik nergens heen moet gaan.'

'Dat heb ik… inderdaad gezegd. Moet je ook niet doen. Je ding doen—en terug… naar de bunker.'

''s Nachts kunt u ook een bedpan gebruiken,' stelde Klava voor, 'ik breng er wel een.'

'En hoe zit het met wassen?'

'Masja brengt je morgen… naar de douches. Zij is persoonlijk… voor jou verantwoordelijk…' Horn keek de dienstmeid streng aan. 'Met haar kop, eierstokken… en andere zooi…' Masja en Klava lachten.

'Kop op, Aljosjka…' zei Horn bemoedigend. 'De bewaking… is maar tijdelijk. Als je straks directeur bent… kun je overal heen…'

SCHOUW

De volgende drie dagen verschilden weinig van elkaar. Ik bracht ze in de bunker door, die ik alleen verliet om mijn behoefte te doen. Masja voorzag mij frequent van voedsel en overige noodzakelijkheden. Soms werd zij afgelost door Klava. Horn moest zaken regelen die met mijn toekomstige inwijding te maken hadden. Waarschijnlijk bereidde ze de van krankzinnigheid genezen oude vrouwen voor.

Ik sliep veel—het slaaptekort van de afgelopen weken kreeg zijn weerslag. Daarbij hielp het gebrek aan natuurlijk licht in de bunker ook met ononderbroken slaap. De rest van de tijd bestudeerde ik de kronieken. Het grootste deel van het werk was in een droge formele stijl geschreven. Monotone beschrijvingen van gebeurtenissen en achternamen volgden elkaar op: wie, wanneer en waar welk Boek heeft gevonden, een bibliotheek of leeszaal had opgericht, wanneer die persoon was verslagen of juist een concurrent had vernietigd. Als de auteur aan de geloofwaardigheid van een gebeurtenis twijfelde, werden bronnen met verschillende versies van de betwiste episode aangehaald. Er stonden tabellen en zelfs kaarten tussen, waar met pijltjes de looproutes van de voormalige Boekenverspreiders waren aangeduid, de rondtrekkende apostelen die reeds lang geleden aan hun einde waren gekomen. Aan het einde van elk hoofdstuk stonden veelvuldige opmerkingen, noten, bijlagen en commentaren.

De geschiedenis van het Tehuis viel sterk uit de algemene stijl en verraadde de emotionele betrokkenheid van de auteur. De tekst stond vol kleurrijke metaforen en liep vaak op een onverbloemd lof van mevrouw Horn uit. Op sommige plaatsen kreeg ik de indruk dat niet de apothekeres Elizaveta Makarovna Mokhova de echte leider was, maar Horn zelf. Hoogstwaarschijnlijk klopte dit ook. Vanaf het begin van de clanvorming schoof Horn de jonge aanvoerster opzij door haar de ogenschijnlijk belangrijke rol van sacrale leidsvrouw te geven. De echte macht lag in handen van Horn en enkele tientallen oude vrouwen. Ik begreep al dat ook ik in het beste geval een formele functie zou vervullen, dat van 'kleinzoontje'. Waarom Horn dit noodzakelijk vond, wist ik niet. Ik was toen nog niet in zulke globale vragen geïnteresseerd. Ik las de omschrijving van de 'adoptie' met starre walging door. Ik wilde niet op Horns voornemen aan een of andere afgrijselijke en onhygiënische zalvingsinwijding worden onderworpen. Ik zag al voor me hoe Horn voor effect Mokhova's lijk zou opgraven, om voor enkele honderden vrouwen het mysterie van mijn geboorte visueel te ensceneren. Ik nam mezelf voor om Horn te spreken en haar om een uiterst eenvoudige inwijdingsceremonie te vragen.

Dankzij de kronieken was ik tegen het einde van de derde dag vrij goed over de geschiedenis van het Gromov-universum geïnformeerd. Ik herinnerde mij de tips van Dale Carnegie om een goede indruk achter te laten, en leerde de achternamen van alle nog levende 'moeders' uit mijn hoofd: Aksak, Nazarova, Soesjko, Reznikova, Volosjina, Soeproen, Fetisjina, Kasjmanova, Kharitonova, Goeseva, Kolytsjeva, Jemtseva, Tsekhanskaja, Sineljnik.

's Avonds kwam Masja mij halen. Meestal was haar houding ontspannen, ik zou zelfs zeggen flirterig—voor zover dit mogelijk was voor een enorme vrouw met getatoeëerde mannenjatten, die ze beschaamd in haar mouwen als in een mof verstopte. Dit keer was Masja echter extreem serieus en maakte geen geintjes.

'De oudsten hebben je geroepen,' verklaarde Masja zacht en gewichtig.

'Wat heeft Polina Vasiljevna verteld?' vroeg ik opgewekt. 'Inwijding?'

'Nee… Schouw. Ze willen je ontmoeten. Ze zijn nu in de kantine haar terugkomst aan het vieren. Polina Vasiljevna heeft mij geïnstrueerd om jou voor de gelegenheid mooi aan te kleden. Voor een goede indruk…'

Masja bracht mij naar de kledingopslag die van de ooit vernietigde mannelijke helft van het Tehuis was overgebleven. Op de stangen hingen honderden pakken. De meeste waren ouderwets en oud, en hadden wat weg van uitgemergelde galgenslachtoffers.

'Welke maat heb je?' vroeg Masja, gewapend met een lange stok met een haak.

'Zesenvijftig…'

'Niet bepaald een oude-mannenmaat…' Masja liep tussen de rijen kleding door, pakte met de haak alles wat haar aanstond en legde het voor mij neer. 'Je hoeft niet bang te zijn. Het is geen oude zooi hier. Dit hadden ze allemaal voor hun dood klaargemaakt, voor in de kist. Alles is schoon, ongedragen.'

Ik weigerde een hemd te nemen vanwege zijn spreekwoordelijke naderheid, en koos een donkerblauwe trui. Masja zocht twee deugdelijke pakken uit. Van het zwarte paar paste het jasje mij precies, van het grijze de broek. Daarna vertrokken we naar mijn schouw.

Ik weet nog hoe zenuwachtig ik was toen ik de brede trap opliep, met mijn hand op de koele leuning steunend, wit en uitpuilend, als een kaalgeplukt skelet. Ik hoorde onderaan de trap al een harmonica of accordeon—voor een bajan waren de akkoorden te schril. Iemand tokkelde op een gitaar, onverstaanbaar koorgezang dreef naar ons toe, vermengd met langgerekte lachbegeleiding.

'Ze leven zich uit,' keurde Masja de geluiden goed. Wij liepen echter aan de met stemmen en muziek resonerende kantine voorbij. Masja opende de deur ernaast.

'Dit is de uitgiftekeuken,' verklaarde ze. 'Polina Vasiljevna heeft het zo gepland. Ze wil de anderen verrassen. Ik ga haar zachtjes vertellen dat jij hier bent.'

Het feestelijk lawaai bevond zich links van ons, achter een dun, nauwelijks voelbaar muurtje, met een breed vierkant raam en een halfgesloten verzinkt luik. In een van de muren kwam een ingebouwde lift tot leven.

'O, Ankoedinova heeft het dessert gestuurd…' zei Masja bezorgd. Ze opende de deurtjes, haalde vier ovenplaten eruit en zette ze op tafel. De kamer vulde zich met de prettige geur van appelgebak. 'Wacht hier een paar minuten, ik ben zo terug,' beloofde Masja en rende weg.

Ik legde mijn gezicht tegen een spleet tussen het luik en het uitgifteraam.

De treincoupé-vormige kantine was versierd met kerstlichtjes. De duizenden vuurvliegjes die het plafond en de muren bedekten, glommen als plankton in de diepte van de oceaan. Flessen rinkelden, dichtbij schraapte een mes over een bord—mijn wang verkrampte van dit faiencegeknars. Tussen de tafels in hoefijzeropstelling waren festiviteiten aan de gang, met af en toe een bominslag van hyenagelach. Ik zag de dikke Klava met een accordeon op haar schoot. Zij speelde 'Blauw zakdoekje'. Een half dozijn oude vrouwen deden een waakzame rondedans om een paar stoelen. Aan het hoofd van het tafelhoefijzer, omringd door haar breedgeschouderde suite, zat Polina Vasiljevna Horn. Met haar kin op haar hand luisterde ze aandachtig naar Reznikova. Haar gezicht vertrok af en toe van het hinderlijke lawaai.

Voordat ik de betekenis van het spel had begrepen, stopte Klava opeens met spelen en drukte de gillende blaasbalg dicht. De besjes renden krijsend naar de stoelen. Eentje kreeg geen plaats, probeerde zich ertussen te wringen, stapte weer weg en stak hulpeloos haar handen op.

'Goeseva is af! We gaan over Goeseva luisteren!' schreeuwden de snellere oudjes blij en stompten met hun voeten. Zij leken absurd veel op meisjes die tijdens de pauze waren gaan dollen; ze noemden elkaar zelfs bij de achternaam.

'Wat moet ik over deze verliezer lezen?' vroeg Klava luid aan de groep.

Goeseva waarschuwde haar vriendinnen: 'Als jullie iets uit de derde week kiezen, word ik boos...'

De winnaressen overlegden even en zeiden: 'Dag acht!'

Klava pakte het aangereikte pak papieren, zocht het juiste blad op, schraapte haar keel en las luid: 'Brief van Goeseva aan de oudste Maksakova... "Zjenetsjka stuur mij een kammetje alsjeblieft een kammetje want Tsekhanskaja heeft mijn kammetje gepakt en kwijtgeraakt en nu heb ik geen kammetje en ik krijg geen nieuw kammetje dus stuur een kammetje wel wat kan ik je nog vertellen ik voel mij goed alleen heb ik een kammetje nodig ik kon mijn haar 's ochtends niet kammen dus stuur mij een kammetje wel wat kan ik je nog vertellen bij mij is alles goed Polja is weg stuur geen rapporten maar ik vraag je dringend om een kammetje wel wat kan ik je nog vertellen kom maar op bezoek en vergeet mijn kammetje niet en verder kan ik je niets vertellen geef de groeten door aan Vera Joerjevna en stuur alsjeblieft een kammetje..."'

Goeseva haalde een stoel weg. Klava begon 'Op de kegelbergen van Mantsjoerije' te spelen en de rondedans om de stoelen ging verder. Klava speelde expres lang, zodat niet alleen de oude vrouwen, maar ook de toeschouwers er de zenuwen van kregen. Iemand schreeuwde zelfs: 'Niet zo pesten, Klavka!' De accordeon stopte plots en de besjes renden naar de stoelen. Kasjmanova was af. Zij kreeg het vonnis van dag vijftien van krankzinnigheid.

Kasjmanova riep een beledigd 'ach' en haar handen vlogen op.

Goeseva, die eerst af was, las met licht leedvermaak: 'Gebruikt veel lippenstift, mascara, rouge en poeder. Heeft haar wenkbrauwen geplukt. Houdt constant een flesje nagellak bij zich, werkt steeds haar nagels bij. Draagt kettingen, broches, clip-on oorbellen. Flirt met een ingebeelde partner, kleedt zich uit. Denkt dat de stenografe en de verzorgsters haar rivalen zijn. Wordt op zulke momenten agressief. Seksueel ongeremd. Praat constant over seks, masturbeert openlijk. Ze wil naar de Kaukasus afreizen om het er "van druiven en plezier te nemen". Denkt dat ze twintig is en moet gaan trouwen. Herhaalt op dezelfde toon: "En toen ging ik op mijn knieën zitten en pijpte hem…'"

De kantine schudde van het lachen.

'Domme trutten!' verdedigde Kasjmanova zich, terwijl ze deed alsof het haar niets uitmaakte. 'Nou en?! Normaal vrouwelijk gedrag! En jullie zijn allemaal trutten! Vooral Aksak en Jemtseva!'

Twee oudjes giechelden tevreden vanuit hun stoelen.

Klava speelde 'Herfstwaltz'. Ik zag Masja. Zij liep om de bijeen geschoven tafels heen en recht op Horn af. Masja boog zich naar het oor van haar bazin en zei iets.

Klava veranderde haar pesttactiek en de accordeon stopte bijna direct. De oude vrouw met de achternaam Tsekhanskaja verloor deze ronde.

'Stenografie, dag negen,' las Kasjmanova met emotie. 'Ze is vergeten hoe vingers heten. De wijsvinger is "groot", de rest is "wat kleiner". Bij het zien van een injectiespuit zegt ze: "O, het kristal is hier!" Wanneer haar wordt verteld dat het een injectiespuit is, vraagt ze verbaasd: "Injectiespuit? Wat is dan kristal?" Zegt dat de buitenlandse spionnendienst haar woorden in de mond heeft gelegd. Ze denkt "bloes", maar zegt "zon". Klaagt dat haar gedachten in haar ogen kunnen worden gelezen, vooral overdag. Vraagt haar in een donkere kamer op te sluiten. Onzindelijk…'"

Een paar tafels begonnen een liedje te zingen onder begeleiding van ongelijk gitaarspel:

'Er waren eens vier vrienden, die leefden erg fijn!
Neukten wijven, sloegen zwarten, dronken zeeën wijn!'

'Klavka!' riepen de oudjes vrolijk. 'Wij gaan die jonkies een poepie laten ruiken! Speel "Avonden bij de Ob"!'

'Polja!' Horns gesprekspartner sloeg met haar vuist op tafel. 'Je snapt het niet! Als je correct leest, heb je geen verlichting nodig. De lezer genereert zijn eigen licht!'

'Reznikova!' verhief Horn haar stem. 'Dat is onbewezen!'

Het couplet over de streken van de vier vrienden werd met energiek gezongen regels als door een vrachtwagen geramd:

De fijne avonden bij de Ob
Help mij mee, mijn lieve Job:
Dansen en zingen is een pretje—
Speel maar mee met een coupletje!

Wie vond de wijven? Ivan Ivanytsj!
Wie bracht ze thuis? Ivan Stepanytsj!
Wie kleedde ze uit? Ivan Koezmitsj!—

reciteerde de voorzangster hees.

De tafels zongen mee: 'Wie neukte ze allen? Ivan Fomitsj!', maar hun lach verzoop in 'Avonden bij de Ob.'

Ik zal zingen en jou kussen!
Leer jij spelen maar intussen!...

Te midden van deze muzikale bacchanaal kwam Masja terug naar de uitgiftekeuken.

'Kom,' zei ze. 'Je wordt verwacht.'

Ik bevond mij in de getergde toestand van een nieuwe scholier die voor een vreemde en vijandige klas wordt uitgestald. Bij onze binnenkomst daalde een drassige stilte over de kantine neer. De oude vrouwen met gekrulde haren, gekunsteld opgemaakt en op hun zondags best gekleed; de breedgeschouderde bewaaksters met dierlijke kaken, alcoholische ogen en getatoeëerde handen—deze hele gevaarlijke massa bestudeerde mij waakzaam.

'Zo, collega's,' zei Horn na een lange pauze. 'Aleksej Mokhov... Waarover... ik jullie heb verteld... Hij lijkt echt... op Elizaveta Makarovna, niet?'

'Ja,' gnuifde Reznikova somber. 'Als een varken op een paard...'

De oude vrouwen glimlachten. Ze vonden de intrige vermakend.

'Polja,' de fragiele Tsekhanskaja streek de modieuze krulletjes op haar slapen glad, 'de overeenkomst met Liza is erg relatief.' Het mussenhoofdje van deze 'moeder' zat op een even fijn vogelnekje.

'Hij is wat bleekjes,' zei Kasjmanova honend. Haar stevige vettige neus leek op een gele gelakte schoenhak, haar wangen zaten onder de moedervlekken. 'Hij past niet bij ons...'

'We voeden hem wel wat bij,' snoof Horn.

'Het is niet makkelijk om onze kleinzoon te zijn,' wendde een andere vrouw zich tot mij. Ze had rode wangen en felrode lippenstift, en droeg een kleurrijke rok en een groene gebreide trui. 'Niet iedereen kan dat zomaar aan.'

'Hij is een slimme jongen,' zei Horn. 'Hij leert het wel.'

'We moeten hem toetsen,' verklaarde een mager besje met volumineus, paars getint grijs haar dat los over haar jurk hing. 'Examineren.'

'Dat zeg je goed, Kharitonova,' beaamde Goeseva. 'Hij moet een proefperiode lopen...'

Het was duidelijk dat niemand van de veertien de legende van een hervonden kleinzoon serieus nam. Ik merkte echter geen openlijkje agressie op bij de oudjes. De bewaaksters baarden mij meer zorgen. Zij wreven zich op een typisch mannelijke manier in de handen, wisselden spottende blikken uit, toonden hun roestvrije tandkronen en krabden zich met hun grove vingers tussen hun gewatteerde, in karsaaien laarzen gestoken broekspijpen.

Zelfs Masja die naast mij stond voelde nattigheid en zei tegen de langzaam woest wordende wijven: 'Rustig maar. Geen gekke dingen doen...'

'Dames, dames... jullie zijn niet aardig,' zuchtte Horn zacht. 'We gaan bij jullie weg...'

'Breng hem terug naar de bunker, Polja,' beaamde Reznikova. 'Voor de veiligheid...'

Ik moet toegeven dat ik mij bijzonder opgelucht voelde toen ik onder begeleiding van Horn en Masja de kantine eindelijk had verlaten.

'Gefeliciteerd, Aljosjka,' zei Horn naar mijn mening schijnheilig. 'Je hebt een goede indruk gemaakt.'

'Ik denk het niet,' ik keek om naar Masja die op een afstandje liep en fluisterde heimelijk naar Horn: 'Ze geloofden u niet. Dat ik de kleinzoon ben.'

'Natuurlijk geloofden ze het niet. Ze zijn… niet compleet achterlijk…' Horn trok me bij mijn mouw naar zich toe. 'Aljosjka… grapjas… familiebanden interesseren… hen niet…. Lizka was… een soort stabiliteitsfactor. Zij is dood… en het Tehuis heeft een nieuwe… bron van machtsbalans nodig… Een soort amulet… Bij bruiloften… zit naast de bruid vaak… een bruidsvader. Jij zal ook… zo'n formeel familielid zijn… met formele taken. Niet moeilijk, maar erg belangrijk. Ik zal je later… de bedoeling duidelijk uitleggen… Dus maak je geen zorgen… Alles is al afgesproken…'

In plaats van de trap naar beneden te nemen, leidde ze mij via een zijtrap naar de tweede verdieping.

'Ik wil jou nog aan iemand… voorstellen,' draaide Horn zich op de laatste treden naar mij om. 'Zij heeft dit natuurlijk… niet verdiend… Maar wij zullen onze… grootmoedigheid tonen… Toch, Aljosjka?'

'Polina Vasiljevna,' pruttelde ik tegen, 'ik ben moe van alle ontmoetingen. Kunnen we dit morgen doen?'

'Doe niet zo moeilijk… Kun je een oude dame niet bezoeken?... We zijn er…' Horn stopte voor een deur en haalde een bos sleutels tevoorschijn. 'Morgen, Aljosjka… zal het te laat zijn. Wij hebben expres… het Boek der Kracht… aan haar voorgelezen… zodat ze met jou… kan praten. Over een paar uur… verliest ze weer haar verstand. We zullen haar niet meer reanimeren. Gebruik het moment… Masja wacht op je in de gang… daarna brengt ze je naar de bunker…'

Door de tralies voor het raam viel zwaar blauw licht in symmetrische rombussen op de grond. In de donkere kamer stond alleen een bed met een hoog metalen hoofd- en voeteind. Op het bed lag een oude vrouw in een omhoog gekropen nachthemd. Haar handen zaten ver uit elkaar met brede riemen aan de metalen stangen van het bed vast. Haar benen waren bij de enkels op dezelfde manier onbeweeglijk gemaakt.

'Noodzakelijke… veiligheidsmaatregelen,' zuchtte Horn. 'Wie weet… wat ze verzint…'

Zij liep naar het bed: 'Hoe voel je je?'

De oude vrouw bewoog licht: 'Beter dan wie dan ook.'

'Sorry voor de riemen. Als de Kracht is uitgewerkt… word je losgemaakt…'

'Ik dank je bij voorbaat. Later kan het namelijk niet meer, dan ben ik alle woorden vergeten,' de oude vrouw schudde het wapeningsnet opnieuw. Het gewoven metaal ritselde in antwoord.

'Kan je raden… waarom ik hier ben?'

'Vjazintsev tonen,' zei de oude vrouw simpel.

'Ik dacht… dat jij het interessant zou vinden… om hem zelf te ontmoeten. Kom, Aljosjka…' Horn lokte mij met haar vinger. 'Ze bijt niet. Nog niet…'

Ik zette een paar stappen richting het bed, mijn ogen afwendend van de opgezette benen, bevlekt met spataderen, en de verboden krullende schaduw in de diepte van het nachthemd. Ik had al begrepen dat de aan het bed vastgeketende oude vrouw de moeder van Margarita Tikhonovna was.

'Hoe lang heb je nodig, Valja? Is tien minuten voldoende?'

'Ja, dat is voldoende.'

'Maak hem niet bang…'

'Ga maar, Polja, ga maar. Vier de wederopstanding van je wapengezusters. Dat is hun extreme spelletje,' verklaarde de oude vrouw vinnig, 'ze ontzeggen zichzelf expres een tijdje het Boek der Kracht en lezen elkaar vervolgens voor wie wat heeft gedaan.'

'Wie niet waagt, die niet wint…' Horn knikte naar ons en liep naar buiten.

'Hallo, Aleksej,' het autoritaire gezicht van de oude vrouw was doorgestikt met diepe rimpels. Haar naar boven gekamde grijze haar was tot een aangroei samengeplakt die op korstmos leek. Haar oren eindigden in grote oorlellen, slap als natte broodkruimel.

'Goede avond, Valentina Grigorjevna.'

Toen ze haar naam hoorde, rezen de uitgevallen grijze wenkbrauwen van de oude vrouw omhoog: 'Heeft Polina je op de hoogte gesteld?'

'Ze heeft mij verteld dat u het Boek der Betekenis heeft achtergehouden.'

'Dat klopt, ik heb het achtergehouden,' beaamde de vrouw trots. 'Wat nog meer?'

'Uw dochter zat bij mijn leeszaal…' zei ik, en kreeg er onmiddellijk spijt van. Misschien wist zij niet dat Selivanova was vermoord, en het verdrietige nieuws zou een klap voor haar zijn.

'Er is mij verteld dat Margo niet meer bij ons is. Ik maak me geen zorgen. Mijn verstand en de mogelijkheid tot rouwen zal mij snel worden ontnomen. Maar ik wil niet dat je het haar kwalijk neemt. Ik heb Margo geadviseerd om jou als Sjironin-bibliothecaris aan te stellen…' De oude vrouw rilde als van de koude. 'Het komt eraan. In mijn gedachten,' klaagde zij. 'Verstikkend, wit als watten. Het zal ze snel helemaal opslokken… De ziekte is niet te stoppen… Wil je zo vriendelijk zijn,' in haar oude stem klonk irritatie door, 'om niet zo naar mijn lijf te loeren! Ik vind dat onprettig…'

Ik draaide mij snel naar de muur en vroeg: 'Valentina Grigorjevna, heeft u het Boek der Betekenis naar mij opgestuurd?'

Onder de trillende geleiachtige huid op haar gekruisigde armen zwollen spierbobbels op en verdwenen weer.

'Het Boek is in '94 gevonden. Ik stond toen aan het hoofd van een vrij groot agentschap van leken. Simpele huurlingen. Zij waren nergens van op de hoogte—dit was zowel makkelijker als veiliger. Katerina Tsjeremis, een medewerkster van het Moskouse archief, belde mij: "Valentina Grigorjevna, wij hebben een Gromov voor u. 'Het lied van Stalin-porselein'. We hebben geluk gehad, de hele oplage was gerecycleerd, maar dit exemplaar was miraculeus in het uitgeverijmuseum bewaard gebleven." Ik was er zeker van dat dit geen Gromov was. Die titel stond op geen enkele bibliotheeklijst. Maar ik kwam toch naar Moskou. En wat een verrassing,' de oude vrouw bewoog onrustig. Haar bijna wimperloze ogen brandden met een kwaadaardig, vochtig vuur, haar dunne bloedeloze lippen liepen donker aan en draaiden als opgespannen pezen binnenstebuiten. 'Jij hebt het Boek gelezen en weet dat het bekoort. Ik kon mij ook niet inhouden en las het. En in plaats van een openbaring kreeg ik een enkel woord te horen…' haar ademhaling werd sneller. Onder de riemen zwollen haar polsen door woeste onderhuidse impulsen op. 'Stel je voor hoeveel er zijn gestorven, hoeveel bloed was vergoten voor deze klankcombinatie die op een koopmansachternaam leek— "Vjazintsev". Dat is niet veel soeps, toch? Helemaal niet waar ik en anderhalf duizend gelovige "moeders" op zaten te wachten. Nee, ik durfde het Boek niet te vernietigen. Ik elimineerde de gevaarlijke getuige Tsjeremis. Vervolgens begon ik de clan te hervormen. Die was te groot geworden. Bijna alle onnodige "moeders" werden bij Neverbino afgemaakt. Na het gevecht kreeg Margo lijsten van nieuwe leeszalen in handen, waaronder Sjironin, waar zij zich bij aansloot. Ik zag de achternaam van de bibliothecaris Vjazintsev…' haar geketende lichaam trok aan de riemen, boven het slaphangende nachthemd verscheen de perkamenten monding van lang uitgedroogde en gemummificeerde borsten. 'Ik heb Margo niets over het Boek der Betekenis verteld, zij moest enkel de ontwikkelingen in de regio volgen. Jarenlang werd ik geplaagd door wrevel. Waarom een of andere Vjazintsev?! En als ik tegen de Betekenis in ging en zijn personificatie liet vermoorden? Wat dan? Hoe zouden de Boeken zich dan uit de brand redden?!' Haar gele uitgedroogde neusvleugels trilden, alsof ze een spoor had geroken, de dunne huidplooi op haar nekholte oscilleerde als een gevoelige membraan. 'Vjazintsev werd uit de weg geruimd. Maar het Boek noemde weer zijn achternaam. Margo vertelde mij dat zijn neefje was verschenen... Ik zei tegen haar dat we een oogje op je moesten houden...' de oude vrouw ramde ineens met haar kont tegen het net en kwam scherp naar voren. Alleen de riemen hielden haar tegen. 'Het gaat niet om jou! Eikel! Zelfs het feit dat jij het Boek hebt gekregen is puur toeval! Ik had een verstandsverbijstering! Blijkbaar begon ik gek te worden! Jij bent niet speciaal! Jij bent gewoon onderdeel van de omstandigheden!' Ware het niet voor de uitgesproken woorden, zou ik gezegd hebben dat ze gewoon met haar kaken klapte en mijn keel met haar tandvlees, zo rood als dat van een herdershond, probeerde open te rijten. 'Het staat het Boek vrij om zijn kampioen te kiezen! Om eenieder aan te wijzen die onderdeel uitmaakt van zijn werkingsradius! Als jij er niet meer bent, noemt het een ander!' De oude vrouw raakte plotseling haar kracht kwijt, viel terug op het kussen en sloot haar ogen half. 'Maar Margo begreep dat niet. Zij was bang dat Lizka je zou vermoorden...' Het besje geeuwde onbezorgd: 'Klaar. Ik ben moe. Op. Ga maar weg.'

OPGESLOTEN

Toen ik 's ochtends opstond, ging de bunkerdeur niet meer open. Ik geloofde niet wat er gebeurde en riep steeds: 'Hey, is daar iemand?', 'Masja! De grendel zit vast!' Niemand kwam. Ik trok aan de deur, maar gaf de hoop al snel op—de enige waar beweging in zat, was ikzelf. Pijnlijke darmpaniek maakte zich van mij meester. Ik greep de bedpan van onder de bedbank vandaan en hurkte. In mijn angstige zoektocht naar papier trok ik de lades van het bureau eruit. Schriften vielen op de grond. Ik plukte een paar blaadjes uit de eerste die ik zag en veegde mezelf af.

Dat luchtte op. Ik vervolgde mijn bevrijdingspogingen. Ik ramde met een aanloopje tegen de weerbarstige deur. Ik schreeuwde met volle inzet en zonder mijn stembanden te ontzien: 'Polina Vasiljevna!' Eerst streng: 'Ik eis!', daarna zielig: 'Alstublieft!', dan weer streng: 'Ik eis dat deze deur wordt geopend! Ik ben Aleksej Mokhov!'

Tevergeefs. Mijn stem werd hees en ik kneusde beide schouders. Toen ik uitgeput was, ging ik op mijn rug liggen en stompte met mijn voeten tegen de deur. Ik hield pas op toen mijn stukgeslagen zolen zinderden van de pijn.

Ik kreeg een ingeving: het is doorgestoken kaart, ik word heimelijk bespioneerd! Natuurlijk! Dit was juist het examen voor de functie van 'kleinzoon' en ik had er alles aan gedaan om te falen. Woest gegil, broek rond m'n enkels, indigestie, kronkelen op de grond. Verschrikkelijk. Alleen een moedige gevangene kon rekenen op vrijheid en macht. Lafaards en nullen verdienden geen coulance—zo hadden de oude wijven besloten. Ik kreunde bijna van het besef van onherstelbaarheid.

Ik moest onmiddellijk de schandelijke indruk goedmaken, die ik op de geheime toeschouwers had achtergelaten. En wel zo, dat ze er niet achter kwamen dat ik hun spel doorhad.

Ik riep mijn voormalige acteerkunst te hulp. Ik lachte vermoeid, nam een stoere houding aan, spuugde op de vloer en zei: 'Wat een krengen…'—volgens mij klonk het best goed. Met een sterke, verachtelijk hese stem. Een vrolijk, moedig persoon die ter eigen vermaak voor de deur toneel heeft gespeeld en er nu mee ophield. Wat maakt het uit dat hij zijn behoefte moest doen? Dat is normaal. Maar nu kwam zijn echte, ijzerharde karakter naar boven. Wordt zo'n jongen bang van eenzame opsluiting? Hij zal zich nu van de vloer opdrukken, daarna gaat hij aan tafel zitten en in de schriften bladeren…

Het waren er zes—zwart, lichtblauw, grijs en drie bruine—antieke schriften uit de oude Sovjettijd, in kaften van zeil. Die had ik al lang niet meer gezien: zij waren jaren geleden uit de winkelschapen verdwenen.

De zwarte was al in gebruik genomen. Op de kaft had iemand geschreven: 'Voor culinaire recepten'. Vanbinnen was het schrift onderverdeeld in hoofdstukken. 'Soepen', 'Vleesgerechten', 'Visgerechten', 'Nagerechten', 'Salades', 'Dranken'. Er stonden geen recepten in, na de titels volgden lege pagina's.

De bruine schriften waren nieuw, maar ik bladerde ze aandachtig door tot aan de typografische gegevens op de achterkaft:

Poninkovskaja fabriek voor karton en papier
GROTE SCHRIFT
Art. 6377Oe 96 pagina's
Prijs 84 kop.
GOST 1330979

In het grijze schrift was de prijs doorstreept en met pen een nieuwe bijgeschreven—1,65 kop. Daaronder stond de handtekening van diegene die de prijs had aangepast.

In het lichtblauwe schrift zat een pagina van een scheurkalender uit '99: veertien oktober, donderdag. Op de voorkant stond astrologische onzin:

'Zon in Weegschaal, Jupiter leidt. Zonsopgang 7:57. Zonsondergang 18:33. Let op uw woorden en emoties. Het advies is om te bidden en positieve instellingen en streefdoelen uit te spreken. Eet niet te veel zoet. Er mag geen invloed worden uitgeoefend op de lever, de galblaas, het bloed en de huid. Ziekten van longen en bronchiën kunnen worden behandeld. Zonnesteen: labradoriet. Maansteen: hyacint.'

Ik draaide het papiertje nieuwsgierig om, en mijn hart schoot naar beneden, mijn ingewanden doormidden klievend. Dit is wat er in een minuscuul mierenlettertype stond.

Dek (Maria-Protectie).

Deze feestdag heeft zijn wortels in het diepe heidense verleden, toen onze voorouders de ontmoeting tussen herfst en winter vierden. Volksgeloven verbonden de naam Dek met eerste vorst, die de grond met rijp 'bedekte'. Na de komst van het Christendom naar het Land van Roes werd deze feestdag gevierd ter ere van de heilige Moeder Gods en haar miraculeuze doek—dek of maforion—die zij boven de biddende mensen in een kerk spreidde om hen 'tegen zichtbare en onzichtbare vijanden' te beschermen.

In het Land van Roes begonnen vanaf de Maria-Protectie de bruiloften. Jonge vrouwen die geloofden dat de Dek het huwelijk zou bevorderen, renden 's ochtends vroeg naar de kerk en brandden een kaarsje voor de feestdag. Er bestond een volksgeloof: wie eerder een kaars brandt, zal eerder trouwen.

Vroeger werd gezegd:

Op de Dek is het voor de middag herfst en na de middag winter.

Dekje-dek, verwarm mijn huis!

Dekje-dek, bedek de aarde met sneeuw en mij met een man!

Na de Dek loeit een meid als een koe.

Bloed schoot in hete spasmen door mijn hoofd. Ik boog mij verder over de tafel, bang dat een gipsen horrormasker zich op mijn gezicht had afgetekend. Ik kon lang niet op adem komen. Mijn longen leken dichtgedrukt te zijn, alsof ik in een wak was gevallen. God zij dank veronderstelde ik dat ik in de gaten werd gehouden en hield ik mij in, verraadde mezelf niet. Ik wist maar al te goed wat het woord 'Dek' in Gromov-terminologie betekende...

Dat blaadje dat uit het vorige millennium naar mij toe is komen vliegen... het hangt altijd voor mij. Een zwarte vlek en een onveranderlijke kalender. In de bunker is het vanaf de eerste dag steeds 14 oktober gebleven, eeuwige Dek...

De hartslag in mijn hoofd bedaarde, mijn ademhaling herstelde zich en mijn kloppend hart kroop weer naar zijn plek, onderweg mijn haastig doorkliefde ingewanden pijnlijk dichtritsend. Ik dwong mijzelf te geloven dat het kalenderblad geen subtiele boodschap was van Horn, maar een simpel toeval, een misverstand.

Ik werd afgeleid door een onzichtbaar mechanisme dat in de muur begon te ronken. Ik rende naar het deurtje. In de kast stond een dienblad met eten en een schone aardewerken teil die naar chloor rook.

Ik schreeuwde voor de goede orde in de lift: 'Doe open, doe open!', maar mijn enige antwoord was een metalen echo uit de schacht.

Ik haalde het dienblad uit de nis: aardappelpuree met een platte vleesbal, salade en thee. Ik had geen honger, maar at toch. Rustig, met waardigheid, poserend voor de toeschouwers.

Daarna zette ik de bedpan vol verdunde angst in het onderste gedeelte en het dienblad met de lege borden bovenin. Ik sloot het deurtje. Tandwielen kraakten in de muur, de kabel piepte…

Ik speelde nog lang voor een publiek: sloofde mij uit, schold mijn gevangenbewaarders luidop uit; toen mijn stembanden enigszins waren hersteld, zong ik liedjes—kortom, ik speelde de rol van een zorgeloze waaghals. Ik sliep echter met de plafonnières aan. Elke keer dat ik het licht probeerde uit te doen, veranderde het kosmische donker in de bunker meteen in luchtledige angst. Dat was mij te veel.

Ik bestudeerde stiekem het plafond, de muren, de neppe 'ramen', het ingeplakte fotobehang. Nergens vond ik verstopte kijk- of luisterapparatuur. Behalve het spionnetje in de deur keek niets in de bunker binnen. Daarom ensceneerde ik mijn 'moedige toneeltjes' altijd voor de deur.

Identieke dagen die alleen in bijgerechten verschilden kabbelden voorbij. Niemand prees de moedige gevangene, niemand stuurde signalen waaruit hij kon afleiden dat zijn gedrag werd gewaardeerd. Alleen de onverschillige lift bracht mij plichtsgetrouw vier keer per dag voedsel en de teil.

Meer nog dan de pagina uit de kalender in het lichtblauwe schrift, brachten de lampjes mij van mijn apropos. Die kreeg ik bij elke middagmaal. Ik pak het dienblad en er ligt een lampje op een servet. Mat, zestig Watt. Eerst was ik blij. Daarna kneep ik 'm, ook al liet ik niet merken dat ik de bedoeling doorhad: ze wilden mij tot in de eeuwigheid van licht voorzien. Ik stuurde er bij wijze van experiment eentje terug—de volgende dag kreeg ik er twee. De marteling hield op toen ik er meer dan veertig had verzameld.

Op een dag begreep ik dat de gevangenisbewaarders zich niet interesseerden in mijn karakter en stopte ik de moedige man uit te hangen. Het enige waar ik mij nog lang niet bij kon neerleggen, was dat ik aan mijn lot was overgelaten. De lift was misschien eenzijdig, maar toch een communicatiemiddel. Ik probeerde koppig een dialoog tot stand te brengen en schreef uitgebreide klachtbrieven ter attentie van Horn die ik standvastig begon met: 'Geachte Polina Vasiljevna.'

Ik verzocht haar uitdrukkelijk en beleefd om de reden van mijn opsluiting, beschaamde haar omdat ze zich niet aan haar woord had gehouden, hoewel ik besefte dat Horn haar belofte indirect wel had voldaan—ik had mijn leven en onaantastbaarheid.

Tussen verwijten en eisen in zeurde ik om kleine toegiften. Nu vroeg ik om een tweede deken, dan weer om vitaminepillen en een tv, een volgende keer om paracetamol en recente kranten. Ik kreeg niets.

Ik kan niet zeggen dat ik helemaal werd genegeerd. Maar Horn had haar eigen ideeën over wat een gevangene nodig had. Ik kreeg immers zonder enige aansporingen watten en alcohol. Alsook een elektrisch scheerapparaat en een nagelschaar, waar ik niet eens om had durven vragen.

Ik schreef elke dag brieven en legde ze in de lift bij de vuile borden. Uiteraard kreeg ik nooit antwoord. Nee, dat is onjuist. Ik kreeg één keer antwoord. Maar niet in schriftelijke vorm.

Dit is hoe het ging. Ik kreeg het op een dag op mijn heupen en stuurde een erg grove boodschap aan Horn. Hij begon met de woorden: 'Horn, jij godvergeten kutwijf en gore pot!' Nog voor het ontbijt gooide ik mijn volledige scheldvocabulaire op papier. Ik hoopte heel erg dat de tot nog toe ongekende grofheid Horn tot een antwoord zou bewegen.

Ik had geen ongelijk. Ik kreeg zoals altijd mijn middagmaal. In het glas met de compote dreef een dikke, smeuïg-groene rochel. En dat was het einde van de correspondentie. Hoewel het ook mogelijk is dat niet Horn, maar de kokkin in mijn compote had gespuugd. Ze had even goed namens haar bazin beledigd kunnen raken.

Ik bood op enkele pagina's mijn excuses aan, zei dat mijn zenuwen aan gort waren geschoten. Ik kreeg op geen enkele manier te horen of ik was vergeven, maar niemand spuugde meer in mijn compote. Ook bedankt.

Om de een of andere reden voelde ik mij gesterkt in de valse zekerheid dat het niet de bedoeling was dat ik in de bunker zou sterven. Ik werd gevoerd en verzorgd, dus hadden ze mij levend nodig. En als het leven van Vjazintsev kostbaar is, dan is de dood van Vjazintsev ongunstig. Er was maar één manier om deze theorie te testen: zelfmoord veinzen en de gevangenbewaarsters naar de bunker lokken. In het beste geval zouden ze de 'kleinzoon' komen redden. In het slechtste het lijk weghalen.

Ik wist niet wat ik met de verschijning van de bewakers in de bunker zou bereiken. Het zou me waarschijnlijk niet lukken om te vluchten en als ik door de mand viel, zou ik bespot worden. Ik moest het allemaal goed plannen. Na een grote hoeveelheid mogelijkheden te overpeinzen, koos ik een hongerstaking. Ten eerste was dit een handig langzame dood en zou Horn misschien nog vóór de deadline medelijden met mij krijgen. Ten tweede konden ze mij moeilijker van voorwending beschuldigen—probeer er maar eens achter te komen in hoeverre ik echt was uitgehongerd en gedehydrateerd.

Ik maakte stiekem een voorraad brood en bewaarde deze tussen mijn deken. Toen ik een anderhalf brood bij elkaar had gespaard, schreef ik een afscheidsbrief.

Ontbijten, middagmalen, avondeten werd onaangeroerd teruggestuurd. Ik voedde mij in het donker met droge korstjes en kroop naar de radiator voor water. Ik hoopte van harte dat Horn niet op de hoogte was van mijn extra bron. Toen ik mijn dorst had gelest, deed ik het licht aan en kwijnde demonstratief weg. De eerste drie dagen gebruikte ik de teil nog, onder de mom van 'het lichaam maakt nog voldoende afvalstoffen aan.' Daarna ging ook de teil leeg terug. Want waarom zou hij vol zijn? De trotse gevangene eet en drinkt niets.

Ik had een speciale constructie van papier gemaakt en deed daar mijn grote boodschap in. Ik plaste in de natuurlijke gleuf tussen de vloer en plint onder de radiator. Dit allemaal in het pikdonker. De radiator scheidde per vierentwintig uur maximaal twee glazen af, dus leed ik ook gedeeltelijk aan vochtgebrek. Daarbij stonk de geconcentreerde urine naar riool. Gelukkig had mijn karige brooddieet een positief effect op de consistentie van mijn ontlasting: deze was droog en riekte nauwelijks.

De vijfde dag van mijn hongerstaking kroop voorbij. Niemand haastte zich om bij mij te komen kijken. Om het effect te versterken, hoestte ik als een tbc-lijder, greep met mijn 'uitgedroogde' hand naar mijn maag, alsof ik een door mijn hongersnood veroorzaakte wonde dichtdrukte, trok steeds meer mijn wangen in om extreme uitmergeling uit te drukken, steunde tijdens het lopen op de muur—kortom, een toneelstuk dat een alumnus van het Cultuurinstituut waardig was. Daarna ging ik op de bedbank liggen, trok de deken over mij heen en deed alsof ik sliep. Ik hoopte tegen beter weten in dat het slot binnenkort open zou klikken en Horn de bunker zou binnenlopen. Ik zou mij dan op mijn zwakke armen omhoogduwen, mijn uitgedroogde lippen van elkaar losmaken—ik had van ellende de hele voorraad droge croutons onder de deken opgemaakt en leed nu enorme dorst —en zeggen: 'Ga weg… Ik wil sterven…' en uitgeput met mijn ingevallen borst op de bank neervallen.

Misschien maakte de afwezigheid van een klok mij in de war en begon ik te vroeg dood te gaan. De gesloten ruimte verdraaide mijn tijdsgevoel. Later zou de gedachte dat ik mij te veel had gehaast aan mij vreten, maar aan de andere kant heeft elk lichaam zijn eigen limieten, en hadden de oude wijven daar rekening mee moeten houden.

Er was geen geklik van het slot. Horn verscheen niet. De kleine boodschap drong zich op. Ik hield het niet uit en gleed op de grond. De lift kwam tot leven en bracht mijn middageten. Ik walgde opeens: ik lag op mijn zij onder de radiator en goot in korte stroompjes af, zodat het tijd had om weg te vloeien. De bunker stonk als een openbare wc. En het kon ze boven aan hun reet roesten wat er met mij gebeurde.

Ik stond boos op, deed de lamp aan, opende het deurtje. Ik haalde de teil eruit en zeikte als een beschaafd persoon. Gooide er meteen ook de volledige inhoud van mijn geïmproviseerde wc in. Het kon me geen zak schelen wat de oude wijven zouden denken wanneer ze de driedaagse hoop zagen.

Ik haalde het dienblad uit de kast en slurpte gretig van de soep. Het hoofdgerecht was schnitzel met aardappelpuree—ik dacht dat ik nog nooit zoiets lekkers had geproefd. Hiermee was mijn hongerstaking afgelopen. Ik zette de schoongelikte borden in de lift. De tandwielen van het mechanisme begonnen weer te kraken. De echo in de schacht vervormde het technisch lawaai tot een kraaiende schaterlach.

Een maand later kwam de enige en laatste recidive. Ik had besloten opnieuw zelfmoord te plegen door mijn polsen open te snijden. Het 'bloed' maakte ik van water, baksteenschraapsel en een portie aardbeienjam, en ik mengde de noodzakelijke ingrediënten in een glas.

's Ochtends stuurde ik een brief. Toen ging ik voor de deur staan—de gevangenbewaarsters moesten mijn Romeinse harakiri kunnen zien—

trapte een lampje kapot, pikte een dun glasblaadje van de vloer en hakte ermee (en niet zachtjes ook) over mijn aderen. Ik draaide mij snel om. Ik had een flinke portie baksteen-aardbei surrogaat in mijn mond, die ik nu op mijn armen spuugde. Vervolgens hield ik mijn reeds 'bebloede' polsen voor het oogje en ging aan het bureau zitten om te sterven. Met mijn rug naar de deur. Ik goot af en toe een beetje vers 'bloed' uit het glas bij, zodat het in een smal geloofwaardig stroompje op de grond druppelde, en 'verzwakte'. Naar mijn mening had ik een realistisch beeld geschept.

Ik moest goede discipline aan de dag leggen om demonstratief mijn krachten te laten vervloeien, om langzaam als een sneeuwpop weg te smelten. Ik legde mijn wang op een schrift en verstijfde. Toen begon ik mondeling af te tellen: één, twee, drie, vier, vijf… tot zestig—een minuut. Zestig minuten was een uur. Aan het eind van elke uur overrede ik mezelf om vol te houden en nog even dood te zijn… De nacht ging voorbij. De lift kwam weer tot leven, alsof er niets was gebeurd. Maar de bejaarde krengen dachten er niet eens aan om langs te komen! Zelfs als ze mijn vermakelijke hongerstaking hadden doorzien, hadden ze het recht niet om te twijfelen aan de waarheid van doorgesneden polsen! Ik was echt bijna dood!

De werkelijkheid viel zwaar. Niemand hield mij in de gaten. En als iemand dat wel deed, interesseerden schandelijke ensceneringen ze geen zak! In een vlaag van woede sloeg ik de fauteuil tegen de deur kapot, maar zette hem toen weer in elkaar—ik moest immers ergens op zitten. Vanaf die dag wist ik zeker dat, als ik zou verrekken, de bunker simpelweg aan een nieuwe 'kleinzoon' zou worden toebedeeld.

De onprettige openbaring had ook onverwachtse voordelen. De klok rond toneelspelen was extreem vermoeiend en ik kon mij eindelijk ontspannen. Ondanks de over mij heen gekomen eenzaamheid liet ik mij niet gaan. Ik at netjes, waste mij met alcohol, kamde mijn haar, schoor mij, deed ochtendgymnastiek. Na een maand van demonstratief acteren had mijn trotse houding mijn schouders volledig verkrampt. Ik kreeg steeds minder angstaanvallen. Zo voelt een onervaren duiker in de eerste seconden na de onderdompeling een ongemak in zijn borst. Men hoeft alleen maar de drang naar een inademing af te wachten. Het duurt nog héél lang voordat echte verstikking optreedt…

Om mijn gedachten te verzetten bedacht ik een bezigheid. Er lagen niet zomaar schone schriften en een bundel balpennen in het bureau.

Nog tijdens mijn schooltijd schreef ik brieven aan mijzelf, net als de Komsomols die in de jaren zestig groetcapsules naar de communistische toekomst stuurden. Ik schreef wel eens iets, plakte de envelop dicht en besloot om die over tien jaar open te maken. Zo kwam ik er onverwachts achter dat het handschrift samen met de persoon ouder wordt. Ik maakte vaak met mijn sleutel een snede in de zachtblauwe schors van een populier en stelde mij voor hoe ik, jaren later, volwassen geworden, de littekens op de boom met mijn vingers zou bevoelen. Ik zou mij dan het jongetje herinneren in een dikke blauwe jas en een gebreide muts, dat met zijn sleutel in de schors kraste. Dit zou mijn door de jaren heen doorgegeven groet zijn.

Het werk met het uitzicht op de Kremlin was meeslepend. Ik voelde mij helemaal geen krankzinnig geworden Nestor die zijn kroniek van voorbije jaren moeizaam pende. Ik schreef, deed in de pauzes het licht uit en rustte. Het pikdonker toverde de bunker om in een zwarte doos en ik was een schrijfapparaat dat ooit zou worden gevonden en afgeluisterd. Het grijze schrift kwam aan zijn einde, ik ging verder in een bruine…

Mijn somber dagelijks leven van geschiedschrijver werd voor het eerst doorbroken met het Boek der Kracht— 'Proletarskaja'. Het verhaal ging zo. De gevechten zijn al vijf jaar geleden afgelopen. Het land is bezig de economie vreedzaam in te richten. In de oorlogsjaren werden de doelen met bovenmenselijke inspanningen en enorme overuren bereikt. Het nieuwe leven heeft niet alleen behoefte aan enthousiasme, maar ook aan innovatieve ideeën. Deze weg zit vol hordes, waaronder het conservatisme van sommige fabrieksleiders. In de 'Proletarskaja'-mijn is de situatie lastig. Centraal personage is ingenieur Solovjov. De voormalige frontsoldaat probeert oude gewoonten te doorbreken en de schacht te mechaniseren. Solovjov wordt tegengewerkt door Basyoek, de baas van de mijn. Hij is bezeten van oorlogsstereotypen: koste wat het kost het voorgenomen programma afmaken, zelfs als het met haastwerk moet. Basyoek kan niet begrijpen dat de grandioze perspectieven van de vredige wederopbouw vragen om een ander tempo en productiviteit, die niet met verouderde machines kunnen worden bereikt. Zijn weigering om tijdig de veiligheidssystemen te vernieuwen leidt tot een ongeval. Basyoek probeert Solovjov de schuld te geven van wat er is gebeurd.

Zulke oorlogsveteranen als partijorganisator Tsjistjakov en aanvoerder van de houwers Litsjko moeten al hun doorzettingsvermogen, somberheid en eerlijkheid aan de dag leggen om ervoor te zorgen dat de echte schuldige de straf niet ontloopt…

Toen ik het Boek der Kracht had uitgelezen, probeerde ik de deur open te breken. Dat was nutteloos en pijnlijk. De overmaat van zielskracht had mij bijna invalide gemaakt. Ik merkte niet dat ik mij vertilde toen ik het loodzware eiken bureau oppakte en de gepantserde deur ermee probeerde in te rammen. Er zat geen beweging in de deur. Het eik begon te verkruimelen. Toen het effect van het Boek was uitgewerkt, kromp ik ineen van verschrikkelijke pijn in mijn buik en rug. Het was ook niet gek: het Boek der Kracht activeerde ongebruikte fysieke krachten in de individuele lezer. Op dat moment was ik op het toppunt van kracht—binnen de limieten van mijn eigen lichaam. De deur van de bunker kon zelfs een granaatwerper het hoofd bieden.

Het was mij wel gelukt om het deurtje van de voedsellift een beetje om te buigen. Ik haalde mijn vingers open, maar kwam erachter dat ik niet door de schacht zou kunnen vluchten. Er zaten bijna geen kieren tussen het stalen blok en het raampje van de lift.

Blijkbaar had ik door het deurtje te beschadigen ook de luchtdichtheid ervan verbroken. De geluiden uit de onzichtbare keuken kwamen nu beter de bunker binnen: radiostations, muziek, over-en-weer geroep van de kokkinnen, het gekletter van eetgerei in de afwasmachines.

Op hetzelfde tijdstip tussen het ontbijt en middageten werden op een retrostation populaire liederen uit de Sovjettijd uitgezonden. De uitzending duurde ongeveer een halfuur en ik genoot van de afleiding wanneer ik naar Pakhmoetova, Krylatov of Frenkel luisterde.

Ik probeerde opnieuw een correspondentie tot stand te brengen en stuurde twee briefjes met chanterende inhoud naar boven. Ik dreigde het Boek der Kracht te vernietigen. Maar ik kreeg het Boek der Macht 'Snel voort, geluk!' als antwoord. De novelle van tweehonderd-en-een-beetje pagina's bezong de heldendaden van ontginningspioniers. Een oproep van de regeringspartij beweegt jongeren uit alle hoeken van de Sovjet-Unie om zich naar de onontgonnen gebieden te begeven. Jevgeni Loebentsov is onlangs aan de landbouwacademie afgestudeerd en schrijft nu zijn doctoraat aan de vakgroep. Zijn vooruitzichten zijn rozig: thesis afschrijven, leven in de grote stad. Maar Loebentsov neemt een moedig besluit—hij gaat naar de ontginning als agronoom. Hij kiest expres voor het meest achtergestelde machine- en tractorstation. Loebentsov moet grote organisatievaardigheden aan de dag leggen om het werk op het station in goede banen te leiden. Langzaam leert Loebentsov menselijk karakter kennen. Thuis was hij verliefd op Elina Zaslavskaja, een knappe jonge dame die hij verheven en talentvol vond. Maar bij de ontginning voelt hij de kracht van het collectief, van vriendschap, wat hem helpt om het kleinburgerlijke karakter van Elina te doorgronden. Zij vindt heroïsche, nobele arbeid in naam van het volk en het land maar dom romanticisme. Loebentsov begrijpt dat Elina geen trouwe vriend voor het leven zal zijn. Hij vindt zijn nieuwe liefde in de aankoppelarbeidster Masja Fadejeva…

In kunstzinnig opzicht was de novelle veel zwakker dan 'Proletarskaja'. De antagonisten waren te grotesk geschreven, als karikaturen in een satirisch blad. Door de tekst heen kwam de onverwoestbare kranteninkt in populistisch-essayistische stijl naar boven: 'Zij namen met vreugde de grootsheid en schoonheid van natuur tot zich, haar wijsheid en vrijgevigheid. Zij zouden er koste wat het kost voor zorgen dat de braakliggende grond met gulden tarwe werd bedekt.'

Helaas was er niemand om Macht op uit te oefenen. Niemand zag mijn koninklijke mimiek, niemand luisterde naar de gebiedende modulaties van mijn stem. Ik schoot tevergeefs mijn bliksemblikken naar de muren, deur en lift.

Het derde Boek dat ik kreeg was het mij reeds bekende Boek der Betekenis met netjes ingeplakte inlegvelletje. Het vierde was het Boek der Vreugde, 'Narva', een oorlogsnovelle over luchtdoelartilleristen. Als men de kleine lyrische zijstapjes met levensbeschrijvingen van de hoofdpersonages, scènes van geflirt aan het front en overige pastorale inzetstukken aan het begin van de novelle weglaat, speelt het verhaal zich binnen een paar heroïsche dagen af. Februari '44, het luchtdoelartilleriepeloton van een skibataljon heeft zich op de westelijke oever van de rivier Narva gevestigd. Met hulp van tanks vallen Hitlers troepen de Sovjetsoldaten aan. De verdediging wordt aangevoerd door luitenant Goloebnitsji. Bij een klein bruggenhoofd achter de rivier voert het grootste gedeelte van het peloton een verwoed gevecht met de tanks en infanterie van de vijand. Het is onmogelijk om de kanonnen van de oostelijke naar de westelijke oever te krijgen—het ijs op de Narva is door een ontploffing gebroken. Tegen het einde van de dag blijven nog maar drie miltrailleurschutters over: Goloebnitsji en twee gewone soldaten, Martynenko en Tisjin. 's Avonds komt korporaal Skljarov naar hen toe met nieuwe patronen. Na een sterke mortieraanval vallen de Duitsers weer aan. Martynenko is dood. De gewonde Goloebnitsji en Skljarov maken de mitrailleurbanden klaar. Tisjin rent van de ene naar de andere mitrailleur opdat de vijand er niet achter komt dat er maar één ongehavende vechter op hun positie overblijft. Wanneer de fascisten bij het peloton aankomen, stuurt Goloebnitsji een signaalraket op om vriendelijk vuur uit te lokken. Boven hun positie woedt het vuur van ontploffingen, de Duitsers rennen in paniek weg. De aangekomen onderdelen van de infanteriedivisie nemen de Narva in…

Vreugde in zijn pure vorm bevatte geen onzuiverheden van jolijt of lacherigheid, alleen een jubelende en verheugde stemming. En des te zwaarder was de stemmingswisseling wanneer het gevoel van verblindende verrukking werd vervangen door afkickverschijnselen en uitzichtloze ellende.

Ik was er zeker van dat de praktische Horn vanaf het prille begin de rol van de 'offerlezer' voor mij had weggelegd. Hoe bitter was nu mijn teleurstelling dat ik niet samen met de rest van de Sjironins bij de dorpsraad was omgekomen! Diegene wiens noodlot het is om opgehangen te worden, moet op zijn touw bidden en een stukje zeep ter communie eten. Want als hij besluit om te verdrinken, zullen de gevolgen monsterlijk zijn. Ik had een eervolle en snelle dood door een haak of een bijl omgeruild voor een gesloten cirkel van dienstplicht.

Gedurende lange tijd verzoop ik mijn angst met het Boek der Vreugde als met wodka. Twee keer per dag dompelde ik mezelf onder in de kleurrijke extase. Ik probeerde het zo te plannen dat de laatste pagina's samenvielen met de muzikale retro-uitzending. Op deze manier duurde de werking van het Boek dubbel zo lang.

Door deze onophoudelijke 'zuippartij' begon ik een paar keer te hallucineren. Soms waren er stappen achter de deur en kraakte het geopende slot, een andere keer hoorde ik de verre stem van wijlen Margarita Tikhonovna in de voedsellift, die met iemand mijn middagmaal besprak. Zij verklaarde dat 'Aljosja al van kinds af aan een hekel heeft aan kip.'

Ik begreep dat het auditieve hallucinaties waren, maar schreeuwde toch naar haar om mij uit de bunker te halen. En alsof ze het expres deden, kreeg ik 's middags macaroni en een gepukkelde drumstick…

Dit ging zo door totdat ik het Boek der Berusting ontving. De bevroren onverschilligheid die door dat Boek werd geschonken beviel mij veel beter. Berusting liet in tegenstelling tot Vreugde bijna geen emotionele 'kater' achter.

Het Boek der Razernij—'Langs de wegen van de arbeid'—las ik expres zonder aan de Voorwaarden te voldoen. Ik wilde mijzelf niet woest maken. Er was niemand om tegen te vechten, en ik was bang om mijzelf in blinde razernij pijn te doen.

Ik kan kort vertellen dat het Boek verhaalde over de arbeidersdynastie Sjapovalov. Een kleine fabriek waar landbouwmachines worden gerepareerd groeit uit tot een metallurgisch industrieel complex met geautomatiseerde productie. De nederzetting Vysoki groeit uit tot een stad…

Ik zat op het zevende en laatste Boek te wachten—het Boek der Herinnering. Ik twijfelde er niet aan dat het zou verschijnen. De lift was in plaats van voeder een marteltuig geworden. Telkens wanneer ik het deurtje opende, stokte mijn adem. Na de vermoeiende emotionele opwinding kon ik amper eten, soms gaf ik door de zenuwen zelfs over. Alleen de kunstmatige Berusting hielp.

Ik hoefde mezelf niet af te vragen hoe de oude vrouwen ervoor zouden zorgen dat ik de Boeken las. Het dwangmiddel was duidelijk. Wanneer de lift stopt met bewegen, zal Aleksej Vjazintsev voor een vrij makkelijke keuze worden gesteld: doodgaan van de honger of de beschermheilige van het moederland worden. Ik propte de bureaulades haastig vol met brood.

Natuurlijk begreep ik dat, hoeveel ik er ook insloeg, de croutons op een dag zouden opraken. Ik kon het lot van de lezer-bewaarder niet ontlopen, alleen voor uitstel zorgen en hopen op het onmogelijke verlossende 'misschien'. Wat als het Boek der Kracht echt het enige was? Wat als de verzwakte Horn en veertien oudsten allang zijn overleden? Het zou logisch volgen dat de leiding boven vroeg of laat door iemand anders zou worden overgenomen. De nieuwe leidster zal de extreem kostbare Boeken van onder de grond willen halen. Ze zouden met mij moeten praten, en ik zou het overleg wel naar mijn hand zetten…

De toestand van onzekerheid was erger dan vonnis en executie. En ik werd ook nog eens drie maanden lang met rust gelaten. Mijn opslag zat vol. Ik legde als een vrek de uitgespaarde stukjes brood samen in baksteentjes—ik had nu veertien en een half broden. Deze voorraad was voldoende om het tot de zomer uit te houden. Op een hongerrantsoen zou ik er nog langer mee doen.

Ik verveelde mij. Mijn schriftelijke arbeid was zo goed als af. Ik begon met een kort overzicht van het Gromov-universum op basis van de informatie die ik uit Horns kronieken had geleerd. Vervolgens beschreef ik mijn eigen korte aanstelling als bibliothecaris, de heldendood van de Sjironin-leeszaal en zelfs de eerste paar maanden in de bunker. Het verhaal beet nu in zijn eigen staart. Ik had geen geheimen meer om te vertellen en kon alleen nog toevoegingen doen aan wat ik reeds had opgeschreven…

Op een april- of meiochtend opende ik het deurtje. Bovenin lag het Boek der Herinnering op het dienblad, onderin stond de teil. Er was geen voedsel of water.

BESCHERMER VAN HET MOEDERLAND

'Wij hebben allemaal een onaflosbare schuld bij ons Moederland. Haar giften zijn van onschatbare waarde. Aan eenieder schijnen robijnrode Kremlinsterren toe, verwarmend met hun stralen van vrijheid, gelijkheid en broederschap. Wat heb je nog meer nodig om gelukkig te zijn?! Het Moederland heeft lief, geeft vrij en houdt de schulden niet bij. Maar soms herinnert ze je er wel aan. Dan is het Moederland in gevaar en moet de schuld met moed, standvastigheid, durf en heldendaad worden afbetaald.'

Dit stuk tekst had ik in het derde schooljaar ingestudeerd. Onze Lenin-school bereide zich voor op de festiviteiten in mei. Het bestuur van het rayoncomité werd verwacht. De angstige directrice trainde onder toezicht van het rayonhoofd hoogstpersoonlijk de jonge declamatoren, die tot het naar boenwas stinkende toneel waren toegelaten. De uitverkorenen werden de laatste paar dagen van leerplicht ontheven en van 's ochtends tot 's avonds klaargestoomd. Je kan mij zelfs nu midden in de nacht wakker maken, en ik zal zonder haperen verkondigen: 'Wij hebben allemaal een onaflosbare schuld…' Dit fragment is als een brandmerk in de huid van mijn geheugen gegrift.

Ik was al op 22 april pionier geworden, maar voor het feest werd mijn das en die van nog een paar andere derdejaars afgenomen, zodat de hooggeëerde bezoekers uit hogere sferen deel konden nemen aan het ritueel en ons een tweede keer tot de gelederen van de pioniersorganisatie inwijden.

'Als je landen met schepen vergelijkt, dan is de Sovjet-Unie de vlagvoerder van de wereldvloot. Zij leidt andere schepen. Als je landen met mensen vergelijkt, dan is de Sovjet-Unie een machtige ridder die zijn vijanden verslaat en zijn vrienden uit de brand helpt. Als je landen met sterren vergelijkt, dan is ons land de Poolster. De Sovjet-Unie toont aan alle volkeren van de wereld de weg naar het communisme.'

Eerst kreeg ik dit fragment. Daarna werd het vervangen door 'Wij hebben allemaal een onaflosbare…' Ik zat er toen heel erg over in. Ik vond de triomfantelijke woorden over de vlagvoerder, ridder en ster veel mooier. Niet eens de woorden, maar ik die ze als een luide scheepsbel uitsprak.

Er waren veranderingen in het script aangebracht, het rayonhoofd verplaatste 'Sovjet-Unie' naar het einde en een ouder meisje, wiens vader de voorzitter was van het rayonscomité, kreeg het fragment. En het emotionele stuk over Lenin: 'Eeuwig zal de mensenrivier naar het Mausoleum stromen', werd opgelezen door de trotse zoon van de hoofdsecretaris van het rayoncomité van de partij.

De bedwelmende geur van boenwas vertroebelde mijn reeds extreem opgewonden geest. Mijn beurt was na: 'Ons land wordt door twaalf zeeen omgeven. Twee andere zeeën spreiden zich over het grondgebied.' Ik schreeuwde mijn tekst naar de zaal. Mijn stem was onhoorbaar boven het oorverdovend geklop van mijn hart. Er werd geapplaudisseerd. De secretaris van het rayoncomité van de Komsomol knoopte een das om mijn nek en speldde een pioniersbadge op mijn witte overhemd...

En nu diende het verdwenen land uit de vergetelheid een gerafelde wissel van een schuld in, die ik al die jaren geleden zo overhaast had getekend. Het eiste standvastigheid, durf en heldendaad.

Alles was eerlijk. Met enige vertraging was het onvoorstelbare geluk mij toe komen waaien, dat door het Sovjetmoederland aan mij was beloofd. Al was het dan nep en ingefluisterd door het Boek der Herinnering. Wat maakt het uit... Want zelfs in mijn echte kindertijd geloofde ik heilig dat het in boeken, films en liederen bezongen land de realiteit was, waar ik onderdeel van uitmaakte. De aardse Sovjet-Unie was een grof, onvolmaakt lichaam, maar in de harten van oude romantici en kinderen uit gelukkige stadsgezinnen bestond een apart kunstzinnig ideaal—de Hemelunie. De verdwijning van haar geestelijke gebieden maakte ook een eind aan het levenloze geografische lichaam.

Zelfs wanneer de haat voor eigen land en haar verleden in de publieke opinie een teken van goede smaak werd, hield ik mij ver van onthullende romans die met hongerige meeuwstemmen schreeuwden over tot de Goelag veroordeelde kinderen van de Arbat in witte kleding. De literaire halve waarheden stonden mij tegen, en vooral de misnoegde auteurs die met holle schedels van de slachtoffers van voorbije socialistische tijden op hun bureaus klopten. Dit bottengerammel veranderde niets aan mijn beeld van de Unie. In mijn volwassenheid hield ik niet van de Unie om hoe het echt was, maar om hoe het had kunnen worden, als de omstandighheden enigszins anders waren geweest. Kan je het een potentieel goed persoon echt kwalijk nemen dat hij door zware levensomstandigheden zijn geweldige eigenschappen niet heeft ontwikkeld?

Er was nog een ander sleutelmoment. Ik begreep het belang en de tegenstrijdigheid ervan pas jaren later. De Sovjet-Unie wist hoe je van Oekraïne een moederland kon maken. Maar het lukte Oekraïne zonder de Unie niet om dat ook te blijven…

Het land waarin zowel mijn echte als mijn ingebeelde kindertijd zich hadden afgespeeld, was het enige echte Moederland dat ik niet kon weigeren. En het Boek der Herinnering dat op het dienblad prijkte, was haar dagvaarding…

Ik dacht natuurlijk niet meteen in zulke filosofische termen. In het begin, zodra ik het Boek zag, zakte ik spreekwoordelijk door mijn benen. Angst schopte het bloed zo hard tegen mijn borst dat ik een paar minuten niet eens kon ademen. Mijn mond ging open, maar er kwam niets in of uit. Vreemd, ik had me hier al bijna drie maanden lang op voorbereid, maar werd alsnog overrompeld door de komst van die noodlottige dag. Ik pakte het Boek der Berusting op, maar liet het weer vallen—ik zou nu niet eens een pagina verder komen. Ik dronk het volgedruppelde glas water leeg, met mijn tanden het glas omklemmend. Vervolgens schonk ik hem vol met alcohol en gooide het in één teug achterover. Mijn keel en slokdarm verkoolden. Een vuurkolonne steeg naar mijn hoofd…

Het hielp. Dit begreep ik toen de verstikkende hitte was afgedropen. Het was alsof de zekering die mijn angst aanstuurde, voor altijd was doorgebrand. Ik had niets meer om angst mee te voelen. Ik was eeuwig kalm.

* * *

Ik zat in de tweede week van mijn vasten. Ik had voldoende croutons en voelde geen honger. De radiator maakte verdachte geluiden en de opbrengst werd minder. In de laatste vierentwintig uur kwam er maar anderhalf glas uit. Blijkbaar liep het verwarmingsseizoen ten einde. Binnenkort zou het water waarschijnlijk helemaal worden afgesloten.

's Ochtends vond ik mijn eigen kleding in de lift en—als een onverwachtse toegift—de jas van wijlen Grisja Vyrin. Waarschijnlijk had iemand uit Horns garde haar zinnen toen, bij de dorpsraad, op de ongewone trofee gezet en hem van de gezichtloze dode afgepakt.

Niets in mij gaf een kik. Ik trok met plezier de licht naar rook ruikende jas over mijn trui aan. Ik voelde mij zo behoorlijk goed beschermd.

Ik kreeg ook het Solingen-scheermes toegestuurd. Ik begreep het als een grappende verwijzing naar mijn 'opengesneden' polsen en was niet beledigd. Ik stak het mes in mijn zak en dronk wat roestige 'thee' met croutons.

Waarschijnlijk waren dit de meest zorgeloze dagen van mijn opsluiting. Ik zou nu zelfs zelfmoord kunnen plegen, als ik dat wilde. Van oorsprong, van nature was ik niet bang voor de dood. Sterker nog, bijna tot aan het derde leerjaar was ik ervan overtuigd dat ik een soldaat zou worden toen ik groot was. Op een dag zou ik doodgaan en boven mijn graf zou een eresaluut weerklinken. Ik stelde mij het vaakst dood door een granaat voor. Ik schiet de aanstromende vijanden overhoop. De automaat zwijgt, mijn pistool is leeg. Ik verberg de laatste granaat achter mijn riem, zodat ik makkelijk bij de veiligheidspin kan. Ik steek mijn handen omhoog, kruip uit mijn schuilplaats en zeg dat ik een belangrijke boodschap heb voor hun gezagvoerder. De zelfingenomen vijand komt dichterbij, zijn soldaten omsingelen mij. En dan trek ik met mijn tanden de pin eruit en ga de eeuwigheid tegemoet, in granieten contouren van een monument en vergulde letters op een herdenkingsplak: 'Eerste luitenant Aleksej Vjazintsev stierf een heldendood…' Tijdens zulke fantasieën brandden mijn ogen van opwellende tranen en gloeiden mijn wangen met het martelaarsvuur van de nog niet ontplofte granaat…

Nu ik ouder was, werd mijn taak makkelijker. Ik kreeg de mogelijkheid om een lichtere versie van een heldendaad te verrichten. Ik hoefde niet eens te sterven. Juist het tegenovergestelde, eeuwig leven ten goede van het Moederland—wat was er om bang voor te zijn?

Het maakte mij niet bijzonder veel uit wat er met mij zou gebeuren als ik bijvoorbeeld na een jaar zou stoppen met lezen. Zou ik als een beer uit mijn winterslaap ontwaken of tot stof uiteenvallen, zou het omstreden onsterfelijkheidsmechanisme van de Boeken nota bene werken…

* * *

Ik begon opeens over mijn slachtoffers te dromen. Dit waren geen nachtmerries, maar egale epische dromen. In een daarvan kwam ik in het weemoedige landschap op mijn muur terecht. Ik liep tussen de berkenbomen,
ademde de vochtige koude in, kauwde halfgesmolten sneeuw en keek
over de rivier. Aan de overkant liep een witachtige, als van spinnenweb
geweven Pavlik heen en weer. Hij schreeuwde iets en zwaaide met zijn
gipsmouwen, maar de wind droeg zijn gewichtsloze woorden weg.

In een andere drom kwam de Gorelov bibliothecaris Martsjenko naar
mij toe. Hij bracht een liedparodie voor de improvisatiegroep mee: 'Maak je
niet gek met kommer en kwel, als de sneeuw smelt, vind je me wel.' Ik wierp
tegen dat je geen zwarte lijkenhumor van de redacteur mocht gebruiken.
De Sjironins die om mij heen zaten zeiden dat ik ongelijk had en dat de
parodie grappig was…

Ik probeerde zo weinig mogelijk aan mijn familie te denken. Het deed te
veel pijn om me in te beelden wat zij de afgelopen tijd hadden meegemaakt.
Waarschijnlijk was de eerste rouwgolf al weggeëbd. Een halfjaar is een lange
tijd. Zij zullen zich bij het verlies neerleggen. De vruchtbare Peter zal een
derde jongetje baren en hem naar mij vernoemen—Aleksej.

* * *

In slaap gesust door het Boek der Herinnering was ik in het donker met
mijn oor tegen de lift ingedommeld en miste het begin van het muzikale
programma.

'… Uit de film "Moskou – Cassiopeia", zei de omroepster met een blije
stem. Haar woorden mengden zich met de bel- en vioolgeluiden van de
orkestinleiding.

> De nacht is voorbij, net als de pijn,
> Laat Aarde rusten, slaap samen met haar.
> Wij hebben allen
> Nog een lange reis
> Voor de boeg.

In het ondoordringbare duister van het plafond ontstak ineens een alom-
vattend planetarium, een sterrendek van de kosmische eeuwigheid, een

magische omhoog gegooide draaikolk van minuscule hemellichamen. Het leek op een verre weerspiegeling van slapende steden die voorbijvlogen in het raam van een hogesnelheidstrein die langs naamloze maanstationnetjes, langs mysterieuze onmenselijke woningen die met flikkerende oranje elektriciteitsflarden lokken, langs een paarse hemel met de knipperende rode kraal van een nachtelijk vliegtuig, langs gietijzeren leuningen boven antracietkleurige rivieren, langs de geur van door de zon opgewarmd industrieel metaal, langs zwarte populiertoppen met pauwstaartseinen raast.

> Ik breng het gezang van aardse vogels,
> Ik breng het geklater van een smalle beek,
> Ik breng het licht van verwijderde bliksems,
> Het geruis van winden, een winters bos.

Ik luisterde met pijnlijke, snikkende tederheid naar de simpel gesproken zang, zonder huichelarij of aanstellerij. De woorden over afscheid en een lange weg raakten mij tot diep in mijn ziel. De stem gooide als een zorgzame voogd mijn kledingtas snel vol met alles wat ik nodig kon hebben tijdens mijn reis, waar ik nooit van zou terugkeren…

> Ik breng een herinnering aan grazige paden,
> Ik zal zwemmen in het rijpe vlas,
> Daar, bij de blauwe sterren schijnt van Aarde
> De zon als door geel glas.
> Ik breng deze grote wereld,
> Elke dag, elk gelaat.
> Want het zal de sterren niet schikken
> Als ik iets achterlaat…

Iets bekends, geweven uit populierpluisjes en zonnestralen in juni raakte mijn wang, vulde mijn speeksel met zachte perensmaak, met stroperige bedwelming van hematogeen, draaide zijn jonge gezicht naar mij toe en zwaaide in afscheid.

Warme tranen van geluk droogden in mijn ogen. Ik wist dat ik de croutons en het roestige water, dat het glas druppel voor druppel vulde, niet meer nodig zou hebben…

* * *

Welk jaar is het nu? Als het Moederland vrij is, haar grenzen onschendbaar, dan houdt bibliothecaris Aleksej Vjazintsev in de ondergrondse bunker standvastig zijn wacht. Hij weeft de draden van het beschermende Dek, uitgespreid boven het land tegen zichtbare en onzichtbare vijanden onvermoeibaar verder.

Ik beeld me graag in hoe iemand op een zomeravond over een weggetje buiten de stad loopt, voorbij kersengaarden en glimmende tinnen daken. De zonsondergang spreidt zijn dikke bietrode stroop over de horizon uit. Langs de weg ruisen moerbeien in de wind, hun bessen vallen in het stof. De hele berm is één grote moerbeivlek geworden. Een langzame vrachtwagen met een wiebelende laadbak vult de lucht met de warme walm van verbrande benzine, een goederentrein ratelt met zijn stalen zolen achter een verre spoordijk langs, de wind tilt de hoge grassen steeds verder op…
    Dit is nog niet gebeurd, maar zo zal het zijn.

Ik schrijf deze laatste woorden op. Vervolgens leg ik de schriften—zwart, grijs, lichtblauw en drie bruine —in de voedsellift en sluit het deurtje.
    Daarna ga ik achter het bureau zitten. Raap mijn moed bijeen. Open het eerste Boek. Ik zal in chronologische volgorde lezen, en begin met het Boek der Kracht.

* * *

Ik zal nooit sterven. En de groene lamp dooft nooit uit.

WŁADYSŁAW
REYMONT

OPSTAND

EEN SPROOKJE

Jevgeni Vodolazkin

HET GROEN VAN DE LAURIER

Een ahistorische roman

Uitgeverij Glagoslav

A.Pogorelski
De zwarte kip
of het volk onder de grond

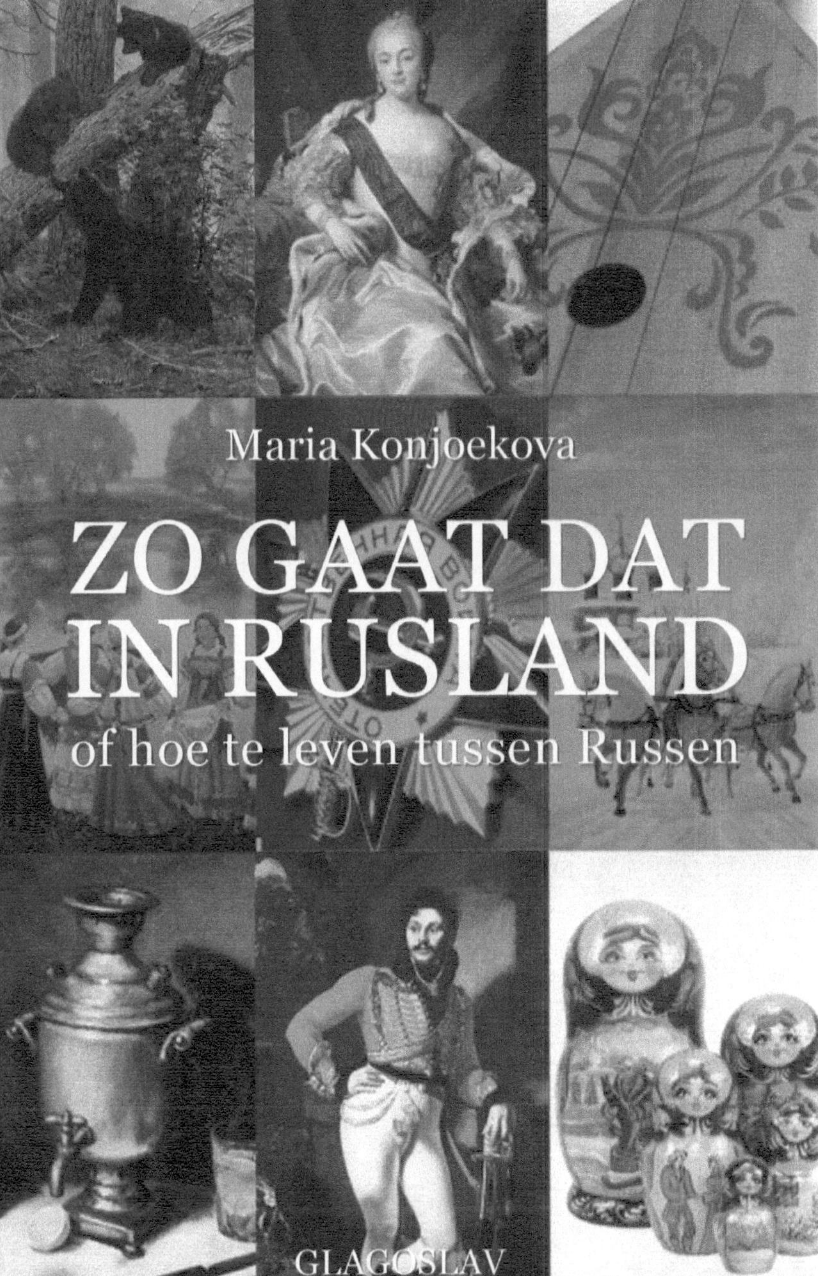

Maria Konjoekova
ZO GAAT DAT
IN RUSLAND
of hoe te leven tussen Russen
GLAGOSLAV

DAGBOEK VAN KEIZERIN
ALEXANDRA
HOE NEDERIGER DE MENS, DES TE GROTER IS DE VREDE IN ZIJN ZIEL

LEONID ANDREJEV

GROOT SLEM EN ANDERE VERHALEN

MAARTEN
TENGBERGEN

VIJFTIG
HOOGTEPUNTEN
UIT DE RUSSISCHE
LITERATUUR

Glagoslav

DEEL I

Uitgeverij Glagoslav Catalogus

- *The Time of Women* by Elena Chizhova
- *Andrei Tarkovsky: A Life on the Cross* by Lyudmila Boyadzhieva
- *Sin* by Zakhar Prilepin
- *Hardly Ever Otherwise* by Maria Matios
- *Khatyn* by Ales Adamovich
- *The Lost Button* by Irene Rozdobudko
- *Christened with Crosses* by Eduard Kochergin
- *The Vital Needs of the Dead* by Igor Sakhnovsky
- *The Sarabande of Sara's Band* by Larysa Denysenko
- *A Poet and Bin Laden* by Hamid Ismailov
- *Zo Gaat Dat in Rusland* (Dutch Edition) by Maria Konjoekova
- *Kobzar* by Taras Shevchenko
- *The Stone Bridge* by Alexander Terekhov
- *Moryak* by Lee Mandel
- *King Stakh's Wild Hunt* by Uladzimir Karatkevich
- *The Hawks of Peace* by Dmitry Rogozin
- *Harlequin's Costume* by Leonid Yuzefovich
- *Depeche Mode* by Serhii Zhadan
- *Groot Slem en Andere Verhalen* (Dutch Edition) by Leonid Andrejev
- *METRO 2033* (Dutch Edition) by Dmitry Glukhovsky
- *METRO 2034* (Dutch Edition) by Dmitry Glukhovsky
- *A Russian Story* by Eugenia Kononenko
- *Herstories, An Anthology of New Ukrainian Women Prose Writers*
- *The Battle of the Sexes Russian Style* by Nadezhda Ptushkina
- *A Book Without Photographs* by Sergey Shargunov
- *Down Among The Fishes* by Natalka Babina
- *disUNITY* by Anatoly Kudryavitsky
- *Sankya* by Zakhar Prilepin
- *Wolf Messing* by Tatiana Lungin
- *Good Stalin* by Victor Erofeyev
- *Solar Plexus* by Rustam Ibragimbekov
- *Don't Call me a Victim!* by Dina Yafasova
- *Poetin* (Dutch Edition) by Chris Hutchins and Alexander Korobko

- *A History of Belarus* by Lubov Bazan
- *Children's Fashion of the Russian Empire* by Alexander Vasiliev
- *Empire of Corruption: The Russian National Pastime* by Vladimir Soloviev
- *Heroes of the 90s: People and Money. The Modern History of Russian Capitalism* by Alexander Solovev, Vladislav Dorofeev and Valeria Bashkirova
- *Fifty Highlights from the Russian Literature* (Dutch Edition) by Maarten Tengbergen
- *Bajesvolk* (Dutch Edition) by Michail Chodorkovsky
- *Dagboek van Keizerin Alexandra* (Dutch Edition)
- *Myths about Russia* by Vladimir Medinskiy
- *Boris Yeltsin: The Decade that Shook the World* by Boris Minaev
- *A Man Of Change: A study of the political life of Boris Yeltsin*
- *Sberbank: The Rebirth of Russia's Financial Giant* by Evgeny Karasyuk
- *To Get Ukraine* by Oleksandr Shyshko
- *Asystole* by Oleg Pavlov
- *Gnedich* by Maria Rybakova
- *Marina Tsvetaeva: The Essential Poetry*
- *Multiple Personalities* by Tatyana Shcherbina
- *The Investigator* by Margarita Khemlin
- *The Exile* by Zinaida Tulub
- *Leo Tolstoy: Flight from Paradise* by Pavel Basinsky
- *Moscow in the 1930* by Natalia Gromova
- *Laurus* (Dutch edition) by Evgenij Vodolazkin
- *Prisoner* by Anna Nemzer
- *The Crime of Chernobyl: The Nuclear Goulag* by Wladimir Tchertkoff
- *Alpine Ballad* by Vasil Bykau
- *The Complete Correspondence of Hryhory Skovoroda*
- *The Tale of Aypi* by Ak Welsapar
- *Selected Poems* by Lydia Grigorieva
- *The Fantastic Worlds of Yuri Vynnychuk*
- *The Garden of Divine Songs and Collected Poetry of Hryhory Skovoroda*
- *Adventures in the Slavic Kitchen: A Book of Essays with Recipes* by Igor Klekh
- *Seven Signs of the Lion* by Michael M. Naydan

- *Forefathers' Eve* by Adam Mickiewicz
- *One-Two* by Igor Eliseev
- *Girls, be Good* by Bojan Babić
- *Time of the Octopus* by Anatoly Kucherena
- *The Grand Harmony* by Bohdan Ihor Antonych
- *The Selected Lyric Poetry Of Maksym Rylsky*
- *The Shining Light* by Galymkair Mutanov
- *The Frontier: 28 Contemporary Ukrainian Poets - An Anthology*
- *Acropolis: The Wawel Plays* by Stanisław Wyspiański
- *Contours of the City* by Attyla Mohylny
- *Conversations Before Silence: The Selected Poetry of Oles Ilchenko*
- *The Secret History of my Sojourn in Russia* by Jaroslav Hašek
- *Mirror Sand: An Anthology of Russian Short Poems*
- *Maybe We're Leaving* by Jan Balaban
- *Death of the Snake Catcher* by Ak Welsapar
- *A Brown Man in Russia* by Vijay Menon
- *Hard Times* by Ostap Vyshnia
- *The Flying Dutchman* by Anatoly Kudryavitsky
- *Nikolai Gumilev's Africa* by Nikolai Gumilev
- *Combustions* by Srđan Srdić
- *The Sonnets* by Adam Mickiewicz
- *Dramatic Works* by Zygmunt Krasiński
- *Four Plays* by Juliusz Słowacki
- *Little Zinnobers* by Elena Chizhova
- *We Are Building Capitalism! Moscow in Transition 1992-1997*
  by Robert Stephenson
- *The Nuremberg Trials* by Alexander Zvyagintsev
- *The Hemingway Game* by Evgeni Grishkovets
- *A Flame Out at Sea* by Dmitry Novikov
- *Jesus' Cat* by Grig
- *Want a Baby and Other Plays* by Sergei Tretyakov
- *Mikhail Bulgakov: The Life and Times* by Marietta Chudakova
- *Leonardo's Handwriting* by Dina Rubina
- *A Burglar of the Better Sort* by Tytus Czyżewski
- *The Mouseiad and other Mock Epics* by Ignacy Krasicki

- *Ravens before Noah* by Susanna Harutyunyan
- *An English Queen and Stalingrad* by Natalia Kulishenko
- *Point Zero* by Narek Malian
- *Absolute Zero* by Artem Chekh
- *Olanda* by Rafał Wojasiński
- *Robinsons* by Aram Pachyan
- *The Monastery* by Zakhar Prilepin
- *The Selected Poetry of Bohdan Rubchak: Songs of Love, Songs of Death, Songs of the Moon*
- *Mebet* by Alexander Grigorenko
- *The Orchestra* by Vladimir Gonik
- *Everyday Stories* by Mima Mihajlović
- *Slavdom* by Ľudovít Štúr
- *The Code of Civilization* by Vyacheslav Nikonov
- *Where Was the Angel Going?* by Jan Balaban
- *De Zwarte Kip* (Dutch Edition) by Antoni Pogorelski
- *Głosy / Voices* by Jan Polkowski
- *Sergei Tretyakov: A Revolutionary Writer in Stalin's Russia* by Robert Leach
- *The Night Reporter: A 1938 Lviv Murder Mystery* by Yuri Vynnychuk
- *Precursor* by Vasyl Shevchuk
- *Dramatic Works* by Cyprian Kamil Norwid
- *Children's First Book of Chess* by Natalie Shevando and Matthew McMillion
- *Opstand* (Dutch Edition) by Władysław Reymont
- *The Vow: A Requiem for the Fifties* by Jiří Kratochvil
- *Subterranean Fire* by Natalka Bilotserkivets
- *The Revolt of the Animals* by Wladyslaw Reymont
- *Liza's Waterfall: The hidden story of a Russian feminist* by Pavel Basinsky
- *Duel* by Borys Antonenko-Davydovych
- *Biography of Sergei Prokofiev* by Igor Vishnevetsky

More coming soon...